Charlaine Harris

Der Vampir, der mich liebte

Roman

Deutsch von
Britta Mümmler

Deutscher Taschenbuch Verlag

Deutsche Erstausgabe
September 2005
Deutscher Taschenbuch Verlag GmbH & Co. KG,
München
www.dtv.de
© 2004 Charlaine Harris Schulz
Titel der amerikanischen Originalausgabe:
›Dead to the World‹ (Berkley, New York 2004)
© 2005 der deutschsprachigen Ausgabe:
Deutscher Taschenbuch Verlag GmbH & Co. KG,
München
Umschlagkonzept: Balk & Brumshagen
Umschlagbild: © F. B. Regös
Satz: Greiner & Reichel, Köln
Gesetzt aus der Palatino 10,25/12,75˙ und der Nosferatu 17,5˙
Druck und Bindung: Kösel, Krugzell
Gedruckt auf säurefreiem, chlorfrei gebleichtem Papier
Printed in Germany · ISBN 3-423-24474-7

Der Brief klebte an meiner Tür, als ich von der Arbeit nach Hause kam. Ich hatte im Merlotte's die Schicht vom Lunch bis zum frühen Abend gehabt, und da es fast Ende Dezember war, wurden die Tage bereits ziemlich früh dunkel. Also musste mein Exfreund Bill – Bill Compton oder Bill der Vampir, wie die meisten Stammgäste im Merlotte's ihn nennen – seine Nachricht innerhalb der letzten Stunde hinterlassen haben. Er kann nämlich nicht aufstehen, ehe es dunkel ist.

Ich hatte Bill seit über einer Woche nicht gesehen, und unsere Trennung war nicht gerade so gelaufen, dass ich sie freundschaftlich nennen würde. Trotzdem fühlte ich mich ganz elend, als ich den Umschlag mit meinem Namen darauf berührte. Und jetzt glaubt sicher jeder, ich hätte vorher – obwohl schon sechsundzwanzig – noch nie einen richtigen Freund gehabt oder eine echte Trennung durchgemacht.

Tja, stimmt.

Normale Typen wollen eben nicht mit einer ausgehen, die so seltsam ist wie ich. Schon seit ich in die Schule kam, sagen die Leute, dass ich irgendwie einen Knall hätte.

Tja, stimmt ebenfalls.

Das heißt allerdings nicht, dass nicht auch ich gelegentlich an der Bar angegrapscht werde. Die Typen betrinken sich. Ich sehe gut aus. Und dann vergessen sie schon mal, dass ihnen mein seltsamer Ruf und mein immerwährendes Lächeln nicht ganz geheuer sind.

Doch nur mit Bill bin ich je so richtig zusammen gewesen, so ganz intim. Die Trennung von ihm hat mir sehr wehgetan.

Ich öffnete den Briefumschlag erst, als ich an meinem alten, zerkratzten Küchentisch saß. Ich trug immer noch meinen Mantel, nur meine Handschuhe hatte ich in irgendeine Ecke gefeuert.

Liebste Sookie, ich wollte bei dir vorbeischauen und mit dir reden, wenn du dich etwas von den unglückseligen Ereignissen der letzten Zeit erholt hast.

»Unglückselige Ereignisse« – dass ich nicht lache. Die blauen Flecken waren irgendwann wieder verblasst, aber eins meiner Knie schmerzte immer noch bei Kälte, und ich fürchtete, dass das auch auf Dauer so bleiben würde. Und all meine zahlreichen Verletzungen hatte ich mir zugezogen bei dem Versuch, meinen treulosen Freund aus der Gefangenschaft einer Gruppe von Vampiren zu retten, zu denen auch seine frühere Flamme Lorena gehörte. Ich hatte immer noch nicht begriffen, wieso Lorena eine solche Macht über Bill besaß, dass er ihrer Aufforderung gefolgt und nach Mississippi gegangen war.

Wahrscheinlich hast du viele Fragen zu dem, was passiert ist.

Verdammt richtig.

Wenn du mich persönlich sprechen möchtest, komm an die Haustür und lass mich ein.

Au weia. Darauf war ich nicht gefasst gewesen. Ich dachte eine Minute lang nach. Dann hatte ich mich entschieden. Zwar vertraute ich Bill nicht mehr, aber ich konnte mir nicht vorstellen, dass er mich körperlich angreifen würde, und so ging ich zurück durchs Haus zur Eingangstür. Ich öffnete und rief: »Okay, komm rein.«

Er trat aus dem Wald, der die Lichtung umgab, auf der mein altes Haus stand. Es gab mir einen Stich, als ich ihn sah. Bill war breitschultrig und schlank, immerhin hatte er sein Leben lang den an mein Grundstück angrenzenden Grund und Boden landwirtschaftlich bearbeitet. Und er war hart und zäh geworden in seinen Jahren als Soldat der Konföderierten, bevor er 1867 starb. Bills Nase glich haargenau dem auf griechischen Vasen abgebildeten Ideal. Sein kurzgeschnittenes Haar war dunkelbraun und seine Augen waren ebenso dunkel. Er sah noch ganz genauso aus wie zu jener Zeit, als wir einander kennen lernten, und so würde er auch immer aussehen.

Er zögerte, ehe er über die Schwelle trat. Aber ich hatte es ihm ja erlaubt, und so trat ich zur Seite, um ihn in mein picobello aufgeräumtes Wohnzimmer mit den alten, gemütlichen Möbeln zu lassen.

»Danke«, sagte er mit seiner kühlen ruhigen Stimme, eine Stimme, die mir noch immer Schauer schierer Lust bescherte. Vieles zwischen uns war schief gelaufen, aber im Bett hatte es garantiert nicht seinen Anfang genommen. »Ich wollte dich noch sprechen, bevor ich gehe.«

»Wohin gehst du?« Ich versuchte, so ruhig zu klingen wie er.

»Nach Peru. Auf Anordnung der Königin.«

»Arbeitest du immer noch an deiner, äh, Datenbank?« Ich wusste fast gar nichts über Computer, aber Bill war durch intensive Fachlektüre zum Computerspezialisten geworden.

»Ja. Aber ich muss noch etwas mehr Recherche betreiben. Ein sehr alter Vampir in Lima besitzt umfassendes Wissen über jene unserer Art auf seinem Kontinent. Ich habe mich zu einem Gespräch mit ihm verabredet. Und ich werde auch ein wenig Sightseeing machen, während ich dort unten bin.«

Ich bezwang den Impuls, Bill eine Flasche synthetisches Blut anzubieten, wie es eigentlich die Gastfreundschaft gebot. »Setz dich doch«, sagte ich und nickte zum Sofa hinüber. Ich selbst setzte mich auf die Kante des alten Lehnsessels dem Sofa gegenüber. Dann herrschte Schweigen, ein Schweigen, das mir noch bewusster machte, wie unglücklich ich war.

»Wie geht's Bubba?«, fragte ich schließlich.

»Im Moment ist er in New Orleans«, sagte Bill. »Die Königin hat ihn von Zeit zu Zeit ganz gern um sich, und hier in der Gegend war er im letzten Monat so oft zu sehen, dass es angeraten schien, ihn woanders hinzubringen. Er kommt aber bald zurück.«

Wer Bubba sah, erkannte ihn sofort. Jeder kennt sein Gesicht. Sein »Übergang« war nicht so ganz gelungen. Wahrscheinlich hätte der Aufwärter im Leichenschauhaus, zufällig ein Vampir, den winzigen Funken Leben, der noch in ihm war, ignorieren sollen. Aber als echter Fan von ›Love Me Tender‹ hatte er der Versuchung nicht widerstehen können; und jetzt schob die gesamte Südstaaten-Vampir-Gemeinde Bubba herum, damit er nirgends auffiel.

Wieder herrschte Schweigen. Ich hatte eigentlich vorgehabt, meine Schuhe und die Kellnerinnenuniform abzustreifen, mir ein gemütliches Hauskleid anzuziehen und mich mit einer Pizza vor den Fernseher zu setzen. Kein besonders ambitioniertes Vorhaben, aber immerhin mein eigenes. Stattdessen saß ich nun hier und litt vor mich hin.

»Wenn du mir etwas zu sagen hast, fängst du am besten jetzt gleich damit an«, erklärte ich.

Er nickte, fast wie zu sich selbst. »Ich muss dir das erklären«, sagte er. Seine weißen Hände arrangierten sich wie von allein in seinem Schoß. »Lorena und ich –«

Unwillkürlich zuckte ich zusammen. Diesen Namen wollte ich nie wieder hören. Wegen Lorena hatte er mich fallen gelassen.

»Ich muss dir das erzählen«, sagte er, beinahe verärgert. Mein Zucken war ihm nicht entgangen. »Gib mir doch eine Chance.« Einen Augenblick zögerte ich, dann nickte ich.

»Ich bin nach Jackson gefahren, als sie mich rief, weil ich nicht anders konnte«, sagte er.

Ich zog die Augenbrauen hoch. *Das* hatte ich doch schon mal gehört. Das hieß so viel wie »Ich konnte mich nicht beherrschen« oder »Ich konnte keinen Gedanken oberhalb der Gürtellinie mehr fassen«.

»Vor langer Zeit ist sie meine Geliebte gewesen. Eric hat dir

ja schon erzählt, dass Affären unter Vampiren nicht lange andauern, obwohl sie sehr intensiv verlaufen. Allerdings hat Eric dir nicht erzählt, dass Lorena die Vampirin war, die mich herüberholte.«
»Auf die dunkle Seite?«, fragte ich, biss mir aber gleich auf die Lippe. Dies Thema sollte ich besser nicht leichtfertig anschneiden.
»Ja«, bestätigte Bill ernst. »Und danach waren wir zusammen, als Liebespaar, was nicht immer der Fall ist.«
»Aber du hattest sie verlassen ...«
»Ja, vor ungefähr achtzig Jahren waren wir an dem Punkt angelangt, wo wir uns gegenseitig nicht länger ertrugen. Seitdem hatte ich Lorena nie wieder gesehen, obwohl ich natürlich von ihren Taten wusste.«
»Oh, natürlich«, sagte ich ausdruckslos.
»Aber ich musste ihrer Aufforderung gehorchen. Das ist ein absoluter Befehl. Wenn dein Schöpfer ruft, musst du Folge leisten.« Seine Stimme klang eindringlich.
Ich nickte und versuchte verständnisvoll zu wirken. Ich schätze, allzu gut ist mir das nicht gelungen.
»Sie *befahl* mir, dich zu verlassen«, sagte er. Mit seinen dunklen Augen starrte er mich an. »Sie sagte, wenn ich es nicht täte, würde sie dich töten.«
Langsam verlor ich die Beherrschung. Ich biss in die Innenseite meiner Wange, ganz fest, um mich zu konzentrieren. »Also hast du ohne Erklärung oder Gespräch mit mir einfach entschieden, was das Beste für mich und dich wäre.«
»Das musste ich«, sagte er. »Ich *musste* ihrem Befehl gehorchen. Und ich wusste auch, dass sie fähig war, dir etwas anzutun.«
»Nun, da hast du immerhin Recht.« Lorena hatte tatsächlich alle Schikanen ihres untoten Daseins aufgeboten, um mich direkt ins Grab zu verfrachten. Doch ich hatte sie zuerst erwischt – okay, nur mit ziemlich viel Glück. Aber immerhin.

»Und jetzt liebst du mich nicht mehr«, sagte Bill, den Anflug eines fragenden Tonfalls in der Stimme. Darauf hatte ich selbst keine eindeutige Antwort. »Keine Ahnung«, sagte ich. »Ich kann mir nicht vorstellen, dass du zu mir zurückkommen möchtest. Nach all dem, was passiert ist. Schließlich habe ich deine *Schöpferin* umgebracht.« Und in meiner Stimme schwang ebenfalls der Anflug eines fragenden Tonfalls, doch im Grunde überwog bei mir bittere Enttäuschung.

»Dann sollten wir uns eine Zeit lang nicht sehen. Nach meiner Rückkehr können wir miteinander reden, das heißt, wenn du möchtest. Gibst du mir einen Abschiedskuss?«

Zu meiner Schande muss ich gestehen, dass ich Bill nur zu gern geküsst hätte. Doch selbst der Wunsch danach erschien mir falsch. Wir standen auf, und ich berührte mit den Lippen flüchtig seine Wange. Seine weiße Haut hatte dieses besondere Leuchten, das die Vampire von den Menschen unterscheidet. Es hatte mich ziemlich überrascht, als ich bemerkte, dass nicht jeder es so deutlich sah wie ich.

»Triffst du dich noch mit dem Werwolf?«, fragte er, als er schon fast aus der Tür war.

»Wen meinst du?«, fragte ich zurück und widerstand der Versuchung, mit den Augenlidern zu klimpern. Er verdiente keine Antwort, und das wusste er auch. »Wie lange wirst du denn weg sein?«, fragte ich etwas zu lebhaft, und er warf mir einen nachdenklichen Blick zu.

»Das steht noch nicht genau fest. Zwei Wochen vielleicht«, antwortete er.

»Vielleicht reden wir dann«, sagte ich und wandte das Gesicht ab. »Ich gebe dir aber deinen Schlüssel wieder.« Ich zog mein Schlüsselbund aus der Handtasche.

»Nein, bitte behalte ihn«, sagte er. »Vielleicht brauchst du ihn, während ich weg bin. Geh im Haus ein und aus, wie du willst. Meine Post wird im Postamt gelagert, und ich glaube, alle anderen offenen Angelegenheiten habe ich auch geklärt.«

Also war ich seine letzte offene Angelegenheit. Ich schluckte die aufsteigende Wut hinunter, die in letzter Zeit nur allzu bereitwillig in mir brodelte.

»Ich wünsche dir eine gute Reise«, sagte ich kühl, schloss die Tür hinter ihm und rannte in mein Schlafzimmer. Schließlich hatte ich vorgehabt, ein Hauskleid anzuziehen und ein bisschen fernzusehen. Und genau das würde ich jetzt, zum Teufel noch mal, auch tun.

Während ich meine Pizza in den Ofen schob, musste ich mir allerdings doch ein paarmal die Wangen trocknen.

Kapitel 1

Die Silvesterparty in Merlotte's Bar & Grill war endlich, endlich vorbei. Der Besitzer der Bar, Sam Merlotte, hatte alle Angestellten gefragt, ob sie an diesem Abend arbeiten würden, aber nur Holly, Arlene und ich waren dazu bereit gewesen. Charlsie Tooten meinte, sie sei zu alt, um das Chaos eines Silvesterabends in der Bar zu ertragen; Danielle hatte schon seit langem geplant, mit ihrem Freund auf eine schicke Party zu gehen; und die Neue konnte erst in zwei Tagen anfangen. Ich schätze, Arlene, Holly und ich konnten einfach besser aufs Amüsement verzichten als aufs Geld.

Und außerdem hatte ich sowieso keine andere Einladung. Wenn ich im Merlotte's arbeite, gehöre ich wenigstens irgendwie dazu.

Ich fegte die Papierschnipsel zusammen und ermahnte mich noch mal, Sam gegenüber nicht zu erwähnen, was für eine miserable Idee diese Konfettitüten gewesen waren. Wir hatten uns da alle bereits ziemlich deutlich ausgedrückt, und selbst der gutmütige Sam hatte es mittlerweile satt. Es war nicht fair, das alles Terry Bellefleur allein sauber machen zu lassen, obwohl das Fegen und Wischen der Böden ja eigentlich sein Job war.

Sam zählte das Geld aus der Kasse und verpackte es in Kuverts, weil er es noch zum Nachtdepot der Bank bringen wollte. Er wirkte müde, aber zufrieden.

Er klappte sein Handy auf. »Kenya? Kannst du mich jetzt zur Bank fahren? Okay, wir treffen uns in einer Minute an der Hintertür.« Kenya, eine Polizistin, begleitete Sam oft zum

Nachdepot, vor allem nach einem Abend mit hohen Einnahmen.

Ich war auch zufrieden mit meinen Einnahmen. Ich hatte jede Menge Trinkgeld bekommen. Vielleicht so um die dreihundert Dollar oder sogar noch mehr, schätzte ich – und ich brauchte jeden einzelnen Penny davon. Ich hätte mich richtig darauf gefreut, mein Geld zu Hause ganz genau nachzuzählen, aber ich war nicht sicher, ob mein Hirn dazu noch in der Lage war.

Der Lärm und das Chaos der Party, die ständige Rennerei von der Theke und der Küchendurchreiche zu den Gästen und wieder zurück, die enorme Unordnung, gegen die wir unaufhörlich ankämpften, die andauernde Kakophonie all der Gehirne ... das alles zusammen hatte mich absolut erschöpft. Gegen Ende war ich so müde gewesen, dass ich nicht mal mehr meinen armen Geist schützen konnte und jede Menge Gedanken durchgesickert waren.

Telepathische Fähigkeiten zu besitzen ist nicht so einfach. Und meistens macht es überhaupt keinen Spaß.

An diesem Abend war es sogar noch schlimmer gewesen als sonst. Die Gäste der Bar, die ich fast alle seit Jahren kannte, waren nicht nur ausgelassen hemmungsloser Stimmung, da gab es zudem einige Neuigkeiten, die sie mir brennend gern erzählen wollten.

»Hab' gehört, dein Typ is' runter nach Südamerika«, sagte Chuck Beecham, ein Autoverkäufer, mit einem boshaften Funkeln in den Augen. »Da wirste ja jetzt mächtig einsam sein, ganz ohne ihn da draußen in deinem Haus.«

»Willste etwa seinen Platz einnehmen, Chuck?«, fragte der Mann neben ihm an der Bar, und beide brachen, Männer unter sich, in schallendes Gelächter aus.

»Nee, Terrell«, sagte der Autoverkäufer. »Hab' keine Lust auf das, was Vampire übrig lassen.«

»Entweder ihr benehmt euch oder ihr verschwindet durch die Tür da drüben«, sagte ich bestimmt. Ich spürte Wärme in meinem Rücken und wusste, dass mein Boss, Sam Merlotte, sie über meine Schulter hinweg musterte.

»Ärger?«, fragte er.

»Sie wollten sich gerade entschuldigen«, sagte ich und sah Chuck und Terrell direkt in die Augen. Sie senkten die Köpfe.

»Tut mir leid, Sookie«, murmelte Chuck, und Terrell nickte zustimmend. Ich nickte knapp zurück und wandte mich ab, um eine andere Bestellung aufzunehmen. Aber sie hatten es geschafft, mich zu verletzen.

Und das war auch ihr Ziel gewesen.

Ich spürte einen Stich in der Herzgegend.

Ich war ziemlich sicher, dass die meisten Einwohner von Bon Temps, Louisiana, nichts von unserer Entfremdung wussten. Es war nicht Bills Art, seine persönlichen Angelegenheiten auszuplaudern, und meine auch nicht. Arlene und Tara wussten natürlich ein bisschen was, schließlich solltest du es deinen besten Freundinnen erzählen, dass du mit deinem Typen Schluss gemacht hast, selbst wenn du die richtig interessanten Details auslassen musst. (Wie beispielsweise die Tatsache, dass du die Frau umgebracht hast, derentwegen er dich verlassen hat. Wofür ich aber nichts konnte. Wirklich nicht.) Jeder, der mir also erzählte, dass Bill das Land verlassen hatte, und annahm, ich wüsste nichts davon, tat das in boshafter Absicht.

Vor seinem letzten Besuch bei mir hatte ich Bill zuletzt gesehen, als ich ihm die Disketten und den Computer zurückbrachte, die er bei mir versteckt hatte. Ich war bei Einbruch der Dunkelheit hingefahren, so dass die Sachen nicht lange auf seiner Veranda herumstehen mussten. Er kam heraus, als ich gerade wieder abfuhr, aber ich hielt nicht mehr an.

Eine gemeine Frau hätte die Disketten Bills Boss Eric gegeben. Und eine nachtragende Frau hätte die Disketten samt Computer einfach behalten und Bill (und Eric) die Erlaubnis entzogen, ihr Haus zu betreten. Also war ich, hatte ich mir selbst stolz gesagt, weder eine gemeine noch eine nachtragende Frau.

Bill hätte natürlich, rein praktisch betrachtet, einfach irgendeinen Menschen beauftragen können, bei mir einzubrechen und die Sachen zu stehlen. Ich glaubte aber nicht, dass er das tun würde. Allerdings brauchte er den Kram dringend zurück, wenn er nicht Ärger mit der Chefin seines Bosses bekommen wollte. Ich kann aufbrausend sein, ja so richtig wütend werden, wenn ich provoziert werde. Aber ich bin nicht bösartig.

Arlene hat mir schon oft gesagt, dass ich einfach zu nett bin für diese Welt, obwohl ich immer wieder beteuere, dass das nicht stimmt. (Tara sagt das nie; ob sie mich besser kennt?) Düster überlegte ich, dass Arlene irgendwann im Laufe dieses hektischen Abends unweigerlich von Bills Abreise erfahren würde. Und natürlich, keine zwanzig Minuten nach Chucks und Terrells Stichelei bahnte sie sich einen Weg durch die Menge und tätschelte mir die Schulter.»Diesen unterkühlten Mistkerl brauchst du wirklich nicht«, sagte sie. »Was hat der schon je für dich getan?«

Ich nickte schwach, um ihr zu zeigen, wie sehr ich ihre moralische Unterstützung schätzte. Doch dann gab es an einem Tisch eine Bestellung über zwei Whiskey sour, zwei Bier und einen Gin Tonic, und ich musste sausen, was mir eine willkommene Ablenkung war. Als die Gäste ihre Drinks hatten, stellte ich mir dieselbe Frage. Was hatte Bill für mich getan?

Ich hatte zwei Krüge Bier an zwei verschiedene Tische gebracht, ehe ich das alles zusammengezählt hatte.

Er hatte mich in die Kunst des Sex eingeführt, was ich wirklich genossen hatte; mich mit einer Menge anderer Vampire bekannt gemacht, was ich definitiv nicht genossen hatte; mein Leben gerettet, obwohl es eigentlich, wenn ich so darüber nachdachte, gar nicht in Gefahr geraten wäre, wenn ich ihn nicht gekannt hätte. Außerdem hatte ich ihn auch ein-, zweimal gerettet, die Schuld war also beglichen. Und er hatte mich»Liebling« genannt und es zu dem Zeitpunkt auch ehrlich gemeint.

»Nichts«, murmelte ich vor mich hin, während ich eine verschüttete Piña Colada aufwischte und unser letztes frisches Geschirrtuch der Frau reichte, die den Cocktail umgestoßen hatte, denn ein großer Teil davon war auf ihrer Bluse gelandet. »Er hat nichts für mich getan.« Sie lächelte und nickte, da sie offensichtlich annahm, dass ich ihr mein Mitgefühl ausdrückte. Es war zum Glück viel zu laut, um irgendetwas zu verstehen.

Aber ich wäre froh, wenn Bill zurückkäme. Immerhin war er mein nächster Nachbar. Unsere Grundstücke wurden nur von dem alten Gemeindefriedhof voneinander getrennt und lagen beide an der Landstraße südlich von Bon Temps. Ohne Bill war ich ganz allein da draußen.

»Peru, hab' ich gehört«, sagte mein Bruder Jason. Er hielt seine neueste Eroberung im Arm, eine kleine, schlanke, dunkelhaarige Einundzwanzigjährige von irgendwo aus der finstersten Provinz. (Ich hatte sie in die Gästeliste eingetragen.) Dann sah ich sie mir genauer an. Jason wusste es nicht, doch sie war irgendeine Art Gestaltwandlerin. Die sind leicht zu erkennen. Sie war eine attraktive junge Frau, aber bei Vollmond verwandelte sie sich in irgendetwas mit Federn oder Fell. Ich sah, wie Sam sie hinter Jasons Rücken finster anstarrte, um sie daran zu erinnern, dass sie sich auf seinem Territorium zu benehmen hatte. Sie starrte einfach zurück. Mich beschlich das Gefühl, dass sie sich sicher nicht in ein Kätzchen oder ein Eichhörnchen verwandelte.

Ich überlegte, ob ich mich an ihre Gedanken dranhängen und sie lesen sollte, doch das ist bei Gestaltwandlern gar nicht so einfach. Ihre Gedanken sind chaotisch und rot, hin und wieder gelingt es allerdings, eine ganz gute Vorstellung von ihren Gefühlen zu bekommen. Genau wie bei den Werwölfen.

Sam selbst verwandelt sich in einen Collie, wenn der Mond hell und rund ist. Manchmal trottet er den ganzen Weg bis zu meinem Haus hinaus, und ich stelle ihm dann eine Schale

Essensreste hin und lasse ihn, wenn das Wetter gut ist, auf meiner hinteren Veranda ein kleines Nickerchen machen oder, wenn das Wetter schlecht ist, in meinem Wohnzimmer. Ins Schlafzimmer lasse ich ihn allerdings nicht mehr, weil er nackt erwacht – und in dem Zustand *sehr* verführerisch aussieht. Doch das Letzte, was ich brauche, ist eine Affäre mit meinem Boss.

Heute Nacht war kein Vollmond, Jason war also in Sicherheit. Ich beschloss, ihm gegenüber kein Wort über seine Freundin zu verlieren. Jeder hat doch sein Geheimnis. Und ihr Geheimnis war einfach nur etwas schillernder.

Außer der Freundin meines Bruders, und Sam natürlich, waren an diesem Silvesterabend noch zwei weitere übernatürliche Geschöpfe in Merlotte's Bar. Das eine war eine wunderschöne, mindestens eins achtzig große Frau mit langem, welligem dunklem Haar. Todschick gestylt in einem hautengen, langärmligen orangen Kleid, war sie ganz allein aufgetaucht und hatte sich darangemacht, jeden Mann in der Bar kennen zu lernen. Ich wusste nicht, was sie war, aber an ihrem Gedankenmuster konnte ich erkennen, dass sie nicht zu uns Menschen gehörte. Das andere Geschöpf war ein Vampir, der mit einer Gruppe junger Leute gekommen war, die alle so um die zwanzig waren. Ich kannte keinen von ihnen. Die Anwesenheit eines Vampirs löste nicht mehr als ein paar verstohlene Seitenblicke einiger Partygäste aus. Was zeigte, dass sich seit der Großen Enthüllung die Haltung der Leute deutlich entspannt hatte.

Vor ein paar Jahren, am Abend der Großen Enthüllung, traten die Vampire überall auf der Welt im Fernsehen auf, um von ihrer Existenz zu berichten. Das war ein Abend, an dem so manche Theorie auf dieser Welt schlichtweg umgehauen wurde und von Grund auf neu arrangiert werden musste.

Diese Coming-out-Party war ausgelöst worden durch die Entwicklung von synthetischem Blut in Japan, das die Ernährung der Vampire sicherstellte. Seit der Großen Enthüllung haben die Vereinigten Staaten zahlreiche politische und soziale Umwälzungen erlebt in dem holprigen Prozess der Eingliederung unserer neuesten Mitbürger, die eben zufällig tot sind. Die Vampire haben jetzt ein offizielles Image und auch eine öffentliche Erklärung zu ihren Lebensumständen abgegeben – sie behaupten, unter einer Allergie gegen Sonnenlicht zu leiden und dass Knoblauch eine schwerwiegende Stoffwechselerkrankung bei ihnen auslöse –, aber ich kenne auch die andere Seite der Vampir-Welt. Meine Augen sehen mittlerweile eine ganze Menge Dinge, die die meisten Menschen niemals wahrnehmen. Und fragt mich mal, ob dieses Wissen mich glücklich gemacht hat.

Nein.

Aber ich muss zugeben, dass mir die Welt jetzt viel interessanter erscheint als vorher. Ich bin ziemlich viel allein (weil ich nun mal nicht Norma Normal bin), und da kommt mir das zusätzliche Gedankenfutter ganz gelegen. Die Angst und die Gefahr dagegen weniger. Ich habe die private Seite der Vampire gesehen und vieles über Werwölfe und Gestaltwandler und anderes gelernt. Werwölfe und Gestaltwandler halten sich am liebsten im Schatten – bis jetzt – und warten ab, wie die Vampire mit ihrem Schritt in die Öffentlichkeit zurechtkommen.

All das ging mir so durch den Kopf, während ich Tablett um Tablett mit leeren Gläsern und Bierkrügen einsammelte und Tack, dem neuen Koch, beim Beladen und Entladen des Geschirrspülers half. (Sein richtiger Name lautet Alphonse Petacki. Wen wundert's, dass ihm »Tack« besser gefällt?) Als wir unseren Part der Reinigungsaktion fast beendet hatten und dieser lange Abend endlich zu Ende war, umarmte ich Arlene und wünschte ihr ein frohes neues Jahr, und sie schloss mich ebenfalls in die Arme. Hollys Freund wartete am Angestellteneingang auf der Rückseite des Gebäudes auf sie, und Holly winkte uns zu, während sie ihren Mantel überzog und davoneilte.

»Welche Wünsche fürs neue Jahr habt ihr denn so, Ladys?«, fragte Sam. Mittlerweile lehnte Kenya am Tresen und wartete auf ihn, ihre Miene war ruhig und aufmerksam. Kenya kam ziemlich regelmäßig zum Lunch hierher mit ihrem Kollegen Kevin, der so blass und dünn war wie sie dunkel und rund. Sam stellte die Stühle auf die Tische, damit Terry Bellefleur, der ganz früh am Morgen kam, den Boden wischen konnte.

»Gute Gesundheit und den richtigen Mann«, sagte Arlene pathetisch und griff sich mit flatterigen Händen ans Herz. Wir lachten. Arlene hatte schon viele Männer gefunden – viermal war sie verheiratet gewesen –, aber sie hält immer noch Ausschau nach Mr Right. Ich konnte »hören«, wie Arlene dachte, dass Tack vielleicht jener eine war. Das erstaunte mich denn doch; ich hatte nicht mal gewusst, dass sie ihn schon bemerkt hatte.

Die Überraschung stand mir ins Gesicht geschrieben, und Arlene sagte in unsicherem Tonfall: »Meinst du, ich sollte es aufgeben?«

»Verdammt, nein«, entgegnete ich prompt und machte mir Vorwürfe, weil ich mein Mienenspiel nicht besser im Griff hatte. Es lag einfach daran, dass ich so müde war. »Dieses Jahr klappt's ganz bestimmt, Arlene.« Ich lächelte zu Bon Temps' einziger schwarzer Polizistin hinüber. »Du musst doch auch einen Wunsch fürs neue Jahr haben, Kenya. Oder einen guten Vorsatz.«

»Ich wünsch' mir immer Frieden zwischen Männern und Frauen«, sagte Kenya. »Würd' meinen Job viel einfacher machen. Und mein guter Vorsatz: beim Bankdrücken siebzig Kilo schaffen.«

»Wow«, sagte Arlene. Ihr rotgefärbtes Haar bildete einen schrillen Kontrast zu Sams rotgoldenen Naturlocken, als sie ihn flüchtig umarmte. Er war nicht viel größer als Arlene – immerhin misst sie ja auch gut eins siebzig, einige Zentimeter mehr als ich. »Ich werde neun Pfund abnehmen, das ist mein guter Vorsatz.« Wir lachten alle. Das war schon in den letzten vier Jahren Arlenes guter Vorsatz gewesen. »Und wie sieht's bei dir aus, Sam? Wünsche und gute Vorsätze?«, fragte sie.

»Ich hab' alles, was ich brauche«, sagte er, und ich spürte die blaue Woge der Aufrichtigkeit, die von ihm ausging. »Mein Vorsatz ist, auf dem eingeschlagenen Kurs weiterzumachen. Die Bar läuft großartig, mir gefällt es in meinem Wohnwagen und die Leute hier sind genauso gut wie die Leute anderswo.«

Ich wandte mich ab, um mein Lächeln zu verbergen. Das war eine ziemlich doppeldeutige Aussage gewesen. Die Leute in Bon Temps waren tatsächlich genauso gut wie die Leute anderswo.

»Und du, Sookie?«, fragte er. Alle sahen mich an, Arlene, Kenya und Sam. Ich umarmte Arlene noch einmal, weil ich das gern tue. Ich bin zehn Jahre jünger als sie – vielleicht sogar mehr, Arlene behauptet zwar, sechsunddreißig zu sein, aber ich habe da so meine Zweifel. Und wir sind schon befreundet, seit wir gemeinsam bei Merlotte's anfingen, nachdem Sam die Bar gekauft hatte, vor etwa fünf Jahren.

»Na komm, sag schon«, redete Arlene mir zu. Sam legte den Arm um mich. Kenya lächelte, verschwand aber in die Küche, um sich ein bisschen mit Tack zu unterhalten.

Ganz impulsiv nannte ich ihnen plötzlich meinen Wunsch. »Ich möchte nicht noch mal zusammengeschlagen werden«, sagte ich. Meine Müdigkeit und die späte Stunde in Kombination führten zu einem höchst unangebrachten Ausbruch von Ehrlichkeit. »Ich will nicht wieder ins Krankenhaus und ich will zu keinem Arzt mehr gehen müssen.« Und ich wollte auch kein Vampirblut mehr zugeführt bekommen, das einen in Windeseile heilte, aber verschiedenste Nebenwirkungen hatte. »Mein guter Vorsatz lautet also, mich von allem Ärger fern zu halten.«

Arlene sah mich ziemlich schockiert an, und Sam wirkte – nun, Sams Reaktion konnte ich nicht richtig einschätzen.

Doch da ich Arlene umarmt hatte, umarmte ich jetzt auch ihn und spürte die Stärke und Wärme seines Körpers. Man denkt, Sam wäre schmal gebaut, solange man ihn nicht mal mit freiem Oberkörper Vorratskisten hat schleppen sehen. Er ist richtig stark und ganz ebenmäßig gebaut, und er hat eine sehr hohe natürliche Körpertemperatur. Ich spürte, wie er mir einen Kuss aufs Haar drückte, und dann sagten wir alle gute Nacht zueinander und gingen zur Hintertür hinaus.

Sams Truck parkte vor seinem Wohnwagen, der im rechten Winkel zu Merlotte's Bar dastand, doch für die Fahrt zur Bank stieg er in Kenyas Streifenwagen. Sie würde ihn auch wieder nach Hause bringen, und dann konnte Sam zusammenklappen. Er war seit unzähligen Stunden auf den Beinen, wie wir alle.

Als Arlene und ich unsere Autos aufschlossen, bemerkte ich, dass Tack in seinem alten Pick-up wartete. Ich hätte darauf wetten mögen, dass er Arlene nachfahren würde.

Mit einem letzten »Gute Nacht!«-Ruf durch die kühle Stille dieser Louisiana-Nacht trennten wir uns und begannen jeder unser neues Jahr.

Ich bog ab auf die Hummingbird Road, die mich zu meinem Haus führen würde, das ungefähr drei Meilen südöstlich der Bar liegt. Es war eine ungeheure Erleichterung, endlich allein zu sein, und ich spürte, wie ich mich geistig entspannte. Meine Scheinwerfer huschten über die dicht an dicht stehenden Baumstämme der Kiefern, die das Rückgrat der Holzindustrie dieser Gegend waren.

Die Nacht war extrem dunkel und kalt. Und es gibt natürlich keine Straßenlaternen auf den Landstraßen da draußen. Kein Lebewesen rührte sich, weit und breit nicht. Obwohl ich mir immer wieder sagte, dass ich auf Wildwechsel gefasst sein musste, fuhr ich wie auf Autopilot. Meine Gedanken wurden von der simplen Vorstellung beherrscht, mein Gesicht abzuschrubben, mir mein wärmstes Nachthemd anzuziehen und ins Bett zu klettern.

Irgendetwas Weißes leuchtete auf im Kegel der Scheinwerfer meines alten Autos.

Ich keuchte auf, mit einem Ruck aus meinem schläfrigen Wunschtraum von Wärme und Ruhe herausgerissen.

Ein rennender Mann: Um drei Uhr morgens am ersten Januar rannte er die Landstraße entlang, und offenbar rannte er um sein Leben.

Ich drosselte das Tempo und überlegte, was ich tun sollte. Ich war eine unbewaffnete Frau und allein unterwegs. Wenn irgendetwas Furchtbares hinter ihm her war, würde ich vielleicht auch dran glauben müssen. Andererseits lag es mir nicht, jemanden leiden zu lassen, wenn ich helfen konnte. Im Bruchteil einer Sekunde nahm ich wahr, dass der Mann groß, blond und nur mit einer Jeans bekleidet war, ehe ich neben ihm anhielt. Ich beugte mich hinüber, um das Fenster der Beifahrerseite herunterzukurbeln.

»Kann ich Ihnen helfen?«, rief ich. Er warf mir einen panischen Blick zu und rannte weiter.

Doch in diesem Moment erkannte ich ihn. Ich sprang aus dem Auto und lief hinter ihm her.

»Eric!«, schrie ich. »Ich bin's!«

Er fuhr herum und fauchte mit gebleckten Fangzähnen. Ich blieb so abrupt stehen, dass ich fast das Gleichgewicht verlor, die Hände von mir gestreckt in einer Geste des Friedens. Wenn Eric sich zum Angriff entschlossen hatte, war ich eine tote Frau. So viel dazu, die gute Samariterin spielen zu wollen.

Warum erkannte Eric mich nicht? Ich kannte ihn doch nun schon seit vielen Monaten. Er war Bills Boss in dieser komplizierten Vampir-Hierarchie, die ich allmählich zu begreifen lernte. Eric war der Sheriff von Bezirk Fünf, und er war ein Vampir auf dem Weg nach oben. Zudem war er ein hinreißender Typ und konnte hervorragend küssen, doch das war nicht die treffendste Beschreibung für seinen momentanen Zustand. Fangzähne und starke, zu Klauen gekrümmte Hände waren das, was ich sah. Eric war in höchster Alarmbereitschaft, aber er schien sich vor mir nicht weniger zu fürchten als ich mich vor ihm. Er setzte nicht zum Angriff an.

»Bleib, wo du bist, Mädchen«, warnte er mich. Seine Stimme klang, als habe er Halsschmerzen, ganz wund und rau.

»Was tust du hier draußen?«

»Wer bist du?«

»Du weißt verdammt gut, wer ich bin. Was ist los mit dir? Warum bist du hier draußen ohne dein Auto unterwegs?« Eric fuhr eine schnittige Corvette, was ganz und gar seinem Wesen entsprach.

»Du kennst mich? Wer bin ich?«

Also das haute mich glatt um. Es klang keineswegs so, als würde er einen Witz reißen. Vorsichtig sagte ich: »Natürlich kenne ich dich, Eric. Es sei denn, du hast einen eineiigen Zwillingsbruder. Hast du doch nicht, oder?«

»Keine Ahnung.« Er ließ die Arme sinken, seine Fangzähne schienen sich zurückzuziehen und er richtete sich aus seiner sprungbereiten Haltung wieder auf. Definitiv eine Verbesserung der Atmosphäre, wie ich fand.

»Du weißt nicht, ob du einen Bruder hast?« Jetzt verstand ich gar nichts mehr.

»Nein. Ich weiß es nicht. Ich heiße Eric?« Im grellen Licht meiner Scheinwerfer wirkte er einfach nur bemitleidenswert.

»Wow.« Etwas Hilfreicheres fiel mir absolut nicht ein. »Eric Northman lautet der Name, unter dem du bekannt bist. Warum bist du hier draußen?«

»Das weiß ich auch nicht.«

So langsam schälte sich da ein Leitmotiv heraus, wie mir schien. »Ehrlich? Du kannst dich an gar nichts erinnern?« Ich versuchte die Überzeugung abzuschütteln, dass er sich jeden Moment grinsend über mich beugen und mir lachend alles erklären würde, um mich dann in irgendwelchen Ärger hineinzuziehen, was unweigerlich damit enden würde, dass ich ... zusammengeschlagen wurde.

23

»Ehrlich.« Er trat einen Schritt näher, und beim Anblick seiner nackten weißen Brust bekam ich vor lauter Mitgefühl eine Gänsehaut. Und erst jetzt (da ich keine Angst mehr hatte) merkte ich auch, wie verloren er aussah. Es lag ein Ausdruck in seinem Gesicht, den ich bei dem selbstsicheren Eric früher nie gesehen hatte und der mich auf unerklärliche Weise traurig stimmte.

»Aber du weißt, dass du ein Vampir bist, oder?«

»Ja.« Er schien erstaunt über meine Frage. »Und du bist keiner.«

»Nein, ich bin ein Mensch, und ich muss mir sicher sein können, dass du mich nicht verletzt. Obwohl du das natürlich schon längst hättest tun können. Und glaub mir, auch wenn du dich nicht dran erinnern kannst, wir sind so eine Art Freunde.«

»Ich werde dich nicht verletzen.«

Ich sagte mir, dass wahrscheinlich schon Hunderte und Tausende Leute vor mir genau diese Worte zu hören bekommen hatten, ehe Eric ihnen die Kehle durchgebissen hatte. Doch Tatsache ist auch, dass Vampire nicht töten müssen, wenn sie ihr erstes Jahr hinter sich gebracht haben. Ein kleiner Schluck hier, ein kleiner Schluck da, so läuft das normalerweise. Als er so verloren aussah, fiel es mir besonders schwer, mich daran zu erinnern, dass er mich mit seinen bloßen Händen zerstückeln konnte.

Zu Bill hatte ich irgendwann mal gesagt, dass es wohl am cleversten von den Außerirdischen wäre (wenn sie die Erde denn heimsuchen würden), in Gestalt von weißen Kaninchen mit langen Schlappohren aufzutauchen.

»Komm, steig in mein Auto, ehe du hier festfrierst«, sagte ich. Mich beschlich das ungute Gefühl, dass ich da wieder in etwas hineingezogen wurde. Aber ich wusste nicht, was ich sonst tun sollte.

»Ich kenne dich wirklich?«, sagte er, als ob er es sich gut überlegen müsste, zu so jemand Gefährlichem ins Auto zu steigen wie einer Frau, die fünfundzwanzig Zentimeter kleiner, viele Pfund leichter und um einige Jahrhunderte jünger war als er.

»Ja«, sagte ich, unfähig, meine aufkeimende Ungeduld zu unterdrücken. Ich war nicht sonderlich erfreut über mich selbst, da ich immer noch halb vermutete, dass mir aus irgendwelchen unerfindlichen Gründen übel mitgespielt werden sollte. »Jetzt mach schon, Eric. Ich friere und du auch.« Eigentlich sind Vampire grundsätzlich ja nicht so empfindlich, was extreme Temperaturen betrifft, doch Eric hatte eine Gänsehaut. Die Toten können frieren. Und sie überleben es – sie überleben überhaupt fast alles –, aber es ist ziemlich schmerzhaft für sie, so viel ich weiß. »O mein Gott, Eric, du bist ja barfuß.« Das sah ich jetzt erst.

Da er mich nahe genug an sich heranließ, ergriff ich seine Hand. Er ließ sich auch von mir zum Auto führen, und ich verstaute ihn auf dem Beifahrersitz. Als ich auf meine Seite hinüberging, sagte ich ihm noch, er solle das Fenster hochkurbeln, und nachdem er eingehend den Mechanismus studiert hatte, tat er es auch.

Ich nahm eine alte Decke von der Rückbank, die ich im Winter (für Footballspiele und so) dort aufbewahrte, und wickelte Eric darin ein. Er zitterte nicht, natürlich nicht, denn er war ja ein Vampir; aber ich ertrug es nicht länger, bei diesen Temperaturen so viel nackte Haut zu sehen. Und ich stellte die Heizung auf die höchste Stufe (was in meinem alten Auto nicht viel besagt).

Erics nackte Haut hatte mir nie zuvor kalte Schauer verpasst – als überhaupt einmal so viel von ihm zu sehen gewesen war, hatte ich das genaue Gegenteil gefühlt. Inzwischen war ich überdreht genug, um laut loszukichern, ehe ich meine eigenen Gedanken zensieren konnte.

Eric wirkte verschreckt und warf mir einen Seitenblick zu.

»Du bist wirklich der Letzte, den zu treffen ich erwartet hätte«, sagte ich. »Bist du etwa hier herausgekommen, um Bill zu besuchen? Er ist weg.«

»Bill?«

»Der Vampir, der hier draußen wohnt. Mein Exfreund.« Er schüttelte den Kopf. Jetzt wirkte er wieder absolut verängstigt.

»Du hast keine Ahnung, wie du überhaupt hierher geraten bist?«

Wieder schüttelte er den Kopf.

Ich unternahm den angestrengten Versuch, einen klaren Gedanken zu fassen, aber dabei blieb es dann auch, beim Versuch. Ich war völlig erledigt. Obwohl es mir einen heftigen Adrenalinstoß versetzt hatte, als ich die Gestalt auf der dunklen Straße rennen sah, nahm der Pegel jetzt sehr schnell wieder ab. Ich erreichte die Abzweigung zu meinem Haus, bog links ab und fuhr dann durch den dunklen, stillen Wald meine kurvenreiche und so schön geebnete Auffahrt entlang – deren Schotterbelag übrigens Eric für mich hatte machen lassen.

Das war der eigentliche Grund, warum Eric jetzt hier bei mir im Auto saß, statt wie ein weißes Riesenkaninchen durch die Nacht zu rennen. Er war intelligent genug gewesen, mir das zu geben, was ich wirklich wollte. (Natürlich hatte er auch monatelang versucht, mich ins Bett zu kriegen. Doch die Auffahrt hatte er gemacht, weil ich sie brauchte.)

»Wir sind da«, sagte ich und fuhr zur Rückseite meines alten Hauses. Ich stellte den Motor aus. Zum Glück hatte ich heute Nachmittag, als ich zur Arbeit ging, die Außenbeleuchtung eingeschaltet, so saßen wir wenigstens nicht in völliger Finsternis.

»Hier wohnst du?« Er spähte über die Lichtung, auf der das alte Haus stand, anscheinend nervös wegen des Weges vom Auto zur Hintertür.

»Ja«, sagte ich leicht verzweifelt.

Er sah mich an mit Augen, in denen das Weiße rund um das Blau der Iris zu sehen war.

»Ach, komm schon«, sagte ich, es kam ziemlich barsch heraus. Ich stieg aus dem Auto und ging die Stufen zur hinteren

Veranda hinauf, die ich nie abschloss, denn hey, mal ehrlich, warum sollte ich eine Veranda abschließen? Ich schließe doch die Tür, die ins Haus führt, ab. Nach einem Augenblick des Herumtastens hatte ich sie geöffnet und das Licht, das ich in der Küche immer brennen ließ, ergoss sich nach draußen.

»Du kannst reinkommen«, sagte ich, damit er über die Türschwelle treten konnte. Die Decke noch immer eng um sich geschlungen, folgte er mir.

Im hellen Licht der Küchenlampe wirkte Eric wirklich mitleiderregend. Seine nackten Füße bluteten, was ich zuvor gar nicht bemerkt hatte. »Oh, Eric«, sagte ich traurig und holte eine Waschschüssel aus dem Schrank. Ich ließ heißes Wasser ins Spülbecken laufen. Es würde alles sehr schnell heilen, wie immer bei Vampiren, aber ich musste seine Wunden einfach säubern. Die Jeans waren am Hosensaum völlig verdreckt. »Zieh sie aus«, sagte ich. Sie würden sowieso nur nass werden, wenn ich seine Füße einweichte und er die Hose dabei anbehielt.

Ohne den geringsten lüsternen Blick oder irgendwelche anderen Anzeichen, dass er diese Entwicklung der Dinge genoss, wand Eric sich aus der Jeans heraus. Ich warf sie auf die hintere Veranda, um sie am nächsten Morgen zu waschen, und versuchte meinen Gast nicht anzustarren, der jetzt nur mit einer Unterhose bekleidet dastand, die definitiv aus dem Rahmen fiel: ein hellrotes Exemplar im Tangaformat, dessen Stretchqualitäten ganz offensichtlich über Gebühr strapaziert wurden. Okay, noch eine große Überraschung. Ich hatte Erics Unterwäsche bisher nur ein einziges Mal gesehen – immer noch einmal mehr als gut für mich war –, und da hatte er seidene Boxershorts getragen. Wechselten Männer den Stil tatsächlich so radikal?

Ohne sich zu produzieren und ohne jeden Kommentar schlang der Vampir wieder die Decke um sich. Hmmm. Jetzt war ich mir sicher, dass er nicht er selbst war. Kein anderer Beweis hätte mich derart überzeugen können. Eric war über eins neunzig groß und die reine Pracht (wenn auch eine marmorweiße Pracht), und das wusste er ganz genau.

Ich zeigte auf einen der Stühle am Küchentisch. Gehorsam zog er ihn hervor und setzte sich. Ich bückte mich, um die Waschschüssel auf den Boden zu stellen, und setzte vorsichtig seine großen Füße ins Wasser. Eric stöhnte, als die Wärme seine Haut berührte. Ich schätze, selbst Vampire können diesen Kontrast spüren. Ich nahm einen sauberen Lappen aus dem Schrank unter dem Spülbecken und etwas flüssige Seife und wusch seine Füße. Ich ließ mir Zeit damit, denn ich musste mir außerdem überlegen, was ich als Nächstes tun sollte.

»Du warst nachts unterwegs«, äußerte er zögerlich.

»Ich war auf dem Weg von der Arbeit nach Hause, wie du an meiner Kleidung siehst.« Ich trug unsere Winteruniform, ein langärmliges weißes, hochgeschlossenes T-Shirt, auf dem über der linken Brust »Merlotte's Bar« eingestickt war und das zu einer schwarzen Hose getragen wurde.

»Frauen sollten so spät in der Nacht nicht allein draußen sein«, sagte er missbilligend.

»Tja, wem sagst du das.«

»Nun, dir, einer Frau. Frauen unterliegen viel eher der Gefahr, von einem Angriff überwältigt zu werden, als Männer und sollten besser geschützt –«

»Nein, ich meinte, ich bin ganz deiner Meinung. Wenn's nach mir gegangen wäre, hätte ich so spät nicht mehr gearbeitet.«

»Aber warum warst du dann draußen?«

»Ich brauche das Geld«, sagte ich, trocknete mir die Hände ab, holte das Bündel Geldscheine aus meiner Hosentasche und legte es auf den Tisch. »Ich muss das Haus instand halten, mein Auto ist alt und klapprig, und ich muss Steuern und Versicherungen zahlen. Wie jeder andere auch«, fügte ich hinzu für den Fall, dass er meinte, ich würde mich beklagen. Ich hasse Gejammer, aber er hatte ja gefragt.

»Gibt es denn keinen Mann in deiner Familie?«
Hin und wieder merkt man ihnen ihr Alter an. »Ich hab' einen Bruder. Ich kann mich nicht erinnern, ob du Jason je kennen gelernt hast.« Ein Schnitt an seinem linken Fuß sah besonders schlimm aus. Ich goss noch mehr heißes Wasser in die Schüssel, um die Temperatur wieder etwas zu erhöhen. Dann versuchte ich, allen Schmutz zu entfernen. Er zuckte zusammen, als ich mit dem Waschlappen sanft über die Ränder der Wunde fuhr. Die kleineren Kratzer und blauen Flecke schienen zu verblassen, noch während ich sie mir ansah. Hinter mir sprang der Heißwasserboiler an, und das vertraute Geräusch war irgendwie beruhigend.

»Erlaubt dein Bruder dir diese Arbeit denn?«

Ich versuchte mir Jasons Gesicht vorzustellen, wenn ich ihm erzählte, dass ich erwartete, für den Rest meines Lebens von ihm versorgt zu werden, weil ich eine Frau war und nicht außerhalb des Hauses arbeiten sollte. »Oh, um Himmels willen, Eric.« Missmutig sah ich zu ihm auf. »Jason hat seine eigenen Probleme.« Wie etwa sein Dasein als chronischer Egoist und Schürzenjäger.

Ich stellte die Waschschüssel zur Seite und tupfte Eric mit einem Geschirrtuch trocken. Dieser Vampir hatte jetzt wirklich saubere Füße. Ziemlich steif erhob ich mich. Mein Rücken schmerzte. Meine Füße schmerzten. »Hör mal, ich glaube, am besten rufe ich Pam an. Sie wird wahrscheinlich wissen, was mit dir los ist.«

»Pam?«

Es war, als hätte ich einen besonders nervtötenden Zweijährigen um mich.

»Deine Stellvertreterin.«

Gleich würde er wieder eine Frage stellen, das konnte ich schon riechen. Ich hob die Hand. »Warte einfach einen Moment. Lass mich erst mal bei ihr anrufen und herausfinden, was passiert ist.«

»Aber was, wenn sie sich gegen mich gestellt hat?«

»Dann müssen wir das erst recht wissen. Je eher, desto besser.«

Ich legte die Hand auf das alte Telefon, das an der Küchenwand ganz am Ende der Arbeitsplatte hing. Daneben stand ein hoher Hocker. Auf diesem Hocker hatte meine Großmutter immer gesessen, wenn sie ihre stundenlangen Telefonate führte, einen Block und einen Stift griffbereit. Ich vermisste sie jeden Tag aufs Neue. Doch im Moment war in meiner emotionalen Palette kein Platz für Trauer oder gar Nostalgie übrig. Ich suchte in meinem kleinen Adressbuch die Nummer vom Fangtasia heraus, der Vampir-Bar in Shreveport, die Erics Haupteinnahmequelle war und als Basisstützpunkt seiner Operationen diente – die, so viel hatte ich verstanden, sehr breit angelegt waren. Ich hatte keine Ahnung, wie breit oder worum es sich bei diesen anderen Projekten handelte, und im Grunde wollte ich das auch gar nicht so genau wissen.

In der Zeitung von Shreveport hatte ich gelesen, dass im Fangtasia am Silvesterabend ebenfalls eine Party stattfinden würde – »Beginn das neue Jahr mit Biss« –, also wusste ich, dass ich dort jemanden erreichen würde. Während das Telefon klingelte, öffnete ich den Kühlschrank und holte eine Flasche Blut für Eric heraus. Ich tat sie in die Mikrowelle und stellte die Schaltuhr ein. Er folgte all meinen Bewegungen mit nervösen Blicken.

»Fangtasia«, sagte eine männliche Stimme mit Akzent.

»Chow?«

»Ja, womit kann ich Ihnen dienen?« Gerade noch rechtzeitig hatte er sich an seine Telefonrolle als sexy Vampir erinnert.

»Ich bin's, Sookie.«

»Oh«, sagte er in sehr viel natürlicherem Tonfall. »Frohes neues Jahr, Sook, aber hör mal, wir haben hier jede Menge zu tun.«

»Sucht ihr nach jemandem?«

Ein langes, aufgeladenes Schweigen folgte.

»Moment«, sagte er schließlich, und dann hörte ich nichts mehr.

»Pam«, sagte Pam. Sie hatte so lautlos nach dem Telefonhörer gegriffen, dass ich zusammenfuhr, als ich ihre Stimme hörte.

»Hast du noch einen Meister?« Ich wusste nicht, wie viel ich am Telefon sagen durfte. Ich wollte herausbekommen, ob sie diejenige war, die Eric in diesen Zustand versetzt hatte, oder ob sie ihm gegenüber noch loyal war.

»Hab' ich«, sagte sie bestimmt. Offensichtlich hatte sie verstanden, was ich wissen wollte. »Wir sind dabei ... wir haben hier ein paar Probleme.«

Ich ließ mir das durch den Kopf gehen, bis ich sicher war, dass ich verstanden hatte, was da zwischen den Zeilen lag. Pam erzählte mir, dass sie Eric immer noch die Treue hielt und dass Erics Gefolge irgendeiner Art von Angriff ausgesetzt war oder sich in einer kritischen Situation befand.

»Er ist hier«, sagte ich. Pam schätzte knappe Aussagen.

»Lebt er?«

»Ja.«

»Verletzungen?«

»Geistig.«

Eine *lange* Pause diesmal.

»Stellt er eine Gefahr für dich dar?«

Pam hätte sich garantiert nicht allzu viel daraus gemacht, wenn Eric beschlossen hätte, mich bis auf den letzten Tropfen auszusaugen. Doch ich schätze, sie fragte sich, ob er bei mir unterkommen konnte.

»Im Augenblick nicht, denke ich. Es ist mehr das Gedächtnis«, erwiderte ich.

»Ich hasse Hexen. Die Menschen hatten genau die richtige Idee: an einen Pfahl binden und auf dem Scheiterhaufen verbrennen.«

Weil gerade die Menschen, die Hexen verbrannt hatten,

denselben Pfahl auch mit Begeisterung Vampiren durchs Herz getrieben hätten, amüsierte mich das ein wenig – wenn auch nicht sehr, angesichts der Uhrzeit. Ich vergaß sofort wieder, was sie gesagt hatte, und gähnte.

»Morgen Abend kommen wir zu dir«, sagte sie schließlich.

»Kannst du ihn heute bei dir behalten? In weniger als vier Stunden geht die Sonne auf. Hast du einen sicheren Platz?«

»Ja. Aber bei Einbruch der Dunkelheit seid ihr hier, hörst du? Ich will nicht noch mal in euren Vampir-Mist verwickelt werden.« Normalerweise drücke ich mich nicht so unverblümt aus. Aber wie gesagt, es war eine lange Nacht gewesen.

»Wir werden da sein.«

Wir legten gleichzeitig auf. Eric starrte mich mit seinen blauen Augen unverwandt an. Sein Haar war ein einziges wildes Durcheinander verhedderter blonder Locken. Sein Haar hatte exakt dieselbe Farbe wie meines, und ich habe ebenso blaue Augen wie er. Aber damit haben die Ähnlichkeiten auch schon ein Ende.

Ich überlegte kurz, ob ich sein Haar bürsten sollte, aber ich war einfach zu müde.

»Okay, Folgendes haben wir ausgemacht«, sagte ich zu ihm. »Für den Rest der Nacht bleibst du hier und morgen auch noch, und Pam und die anderen holen dich morgen Abend ab und erzählen dir, was passiert ist.«

»Du lässt doch niemanden herein?«, fragte er. Ich sah, dass er das Blut ausgetrunken hatte und nicht mehr ganz so mitgenommen wirkte, ein Glück.

»Eric, ich werde mein Bestes tun, um dich zu schützen«, sagte ich sanft. Ich rieb mir das Gesicht mit den Händen. Gleich würde ich im Stehen einschlafen. »Jetzt komm schon«, sagte ich und ergriff seine Hand. Die Decke fest umklammert, trottete er hinter mir die Diele entlang, ein schneeweißer Riese in einer winzigen roten Unterhose.

Im Laufe der Jahre war an mein altes Haus immer wieder

angebaut worden, dennoch war es nie mehr als ein bescheidenes Bauernhaus gewesen. Um die letzte Jahrhundertwende hatte es ein zweites Stockwerk erhalten mit zwei zusätzlichen Schlafzimmern und einer Dachkammer, wohin ich allerdings nur noch höchst selten gehe. Meistens ist dort abgeschlossen, schon um Strom zu sparen. Unten gibt es auch zwei Schlafzimmer, ein kleineres, das ich benutzt habe, bis meine Großmutter starb, und ihr größeres Zimmer, das schräg gegenüber auf der anderen Seite der Diele liegt. Nach ihrem Tod bin ich in das größere Zimmer gezogen. Doch das Versteck, das Bill gebaut hatte, war im kleineren Schlafzimmer. Ich führte Eric dort hinein, knipste das Licht an, versicherte mich, dass die Rollläden heruntergelassen waren, und zog noch die Vorhänge vor. Dann öffnete ich den eingebauten Schrank, nahm die paar darin liegenden Sachen heraus, schlug das Stückchen Teppich zurück, das den Boden bedeckte, und legte die Falltür frei. Darunter befand sich ein lichtdichter Raum, den Bill vor ein paar Monaten gebaut hatte, damit er auch über Tag bleiben konnte oder ein Versteck besaß, wenn es ihm zu Hause einmal nicht sicher genug erschien. Bill liebte es, Schlupflöcher zu haben, und ich könnte schwören, dass es einige gab, von denen ich nichts wusste. Wenn ich ein Vampir wäre (Gott bewahre), hätte ich allerdings auch welche.

Ich schlug mir diese Gedanken an Bill schnell wieder aus dem Kopf, da ich meinem widerstrebenden Gast erklären musste, wie er die Falltür über sich so schloss, dass der Teppich wieder darüber fiel.»Wenn ich aufstehe, werde ich die anderen Sachen wieder in den Schrank tun, dann sieht es ganz normal aus«, versicherte ich ihm und lächelte ihn ermutigend an.

»Ich muss da doch jetzt noch nicht hinein?«, fragte er.

Eric richtete eine Bitte an mich: Die Welt stand wirklich Kopf.»Nein«, sagte ich und versuchte, meiner Stimme einen freundlichen Tonfall zu verleihen. Ich konnte nur noch an mein eigenes Bett denken.»Das muss nicht sein. Geh einfach vor Sonnenaufgang hinein. Das wirst du wohl auf keinen Fall verpassen, stimmt's? Ich meine, du kannst doch nicht einschlafen und erst bei Sonnenschein wieder aufwachen, oder?«

Er dachte einen Augenblick nach und schüttelte den Kopf. »Nein«, sagte er. »Ich weiß, dass das nicht passieren kann. Darf ich so lange mit in dein Zimmer?«

O Gott, dieser *Welpenblick*. Von einem 1,95 Meter großen uralten Wikinger-Vampir. Das war einfach zu viel. Ich besaß nicht mehr genug Energie, um noch laut loszulachen, also stieß ich nur ein trauriges kleines Kichern aus.»Also, komm«, sagte ich mit einer Stimme so schwach wie meine Beine. Ich knipste das Licht in dem kleinen Zimmer aus, ging durch die Diele und schaltete die Lampe in meinem eigenen Zimmer an, das gelb und weiß und sauber und warm war, und schlug die Tagesdecke, die Decke und das Laken zurück. Während Eric verloren in einem alten Lehnsessel auf der anderen Seite des Bettes saß, zog ich mir Schuhe und Socken aus, holte ein Nachthemd aus der Kommode und ging ins Badezimmer. Nach zehn Minuten war ich wieder draußen, mit frisch geputzten Zähnen und sauberem Gesicht und eingehüllt in ein sehr altes, sehr weiches Flanellnachthemd, cremeweiß und über und über mit blauen Blümchen bestickt. Die Bündchen waren ausgefranst und die Rüsche am Saum gab ein klägliches Bild ab, aber ich liebte es sehr. Nachdem ich das Licht ausgemacht hatte, fiel mir ein, dass mein Haar noch in seinem üblichen Pferdeschwanz hochgebunden war. Ich zog das Haargummi, das es zusammenhielt, ab und schüttelte den Kopf, damit es locker auseinander fiel. Sogar meine Kopfhaut schien sich zu entspannen und ich seufzte erleichtert auf.

Als ich in das hohe alte Bett kletterte, tat mein nervtötender Riesenwelpe dasselbe. Hatte ich ihm tatsächlich erlaubt, zu mir ins Bett zu kommen? Nun, ich war so müde, dass es mir völlig egal war, ob Eric es irgendwie auf mich abgesehen haben sollte, sagte ich mir, während ich mich unter die weichen alten Laken und die Decke und das Deckbett kuschelte.

»Äh, übrigens?«

»Hmmm?«

»Wie heißt du?«

»Sookie. Sookie Stackhouse.«

»Danke, Sookie.«

»Bitte, Eric.«

Weil er so verloren klang – der Eric, den ich kannte, war immer ganz selbstverständlich davon ausgegangen, dass jedermann ihm zu Diensten zu stehen hatte –, tastete ich unter dem Laken nach seiner Hand. Als ich sie fand, legte ich meine darauf. Er drehte seine Hand herum, so dass unsere Handflächen sich berührten, und seine Finger schlangen sich in meine.

Und auch wenn ich es nie für möglich gehalten hätte, dass man einschlafen kann, während man mit einem Vampir Händchen hält, so war es doch genau das, was ich nun tat.

Kapitel 2

Ich wurde nur langsam wach. Eingekuschelt in meine Bettdecke lag ich da und streckte ab und zu einen Arm oder ein Bein, während ich mich allmählich wieder an die unwirklichen Ereignisse der letzten Nacht erinnerte.

Eric lag nicht mehr bei mir im Bett, also konnte ich davon ausgehen, dass er sich in seinem Schlupfloch niedergelassen hatte. Ich ging ins andere Zimmer und stellte wie versprochen die Sachen in den Schrank zurück, so dass alles ganz normal aussah. Die Uhr zeigte Mittag und draußen schien strahlend die Sonne, obwohl die Luft kalt war. Zu Weihnachten hatte Jason mir ein Thermometer geschenkt, das die Außentemperatur maß und sie mir drinnen auf einem digitalen Display anzeigte. Jetzt wusste ich also schon mal zwei Dinge: Es war Mittag, und draußen herrschten null Grad.

In der Küche stand immer noch die Schüssel auf dem Boden, in der ich Erics Füße gewaschen hatte. Als ich das Wasser ins Spülbecken kippte, sah ich, dass Eric irgendwann die Flasche ausgespült hatte, in der das synthetische Blut gewesen war. Ich musste noch ein paar davon besorgen, ehe er aufstand, denn einen hungrigen Vampir will wohl keiner gern im Haus haben. Und außerdem war es nur höflich, Pam und allen, die sonst noch aus Shreveport herüberkamen, eine Flasche anzubieten. Sie würden mir die Sache erklären – oder auch nicht. Sie würden Eric mitnehmen und sich selbst der Lösung jener geheimnisvollen Probleme widmen, die der Vampir-Gemeinde von Shreveport zusetzten. Und ich würde hier in Frieden leben können. Oder auch nicht.

Merlotte's Bar war am Neujahrstag bis vier Uhr geschlossen. Am Neujahrstag und am Tag darauf waren Charlsie und Danielle und die Neue zum Dienst eingeteilt, weil wir anderen am Silvesterabend gearbeitet hatten. Ich hatte also zwei ganze Tage frei ... und mindestens einen davon würde ich völlig allein mit einem geistig verwirrten Vampir im Haus verbringen. Das Leben war schön.

Ich trank zwei Tassen Kaffee, tat Erics Jeans in die Waschmaschine, las eine Weile in einem Liebesroman und sah mir meinen brandneuen Kalender mit dem »Wort des Tages« an, den Arlene mir zu Weihnachten geschenkt hatte. Mein erstes Wort im neuen Jahr lautete »Sang-froid«. War das jetzt ein gutes oder ein schlechtes Omen?

Kurz nach vier kam Jason in einem irren Tempo in seinem schwarzen Pick-up mit den pink und lila Flammen an den Seiten meine Auffahrt hinaufgedonnert. Ich war inzwischen geduscht und angezogen, nur mein Haar war noch nass. Ich hatte so ein Pflegezeug hineingesprüht und fuhr jetzt langsam mit der Bürste hindurch, während ich vor dem Kamin saß und im Fernsehen ein Footballspiel ansah, damit mir beim Bürsten nicht langweilig wurde; den Ton hatte ich allerdings ganz leise gestellt. Ich dachte über Erics Zwangslage nach und aalte mich in der Wärme des Feuers in meinem Rücken.

In den letzten paar Jahren war der Kamin nur selten genutzt worden, weil Holz in so großen Mengen unheimlich teuer war. Doch Jason hatte einige Bäume, die im letzten Jahr bei einem Eissturm umgeknickt waren, zersägt, und jetzt hatte ich einen großen Vorrat und genoss die warmen Flammen.

Mein Bruder stapfte die Vorderstufen herauf und klopfte flüchtig an die Tür, ehe er eintrat. Wie ich war auch er in diesem Haus aufgewachsen. Wir waren zu unserer Großmutter gezogen, nachdem unsere Eltern gestorben waren, und sie hatte deren Haus vermietet, bis Jason mit zwanzig sagte, er sei jetzt alt genug, um allein zu wohnen. Mittlerweile war

Jason achtundzwanzig und der Boss einer Straßenbautruppe. Ein ziemlich rasanter Aufstieg für einen Jungen vom Land, der nicht viel Bildung besaß. Ich dachte, er wäre zufrieden damit, bis er vor ein, zwei Monaten plötzlich ruhelos wurde.

»Prima«, sagte er, als er das Kaminfeuer sah. Er stellte sich genau davor, um seine Hände zu wärmen – womit er mir die ganze Wärme nahm. »Wann warst du denn letzte Nacht zu Hause?«, fragte er über die Schulter.

»Ich schätze, ich war um drei im Bett.«

»Wie fandest du die Kleine, mit der ich rumhing?«

»Ich finde, mit der solltest du dich besser nicht mehr treffen.«

Das war nicht das, was er hören wollte. Sein Blick glitt zur Seite, bis er meinen traf. »Was hast du an ihr auszusetzen?«, fragte er. Mein Bruder weiß von meinen telepathischen Fähigkeiten, aber er würde nie mit mir darüber reden oder mit irgendwem sonst. Ich habe schon gesehen, wie er sich mit Männern geprügelt hat, die mich als nicht ganz normal bezeichnet haben. Doch er weiß, dass ich anders bin. Und alle anderen wissen es auch. Sie haben nur einfach beschlossen, es nicht zu glauben, oder sie meinen, *ihre* Gedanken könnte ich bestimmt nicht lesen – sondern nur die der anderen. Gott weiß, dass ich wirklich versuche, mich so zu benehmen und so zu reden, als wäre ich nicht ständig einem Schwall unerwünschter Gedanken und Emotionen und Anschuldigungen ausgesetzt. Doch manchmal sickert es einfach durch.

»Sie ist nicht so wie du«, sagte ich und blickte ins Feuer.

»Na, sie ist doch sicher keine Vampirin.«

»Nein, das nicht.«

»Na, also.« Streitlustig sah er mich an.

»Jason, als das mit den Vampiren herauskam – als wir erfuhren, dass sie wirklich existieren, nachdem wir sie jahrhundertelang einfach nur für gruselige Legendengestalten gehalten hatten –, hast du dich da nie gefragt, ob es auch noch andere wahre Märchen gibt?«

Eine Minute lang wehrte sich mein Bruder heftig gegen diese Idee. Ich wusste (weil ich es »hören« konnte), dass Jason eine solche Idee rundheraus verneinen und mich als Verrückte beschimpfen wollte – aber das brachte er einfach nicht fertig. »Du bist dir da sicher«, sagte er. Es war keine Frage. Ich achtete darauf, dass er mir direkt in die Augen sah, und nickte nachdrücklich.

»So ein Mist«, sagte er empört. »Die Kleine hab' ich wirklich gemocht. Die war 'ne Tigerin.«

»Wirklich?«, fragte ich, entsetzt darüber, dass sie vor ihm die Gestalt gewandelt hatte, obwohl nicht mal Vollmond war. »Aber sie hat dir nichts getan?« Schon im nächsten Augenblick warf ich mir meine eigene Dummheit vor. Sie hatte es natürlich nicht gemacht.

Jason starrte mich eine Sekunde lang an, ehe er schallend zu lachen begann. »Sookie, du bist echt unheimlich! Du hast ausgesehen, als könnte sie sich wirklich –« Seine Miene gefror. Ich spürte, wie der Gedanke ein Loch in die schützende Hülle bohrte, die die meisten Leute um ihr Hirn herum schaffen und die all jene Ansichten und Gedanken abwehrt, die nicht mit ihren Erwartungen an den Alltag übereinstimmen. Jason sank schwer in Großmutters Lehnsessel. »Ich wünschte, ich wüsste das nicht«, sagte er mit leiser Stimme.

»Es muss nicht genau das sein, was mit ihr passiert – das mit dem Tiger –, aber glaub mir, irgendwas passiert.«

Eine Minute darauf zeigte sein Gesicht wieder den vertrauten Ausdruck. Typisch Jason: Er konnte nichts gegen dieses neue Wissen tun, also verbannte er es ins Hinterstübchen seines Gehirns. »Übrigens, hast du gestern Abend die Frau gesehen, mit der Hoyt da war? Sie sind gemeinsam weg, und auf dem Weg nach Arcadia hat er das Auto in einen Graben gesetzt und sie mussten zwei Meilen zu Fuß gehen bis zum nächsten Telefon, weil der Akku von seinem Handy leer war.«

»Nein!«, rief ich aus und schlug einen beruhigenden und

plaudernden Tonfall an.»Und sie in diesen Stöckelschuhen!« Jasons Gleichgewicht war wiederhergestellt. Eine Weile erzählte er mir noch den neuesten Klatsch, trank eine Coke und fragte mich dann, ob ich etwas aus der Stadt brauchte.

»Ja, ich brauch' was.« Ich hatte schon darüber nachgedacht, während er redete. Die meisten seiner Neuigkeiten hatte ich sowieso schon gestern Abend aus den Gedanken der anderen Gäste erfahren, wenn ich mich mal wieder nicht gut genug abgeschottet hatte.

»Oh, oh«, sagte er gespielt ängstlich.»Was kommt jetzt wieder?«

»Ich brauche zehn Flaschen synthetisches Blut und Sachen zum Anziehen für einen großen Mann«, sagte ich und hatte ihn erneut erschreckt. Armer Jason. Er verdiente ein zänkisches Dummerchen zur Schwester, die Nichten und Neffen für ihn produzierte, damit sie ihn Onkel Jase nannten und sich an seine Beine klammerten. Stattdessen hatte er mich.

»Wie groß ist der Mann und wo ist er?«

»Er ist ungefähr 1,95 Meter groß und er schläft«, sagte ich.»Ich schätze, Hosenweite 34, und er hat lange Beine und breite Schultern.« Dabei fiel mir ein, dass ich mir das Etikett in Erics Jeans ansehen konnte, die immer noch im Trockner auf der hinteren Veranda waren.

»Was für Kleidung denn?«

»Arbeitskleidung.«

»Kenn' ich den?«

»Ich bin das«, sagte eine sehr viel tiefere Stimme.

Jason fuhr herum, als erwartete er jeden Moment einen Angriff, was zeigte, dass seine Instinkte gar nicht so schlecht ausgeprägt waren. Aber Eric wirkte so ungefährlich, wie ein Vampir seiner Größe überhaupt aussehen konnte. Und er trug liebenswürdigerweise den braunen Veloursbademantel, den ich ins zweite Badezimmer gelegt hatte. Es war einer von Bills, und es gab mir einen Stich, als ich ihn an jemand anders sah. Aber ich musste praktisch denken. Eric wanderte besser nicht in seiner roten knallengen Unterhose durchs Haus – wenigstens nicht, solange Jason da war.

Jason starrte Eric mit weit aufgerissenen Augen an und warf mir einen schockierten Blick zu. »Ist das dein neuer Freund, Sookie? Da hast du über die andere Geschichte ja nicht lange Gras wachsen lassen.« Er schwankte offenbar zwischen Bewunderung und Entrüstung. Und er hatte noch nicht begriffen, dass Eric tot war. Es erstaunt mich immer wieder, wie viele Leute es erst nach einigen Minuten bemerken. »Also für ihn soll ich die Sachen mitbringen?«

»Ja. Sein Hemd wurde letzte Nacht zerrissen und seine Jeans sind noch in der Wäsche.«

»Stellst du uns nicht vor?«

Ich holte tief Luft. Es wäre sehr viel besser gewesen, wenn Jason Eric nicht zu sehen bekommen hätte. »Lieber nicht«, sagte ich.

Das nahmen sie mir beide ziemlich übel. Jason wirkte verletzt, und der Vampir sah beleidigt aus.

»Eric«, sagte er und streckte Jason die Hand entgegen.

»Jason Stackhouse, der Bruder dieser ungehobelten Lady hier«, sagte Jason.

Sie gaben sich die Hand, und ich hätte ihnen beiden am liebsten die Hälse umgedreht.

»Ich nehm' mal an, das hat einen Grund, dass ihr zwei nicht selbst losfahren und was zum Anziehen kaufen könnt«, sagte Jason.

»Das hat einen guten Grund«, sagte ich. »Und es gibt ungefähr zwanzig gute Gründe, warum du am besten ganz schnell wieder vergisst, dass du diesen Typen hier gesehen hast.«

»Bist du in Gefahr?«, fragte Jason direkt.

»Noch nicht«, sagte ich.

»Wenn du was tust, das meine Schwester verletzt, dann wirst du nichts als Ärger erleben«, sagte Jason zu dem Vampir.

»Etwas anderes würde ich auch nicht erwarten«, sagte Eric.

»Aber da du offen zu mir bist, will ich auch offen zu dir sein. Ich finde, du solltest für sie sorgen und sie in deinem Haus wohnen lassen, damit sie besser geschützt ist.«

Jason blieb der Mund offen stehen, und ich musste mir die Hand vor meinen halten, damit ich nicht laut loslachte. Das war noch besser, als ich es mir hätte vorstellen können.

»Zehn Flaschen Blut und was anderes zum Anziehen?«, fragte Jason mich, und an seiner veränderten Stimme konnte ich erkennen, dass er endlich kapiert hatte, was mit Eric los war.

»Richtig. Der Schnapsladen dürfte das Blut haben. Die Kleidung kannst du bei Wal-Mart kaufen.« Eric war der Jeans-und-T-Shirt-Typ, mehr konnte ich mir ohnehin nicht leisten.

»Oh, und er braucht auch Schuhe.«

Jason trat neben den Vampir und stellte seinen Fuß neben seinen. Er pfiff, was Eric zusammenfahren ließ.

»Große Füße«, bemerkte Jason und warf mir einen Blick zu. »Stimmt das alte Sprichwort denn?«

Ich lächelte ihn an. Er versuchte, die Atmosphäre zu entspannen. »Auch wenn du's mir nicht glaubst, ich hab' keine Ahnung.«

»Na ... nichts für ungut. Also, ich geh' dann mal«, sagte Jason und nickte Eric zu. Ein paar Sekunden später hörte ich seinen Pick-up die Kurven der Auffahrt entlangrasen. Es war schon gänzlich dunkel geworden.

»Tut mir leid, dass ich rausgekommen bin, als er da war«, sagte Eric vorsichtig. »Ich glaube, du wolltest nicht, dass ich ihn treffe.« Er kam herüber zum Feuer und schien die Wärme genauso zu genießen, wie ich es getan hatte.

»Es ist mir nicht peinlich oder so was, dass du hier bist«, sagte ich. »Es kommt mir nur so vor, als wenn du einen Haufen Ärger am Hals hättest, und ich will nicht, dass mein Bruder da reingezogen wird.«

»Ist er dein einziger Bruder?«

»Ja. Und meine Eltern sind tot und meine Großmutter

auch. Er ist alles, was ich habe, außer einer Cousine, die seit Jahren schon drogenabhängig ist. Sie ist verloren, glaub' ich.«

»Sei doch nicht so traurig«, sagte er, als könnte er sich nicht helfen.

»Schon okay.« Ich gab meiner Stimme einen forschen und sachlichen Ton.

»Du hast mein Blut in dir«, sagte er.

Oh. Ich stand absolut reglos da.

»Ich wäre nicht fähig, zu erkennen, was du fühlst, wenn du nicht mein Blut in dir hättest«, sagte er. »Sind wir – waren wir – ein Liebespaar?«

Das war sicher eine der liebenswürdigsten Weisen, es zu formulieren. Eric hatte sich, was Sex betraf, sonst immer sehr handfest ausgedrückt.

»Nein«, sagte ich unverzüglich, und das war die Wahrheit, wenn auch nur um Haaresbreite. Wir waren noch rechtzeitig gestört worden, Gott sei Dank. Ich bin nicht verheiratet. Ich habe meine schwachen Momente. Er ist umwerfend. Was soll ich noch sagen?

Doch er sah mich mit ernstem Blick an, und ich spürte, wie eine heiße Welle mein Gesicht erröten ließ.

»Das hier ist nicht der Bademantel deines Bruders.«

Oh, Mann. Ich starrte ins Feuer, als würde es eine Antwort für mich ausspucken.

»Wem gehört er dann?«

»Bill«, sagte ich. Das war einfach.

»Ist er dein Liebhaber?«

Ich nickte. »Er war es«, sagte ich aufrichtig.

»Ist er mein Freund?«

Ich dachte darüber nach. »Na ja, nicht direkt. Er lebt in dem Bezirk, in dem du Sheriff bist. In Bezirk Fünf.« Ich fing wieder an, mein Haar zu bürsten, und bemerkte, dass es inzwischen trocken war. Es knisterte, weil es elektrisch aufgeladen war, und blieb an der Bürste haften. Ich lächelte über den Effekt, als ich mich selbst im Spiegel über dem Kaminsims sah.

Eric konnte ich auch sehen. Ich habe keine Ahnung, warum die Geschichte, dass Vampire nicht in Spiegeln zu sehen sind, immer noch herumgeistert. Von Eric gab es eine ganze Menge zu sehen, weil er so groß war und weil er den Bademantel nicht fest genug zugeknotet hatte... Ich schloss die Augen.

»Fehlt dir etwas?«, fragte Eric besorgt.

Mehr Selbstbeherrschung.

»Mir geht's gut«, sagte ich und versuchte, nicht mit den Zähnen zu knirschen. »Deine Freunde werden bald kommen. Deine Jeans sind im Trockner, und Jason ist hoffentlich jeden Moment wieder da mit ein paar anderen Sachen zum Anziehen.«

»Meine Freunde?«

»Nun, die Vampire, die für dich arbeiten. Ich schätze, Pam geht als Freundin durch. Bei Chow weiß ich das nicht.«

»Sookie, wo arbeite ich? Wer ist Pam?«

Das war wirklich ein mühsames Gespräch. Ich versuchte, Eric seine Position zu erklären, dass er der Besitzer des Fangtasia war und welche anderen Unternehmungen und Interessen er noch hatte. Aber ehrlich gesagt, ich wusste selbst einfach nicht genug, um ihm das alles haarklein auseinander zu setzen.

»Du weißt nicht sehr viel über das, was ich mache«, stellte er ganz richtig fest.

»Tja, ich bin nur im Fangtasia, wenn Bill mich mitnimmt, und er nimmt mich nur mit, wenn ich was für dich tun muss.« Ich schlug mir selbst mit der Bürste vor die Stirn. Dämlich, wie dämlich!

»Was musst du denn für mich tun? Gibst du mir bitte mal die Bürste?«, fragte Eric. Ich warf ihm einen verstohlenen Blick zu. Er wirkte sehr grüblerisch und nachdenklich.

»Na klar«, sagte ich und ignorierte seine erste Frage. Ich gab ihm die Bürste. Er fing an, sich die Haare zu kämmen, und die Muskeln seiner Brust begannen einen spielerischen Tanz. O Himmel. Vielleicht sollte ich noch mal unter die Dusche gehen *und das Wasser auf eiskalt drehen?* Ich stapfte ins Schlafzimmer und holte mir ein Haargummi, um mir ganz oben am Hinterkopf einen so festen Pferdeschwanz zu binden, wie ich nur konnte. Ich benutzte meine zweitbeste Bürste und strich das Haar ganz glatt. Dann prüfte ich, ob ich auch die Mitte getroffen hatte, indem ich den Kopf hin und her drehte.

»Du bist angespannt«, sagte Eric von der Tür her, und ich schrie erschrocken auf.

»Tut mir leid, tut mir leid!«, sagte er hastig.

Ich sah ihn misstrauisch an, aber er schien aufrichtig zerknirscht zu sein. Wäre er er selbst gewesen, hätte Eric gelacht. Aber verflixt noch mal, ich vermisste den echten Eric richtig. Bei ihm wusste ich wenigstens immer, woran ich war.

Ich hörte, wie an der Vordertür geklopft wurde.

»Du bleibst hier drin«, sagte ich. Er schien ziemlich besorgt und setzte sich wie ein braver kleiner Junge in den Sessel in der Ecke des Zimmers. Zum Glück hatte ich in der Nacht noch meine auf dem Boden verstreuten Sachen weggeräumt, so wirkte das Zimmer nicht so privat. Ich ging durchs Wohnzimmer zur Haustür und hoffte, dass mir weitere Überraschungen erspart blieben.

»Wer ist da?«

»Wir sind es«, sagte Pam.

Ich drehte den Türknopf, hielt dann inne, erinnerte mich aber, dass sie ja ohnehin nicht reinkommen konnten, und öffnete die Tür.

Pam hatte helles glattes Haar und war weiß wie eine Magnolienblüte. Ansonsten sah sie aus wie eine junge Hausfrau aus einer Vorstadtsiedlung, die halbtags in der Vorschule arbeitet.

Ich konnte mir zwar nicht vorstellen, dass irgendjemand Pam jemals seine Kleinkinder anvertrauen würde, hatte sie aber noch nie etwas sehr Grausames oder Bösartiges tun sehen. Doch sie ist definitiv davon überzeugt, dass Vampire besser sind als Menschen, und sie ist sehr direkt und nimmt kein Blatt vor den Mund. Und ich könnte schwören, wenn ihr

Wohlergehen davon abhinge, würde Pam jedes noch so unheilvolle Vorhaben skrupellos in die Tat umsetzen. Sie schien eine hervorragende Stellvertreterin für Eric zu sein und war nicht übermäßig ehrgeizig. Wenn sie tatsächlich danach strebte, ihren eigenen Machtbereich zu haben, dann konnte sie diesen Wunsch ziemlich gut verbergen.

Mit Chow war das was ganz anderes. Ich wollte Chow gar nicht erst besser kennen lernen. Ich traute ihm nicht, und ich hatte mich in seiner Gegenwart auch nie wohl gefühlt. Chow ist Asiate, ein schmal gebauter, aber starker Vampir mit ziemlich langem schwarzem Haar. Er ist nicht sehr groß, und jeder sichtbare Zentimeter Haut (außer seinem Gesicht) ist mit komplizierten Tattoos bedeckt, echten kleinen Kunstwerken. Pam sagt, es sind Yakuza-Tattoos. An manchen Abenden arbeitet Chow im Fangtasia als Barkeeper, an anderen sitzt er einfach nur herum und präsentiert sich den Stammgästen. (Aus diesem Grund gibt es überhaupt Vampir-Bars: um den normalen Menschen das Gefühl eines wilden Lebens zu verschaffen, weil sie sich in einem Raum mit echten Untoten aufhalten. Ein sehr lukratives Geschäft, hat Bill mir erzählt.)

Pam trug einen flauschigen, cremeweißen Pullover und goldbraune Wollhosen, Chow hatte seine ewig gleiche Weste und Hosen an. Er trug nur selten ein Hemd, so kamen die Stammgäste des Fangtasia stets in den vollen Genuss seiner Tattookunstwerke.

Ich rief nach Eric, und er trat langsam ins Zimmer. Er wirkte äußerst misstrauisch.

»Eric«, sagte Pam. In ihrer Stimme schwang Erleichterung.

»Geht es dir gut?« Besorgt sah sie Eric an. Sie verbeugte sich nicht, aber sie vollführte so eine Art tiefes Nicken.

»Meister«, sagte Chow und verbeugte sich.

Ich versuchte, nicht überzuinterpretieren, was ich da sah und hörte. Aber mir schien, dass die unterschiedliche Begrüßung einiges über die Beziehungen der drei untereinander aussagte.

Eric sah verunsichert aus. »Ich kenne euch«, sagte er und versuchte, es wie eine Feststellung und nicht wie eine Frage klingen zu lassen.

Die anderen beiden Vampire tauschten einen Blick. »Wir arbeiten für dich«, sagte Pam. »Wir schulden dir Treue.«

Ich begann, mich aus dem Zimmer zurückzuziehen, weil sie sicher über geheime Vampir-Sachen reden wollten. Und wenn es irgendetwas gab, worüber ich nichts weiter erfahren wollte, dann das.

»Geh bitte nicht«, sagte Eric zu mir. Seine Stimme klang ängstlich. Ich erstarrte und sah mich um. Pam und Chow blickten mich über Erics Schulter hinweg an, und ihre Mienen konnten unterschiedlicher nicht sein. Pam wirkte fast amüsiert. Chow dagegen sah deutlich missbilligend drein.

Ich versuchte, Eric nicht in die Augen zu sehen, damit ich ihn mit gutem Gewissen allein lassen konnte, aber es funktionierte einfach nicht. Er wollte nicht allein sein mit seinen beiden Kumpanen. Ich atmete tief aus. Na gut, *verdammt noch mal*. Ich trottete wieder zu Eric hinüber und ließ Pam die ganze Zeit nicht aus den Augen.

Wieder klopfte es an der Haustür, und Pam und Chow reagierten auf dramatische Weise. Im Bruchteil einer Sekunde waren sie beide kampfbereit, und Vampire in diesem Zustand sind kein angenehmer Anblick. Ihre Fangzähne treten hervor, ihre Hände krümmen sich zu Krallen und ihre Körper sind in höchster Alarmbereitschaft. Die Luft um sie herum scheint zu knistern.

»Ja?«, sagte ich direkt hinter der Tür. Ich musste unbedingt einen Türspion anbringen lassen.

»Hier ist dein Bruder«, sagte Jason schroff. Er ahnte ja gar nicht, was für ein Glück er gehabt hatte, dass er nicht einfach wie immer hereinmarschiert war.

Irgendetwas hatte Jason in schlechte Laune versetzt, und ich fragte mich, ob jemand anders bei ihm war. Fast hätte ich die Tür geöffnet. Aber ich zögerte. Ich fühlte mich wie ein

Verräter, doch schließlich drehte ich mich zu Pam um. Schweigend deutete ich die Diele entlang zur Hintertür, machte eine Tür-auf-Tür-zu-Geste, damit es kein Missverständnis gab, was ich meinte. Dann deutete ich mit dem Finger einen großen Kreis in der Luft an – *Komm ums Haus herum, Pam* – und zeigte auf die vordere Haustür.

Pam nickte und rannte die Diele entlang zur Rückseite des Hauses. Ihre Schritte konnte ich nicht hören. Erstaunlich. Eric trat zurück von der Tür. Chow stellte sich vor ihn. Das gefiel mir. Das war genau das, was ein Untergebener zu tun hatte.

Weniger als eine Minute später hörte ich Jason in einer Entfernung von etwa fünfzehn Zentimeter brüllen. Ich tat einen Sprung zurück.

Pam sagte:»Mach auf!«

Ich riss die Tür auf und sah Jason, den Pam mit den Armen fest umklammert hielt. Sie hielt ihn knapp über dem Boden, ohne jede Anstrengung, obwohl er wild mit den Armen um sich schlug und es ihr so schwer wie möglich machte, der Gute.

»Du bist allein«, sagte ich voller Erleichterung.

»Natürlich, verdammt noch mal! Warum hast du die auf mich gehetzt? Lass mich runter!«

»Es ist mein Bruder, Pam«, sagte ich.»Lass ihn bitte herunter.«

Pam stellte Jason auf den Boden, und er fuhr herum, um sie anzusehen.»Hör mal, du Weibsstück! Du kannst dich nicht einfach so an einen Mann heranschleichen! Du hast Glück gehabt, dass ich dir nicht eins auf den Schädel gegeben hab'!«

Pam sah ihn höchst amüsiert an, und selbst Jason war die Sache jetzt peinlich. Immerhin brachte er ein Lächeln zustande.»Ich schätze mal, das wäre ziemlich schwierig geworden«, gab er zu und hob die Tüten auf, die er fallen gelassen hatte. Pam half ihm.»Zum Glück hab' ich das Blut in diesen großen Plastikflaschen genommen«, sagte er.»Sonst müsste diese schöne Lady hier wohl hungrig nach Hause gehen.«

Er lächelte Pam gewinnend an. Jason liebt die Frauen. Pam war allerdings eine Nummer zu groß für ihn; doch ihm fehlte das Gespür, das zu erkennen.

»Danke. Jetzt musst du gehen«, sagte ich unvermittelt. Ich nahm ihm die Plastiktüten aus den Händen. Pam und er hatten immer noch ihre Blicke ineinander versenkt. »Pam«, sagte ich scharf. »Pam, er ist mein Bruder.«

»Ich weiß«, sagte sie ruhig. »Jason, wolltest du uns etwas sagen?«

Ich hatte ganz vergessen, dass Jason klang, als wäre er nicht ganz er selbst, als er vor der Haustür stand.

»Ja«, sagte er und konnte kaum die Augen von der Vampirin wenden. Doch als er schließlich mich ansah, entdeckte er auch Chow, und seine Augen weiteten sich. Immerhin war er schlau genug, sich vor Chow zu fürchten. »Sookie?«, sagte er. »Alles in Ordnung?« Er trat einen Schritt ins Zimmer hinein, und ich sah, wie das restliche Adrenalin, das das Erlebnis mit Pam noch übrig gelassen hatte, durch seinen Körper zu jagen begann.

»Ja. Alles okay. Das sind bloß Freunde von Eric, die sehen wollen, wie's ihm geht.«

»Na, die sollten mal lieber losziehen und diese Suchplakate von den Wänden reißen.«

Das erregte die volle Aufmerksamkeit aller. Was Jason freute.

»Die Plakate hängen bei Wal-Mart und Grabbit Kwik und im Schnapsladen und auch sonst überall in der Stadt«, sagte er. »Auf allen steht: ›Haben Sie diesen Vampir gesehen?‹ und weiter, dass er entführt wurde und dass seine engen Freunde sich große Sorgen machen, und die Belohnung beläuft sich auf 50000 Dollar, wenn jemand sagen kann, wo er ist.«

Ich konnte all dem nicht so recht folgen und dachte immer bloß »Was?«, bis Pam es auf den Punkt brachte.

»Sie hoffen, dass ihn jemand sieht und sie ihn sich schnappen können«, sagte sie zu Chow. »Das wird funktionieren.«

»Wir sollten uns darum kümmern«, sagte er und nickte zu Jason hinüber.

»Wehe, du rührst meinen Bruder auch nur an«, sagte ich. Ich stellte mich zwischen Jason und Chow, und es juckte mich geradezu in den Händen, mit einem Pfahl, einem Hammer oder was auch immer diesen Vampir davon abzuhalten, meinen Bruder anzufassen.

Jetzt konzentrierten Pam und Chow diese intensive Aufmerksamkeit auf mich. Mir schmeichelte das gar nicht, anders als Jason vorhin. Ich fand es einfach nur todgefährlich. Jason öffnete den Mund, um etwas zu sagen – ich spürte, wie die Wut in ihm aufstieg und der Impuls anzugreifen –, doch ich presste die Finger um sein Handgelenk. Er knurrte, und ich sagte: »Halt den Mund.« Und wie durch ein Wunder tat er das auch. Er schien zu spüren, dass die Ereignisse zu schnell aufeinander folgten und in eine fatale Richtung liefen.

»Da müsst ihr mich auch umbringen«, sagte ich.

Chow zuckte die Achseln. »Ist ja 'ne fürchterliche Drohung.«

Pam sagte gar nichts. Wenn sie sich entscheiden musste zwischen der Aufrechterhaltung von Vampir-Interessen und meiner Freundschaft ... tja, dann konnten wir wohl getrost alle weiteren gemeinsamen Kaffeekränzchen glatt absagen.

»Was hat das alles zu bedeuten?«, fragte Eric. Seine Stimme klang um einiges strenger. »Erklär mir das ... Pam.«

Eine Minute verging, in der alles in der Schwebe war. Dann drehte sich Pam zu Eric um, und vielleicht war sie sogar ein klein wenig erleichtert, dass sie mich nicht gleich in diesem Augenblick umbringen musste. »Sookie und dieser Mann, ihr Bruder, haben dich gesehen«, erklärte sie. »Sie sind Menschen. Sie brauchen das Geld. Sie werden dich den Hexen ausliefern.«

»Was für Hexen?«, sagten Jason und ich gleichzeitig.

»Vielen Dank, Eric, dass du uns in diesen Mist reingezogen hast«, murmelte Jason unfair. »Und kannst du nicht mal mein

Handgelenk loslassen, Sook? Du bist stärker, als du aussiehst.«

Ich war stärker, als ich sein sollte, weil ich Vampirblut bekommen hatte – erst vor kurzem, von Eric. Die Wirkung würde noch etwa drei Wochen andauern, vielleicht sogar länger. Das wusste ich aus Erfahrung.

Diese Extrastärke hatte ich an einem Tiefpunkt meines Lebens leider gebraucht. Und der Vampir, der jetzt in den Bademantel meines Exfreundes gehüllt dastand, hatte mir dieses Blut gegeben, als ich schwer verletzt gewesen war, aber unbedingt weitermachen musste.

»Jason«, sagte ich mit unterdrückter Stimme – als ob die Vampire mich so nicht hören könnten –, »nimm dich bitte zusammen.« Noch deutlicher konnte ich ihm nicht zu verstehen geben, dass er sich doch wenigstens einmal in seinem Leben klug verhalten sollte. Er war einfach viel zu stolz darauf, einer von den ganz wilden Kerlen zu sein.

Sehr langsam und vorsichtig, als liefe ein Löwe frei im Zimmer herum, gingen Jason und ich zu dem alten Sofa neben dem Kamin hinüber und setzten uns. Das regelte die allgemeine Spannung um ein paar Grad herunter. Eric zögerte kurz, setzte sich dann auf den Boden und lehnte sich gegen meine Beine. Pam ließ sich auf der Kante des Sessels nieder, der am nächsten beim Kamin stand, und nur Chow beschloss, ganz in Jasons Nähe stehen zu bleiben (eine Distanz, die er mit einem einzigen Satz überbrücken konnte). Die Atmosphäre war zwar keineswegs locker, hatte aber schon gewaltige Fortschritte gemacht.

»Dein Bruder muss bleiben und sich das anhören«, sagte Pam. »Ganz egal, wie sehr du auch möchtest, dass er von nichts weiß. Er muss erfahren, warum er sich dieses Geld lieber nicht verdienen sollte.«

Jason und ich nickten sofort. Ich war wohl kaum in der Lage, sie einfach vor die Tür zu setzen. Das heißt … klar konnte ich das! Ich konnte ihnen sagen, dass ich die Erlaubnis, mein Haus zu betreten, widerrief, und zisch, schon würden sie rückwärts durch die Tür verschwinden. Ich merkte, wie mir ein Lächeln auf die Lippen trat. So eine Erlaubnis zu widerrufen war eine äußerst befriedigende Sache. Einmal hatte ich es schon getan. Ich hatte sowohl Bill als auch Eric aus meinem Wohnzimmer hinausgezoomt; und das war ein so verdammt gutes Gefühl gewesen, dass ich die Erlaubnis für alle Vampire, die ich kannte, gleich mit widerrufen hatte. Mein Lächeln erlosch, als ich etwas genauer darüber nachdachte.

Wenn ich diesem Impuls nachgab, musste ich für den Rest meines Lebens jede Nacht zu Hause bleiben, weil sie am nächsten Tag bei Einbruch der Dunkelheit wiederkommen würden und den Tag danach und so weiter, bis sie mich hatten, da ich ihren Boss hatte. Ich sah Chow finster an. Ich war drauf und dran, ihn für die ganze Situation hier verantwortlich zu machen.

»Vor einigen Nächten hörten wir im Fangtasia«, erklärte Pam, »dass eine Gruppe Hexen in Shreveport angekommen war. Eine Frau erzählte es uns, die... Absichten auf Chow hat. Sie verstand nicht, warum wir an der Information so interessiert waren.«

Das klang in meinen Ohren nicht sonderlich bedrohlich. Jason zuckte die Achseln. »Und?«, sagte er. »Mann, ihr seid alle Vampire. Was kann eine Bande schwarzgekleideter Mädels euch schon anhaben?«

»Echte Hexen können Vampiren eine ganze Menge antun«, sagte Pam mit bemerkenswerter Beherrschung. »Die ›schwarzgekleideten Mädels‹, von denen du redest, sind bloß Angeberinnen. Echte Hexen können Frauen oder Männer jeden Alters sein. Sie sind außerordentlich stark und sehr mächtig. Sie kontrollieren die magischen Kräfte, und unsere Existenz gründet in der Magie. Diese Gruppe hier hat anscheinend ein paar ganz besondere...« Sie machte eine Pause, weil ihr kein passendes Wort einfiel.

»Tricks auf Lager?«, schlug Jason hilfsbereit vor.
»Fähigkeiten«, sagte sie. »Wir haben noch nicht herausgefunden, was sie so stark macht.«
»Aus welchem Grund sind sie nach Shreveport gekommen?«, fragte ich.
»Eine gute Frage«, sagte Chow anerkennend. »Eine sehr gute Frage.«
Ich runzelte die Stirn. Ich brauchte seine Anerkennung nicht.
»Sie wollten – sie wollen – Erics Geschäfte übernehmen«, sagte Pam. »Hexen sind genauso hinter dem Geld her wie alle anderen auch. Sie wollen entweder die Geschäfte übernehmen oder sich von Eric dafür bezahlen lassen, dass sie ihn in Ruhe lassen.«
»Schutzgeld.« Dies Konzept war jedem Fernsehzuschauer vertraut. »Aber wie können sie euch zu irgendwas zwingen? Ihr seid doch selbst so stark.«
»Du ahnst gar nicht, wie viele Probleme in deinen Geschäften plötzlich entstehen können, wenn Hexen ein Stück davon haben wollen. Als wir uns das erste Mal mit ihnen trafen, setzten ihre Anführer – ein Team aus Bruder und Schwester – uns das haarklein auseinander. Hallow erklärte, sie könne alle unsere Angestellten verzaubern, unsere Drinks vergiften, Stammgäste auf der Tanzfläche ausrutschen lassen, so dass sie uns verklagen, gar nicht zu reden von Schwierigkeiten mit verstopften Toiletten.« Angewidert warf Pam die Hände in die Luft. »Jede Nacht wäre wie ein Albtraum, und unsere Einnahmen würden einbrechen, vielleicht sogar bis zu dem Punkt, dass das Fangtasia völlig wertlos wird.«
Jason und ich warfen uns vorsichtige Blicke zu. Es war kein Wunder, dass Vampire sich im Bar-Geschäft betätigten – das war in der Nacht das lukrativste, und nachts waren sie eben wach. Die Vampire hatten sich alle möglichen Nachtlizenzen verschafft, etwa für Waschsalons, Restaurants, Kinos ... aber am meisten Geld war mit den Bars zu verdienen. Wenn das

Fangtasia zumachte, wäre das ein schwerer Schlag für Erics finanzielle Lage.

»Und wie kam es dazu, dass Eric schließlich ohne Hemd und Schuhe nachts die Straße entlangrannte?«, fragte ich, da ich fand, wir könnten langsam mal zur Sache kommen.

Die beiden Untergebenen tauschten jede Menge Blicke. Ich sah zu Eric hinunter, der sich an meine Beine drückte. Er schien genauso interessiert an der Antwort wie wir. Mit einer Hand umfasste er ganz fest mein Fußgelenk. Ich fühlte mich wie eine große Rettungsdecke.

Chow beschloss, dass er jetzt mit Erzählen dran war. »Wir sagten ihnen, wir würden uns ihre Drohung durch den Kopf gehen lassen. Doch als wir gestern Abend zur Arbeit kamen, wartete eine der weniger hochrangigen Hexen im Fangtasia mit einem anderen Vorschlag auf uns.« Er wirkte ein wenig beklommen. »Während unseres ersten Treffens befand das Oberhaupt des Hexenzirkels, Hallow, plötzlich, dass sie Eric, äh, begehrte. So eine Verbindung wird von den Hexen gar nicht gern gesehen, wisst ihr – wir sind tot, und die Hexenkunst gilt ja als etwas so ... Organisches.« Chow spuckte das Wort förmlich aus. »Die meisten Hexen würden so was wie dieser Hexenzirkel hier natürlich nie tun. Das sind Leute, die von der schieren Macht angezogen sind und mit der Religion dahinter nichts am Hut haben.«

Das klang interessant, aber ich wollte den Rest der Geschichte erfahren. Jason auch, er machte eine Handbewegung, die besagte: »Weiter.« Chow schüttelte sich leicht, als müsse er sich selbst erst von diesen Gedanken befreien, und fuhr fort. »Die Oberhexe, diese Hallow, ließ Eric durch ihre Untergebene wissen, dass sie nur auf einem Fünftel seiner Geschäfte bestehen würde statt auf der Hälfte, wenn er sieben Nächte lang zu ihrem Vergnügen bereitstünde.«

»Na, dir muss ja ein gewaltiger Ruf vorauseilen«, sagte mein Bruder zu Eric, in seiner Stimme schwang aufrichtige Ehrfurcht. Eric war nicht sehr erfolgreich bei dem Versuch, seine entzückte Miene zu unterdrücken. Es freute ihn zu hören, dass er solch ein Romeo war. Im nächsten Augenblick sah er mit leicht verändertem Ausdruck zu mir hinauf, und mich überkam ein Gefühl von entsetzlicher Unvermeidlichkeit – als würdest du beobachten, wie dein Auto bergab rollt (obwohl du schwören könntest, dass du den Hebel auf Parken gestellt hast), und du weißt, dass du es nie mehr einholen und die Handbremse ziehen kannst, wie sehr du es auch wünschen magst. Das Auto wird einen Totalschaden erleiden.

»Obwohl einige von uns meinten, es sei das Klügste, wenn er zustimmte, widersetzte sich unser Meister«, sagte Chow und warf »unserem Meister« einen nicht sehr liebevollen Blick zu. »Und unser Meister hielt es für angebracht, seine Ablehnung in solch harsche Worte zu kleiden, dass Hallow ihn verwünschte.«

Eric wirkte beschämt.

»Warum um alles auf der Welt hast du einen solchen Deal denn abgelehnt?«, fragte Jason, ehrlich verwirrt.

»Ich kann mich nicht daran erinnern«, sagte Eric und presste sich noch eine Spur dichter an meine Beine. Sehr viel mehr als eine Spur ging auch nicht, noch näher konnte er ihnen nicht kommen. Er wirkte ruhig, doch ich wusste, dass er es nicht war. Ich spürte die Anspannung seines Körpers. »Ich wusste nicht mal meinen Namen, bis diese junge Frau hier, Sookie, ihn mir nannte.«

»Und wie kommt es, dass du draußen auf dem Land warst?«

»Das weiß ich auch nicht.«

»Er verschwand einfach«, sagte Pam. »Wir saßen mit dieser jungen Hexe in unserem Büro, und Chow und ich stritten uns mit Eric über seine Ablehnung. Und dann war er nicht mehr da.«

»Klingelt's da irgendwie bei dir, Eric?«, fragte ich. Ich erwischte mich dabei, dass ich eine Hand ausstreckte, um Eric übers Haar zu streichen, wie ich es bei einem Hund getan hätte, der sich an mich schmiegte.

Der Vampir sah mich verwirrt an. Obwohl Eric mit modernen Redewendungen im Allgemeinen gut klarkam, gab es hin und wieder eine, die ihn aus der Fassung brachte. »Weißt du noch irgendetwas von all dem?«, sagte ich etwas verständlicher. »Hast du Erinnerungen daran?«

»Ich wurde geboren in dem Augenblick, als ich in Dunkelheit und Kälte die Straße entlangrannte«, sagte er. »Bevor du mich aufgelesen hast, war ich eine leere Hülle.«

So ausgedrückt klang es wirklich schauerlich.

»Das ergibt einfach keinen Sinn«, sagte ich. »So etwas passiert doch nicht aus heiterem Himmel, so ganz ohne Vorwarnung.«

Pam sah nicht beleidigt aus, aber Chow gab sich alle Mühe. »Ihr zwei habt irgendetwas getan, stimmt's? Ihr habt Mist gebaut. Was habt ihr getan?« Eric umschlang mit beiden Armen meine Beine, jetzt war ich an meinem Platz festgeklemmt. Ich unterdrückte eine leichte Aufwallung von Panik. Er war einfach nur verunsichert.

»Chow hat die Geduld mit der Hexe verloren«, sagte Pam nach einer bedeutsamen Pause.

Ich schloss die Augen. Selbst Jason schien zu begreifen, was Pam da gerade erzählte, weil seine Augen immer größer wurden. Eric drehte den Kopf und rieb seine Wange an meinem Oberschenkel. Ich fragte mich, was er eigentlich bei all dem dachte.

»Und in dem Moment, in dem sie angegriffen wurde, verschwand Eric?«, fragte ich.

Pam nickte.

»Sie war also mit einem Zauberspruch belegt.«

»Anscheinend«, sagte Chow. »Ich hatte von so einer Sache noch nie was gehört, man kann mich nicht dafür verantwortlich machen.« Mit seinem Blick hielt er jede Erwiderung in Schach.

Ich wandte mich zu Jason um und verdrehte die Augen. Es war nicht meine Angelegenheit, mich mit Chows Dummheiten zu befassen. Ich war mir ziemlich sicher, dass die Königin von Louisiana, Erics oberste Herrin, ein paar Worte in dieser Sache an Chow richten würde, wenn sie von der Geschichte erfuhr.

Es trat ein kurzes Schweigen ein. Jason stand auf und legte noch ein Scheit Holz ins Feuer. »Ihr wart schon mal in Merlotte's Bar, oder?«, fragte er die Vampire. »Da, wo Sookie arbeitet.«

Eric zuckte die Achseln, er erinnerte sich nicht. Pam sagte: »Ich schon, aber Eric noch nicht.« Sie sah mich an, damit ich das bestätigte, und ich nickte.

»Also wird erst mal keiner Eric mit Sookie in Verbindung bringen.« Jason ließ diese Bemerkung ganz nebenbei fallen, aber er wirkte sehr zufrieden, fast selbstgefällig.

»Nein«, sagte Pam langsam. »Wahrscheinlich nicht.«

Da bahnte sich eindeutig etwas an, über das ich mir jetzt sofort Sorgen machen sollte, aber ich bekam es noch nicht so recht zu fassen.

»Dann habt ihr, was Bon Temps angeht, keine Probleme«, fuhr Jason fort. »Ich glaub' ja nicht, dass ihn gestern Nacht da draußen irgendwer gesehen hat, außer Sookie. Und ich will verdammt sein, wenn ich weiß, warum er gerade auf dieser einen bestimmten Straße gestrandet ist.«

Da hatte mein Bruder eine zweite ausgezeichnete Bemerkung gemacht. Heute Abend schienen wirklich all seine Batterien auf Hochtouren zu laufen.

»Aber viele Leute von hier fahren nach Shreveport, um in die Bar Fangtasia zu gehen. Ich war auch schon dort«, sagte Jason. Das hörte ich zum ersten Mal, und ich sah ihn mit zusammengekniffenen Augen an. Er zuckte die Achseln und schien nur wenig verlegen. »Was passiert eigentlich, wenn irgendwer sich die Belohnung verdienen will? Wenn jemand die angegebene Telefonnummer anruft?«

Chow beschloss, noch mehr zum Gespräch beizutragen. »Natürlich wird der ›enge Freund‹, der den Hörer abnimmt, sich umgehend mit dem Informanten treffen. Wenn der den ›engen Freund‹ davon überzeugen kann, dass er Eric wirklich gesehen hat, nachdem diese verruchte Hexe ihn verwünscht hat, werden die Hexen in einem bestimmten Gebiet zu suchen beginnen. Und sie werden ihn finden. Sie werden Kontakt mit den Hexen vor Ort aufnehmen und sie um Mithilfe bitten.«

»In Bon Temps gibt's keine Hexen«, sagte Jason, erstaunt, wie Chow überhaupt auf die Idee kommen konnte. Das war wieder ganz mein Bruder, der nur von seinen eigenen Vorstellungen ausging.

»Oh, ich würde wetten, da gibt es auch welche«, sagte ich.

»Warum denn nicht? Weißt du nicht mehr, was ich zu dir gesagt habe?« Auch wenn ich an Werwölfe und Gestaltwandler gedacht hatte, als ich ihn warnte, dass es Dinge auf dieser Welt gab, von denen er sicher nichts wissen wollte.

Mein armer Bruder wurde an diesem Abend regelrecht mit Neuigkeiten zugeschüttet. »Warum denn nicht?«, wiederholte er schwach. »Wer sollte das sein?«

»Ein paar Frauen, ein paar Männer«, sagte Pam und wischte sich die Hände ab, als würde sie von einer hoch ansteckenden Krankheit sprechen. »Sie sind wie alle anderen auch, die ein geheimes Leben führen – die meisten sind sogar recht freundlich und ziemlich harmlos.« Pam klang allerdings nicht allzu überzeugt, als sie das sagte. »Aber die bösen Hexen versuchen stets die guten zu verderben.«

»Wie auch immer«, sagte Chow, der Pam nachdenklich ansah, »Bon Temps ist so ein abgelegenes Nest, da kann es durchaus nur sehr wenige Hexen geben. Sie gehören ja nicht alle einem Hexenzirkel an, und eine eigenständige Hexe zur Zusammenarbeit zu überreden, dürfte Hallow und ihren Anhängern ziemlich schwer fallen.«

»Warum können die Hexen aus Shreveport nicht einfach

einen Zauber aussprechen, mit dem sie Eric finden?«, fragte ich.

»Sie können nichts von ihm finden, um ihren Zauber daran zu knüpfen«, sagte Pam. Es klang, als wüsste sie genau, wovon sie sprach. »Sie haben keinen Zugriff auf seinen Ruheort, wo sie ein Haar oder Kleidung finden könnten, die seinen Geruch tragen. Und es ist niemand in der Gegend, der Erics Blut in sich hat.«

Oh. Eric und ich tauschten einen ganz kurzen Blick. Niemand außer mir. Ich hoffte inständig, dass bis auf Eric und mich keiner davon wusste.

»Und außerdem«, sagte Chow und trat von einem Fuß auf den anderen, »bin ich der Ansicht, dass solche Dinge gar nicht für einen Zauber taugen würden – schließlich sind wir tot.«

Pams Blick klinkte sich in Chows Blick ein. Sie tauschten wieder ihre Gedanken aus, und das gefiel mir gar nicht. Eric, die Ursache des Austausches all dieser Botschaften, sah hin und her zwischen seinen beiden Vampirfreunden. Sogar für meine Augen wirkte er völlig ahnungslos.

Pam drehte sich zu mir um. »Eric sollte bleiben, wo er ist, nämlich hier. Wenn wir ihn durch die Gegend fahren, bedeutet das nur noch größere Gefahr für ihn. Solange er verschwunden bleibt und in Sicherheit ist, können wir Abwehrmaßnahmen gegen die Hexen ergreifen.«

Jetzt, da Pam es laut ausgesprochen hatte, war mir klar, warum ich mir vorhin hätte Sorgen machen sollen, als Jason so betonte, wie unwahrscheinlich es war, dass irgendjemand Eric mit mir in Verbindung bringen würde. Niemand würde glauben, dass ein Vampir von Erics Macht und Wichtigkeit vorübergehend bei einer menschlichen Kellnerin geparkt wurde.

Mein erinnerungsloser Gast sah verblüfft drein. Ich beugte mich vor, gab kurz meinem Impuls nach und strich ihm übers Haar, dann legte ich ihm die Hände über die Ohren. Er ließ das zu und legte sogar noch seine Hände über meine. Ich würde so tun, als könnte er nicht hören, was ich nun zu sagen hatte.

»Hört zu, Chow, Pam. Das ist die miserabelste Idee, die ich je gehört habe. Und ich sag' euch auch, warum.« Ich konnte die Worte kaum schnell genug, energisch genug herausbringen. »Wie soll ich ihn denn schützen? Ihr wisst doch ganz genau, wie das enden wird! Ich werde zusammengeschlagen. Oder vielleicht sogar getötet.«

Pam und Chow sahen mich beide mit absolut übereinstimmenden verständnislosen Mienen an. Hätte nur noch gefehlt, dass sie sagten: »Na und?«

»Wenn meine Schwester das tut«, sagte Jason und beachtete mich überhaupt nicht, »muss sie dafür zumindest bezahlt werden.«

Etwas legte sich über uns, was man wohl als bedeutungsschwangeres Schweigen bezeichnet. Ich starrte ihn an.

Pam und Chow nickten gleichzeitig.

»Mindestens so viel, wie der Informant kriegen würde, der diese Telefonnummer auf dem Plakat anruft«, sagte Jason. Seine hellblauen Augen wanderten von dem einen bleichen Gesicht zum anderen. »Fünfzigtausend.«

»Jason!« Ich hatte endlich meine Stimme wiedergefunden und drückte meine Hände noch fester gegen Erics Ohren. Ich fühlte mich beschämt und gedemütigt, ohne genau sagen zu können, warum eigentlich. Zum ersten Mal kümmerte mein Bruder sich so um meine Angelegenheiten, als wären es seine eigenen.

»Zehn«, sagte Chow.

»Fünfundvierzig«, entgegnete Jason.

»Zwanzig.«

»Fünfunddreißig.«

»Abgemacht.«

»Sookie, ich bring' dir meine Schrotflinte vorbei«, sagte Jason.

Kapitel 3

»Wie konnte das bloß passieren?«, fragte ich das Feuer, als sie alle gegangen waren. Alle außer dem großen Wikinger-Vampir, den ich nun also schützen und verteidigen sollte. Ich saß auf dem Kaminvorleger direkt vor dem Feuer. Gerade hatte ich ein weiteres Scheit Holz hineingeworfen, und die Flammen waren wirklich wunderschön. Ich hatte jetzt etwas Angenehmes und Tröstliches bitter nötig.

Aus dem Augenwinkel sah ich einen großen nackten Fuß. Eric ließ sich neben mir auf den Kaminvorleger nieder. »Ich glaube, das ist passiert, weil dein Bruder habgierig ist und weil du die Art Frau bist, die meinetwegen anhält, selbst wenn sie Angst hat«, sagte Eric treffsicher.

»Wie fühlst du dich eigentlich bei der ganzen Sache?« Diese Frage hätte ich ihm niemals gestellt, wäre Eric seiner selbst völlig mächtig gewesen. Doch er wirkte so anders auf mich, vielleicht nicht mehr wie das verängstigte Häufchen Elend, das er gestern Abend gewesen war, aber doch immer noch sehr Eric-untypisch. »Ich meine – es ist doch so, als wärst du ein Paket, das jemand zur Aufbewahrung gegeben hat, und ich bin sozusagen das Schließfach dazu.«

»Ich bin nur froh, dass sie Angst genug vor mir haben, um bestens auf mich aufzupassen.«

»Hm«, sagte ich intelligenterweise. Das war nicht die Antwort, die ich erwartet hatte.

»Ich muss ein ziemlich angsteinflößender Mensch sein, wenn ich ganz ich selbst bin. Oder erwecke ich etwa durch meine guten Taten und mein freundliches Wesen so viel Loyalität.«

Ich kicherte.

»Dachte ich's mir doch.«

»Du bist schon okay«, versicherte ich ihm. Wenn ich ihn so ansah, schien er mir allerdings solcherlei Bestätigungen gar nicht zu brauchen. »Hast du keine kalten Füße?«

»Nein«, sagte er. Doch ich hatte nun mal die Verantwortung für Eric übernommen. Und außerdem bekam ich eine ungeheure Menge Geld dafür, dass ich mich um ihn kümmerte, ermahnte ich mich selbst streng. Also holte ich die alte Quiltdecke von der Rückenlehne des Sofas und bedeckte seine Beine und Füße mit den grünen, blauen und gelben Steppkaros. Dann ließ ich mich wieder auf den Kaminvorleger neben ihn plumpsen.

»Das Ding ist ja scheußlich«, sagte er.

»Genau das hat Bill auch gesagt.« Ich drehte mich auf den Bauch und bemerkte, dass ich lächelte.

»Wo ist dieser Bill?«

»In Peru.«

»Hat er dir gesagt, dass er dorthin geht?«

»Ja.«

»Darf ich also annehmen, dass eure Beziehung in Auflösung begriffen ist?«

Das war eine wirklich hübsche Art, es zu formulieren. »Wir haben Schluss gemacht. Und es sieht ganz nach einem endgültigen Ende aus«, sagte ich mit gleichbleibend ruhiger Stimme.

Er lag jetzt neben mir, auch auf dem Bauch und die Ellbogen aufgestützt, so dass wir miteinander reden konnten. Er war mir ein bisschen näher, als mir angenehm war, aber ich wollte keine große Sache daraus machen, indem ich von ihm abrückte. Er drehte sich halb herum und zog die Quiltdecke über uns beide.

»Erzähl mir von ihm«, sagte Eric ganz unerwartet. Er und Pam und Chow hatten alle ein Glas »TrueBlood« getrunken, ehe die beiden gegangen waren, und seine Haut wirkte etwas rosiger.

»Du kennst Bill«, begann ich. »Er arbeitet schon eine ganze Weile für dich. Wahrscheinlich erinnerst du dich nicht, aber Bill – na ja, er ist ziemlich cool und gelassen, und er ist ein richtiger Beschützer, nur, einige Dinge scheint er einfach nicht in seinen Kopf zu bekommen.« Ich hätte nie gedacht, dass ich meine Beziehung zu Bill ausgerechnet mal mit Eric besprechen würde.

»Liebt er dich?«

Ich seufzte und meine Augen füllten sich mit Tränen, wie so oft, wenn ich an Bill dachte – das personifizierte heulende Elend, ich war's. »Na ja, behauptet hat er es jedenfalls«, murmelte ich deprimiert. »Aber als diese Vampirschlampe irgendwie mit ihm in Kontakt trat, war er plötzlich auf und davon.« Womöglich hatte sie ihm sogar eine E-Mail geschickt. »Er hatte früher schon mal eine Affäre mit ihr, und sie scheint so was zu sein wie seine – ach, keine Ahnung, wie ihr die nennt. Diejenige, die ihn zum Vampir gemacht hat. Sie hat ihn herübergeholt, hat er gesagt. Und deswegen hat Bill sich wieder auf sie eingelassen. Er meinte, das musste er tun. Und dann fand er heraus –«, ich sah Eric von der Seite an und hob bedeutungsvoll eine Augenbraue, Eric wirkte fasziniert, »dass sie ihn bloß auf die noch dunklere Seite herüberlocken wollte.«

»Wie bitte?«

»Sie wollte ihn dazu bringen, zu einer anderen Vampirgruppe in Mississippi überzulaufen und seine enorm wertvolle PC-Datenbank mitzubringen, die er für deine Leute hier in Louisiana erarbeitet hat«, erklärte ich, indem ich die Dinge um der Kürze willen etwas vereinfachte.

»Und was ist passiert?«

Das machte genauso viel Spaß wie die Gespräche mit Arlene. Vielleicht sogar noch mehr, da ich vor ihr ja nie die ganze Geschichte ausbreiten konnte. »Tja, Lorena, so heißt sie, hat ihn gefoltert«, sagte ich und Eric machte große Augen. »Kannst du dir das vorstellen? Dass sie jemanden foltert, den sie mal geliebt hat? Jemanden, mit dem sie jahrelang zusammengelebt hat?« Eric schüttelte ungläubig den Kopf. »Na egal, du hast mich nach Jackson geschickt, dort sollte ich ihn suchen, und ich habe ihn tatsächlich aufgespürt, in diesem Nachtclub nur für Supras.« Eric nickte. Offensichtlich musste ich ihm nicht erst erklären, dass Supras für Supranaturale, also Übernatürliche stand. »Du hast mir diesen wirklich süßen Werwolf als Begleiter mitgegeben, der dir noch einen großen Gefallen schuldete, und ich habe bei ihm übernachtet.« Alcide Herveaux tauchte immer noch in meinen Tagträumen auf. »Doch es endete alles damit, dass ich ziemlich stark verletzt wurde«, beendete ich die Geschichte. Ziemlich stark verletzt, wie immer eben.

»Wie denn?«

»Sie haben mich gepfählt, ob du's glaubst oder nicht.«

Eric war angemessen beeindruckt. »Hast du eine Narbe?«

»Ja, obwohl –« An dieser Stelle erstarben mir die Worte.

Eric ließ erkennen, dass er praktisch an meinen Lippen hing. »Ja?«

»Du hast einen der Vampire aus Jackson dazu überredet, sich um meine Wunde zu kümmern, sonst hätte ich nicht überlebt ... und dann hast du mir dein Blut gegeben, damit ich schnell wieder gesund wurde und tagsüber nach Bill suchen konnte.« Als ich daran dachte, wie Eric mir Blut gespendet hatte, errötete ich. Ich konnte bloß hoffen, dass er die Röte meines Gesichts auf die Hitze des Kaminfeuers zurückführte.

»Und du hast Bill gerettet?«, fragte er, womit er das heikle Terrain verließ.

»Ja, habe ich«, sagte ich stolz. »Ich hab' seinen verdammten Arsch gerettet.« Ich rollte mich auf den Rücken und sah zu ihm hinauf. Es war klasse, jemanden zum Reden zu haben. Ich zog mein T-Shirt hoch, um Eric meine Narbe zu zeigen. Er berührte die schimmernde Haut mit der Fingerspitze und schüttelte den Kopf. Ich ordnete meine Kleidung wieder.

»Und was wurde aus der Vampirschlampe?«, fragte er.

Ich musterte ihn misstrauisch, aber er schien sich nicht über mich lustig zu machen. »Na ja«, sagte ich, »äh, eigentlich habe ich sie irgendwie ... Sie kam herein, als ich Bill gerade losband, und griff mich sofort an, und irgendwie habe ich sie ... getötet.«

Eric sah mich an. Ich wurde nicht schlau aus seiner Miene.

»Hattest du vorher schon mal jemanden getötet?«, fragte er.

»Natürlich nicht!«, rief ich empört. »Okay, ich habe schon mal einen Typen verletzt, der mich umbringen wollte, aber daran ist er nicht gestorben. Nein, ich bin ein *Mensch*. Ich muss niemanden töten, um zu leben.«

»Aber Menschen töten ständig andere Menschen. Und sie müssen sich nicht mal von ihnen ernähren oder ihr Blut trinken.«

»Nicht *alle* Menschen tun so etwas.«

»Das stimmt«, sagte er. »Aber wir Vampire sind alle Mörder.«

»In gewisser Weise seid ihr wie Löwen.«

Eric sah mich erstaunt an. »Löwen?«, sagte er leise.

»Alle Löwen töten.« In dem Augenblick erschien mir diese Idee wie eine Erleuchtung. »Ihr seid wie Raubtiere, wie Löwen und andere Fleischfresser. Ihr nutzt das, was ihr tötet. Ihr müsst töten, um zu essen und dadurch zu leben.«

»Der Haken an dieser tröstlichen Theorie ist nur, dass wir fast genauso aussehen wie ihr. Und einst waren wir sogar Menschen. Aber wir können euch ebenso lieben wie wir uns von euch ernähren. Man kann wohl kaum behaupten, dass der Löwe die Antilope liebkosen will.«

Und plötzlich lag da etwas in der Luft, was nur Sekunden vorher noch nicht da gewesen war. Ich fühlte mich ein wenig wie eine Antilope, an die sich jemand anpirschte – ein Löwe, der ganz aus der Art schlug.

Ich hatte mich viel wohler gefühlt, als ich mich um ein verängstigtes Opfer hatte kümmern müssen.
»Eric«, sagte ich sehr vorsichtig, »du weißt, dass du mein Gast bist. Und du weißt auch, wenn ich dich rauswerfe – was ich sicher tue, falls du dich nicht benimmst –, dann stehst du da draußen mitten auf irgendeinem Feld in einem Bademantel, der zu kurz für dich ist.«
»Habe ich irgendwas gesagt, das dir unangenehm ist?« Er war (anscheinend) völlig zerknirscht, seine blauen Augen glühten vor Aufrichtigkeit. »Das tut mir leid. Ich wollte nur deinen Gedanken weiterführen. Hast du noch etwas ›TrueBlood‹ da? Was hat Jason für mich zum Anziehen mitgebracht? Dein Bruder ist sehr clever.« Er klang nicht gerade hundertprozentig überzeugt, als er das sagte. Aber das warf ich ihm nicht vor. Jasons Cleverness würde ihn 35 000 Dollar kosten. Ich stand auf, um die Wal-Mart-Tüte zu holen, und hoffte, Eric würde Gefallen an seinem neuen »Louisiana Tech«-Sweatshirt und den billigen Jeans finden.

Um Mitternacht herum legte ich mich aufs Ohr und überließ Eric meinen Videos, die ersten Folgen von ›Buffy‹ hatten ihn bereits ganz gefangen genommen. (Eigentlich war das mal so eine Art Witzgeschenk von Tara gewesen.) Eric fand das alles zum Schreien komisch, vor allem wie die Stirn der Vampire sich immer vorwölbte, wenn sie blutrünstig wurden. Von Zeit zu Zeit hörte ich Erics Lachen bis in mein Zimmer. Aber das störte mich nicht weiter. Ich fand es sogar eher beruhigend, dass noch jemand im Haus war.

Ich brauchte etwas länger als sonst, bis ich einschlief, denn ich musste über all die Dinge nachdenken, die an diesem Tag passiert waren. Eric war also jetzt im Zeugenschutzprogramm, und ich stellte das sichere Haus zur Verfügung. Niemand auf der Welt – okay, außer Jason, Pam und Chow – wusste, wo der Sheriff von Bezirk Fünf in diesem Augenblick war.

Nämlich in meinem Bett.

Ich wollte meine Augen nicht öffnen und mit ihm streiten,

als ich spürte, wie er neben mich schlüpfte. Ich war gerade auf der Schwelle zwischen Wachen und Träumen. Als er die Nacht zuvor zu mir ins Bett gekommen war, hatte Eric so viel Angst gehabt, dass ich fast mütterliche Gefühle empfunden und gern seine Hand gehalten und ihn beruhigt hatte. Heute Nacht dagegen schien es mir nicht mehr ganz so, nun, neutral, ihn in meinem Bett zu haben.

»Kalt?«, murmelte ich, als er sich ankuschelte.

»Mhmm«, flüsterte er. Ich lag auf dem Rücken, und zwar so bequem, dass mich umzudrehen nicht in Frage kam. Er lag auf der Seite, das Gesicht mir zugewandt, und legte einen Arm über meine Taille. Doch er bewegte sich keinen Zentimeter weiter und entspannte sich vollständig. Nach einem Moment der Anspannung tat ich dasselbe, und dann schlief ich auch schon tief und fest.

Als Nächstes nahm ich wahr, dass Morgen war und das Telefon klingelte. Ich lag natürlich allein in meinem Bett, und durch die offene Tür konnte ich durch die Diele in das kleinere Zimmer hinübersehen. Die Schranktür stand offen, so wie Eric sie zurücklassen musste, wenn die Morgendämmerung kam und er in sein dunkles Versteck verschwand.

Es war heller und wärmer heute, so um die fünf Grad mit Tendenz zu zehn Grad und mehr. Ich war viel fröhlicher beim Aufwachen als tags zuvor. Jetzt wusste ich, was vor sich ging; oder wenigstens wusste ich mehr oder weniger, was von mir erwartet wurde und wie die kommenden Tage verlaufen würden. Zumindest glaubte ich das. Als ich ans Telefon ging, wurde mir klar, dass ich weit davon entfernt war.

»Wo ist dein Bruder?«, brüllte Jasons Chef, Shirley Hennessey. Shirley als Vorname für einen Mann hielt jeder nur so lange für witzig, bis er sich mit dem realen Beispiel konfrontiert sah. In dem Moment hatten noch alle entschieden, ihre Belustigung für sich zu behalten.

»Woher soll ich das wissen?«, fragte ich berechtigterweise.

»Er hat wahrscheinlich bei irgendeiner Frau die Uhrzeit verschlafen.« Shirley, den alle Welt nur als Catfish kannte, hatte noch nie zuvor hier angerufen, um Jason aufzuspüren. Eigentlich wäre ich sogar höchst überrascht gewesen, wenn er überhaupt je irgendwo angerufen hätte. In einem war Jason wirklich perfekt, und das war, pünktlich zur Arbeit zu erscheinen und wenigstens den Anschein von Betriebsamkeit zu erwecken, bis Feierabend war. Im Grunde war Jason sogar ganz gut in seinem Job, den ich nie so richtig begriffen hatte. Es schien irgendwas damit zu tun zu haben, dass er seinen Pick-up an der Landstraße unserer Gemeinde parkte, in einen anderen Truck mit dem Logo des Landkreises Renard umstieg und darin herumfuhr, um verschiedenen Straßenbautrupps zu erzählen, was sie zu tun hatten. Ein wichtiger Bestandteil des Jobs war anscheinend auch, dass er aus dem Truck ausstieg, um mit den anderen Männern zusammen herumzustehen und in große Löcher in oder nahe bei der Straße zu starren.

Meine Offenheit hatte Catfish etwas aus dem Konzept gebracht.»Sookie, solche Sachen solltest du aber nicht sagen«, erklärte er, sehr schockiert darüber, dass eine unverheiratete Frau frei heraus aussprach, dass ihr Bruder keine Jungfrau mehr war.

»Wollen Sie mir etwa erzählen, dass Jason nicht zur Arbeit erschienen ist? Und deshalb rufen Sie hier an?«

»Ja und ja«, sagte Catfish, der in keiner Hinsicht ein Dummkopf war. »Ich habe sogar Dago zu ihm nach Hause geschickt.« Dago (eine nicht sehr nette Bezeichnung für italienische Einwanderer) war Antonio Guglielmi, der in seinem Leben noch nie weiter als ein paar Kilometer aus Louisiana herausgekommen war. Und ich war mir ziemlich sicher, dass das Gleiche auch für seine Eltern galt und wahrscheinlich auch für seine Großeltern, obwohl ein Gerücht besagte, dass die mal in Branson im Kino gewesen waren. Als Straßenbauer musste man mit solchen Spitznamen rechnen.

»War sein Pick-up denn da?« Mich beschlich langsam, aber sicher das kalte Grausen.

»Ja«, sagte Catfish. »Der parkte vor seinem Haus, der Schlüssel steckte. Und die Tür stand offen.«
»Die Tür vom Pick-up oder die Haustür?«
»Was?«
»Was stand offen? Welche Tür?«
»Oh, die vom Pick-up.«
»Das klingt nicht gut, Catfish«, sagte ich. Mittlerweile zitterte ich richtig.
»Wann hast du ihn zuletzt gesehen?«
»Gestern Abend. Er war kurz bei mir, und gegangen ist er etwa um ... das muss so um halb zehn oder zehn gewesen sein.«
»War irgendjemand bei ihm?«
»Nein.«
Das war die reine Wahrheit, er hatte niemanden dabeigehabt.
»Meinst du, ich sollte den Sheriff verständigen?«, fragte Catfish.
Ich fuhr mir mit der Hand übers Gesicht. So weit war ich noch nicht, ganz egal wie katastrophal die Situation auch zu sein schien. »Warten wir noch eine Stunde«, schlug ich vor. »Wenn er innerhalb der nächsten Stunde nicht zur Arbeit erscheint, lassen Sie es mich wissen. Wenn er auftaucht, soll er mich anrufen. Und es ist wohl eher meine Aufgabe, den Sheriff zu benachrichtigen, falls es nötig ist.«
Ich legte auf, nachdem Catfish alle Einzelheiten der Geschichte noch mehrere Male wiederholt hatte, einfach weil er sich davor fürchtete, aufzulegen und mit seinen Sorgen allein zu sein. Nein, übers Telefon kann ich keine Gedanken lesen, aber ich konnte es an seiner Stimme hören. Schließlich kannte ich Catfish Hennessey schon viele Jahre. Er war ein Freund meines Vaters gewesen.
Ich nahm das schnurlose Telefon mit ins Badezimmer, wo ich erst mal duschte, um wach zu werden. Mein Haar wusch ich nicht, es hätte ja sein können, dass ich jeden Augenblick

das Haus verlassen musste. Ich zog mich an, kochte mir einen Kaffee und flocht mein Haar zu einem langen Zopf. Und während ich all diese Aufgaben erledigte, dachte ich nach – was mir immer schwer fällt, wenn ich still sitze.

Drei mögliche Szenarien fielen mir ein.

Erstens. (Dieses gefiel mir am besten.) Irgendwo auf dem Weg von meinem Haus zu seinem Haus hatte mein Bruder eine Frau getroffen und sich so augenblicklich und total in sie verliebt, dass er mit seiner jahrelangen Gewohnheit gebrochen und einfach vergessen hatte, zur Arbeit zu gehen. Und in diesem Moment lagen die beiden irgendwo im Bett und hatten großartigen Sex miteinander.

Zweitens. Die Hexen, oder was immer zum Teufel sie auch waren, hatten irgendwie herausgefunden, dass Jason Erics Aufenthaltsort kannte, und ihn entführt, um ihm die Information gewaltsam zu entreißen. (Ich nahm mir vor, unbedingt mehr über Hexen in Erfahrung zu bringen.) Wie lange würde Jason Erics Unterschlupf geheim halten können? Mein Bruder spielt sich oft ziemlich auf, aber eigentlich ist er ein tapferer Kerl – oder vielleicht trifft »stur« es etwas genauer. Es war sicher nicht leicht, etwas aus ihm herauszuholen. Ob eine Hexe ihn durch Verzauberung zum Reden zwingen konnte? Wenn die Hexen ihn hatten, war er vielleicht sogar schon tot, da er bereits seit Stunden verschwunden war. Und wenn er geredet hatte, war ich in Gefahr und Eric verloren. Sie könnten jede Minute auftauchen, zumal Hexen nicht an die Dunkelheit gebunden waren. Eric war tagsüber tot, wehrlos. Dies war eindeutig das schlimmste Szenario.

Drittens. Jason war mit Pam und Chow nach Shreveport gefahren. Vielleicht hatten sie ihm einen Vorschuss gezahlt oder vielleicht wollte er das Fangtasia besuchen, einfach weil es ein beliebter Nachtclub war. Dort könnte er von irgendeiner verführerischen Vampirin becirct worden sein und die ganze Nacht mit ihr verbracht haben. Denn in dieser Hinsicht war Jason wie Eric, die Frauen flogen geradezu auf ihn. Und falls sie ihm etwas zu viel Blut ausgesaugt hatte, musste er sich erst mal ausschlafen. Okay, das dritte Szenario war eigentlich nur eine Variation des ersten.

Wenn Pam und Chow wussten, wo Jason war, aber nicht angerufen hatten, ehe sie ihren Tagestod starben, war ich richtig, richtig sauer. Der Impuls packte mich, zur Axt zu greifen und gleich mal ein paar Pfahlpflöcke zu schnitzen.

Doch dann erinnerte ich mich an das, was ich so unbedingt zu vergessen versuchte: wie es sich angefühlt hatte, als ich den Pfahl in Lorenas Körper trieb; der Ausdruck in ihrem Gesicht, als sie begriff, dass ihr langes Leben nun zu Ende ging. Ich schob diesen Gedanken mit aller Kraft von mir. Niemand tötet jemand anderen (nicht einmal eine bösartige Vampirin), ohne dass es einen früher oder später emotional einholt: es sei denn, man ist ein totaler Soziopath – was ich nicht war.

Lorena hätte mich getötet, ohne mit der Wimper zu zucken. Und sie hätte es bestimmt noch genossen. Andererseits war sie eine Vampirin, und Bill war nie müde geworden, mir zu erklären, dass Vampire nun einmal anders waren, dass sie zwar ihre (mehr oder weniger) menschliche Gestalt bewahrten, ihre inneren Funktionen und ihre Persönlichkeit aber radikalen Veränderungen unterlagen. Ich hatte ihm das geglaubt und mir seine Warnungen zu Herzen genommen, größtenteils jedenfalls. Doch sie sahen so menschlich aus, und es war so leicht, ihnen auch ganz normale menschliche Reaktionen und Gefühle zuzuschreiben.

Ich war frustriert, weil Chow und Pam nicht vor der Dämmerung aufstanden und ich nicht wusste, wen – oder was – ich aufschrecken würde, wenn ich tagsüber im Fangtasia anrief. Ich konnte mir nicht vorstellen, dass die beiden im Club wohnten. Ich hatte eher den Eindruck, Pam und Chow bewohnten gemeinsam ein Haus ... oder ein Mausoleum ... irgendwo in Shreveport.

Ich war ziemlich sicher, dass tagsüber menschliche Angestellte zum Saubermachen in den Club kamen, aber Menschen würden (könnten) mir natürlich nichts über die Angelegenheiten der Vampire erzählen. Menschen, die für Vampire arbeiteten, lernten sehr schnell, den Mund zu halten. Das konnte ich selbst bestätigen.

Andererseits hätte ich, wenn ich zum Club fuhr, die Möglichkeit, *irgendjemanden* von Angesicht zu Angesicht zu sprechen. Und ich hätte die Möglichkeit, die Gedanken eines Menschen zu lesen. Die Gedanken von Vampiren konnte ich nicht lesen, was anfangs übrigens einen Großteil von Bills Anziehungskraft auf mich ausgemacht hatte. Stellt euch bloß diese Erleichterung über absolute Stille vor, nach einem Leben voll akustischer Dauerberieselung. (Und warum konnte ich keine Vampirgedanken lesen? Hier meine eigene Theorie zu dem Thema. Ich bin in etwa so wissenschaftlich gebildet wie eine Salzstange, habe aber einiges über diese Neuronen gelesen, die in unserem Gehirn an den Synapsen feuern, okay? Jetzt denke mal jeder selbst nach. Da Vampire nur durch Magie zum Dasein erwachen, und nicht mittels normaler Lebenskräfte, feuert da eben nichts in ihrem Gehirn. Also kann ich auch nichts aufschnappen – bloß so etwa alle drei Monate erreicht mich mal eine Art Gedankenblitz eines Vampirs. Und ich habe mir immer größte Mühe gegeben, das zu verbergen, denn das wäre der direkte Weg in den sicheren Tod.)

Seltsamerweise war der einzige Vampir, den ich je zweimal »gehört« hatte – Eric, wer sonst.

Gestern Abend war ich mit Eric genauso gern zusammen gewesen wie früher mit Bill, abgesehen von meiner Liebesbeziehung zu Bill natürlich. Selbst Arlene hatte eine Tendenz, mir nicht mehr zuzuhören, wenn ich ins Erzählen kam, sobald ihr etwas Interessanteres einfiel, wie die Schulnoten ihrer Kinder oder was die wieder Niedliches gesagt hatten. Aber falls Eric darüber nachdachte, dass sein Auto neue Scheibenwischer brauchte, während ich ihm mein Herz ausschüttete, so erfuhr ich es wenigstens nicht.

Die Stunde Aufschub, um die ich Catfish gebeten hatte, war

fast herum. All meine konstruktiven Gedanken schrumpften auf die immer gleiche düstere Grübelei zusammen. Blablabla. Das kommt dabei heraus, wenn man zu oft Selbstgespräche führt.

Okay, Zeit, etwas zu unternehmen.

Das Telefon klingelte nach genau einer Stunde, und Catfish musste zugeben, dass er keine Neuigkeiten hatte. Niemand hatte etwas von Jason gehört oder ihn gesehen. Andererseits hatte Dago auch nichts Verdächtiges bei Jasons Haus bemerkt, mal abgesehen von dem offen stehenden Pick-up.

Es widerstrebte mir immer noch, den Sheriff zu verständigen, aber ich wusste, dass mir gar nichts anderes übrig blieb. Wenn ich ihn jetzt nicht anrief, würde das doch ziemlich merkwürdig wirken.

Ich erwartete jede Menge Aufregung und Wirbel; was mir entgegenschlug, war jedoch noch viel schlimmer: freundliche Gleichgültigkeit. Sheriff Bud Dearborn lachte eigentlich bloß.

»Du rufst mich an, weil dein Bruder, der alte Weiberheld, mal einen Tag in der Arbeit fehlt? Sookie Stackhouse, ich muss mich doch sehr wundern.« Bud Dearborn hatte eine langsame Redeweise und das eingedrückte Gesicht eines Pekinesen, und ich sah sofort vor meinem geistigen Auge, wie er ins Telefon hineinschnüffelte.

»Er fehlt nie in der Arbeit, und sein Pick-up steht zu Hause. Die Tür war offen«, erklärte ich.

Die Tragweite dessen begriff er, denn Bud Dearborn war ein Mann, der einen schönen Pick-up zu schätzen wusste.

»Stimmt, das ist ein bisschen komisch, aber trotzdem, Jason ist weit über einundzwanzig, und er steht im Ruf ...« (Alles zu bumsen, was zwei Minuten still steht, dachte ich.) »... bei den Ladys sehr beliebt zu sein«, beendete Bud vorsichtig seinen Satz. »Ich wette, er ist ganz hin und weg von irgendeiner Neuen, und es wird ihm richtig leid tun, dass du dir solche Sorgen gemacht hast. Ruf mich noch mal an, wenn du bis morgen Nachmittag nichts von ihm gehört hast, ja?«

»Okay«, sagte ich im kältesten Ton, zu dem ich fähig war.
»Komm, Sookie, jetzt sei doch nicht sauer auf mich. Ich sage dir nur, was dir jeder andere Polizist auch sagen würde.« Jeder Polizist mit Bleihintern, dachte ich. Aber ich sprach es nicht laut aus. Außer Bud war keiner im Angebot, und ich sollte mich besser gut mit ihm stellen.

Ich murmelte irgendetwas halbwegs Höfliches und legte den Hörer auf. Nachdem ich Catfish davon berichtet hatte, entschied ich, dass mir nur eine Möglichkeit blieb, und zwar nach Shreveport zu fahren. Ich wollte schon Arlene anrufen, erinnerte mich jedoch, dass ihre Kinder sicher zu Hause waren, weil sie noch Schulferien hatten. Dann fiel mir Sam ein. Doch er würde sich verpflichtet fühlen, irgendetwas zu unternehmen, und ich konnte mir selbst nicht genau vorstellen, was das sein sollte. Ich wollte einfach bloß mit jemandem meine Sorgen teilen. Ich wusste, dass das nicht richtig war. Keiner konnte mir helfen, nur ich selbst. Als ich mich schließlich dazu durchgerungen hatte, tapfer und selbstständig zu sein, hätte ich trotzdem beinahe Alcide Herveaux angerufen, einen wohlhabenden und hart arbeitenden Typen in Shreveport. Alcides Vaters besaß eine Baufirma, die in drei verschiedenen Staaten Filialen hatte, und so reiste Alcide häufig zwischen den verschiedenen Büros hin und her. Ich hatte ihn am Abend vorher Eric gegenüber erwähnt; Eric hatte mich zusammen mit Alcide nach Jackson geschickt. Aber zwischen Alcide und mir war so eine Mann-Frau-Geschichte gelaufen, die noch nicht geklärt war, und es wäre nicht in Ordnung, wenn ich ihn nur anrief, um ihm von einer Sache zu erzählen, bei der er mir ohnehin nicht helfen konnte. Wenigstens empfand ich das so.

Ich machte mir Sorgen, dass eine Nachricht von Jason kommen könnte, während ich weg war. Aber der Sheriff suchte ja nicht nach ihm, also würde ich wohl nicht so bald etwas hören.

Ehe ich ging, achtete ich noch darauf, dass der Schrank

im kleinen Schlafzimmer auch wirklich aufgeräumt aussah und alles völlig normal wirkte. Sollte ich Eric eine Nachricht hinterlassen? Dann wäre er sofort verraten, falls jemand einbrach. Ans Telefon würde er nicht gehen, dazu war er zu klug. Durch seinen Gedächtnisverlust war er allerdings auch derart verwirrt, dass es ihn erschrecken würde, wenn er sich nach seinem Erwachen ganz allein im Haus wiederfand, ohne eine Erklärung für meine Abwesenheit, dachte ich.

Dann hatte ich einen Geistesblitz. Ich griff nach einem kleinen quadratischen Blatt Papier, einem »Wort des Tages« aus dem Kalender des Vorjahres (»Obsession«), und schrieb:

Jason, solltest du zufällig hier hereinschauen, ruf mich an! Ich mache mir große Sorgen um dich. Keiner weiß, wo du bist. Ich bin am Nachmittag oder am Abend wieder zurück. Ich fahre jetzt mal bei dir zu Hause vorbei, und dann schaue ich, ob du nach Shreveport gefahren bist. Danach komme ich zurück. Alles Liebe, Sookie.

Ich klebte den Zettel mit Tesafilm an den Kühlschrank, genau dorthin also, wohin der Weg einen Bruder als Erstes führen würde, wenn er bei seiner Schwester hereinschaute.

So. Eric war auf jeden Fall gewitzt genug, zwischen den Zeilen zu lesen. Und dennoch klang es alles auch in sich plausibel. Sollte also jemand einbrechen und das Haus durchsuchen, würde der Zettel wie eine reine Vorsichtsmaßnahme wirken.

Dennoch hatte ich Angst, den schlafenden und so angreifbaren Eric allein zu lassen. Was, wenn die Hexen kamen?

Aber warum sollten sie?

Wenn sie Erics Spur gefunden hätten, wären sie doch längst hier. Zumindest wollte ich das glauben. Ich überlegte, ob ich Terry Bellefleur anrufen und bitten sollte, das Haus zu hüten – er war enorm stark, und als Ausrede könnte ich vorschieben, dass ich jemanden brauchte, um das Telefon zu bewachen. Doch es war nicht fair, jemand anderen zu Erics Schutz in Gefahr zu bringen.

Ich rief in jedem Krankenhaus im Umkreis an, mit dem Gefühl, dass der Sheriff mir wenigstens diese kleine Aufgabe hätte abnehmen können. In den Krankenhäusern kannten sie die Namen aller neu Aufgenommenen, aber keiner von ihnen war Jason. Ich rief bei der Verkehrspolizei an, fragte nach den Unfällen der letzten Nacht und fand heraus, dass es in der Umgebung keine gegeben hatte. Ich rief ein paar Frauen an, mit denen Jason mal zusammen gewesen war, und erhielt eine ganze Menge abweisender Antworten, einige davon sogar obszön.

Damit war alles Grundsätzliche erledigt. Jetzt konnte ich zu Jasons Haus fahren, und ich war einigermaßen stolz auf mich, als ich die Hummingbird Road Richtung Norden entlangfuhr und dann nach links abbog. Während ich westwärts auf das Haus zusteuerte, in dem ich die ersten sieben Jahre meines Lebens verbracht hatte, ließ ich Merlotte's Bar rechts liegen und fuhr an der großen Abfahrt nach Bon Temps vorbei. Ich nahm die linke Abzweigung, und da sah ich unser altes Zuhause auch schon, gut zu erkennen an Jasons Pick-up, der direkt davor parkte. Daneben stand ein anderer, genauso glänzender Pick-up, etwa sechs Meter entfernt von Jasons Wagen.

Als ich aus dem Auto ausstieg, überprüfte ein sehr schwarzer Mann gerade den Boden rund um Jasons Pick-up. Erstaunt erkannte ich, dass der zweite Wagen Alcee Beck gehörte, dem einzigen afroamerikanischen Detective der Bezirkspolizei. Alcees Anwesenheit wirkte sowohl beruhigend als auch verwirrend auf mich.

»Miss Stackhouse«, sagte er ernst. Alcee Beck trug ein Jackett, Hosen mit Bügelfalte und abgewetzte Stiefel. Die Stiefel passten nicht zum Rest seiner Kleidung, und ich hätte wetten mögen, dass er sie in seinem Pick-up aufbewahrte und nur anzog, wenn er mal irgendwo auf dem Land herumstapfen musste, wo es reichlich Schlamm gab. Alcee (dessen Name Al-ßej ausgesprochen wurde) war außerdem ein starker »Sender«, und ich konnte seine Gedanken sehr klar erkennen, wenn ich mich aufs Zuhören konzentrierte.

Kurz zusammengefasst erfuhr ich so, dass Alcee Beck nicht erfreut war, mich hier anzutreffen, dass er mich nicht mochte und glaubte, Jason sei etwas zugestoßen. Mein Bruder war Detective Beck völlig egal, aber vor mir hatte er Angst. Er fand, ich sei eine zutiefst unheimliche Person, und er ging mir aus dem Weg, wo er nur konnte.

Was mir nur recht war, um ehrlich zu sein.

Ich wusste mehr über Alcee Beck, als mir lieb war, und was ich über Alcee wusste, war alles andere als angenehm. Unkooperativen Gefangenen gegenüber verhielt er sich brutal, obwohl er seine Frau und seine Tochter auf Händen trug. Er hielt die Hand auf, wann immer sich ihm die Gelegenheit bot; und er sorgte dafür, dass sich diese Gelegenheiten ziemlich regelmäßig boten. Alcee Beck beschränkte seine Praktiken allerdings auf die afroamerikanischen Mitbürger, denn seine Theorie besagte, die würden ihn nicht an seine weißen Kollegen verpfeifen – womit er bislang Recht hatte.

Ist jetzt klar, was ich meinte, als ich sagte, dass ich all diese Dinge eigentlich gar nicht hören möchte? Das hier war etwas ganz anderes als zu erfahren, dass Arlene Charlsies Ehemann nicht gut genug für Charlsie fand oder dass Hoyt Fortenberry beim Ausparken einem anderen Auto eine Delle verpasst und es dem Besitzer nicht gesagt hatte.

Und ehe jetzt jemand fragt, was ich tue, wenn ich so etwas erfahre, sage ich es lieber gleich. Ich halte einfach die Klappe. Ich habe auf übelste Weise erlebt, dass es fast nie funktioniert, wenn ich versuche mich einzumischen. Keiner wird dadurch glücklicher, stattdessen gerät nur meine Seltsamkeit in den Mittelpunkt des Interesses und einen Monat lang fühlt sich niemand wohl in meiner Gegenwart. Bei mir liegen mehr Geheimnisse als Geld in Fort Knox. Und diese Geheimnisse werden ganz genauso streng gehütet.

Zugegeben, das meiste davon hätte im großen Lauf der Dinge nicht viel Unterschied gemacht, Alcees mieses Verhalten führte dagegen zu echtem menschlichem Elend. Bislang hatte ich jedoch noch keine einzige Idee gehabt, wie Alcee zu stoppen wäre. Er war ziemlich clever, wenn es darum ging, seine Aktivitäten zu kontrollieren und vor denen zu verbergen, die ihm dazwischenfunken könnten. Und ich war gar nicht sicher, ob Bud Dearborn tatsächlich nichts wusste.

»Detective Beck«, sagte ich. »Suchen Sie nach Jason?«

»Der Sheriff hat mich gebeten, hier mal vorbeizufahren und nachzusehen, ob mir irgendwas Ungewöhnliches auffällt.«

»Und ist Ihnen etwas aufgefallen?«

»Nein, Ma'am, nichts.«

»Hat Jasons Boss Ihnen erzählt, dass die Tür seines Pickups offen stand?«

»Ich habe sie zugemacht, damit sich die Batterie nicht völlig verbraucht. Dabei habe ich natürlich aufgepasst und nichts angefasst. Aber ich bin sicher, Ihr Bruder taucht hier jede Minute wieder auf.«

»Ich habe einen Schlüssel zu seinem Haus und möchte Sie bitten, mich hineinzubegleiten.«

»Nehmen Sie an, dass Ihrem Bruder in seinem Haus etwas zugestoßen ist?« Alcee Beck sprach jedes Wort so deutlich aus, dass ich mich fragte, ob er in seiner Jacketttasche einen Kassettenrecorder laufen ließ.

»Könnte sein. Er fehlt normalerweise nicht bei der Arbeit. Nein, er fehlt nie bei der Arbeit. Und ich weiß immer, wo er ist. Mich auf dem Laufenden halten, das kann er richtig gut.«

»Würde er Ihnen auch erzählen, dass er mit einer Frau abhauen will? Die meisten Brüder täten so was wohl eher nicht, Miss Stackhouse.«

»Er würde es mir erzählen, oder er würde es Catfish erzählen.«

Alcee Beck tat sein Bestes, um die skeptische Miene in seinem dunklen Gesicht aufrechtzuerhalten. Doch so leicht wollte ihm das nicht gelingen.

Das Haus war abgeschlossen. Ich suchte den richtigen Schlüssel an meinem Schlüsselbund, und wir gingen hinein. Ich empfand kein Gefühl von Nachhausekommen, als ich eintrat, jenes Gefühl, das ich als Kind stets empfunden hatte. Mittlerweile lebte ich schon so viel länger in Großmutters Haus als hier. Als Jason zwanzig wurde, war er sofort hierher gezogen; und obwohl ich immer mal vorbeischaute, hatte ich in den letzten acht Jahren wohl kaum mehr als vierundzwanzig Stunden insgesamt in diesem Haus verbracht.

Ich blickte mich um. Mein Bruder hatte das Haus in all den Jahren nicht sehr verändert. Es war ein kleines Haus im Ranchstil mit kleinen Zimmern, und natürlich war es längst nicht so alt wie Großmutters Haus – mein Haus – und viel besser zu heizen und kühl zu halten. Mein Vater hatte das meiste selbst gemacht, und er war ein guter Handwerker gewesen.

In dem kleinen Wohnzimmer standen noch die Ahornmöbel, die meine Mutter einst im Discount-Möbelhaus ausgesucht hatte, und die Polster (cremefarben mit grünen und blauen Blumen, wie es sie in der Natur so nicht gab) waren immer noch von leuchtender Farbe, leider. Es hatte Jahre gedauert, bis mir klar wurde, dass meine Mutter zwar in mancherlei Hinsicht eine clevere Frau gewesen war, aber leider überhaupt gar keinen Geschmack gehabt hatte. Jason hatte das bis heute nicht begriffen. Er hatte die Vorhänge ersetzt, als sie ausgefranst und ausgeblichen waren, und er hatte einen neuen Vorleger gekauft, um die abgetretenen Stellen des alten blauen Teppichs zu überdecken. Die Haushaltsgeräte waren alle neu, und er hatte sich viel Arbeit mit der Renovierung des Badezimmers gemacht. Doch meine Eltern hätten sich, könnten sie das Haus noch einmal betreten, dort sicher ziemlich wohl gefühlt.

Mit einem Schock wurde mir bewusst, dass sie bereits seit fast zwanzig Jahren tot waren.

Während ich in der Nähe der Tür stehen blieb und betete,

ich möge nirgends Blutflecken sehen, strich Alcee Beck durchs Haus. Nach einer Sekunde der Unentschlossenheit folgte ich ihm. Es gab nicht viel zu sehen; wie gesagt, es ist ein kleines Haus. Drei Schlafzimmer (zwei davon winzig), eine Küche, ein Badezimmer, ein recht großes Wohnzimmer und ein kleines Esszimmer: ein Haus, wie es zu Dutzenden in jeder amerikanischen Stadt zu finden war.

Das Haus war ziemlich aufgeräumt. Jason hatte nie wie ein Schwein gehaust, auch wenn er sich manchmal wie eines benahm. Sogar das extra große Bett, das das größte Schlafzimmer fast ganz ausfüllte, war mehr oder weniger gemacht; die Laken waren schwarz und glänzend. Es sollte wie Seide wirken, ich war aber sicher, dass es sich um irgendeine Kunstfaser handelte. Wäre mir zu rutschig.

»Kein Hinweis auf irgendeinen Kampf«, betonte der Detective.

»Wenn ich schon hier bin, nehme ich gleich noch etwas mit«, sagte ich und ging zum Waffenschrank hinüber, der meinem Vater gehört hatte. Er war verschlossen, also sah ich noch mal an meinem Schlüsselbund nach. Ja, dafür besaß ich auch einen Schlüssel. Dunkel erinnerte ich mich an irgendeine lange Geschichte, mit der Jason mir erklärt hatte, warum ich diesen Schlüssel brauchte – für den Fall, dass er mal draußen auf der Jagd war und ein anderes Gewehr benötigte oder irgend so was. Als ob ich einfach alles stehen und liegen lassen würde, um für ihn ein anderes Gewehr zu holen!

Na, vielleicht doch, wenn ich nicht gerade zur Arbeit musste oder so.

Jasons Gewehre, und auch die meines Vaters, waren vollzählig im Schrank – wie auch all die erforderliche Munition.

»Alles da?« Der Detective stand in der Tür zum Esszimmer und trat ungeduldig von einem Fuß auf den anderen.

»Ja. Ich werde eins davon mit nach Hause nehmen.«

»Erwarten Sie irgendwelchen Ärger?« Zum ersten Mal sah Beck interessiert aus.

»Wer weiß, was es mit Jasons Verschwinden auf sich hat?«, fragte ich und hoffte, dass das vieldeutig genug klang. Beck hielt ohnehin sehr wenig von meiner Intelligenz, ungeachtet dessen, dass er mich fürchtete. Jason hatte versprochen, mir die Schrotflinte zu bringen, und ich wusste, ich würde mich besser fühlen, wenn ich sie erst im Haus hatte. Also holte ich die Benelli heraus und fand auch die richtigen Patronen. Jason hatte mir sehr sorgfältig beigebracht, wie eine Schrotflinte geladen und abgefeuert wurde – sie war sein Stolz und seine Freude.

»Wow, eine Benelli.« Detective Beck nahm sich die Zeit und bewunderte das Gewehr eingehend. »Das da ist die Munition dafür.«

Ich steckte die Schachtel, auf die er gedeutet hatte, in meine Tasche. Dann trug ich die Schrotflinte hinaus zu meinem Auto, Beck trottete hinter mir her.

»Sie müssen die Schrotflinte im Kofferraum einschließen und die Patronen vorn im Auto«, ließ mich der Detective wissen. Ich tat genau das, was er gesagt hatte, legte die Patronen sogar ins Handschuhfach, und drehte mich dann zu ihm herum. Er würde froh sein, wenn er mich endlich los war, und ich glaubte nicht, dass er mit großem Einsatz weiter nach Jason suchen würde.

»Haben Sie auch hinten nachgesehen?«, fragte ich.

»Ich war gerade erst angekommen, als Sie auftauchten.«

Mit einer Kopfbewegung deutete ich zu dem kleinen Teich hinter dem Haus, und vorsichtig gingen wir ums Haus herum. Vor zwei Jahren hatte mein Bruder mit Hoyt Fortenberrys Hilfe eine große Veranda an der Rückseite angebaut. Dort waren ein paar schöne Gartenmöbel aufgestellt, die er im Ausverkauf bei Wal-Mart ergattert hatte. Für seine Freunde, die zum Rauchen hinausgingen, hatte Jason sogar einen Aschenbecher auf den schmiedeeisernen Tisch gestellt. Irgendwer hatte ihn benutzt. Hoyt rauchte, erinnerte ich mich. Sonst war auf der Veranda nichts Auffälliges zu sehen.

Der Boden fiel von der Veranda zum Teich hin etwas ab. Während Alcee Beck die Hintertür überprüfte, schaute ich zu dem Steg hinunter, den noch mein Vater gebaut hatte, und sah dort einen verschmierten Fleck auf dem Holz. Bei diesem Anblick krampfte sich irgendetwas in mir zusammen, und ich muss einen Laut ausgestoßen haben. Plötzlich stand Alcee neben mir, und ich sagte:»Sehen Sie sich den Steg an.«
Er war sofort ganz Aufmerksamkeit, wie ein Jagdhund. »Bleiben Sie, wo Sie sind«, sagte er in unmissverständlich offiziellem Tonfall. Vorsichtig bewegte er sich vorwärts und suchte vor jedem Schritt den Boden um seine Füße mit den Augen ab. Es schien mir eine Stunde zu dauern, bis Alcee endlich den Steg erreichte. Auf den von der Sonne ausgeblichenen Holzbohlen ging er in die Hocke und sah sich die Sache von nahem an. Er konzentrierte seinen Blick auf etwas rechts neben dem Schmierfleck und versuchte es einzuordnen. Ich konnte weder sehen, was es war, noch konnte ich es in seinen Gedanken ausmachen. Doch als er überlegte, was für Schuhe mein Bruder wohl bei der Arbeit trug, kam das klar und deutlich bei mir an.

»Caterpillars«, rief ich. Angst breitete sich in mir aus, bis ich spürte, wie sie meinen ganzen Körper erzittern ließ. Jason war alles, was ich hatte.

Und dann merkte ich, dass ich einen Fehler begangen hatte, der mir schon seit Jahren nicht mehr unterlaufen war: Ich hatte eine Frage beantwortet, ehe sie laut ausgesprochen worden war. Ich schlug mir die Hand vor den Mund und sah das Weiße in Becks Augen. Er wollte nur noch weg von mir. Und er dachte, dass Jason vielleicht im Teich lag, tot. Er vermutete, dass Jason gefallen, mit dem Kopf auf den Steg aufgeschlagen und dann ins Wasser geglitten war. Aber da war auch dieser rätselhafte Abdruck...

»Wann können Sie den Teich absuchen lassen?«, rief ich.

Er drehte sich zu mir um, nackte Angst im Gesicht. Seit Jahren hatte mich niemand mehr mit diesem Ausdruck angesehen. Ich hatte ihm einen Schreck eingejagt, obwohl das ganz und gar nicht meine Absicht gewesen war.

»Da ist Blut auf den Holzbohlen«, fügte ich hinzu, um die Sache etwas zu entspannen. Es war mir in Fleisch und Blut übergegangen, vernünftige Erklärungen zu liefern. »Ich habe Angst, dass Jason ins Wasser gefallen ist.«

Das schien Beck etwas zu beruhigen. Er richtete seinen Blick wieder aufs Wasser. Mein Vater hatte gerade diese Stelle für das Haus ausgesucht, weil er hier den Teich anlegen wollte. Als ich ein Kind war, hatte er mir erzählt, dass der Teich sehr tief sei und von einem kleinen Bach gespeist werde. Etwa zwei Drittel des Landes drum herum waren gerodet und wurden als Hofgelände genutzt, doch auf der anderen Seite reichte immer noch ein dichter Wald bis ans Ufer heran. Jason saß abends gern mit einem Fernglas auf der Veranda und beobachtete die Tiere, die zum Trinken hierher kamen.

Es waren auch Fische im Teich. Er hatte den Bestand selbst angesiedelt. Mir drehte sich der Magen um.

Schließlich kam der Detective wieder zur Veranda herauf. »Ich muss erst mal rumtelefonieren und sehen, wer tauchen kann«, sagte Alcee Beck. »Es kann eine Weile dauern, bis wir jemanden finden. Und der Sheriff muss sein Okay geben.«

Natürlich, so etwas kostete Geld, und der Betrag war wohl kaum im Gemeindebudget vorgesehen. Ich holte tief Luft. »Sprechen Sie von Stunden oder von Tagen?«

»Ein, zwei Tage wahrscheinlich«, sagte er schließlich. »So was kann auf keinen Fall jemand Ungeübtes tun. Es ist zu kalt, und Jason selbst hat mir erzählt, dass der Teich tief ist.«

»In Ordnung«, sagte ich und versuchte, meine Ungeduld und meine Wut zu unterdrücken. Die schiere Angst nagte an mir.

»Carla Rodriguez war gestern Abend in der Stadt«, erzählte Alcee Beck, und erst einen langen Augenblick später begriff ich, was das bedeutete.

Carla Rodriguez, zierlich und dunkel und elektrisierend,

war die einzige Frau, an die Jason fast sein Herz verloren hätte. Die kleine Gestaltwandlerin, mit der er zu Silvester verabredet war, hatte ihr ziemlich ähnlich gesehen. Carla war zu meiner großen Erleichterung vor drei Jahren nach Houston gezogen. Ich hatte die explosiven Ausbrüche, die ihre Liebesaffäre mit meinem Bruder begleiteten, allmählich satt gehabt. Ihre Beziehung war gespickt gewesen mit langen und lauten und in aller Öffentlichkeit ausgetragenen Streitigkeiten, aufgeknallten Telefonhörern und zugeschlagenen Türen.

»So? Bei wem wohnt sie?«

»Bei ihrer Cousine in Shreveport«, sagte Beck. »Sie wissen schon, diese Dovie.«

Dovie Rodriguez war oft nach Bon Temps gekommen, als Carla hier wohnte. Die kultivierte Cousine aus der Stadt, die aufs Land kam, um uns Bauerntölpeln Lebensart beizubringen. Natürlich hatten wir alle Dovie beneidet.

Ich fand, mich mit Dovie anlegen war eigentlich genau das, was ich jetzt tun wollte.

Es sah ganz danach aus, als würde ich doch nach Shreveport fahren.

Kapitel 4

Gleich danach schüttelte der Detective mich eilig ab, indem er mir erzählte, dass er sich jetzt um die Spurensicherung kümmern müsse und wir in Kontakt bleiben würden. Mir kam der Gedanke, und zwar direkt aus seinem Gehirn, dass es da etwas gab, was ich nicht sehen sollte, und dass er Carla Rodriguez nur erwähnt hatte, um mich abzulenken.

Ich fürchtete, er könnte mir die Schrotflinte wegnehmen, weil er es jetzt sehr viel wahrscheinlicher fand, dass er es mit einem Verbrechen zu tun hatte, und die Schrotflinte vielleicht so eine Art Beweismittel war. Doch Alcee Beck sagte nichts, und ich auch nicht.

Ich war viel stärker erschüttert, als ich mir selbst eingestehen mochte. Innerlich war ich überzeugt gewesen, dass es Jason – auch wenn ich meinen Bruder erst wieder auftreiben musste – trotz allem gut ging und er vielleicht nur zur falschen Zeit am falschen Ort gewesen war. Genauer, im falschen Bett. Er hatte doch wahrscheinlich bloß irgendeinen ziemlich harmlosen Ärger am Hals, hatte ich mir eingeredet. Jetzt wirkte die Lage viel ernster.

Die Kosten für ein Handy waren bei mir finanziell nie drin gewesen, und so fuhr ich erst mal nach Hause. Ich überlegte, wen ich anrufen sollte, und gab mir schließlich dieselbe Antwort wie vorher. Niemanden. Es gab noch keine sicheren Informationen. Einsamer hatte ich mich in meinem Leben noch nie gefühlt. Aber ich wollte auch nicht als Mensch gewordene Krise bei meinen Freunden auf der Türschwelle stehen und meine Probleme abladen.

Tränen traten mir in die Augen. Ich wollte meine Großmutter zurückhaben. Ich fuhr das Auto an den Straßenrand, hielt an und gab mir selbst eine heftige Ohrfeige. Und ich schimpfte fürchterlich mit mir.

Shreveport. Ich sollte nach Shreveport fahren und Dovie und Carla Rodriguez zur Rede stellen. Dort konnte ich außerdem herausbekommen, ob Chow und Pam irgendetwas über Jasons Verschwinden wussten – auch wenn es noch Stunden dauerte, bis sie wach wurden, und ich in der Zwischenzeit in einem leeren Club Däumchen drehen musste; vorausgesetzt, dass überhaupt jemand da war, der mich reinließ. Aber ich konnte nicht einfach zu Hause sitzen und abwarten. Ich würde die Gedanken der menschlichen Angestellten lesen und herausfinden, ob sie irgendwas wussten.

Wenn ich nach Shreveport fuhr, wusste ich einerseits zwar nicht, was zu Hause vor sich ging. Andererseits würde ich aber immerhin etwas unternehmen.

Und während ich noch überlegte, ob es irgendeine dritte Seite zu bedenken galt, passierte etwas ganz anderes.

Etwas noch Merkwürdigeres als all die vorangegangenen Ereignisse des Tages. Da saß ich also, in einem am Straßenrand geparkten Auto irgendwo im Niemandsland, und plötzlich hielt ein schnittiger schwarzer, brandneuer Camaro hinter mir. Auf der Beifahrerseite stieg eine wunderschöne, sehr große Frau aus. Ich erinnerte mich natürlich an sie; sie war am Silvesterabend auch in Merlotte's Bar gewesen. Meine Freundin Tara Thompson saß hinter dem Steuer.

Oh, dachte ich verständnislos und starrte in den Rückspiegel, *na so was*. Ich hatte Tara seit Wochen nicht gesehen, zuletzt in einem Club für Vampire in Jackson, Mississippi. Sie war mit einem Vampir namens Franklin Mott dort gewesen; er hatte sehr gut ausgesehen, so die Art gediegener älterer Herr, äußerst gewandt, gefährlich und kultiviert.

Tara, eine Freundin aus Schulzeiten, sah einfach immer großartig aus. Sie hatte schwarzes Haar, dunkle Augen und einen glatten olivfarbenen Teint und war noch dazu sehr klug, was sie zur erfolgreichen Besitzerin von Tara's Togs gemacht hat, einem Laden für hochklassige Damenbekleidung in einem Einkaufszentrum, das Bill gehört. (Na ja, so hochklassig, wie das in Bon Temps eben möglich ist.) Tara und ich hatten uns vor Jahren angefreundet, weil sie aus familiären Verhältnissen kam, die noch trauriger waren als meine.

Doch die hochgewachsene Frau neben ihr stellte selbst Tara in den Schatten. Sie hatte ebenso dunkles Haar wie meine Freundin, in ihrem glänzten allerdings rötliche Strähnchen, die ein echter Hingucker waren. Ihre Augen waren dunkel und sehr groß und mandelförmig, fast unnatürlich groß. Ihre Haut schimmerte weiß wie Milch und ihre Beine waren so lang wie eine Leiter. Zudem war sie mit herrlichen Brüsten gesegnet, und sie trug von Kopf bis Fuß die Farbe Feuerwehrrot. Ihr Lippenstift war natürlich darauf abgestimmt.

»Sookie«, rief Tara. »Was ist denn los?« Vorsichtig ging sie auf mein altes Auto zu, den Blick auf die Füße gerichtet, weil ihre glänzenden braunen, hochhackigen Lederstiefel keine Schramme abbekommen sollten. Die wären höchstens fünf Minuten an meinen Füßen geblieben. Herrje, ich verbringe einfach zu viel Zeit auf den Beinen, um mir Gedanken über hübsche, aber unpraktische Schuhe zu machen.

Tara sah erfolgreich, attraktiv und selbstbewusst aus in ihrem graugrünen Pullover und der graubraunen Hose. »Ich habe im Polizeifunk gehört, dass irgendwas bei Jasons Haus los ist«, sagte sie. Sie setzte sich auf den Beifahrersitz, beugte sich herüber und nahm mich in den Arm. »Und als ich bei Jason ankam, sah ich dich wegfahren. Was ist los?« Die Frau in Rot stand mit dem Rücken zu meinem Auto und blickte taktvoll in den Wald.

Ich hatte meinen Vater geliebt, und ich hatte immer gewusst (und meine Mutter selbst war fest davon überzeugt gewesen), dass auch meine Mutter – was immer ich ihretwegen durchmachen musste – stets aus Liebe zu mir gehandelt hatte. Taras Eltern dagegen waren richtig schlechte Menschen gewesen, zwei Alkoholiker, die ihre Kinder misshandelt hatten. Taras ältere Schwestern und Brüder hatten ihr Zuhause so schnell wie möglich verlassen und es Tara als der Jüngsten überlassen, die Kosten ihrer Freiheit zu begleichen.

Und jetzt steckte ich in Schwierigkeiten, und schon war sie da und bot mir ihre Hilfe an.

»Tja, Jason ist verschwunden«, sagte ich in ziemlich ruhigem Tonfall, machte dann aber die Wirkung zunichte, indem ich einen dieser furchtbar erstickt klingenden Schluchzer ausstieß. Ich wandte das Gesicht ab. Es war mir peinlich, meinen Kummer vor dieser anderen Frau offen zu zeigen.

Klugerweise überging Tara meine Tränen und stellte mir die nahe liegenden Fragen: Hatte Jason seinen Chef angerufen? Hatte er mich gestern Abend angerufen? Mit welcher Frau war er zuletzt häufiger ausgegangen?

Das erinnerte mich an die Gestaltwandlerin, mit der Jason zu Silvester verabredet gewesen war. Ich könnte sogar von der Andersartigkeit dieser Frau erzählen, fand ich, denn Tara hatte an jenem Abend im Vampir-Club einiges mitbekommen. Und Taras hochgewachsene Begleiterin war ebenfalls irgendeine Art Supra. Tara wusste Bescheid über die geheime Welt.

Nein, wusste sie nicht, wie sich dann herausstellte.

Ihr Gedächtnis war gelöscht worden. Oder wenigstens tat sie so.

»Was?«, fragte Tara, fast übertrieben verwirrt. »Werwölfe? In diesem Nachtclub? Ich erinnere mich, dich dort gesehen zu haben. Aber sag mal, Schatz, hattest du nicht ein bisschen zu viel getrunken und bist schließlich umgekippt oder so was?«

Da ich nur sehr in Maßen trinke, ärgerte ich mich ziemlich über die Frage. Aber es war gut möglich, dass genau diese reichlich unspektakuläre Erklärung von Franklin Mott in Taras Kopf eingepflanzt worden war. Ich war so enttäuscht, weil ich mich ihr nicht anvertrauen konnte, dass ich die Augen schloss, um ihre verständnislose Miene nicht ansehen zu müssen. Einzelne Tränen zogen eine Spur meine Wangen hinunter. Ich hätte es einfach dabei belassen sollen, doch mit leiser, rauer Stimme sagte ich:»Nein, hatte ich nicht.«

»Ach herrje, hat dir dein Begleiter was in den Drink getan?« Aufrichtig entsetzt drückte Tara mir die Hand.»Etwa Rohypnol? Aber Alcide war doch so ein netter Typ!«

»Vergiss es«, sagte ich und versuchte, sanfter zu klingen.»Das hat doch eigentlich gar nichts mit Jason zu tun.«

Immer noch bekümmert drückte Tara mir erneut die Hand. Und ganz plötzlich wurde mir klar, dass ich ihr kein Wort glaubte. Tara wusste, dass Vampire Erinnerungen streichen konnten, und sie tat so, als hätte Franklin Mott die ihren gelöscht. Sie erinnerte sich sehr gut an das, was im Club passiert war, tat aber, als wäre dem nicht so, um sich selbst zu schützen. Wenn sie das zu ihrem eigenen Schutz tun musste, okay. Ich holte tief Luft.

»Triffst du dich eigentlich noch mit Franklin?«, fragte ich, um dem Gespräch eine andere Richtung zu geben.

»Er hat mir dieses Auto gekauft.«

Ich war ziemlich schockiert, eigentlich richtig entsetzt darüber, gehörte aber hoffentlich nicht zu denen, die auf andere mit dem Finger zeigen.

»Ein wunderbares Auto. Kennst du eigentlich irgendwelche Hexen?«, fragte ich und wechselte schnell wieder das Thema, damit Tara meine Vorbehalte nicht auffielen. Ich war überzeugt, sie würde mich auslachen, weil ich ihr eine solche Frage stellte. Aber es war eine gute Ablenkung. Nicht um alles in der Welt wollte ich sie verletzen.

Eine Hexe zu finden wäre eine enorme Hilfe. Ich war mir sicher, dass Jasons Entführung – und ich schwor mir selbst, dass es eine Entführung war und kein Mord – irgendwie mit Erics Verwünschung durch die Hexen zusammenhing. Das wären sonst einfach zu viele Zufälle auf einmal gewesen. Andererseits hatte ich in den letzten paar Monaten eine ganze Reihe von sehr vertrackten Zufällen erlebt. Na bitte, da hatte ich doch noch eine dritte zu bedenkende Seite gefunden.

»Natürlich«, sagte Tara und lächelte stolz. »Da kann ich dir helfen. Das heißt, wenn dir eine Wicca recht ist?«

Mich beherrschten so viele Gefühle gleichzeitig, dass ich nicht sicher war, ob mein Gesicht mit seinem Mienenspiel da hinterherkommen würde. Schock, Angst, Kummer und Sorge schwirrten wild durcheinander in meinem Hirn. Wenn dieser Wirbel sich wieder legte, würden wir ja sehen, was zuoberst lag.

»Du bist eine Hexe?«, fragte ich schwach.

»Meine Güte, nein. Ich bin katholisch. Aber ich bin mit ein paar Leuten befreundet, die zu den Wiccas gehören. Und einige von denen sind Hexen.«

»Oh, wirklich?« Das Wort Wicca hatte ich vorher noch nie gehört, glaube ich, höchstens vielleicht mal in einem Roman gelesen. »Tut mir leid, aber ich weiß nicht, was das bedeutet«, gab ich kleinlaut zu.

»Das kann Holly dir besser erklären als ich«, sagte Tara.

»Holly? Die Holly, mit der ich zusammenarbeite?«

»Genau. Oder du gehst zu Danielle, obwohl sie bestimmt nicht so bereitwillig darüber sprechen wird. Holly und Danielle gehören demselben Zirkel an.«

Mittlerweile war ich so schockiert, dass ich auch gleich ganz die Fassung verlieren konnte. »Zirkel«, wiederholte ich.

»Ja, eine Gruppe von Leuten, die gemeinsam einen heidnischen Kult zelebrieren.«

»Sind alle in diesen Zirkeln Hexen?«

»Ich glaube nicht – aber sie dürfen, nun ja, eben keine Christen sein. Wicca ist eine Religion.«

»Okay«, sagte ich. »Okay. Und du meinst, Holly würde mit mir darüber reden?«

»Warum nicht?« Tara ging zurück zu ihrem Auto, um ihr Handy zu holen, und schlenderte zwischen unseren beiden

Wagen hin und her, während sie mit Holly telefonierte. Ich war ziemlich dankbar über diese kleine Verschnaufpause, die mir erlaubte, mental wieder auf die Beine zu kommen, wenn ich das mal so sagen darf. Und um höflich zu sein, stieg ich aus meinem Auto aus und sprach die Frau in Rot an, die sehr viel Geduld bewiesen hatte.

»Tut mir leid, dass wir uns an einem so schlimmen Tag kennen lernen«, sagte ich. »Ich bin Sookie Stackhouse.«

»Ich bin Claudine«, erwiderte sie mit einem wunderschönen Lächeln. Ihre Zähne waren schneeweiß wie die eines Hollywoodstars. Ihre Haut war von seltsamer Beschaffenheit; leicht glänzend und zart, erinnerte sie mich an die Haut einer Pflaume; so als würde süßer Saft hervorquellen, wenn jemand hineinbiss. »Ich bin wegen all der Aktivitäten hier.«

»Oh?«, machte ich verblüfft.

»Ja, ihr habt Vampire, Werwölfe und alle möglichen anderen Geschöpfe hier in Bon Temps – gar nicht zu reden von einigen machtvollen Wegkreuzungen. Das finde ich alles höchst faszinierend.«

»Aha, hm«, sagte ich unbestimmt. »Und haben Sie vor, das alles nur zu beobachten?«

»O nein. Die reine Beobachtung ist nicht mein Ding.« Sie lachte. »Du bist selbst recht faszinierend, wie?«

»Holly weiß Bescheid«, sagte Tara, klappte ihr Handy zu und lächelte, denn in Claudines Gegenwart fiel es regelrecht schwer, das nicht zu tun. Ich bemerkte, dass auch ich übers ganze Gesicht lächelte, und das war nicht mein übliches angespanntes Grinsen, sondern ein Ausdruck heiteren Glücks. »Sie sagt, du sollst bei ihr vorbeischauen.«

»Kommt ihr mit?« Ich wusste nicht, was ich von Taras Begleiterin halten sollte.

»Tut mir leid, Claudine hilft mir heute im Laden«, sagte Tara. »Wir machen einen Sonderverkauf der alten Kollektion zu Neujahr, und die Leute kaufen ein wie wild. Soll ich etwas für dich zurücklegen? Ich habe noch ein paar richtig schicke

Partykleider. War das, das du in Jackson getragen hast, nicht kaputtgegangen?«

»Allerdings, schließlich hatte mir ein Fanatiker einen Pfahl in den Oberkörper getrieben. Darunter hatte das Kleid unweigerlich gelitten. »Es sind Flecken drauf«, sagte ich mit größter Beherrschung. »Das ist wirklich nett von dir, aber ich werde wohl kaum die Zeit finden, etwas anzuprobieren. Wegen Jason und all dem.« Und außerdem habe ich herzlich wenig Geld übrig für so was, sagte ich mir selbst.

»Klar«, sagte Tara. Sie nahm mich noch mal in den Arm. »Ruf mich an, wenn du mich brauchst, Sookie. Ist schon komisch, dass ich mich nicht besser an den Abend in Jackson erinnere. Vielleicht hatte ich auch zu viel getrunken. Haben wir getanzt?«

»Oh, ja, du hast mich überredet, diese Nummer zu tanzen, die wir für die Talentshow in der Schule eingeübt hatten.«

»O Gott, nein!«

»Ich fürchte, doch.« Ich wusste verdammt gut, dass sie sich daran erinnerte.

»Wenn ich bloß auch da gewesen wäre«, sagte Claudine. »Ich tanze so gern.«

»Also, diesen Abend im Vampir-Club hätte ich liebend gern verpasst«, erwiderte ich.

»Ich kann nie wieder nach Jackson fahren, wenn ich dort diesen Tanz öffentlich vorgeführt habe«, sagte Tara.

»Am besten fährt keine von uns noch mal nach Jackson.« Ich hatte in Jackson einige sehr wütende Vampire zurückgelassen, die Werwölfe waren allerdings noch zorniger. Nicht, dass viele von ihnen übrig geblieben waren. Aber immerhin.

Tara zögerte einen Augenblick, offensichtlich suchte sie nach den richtigen Worten. »Bill gehört doch das Gebäude, in dem Tara's Togs ist«, begann sie vorsichtig, »daher habe ich eine Telefonnummer, unter der er im Ausland zu erreichen ist. Wenn du ihn also irgendwas wissen lassen möchtest...?«

»Danke«, sagte ich, ganz und gar nicht sicher, ob ich dankbar war. »Er hat mir auch eine Nummer hinterlassen.« Eine Art von Endgültigkeit umgab Bills Aufenthalt im Ausland, die ihn unerreichbar erscheinen ließ. Ich hatte nicht mal daran gedacht, wegen meiner Zwangslage Kontakt zu ihm aufzunehmen; ich war so viele Leute durchgegangen und hatte darüber nachgedacht, ob ich sie anrufen sollte, doch sein Name war mir nicht ein einziges Mal eingefallen.

»Es ist nur so, dass er ziemlich, tja, weißt du, niedergeschlagen wirkte.« Tara begutachtete die Spitzen ihrer Stiefel. »Melancholisch«, sagte sie, als freute sie sich, ein Wort benutzen zu können, das nicht oft über ihre Lippen kam. Claudine verströmte freudige Zustimmung. Was für eine merkwürdige Person. Ihre großen Augen leuchteten, während sie mir die Schulter tätschelte.

Ich schluckte schwer. »Tja, ein echter Mr Smiley war er ja nie«, erwiderte ich. »Ich vermisse ihn. Aber ...« Nachdrücklich schüttelte ich den Kopf. »Es war einfach zu schlimm. Er hat mich ... zu sehr verletzt. Aber ich danke dir. Auch dafür, dass du mir das mit Holly erzählt hast.«

Tara strahlte im wohlverdienten Gefühl, für diesen Tag ihre gute Tat vollbracht zu haben, und ging zurück zu ihrem nagelneuen Camaro. Auch Claudine faltete ihren langen Körper wieder auf dem Beifahrersitz zusammen und winkte mir zu, als Tara losfuhr. Ich überlegte, wo Holly Cleary wohnte. Dann erinnerte ich mich, wie sie mal über den winzigen Einbauschrank in ihrem Apartment geklagt hatte – und das konnte nur eins bedeuten: Kingfisher Arms.

Als ich die U-förmig gebaute Wohnanlage am südlichen Ende von Bon Temps erreicht hatte, suchte ich die Briefkästen ab, um Hollys Apartmentnummer herauszubekommen. Sie wohnte im Erdgeschoss, in Nummer 4. Holly hatte einen fünfjährigen Sohn, Cody. Wie ihre beste Freundin Danielle Gray hatte auch Holly gleich nach dem Highschool-Abschluss geheiratet, und keine fünf Jahre später waren beide bereits wieder geschieden gewesen. Danielles Mutter war ihrer Tochter eine große Hilfe, doch so viel Glück hatte Holly nicht gehabt. Ihre schon lange geschiedenen Eltern waren beide weggezogen und ihre Großmutter war auf der Alzheimer-Station des Pflegeheims von Renard gestorben. Ein paar Monate lang hatte sich Holly mit Detective Andy Bellefleur getroffen, aber irgendwie wurde nichts daraus. Man munkelte, dass die alte Caroline Bellefleur, Andys Großmutter, der Ansicht war, Holly sei nicht gut genug für ihren Andy. Ich hatte dazu keine Meinung. Weder Holly noch Andy standen auf der Liste meiner besten Freunde, obwohl ich für Andy eindeutig weniger übrig hatte.

Als Holly die Tür aufmachte, erkannte ich ganz plötzlich, wie sehr sie sich in den letzten paar Wochen verändert hatte. Jahrelang hatte sie ihr Haar goldgelb wie Löwenzahn gefärbt. Doch jetzt war es von einem stumpfen Schwarz und raspelkurz. In jedem Ohr hatte sie vier Piercings. Und ich sah, wie ihre Hüftknochen sich unter dem dünnen Denim ihrer alten Jeans abzeichneten.

»Hallo, Sookie«, sagte sie freundlich. »Tara bat mich, mit dir zu reden, aber ich war nicht sicher, ob du überhaupt auftauchen würdest. Das mit Jason tut mir leid. Komm doch herein.«

Das Apartment war klein, was sonst, und obwohl es erst kürzlich frisch gestrichen worden war, zeigte es deutliche Spuren jahrelangen Gebrauchs. Wir gingen in eine Wohnzimmer-Esszimmer-Küchen-Kombi mit einer Art Frühstückstheke, die den eigentlichen Küchenbereich vom Rest des Raums abtrennte. In einer Ecke stand ein Korb mit Spielsachen, und auf dem zerkratzten Tisch sah ich eine Putzmittelflasche, neben der ein Wischlappen lag. Holly war gerade dabei zu putzen.

»Tut mir leid, wenn ich störe«, sagte ich.
»Das macht nichts. Coke? Saft?«
»Nein, danke. Wo ist Cody?«

»Bei seinem Vater«, sagte sie und sah hinunter auf ihre Hände. »Ich hab' ihn einen Tag nach Weihnachten hingefahren.«

»Wo wohnt sein Vater denn?«

»David wohnt in Springhill. Er hat gerade wieder geheiratet. Seine neue Frau hat bereits zwei Kinder. Ihre kleine Tochter ist im Alter von Cody, und er spielt unheimlich gern mit ihr. Dauernd heißt es ›Shelley dies‹ und ›Shelley das‹.« Holly wirkte ziemlich niedergeschlagen.

David Cleary entstammte einer riesengroßen Sippe. Sein Cousin Pharr war in meinem Schuljahrgang gewesen. Codys Genen zuliebe hoffte ich, dass David intelligenter war als Pharr, was wirklich nicht allzu schwer sein dürfte.

»Ich muss mit dir über etwas ziemlich Persönliches reden, Holly.«

Holly wirkte ganz überrascht. »Nun, so eng waren wir eigentlich nie befreundet, oder?«, sagte sie. »Aber frag ruhig, ich kann dann immer noch entscheiden, ob ich antworte.«

Ich versuchte in Worte zu fassen, was ich sagen wollte – und dabei geheim zu halten, was ich geheim halten musste, und trotzdem das Notwendige von ihr zu erfahren, ohne sie zu kränken.

»Du bist doch eine Hexe?«, fragte ich, verlegen, weil ich einen so theatralischen Ausdruck gebrauchte.

»Ich bin eher eine Wicca.«

»Würde es dir was ausmachen, mir den Unterschied zu erklären?« Einen kurzen Moment sah ich ihr in die Augen, dann beschloss ich, mich doch lieber auf den Trockenblumenstrauß auf dem Fernseher zu konzentrieren. Holly glaubte, ich könnte ihre Gedanken nur lesen, wenn ich ihr direkt in die Augen sah. (So wie körperliche Berührung vereinfacht Blickkontakt das Gedankenlesen zwar, ist aber keineswegs nötig.)

»Das kann ich schon tun.« Sie sprach sehr langsam, als würde sie sich jedes Wort genau überlegen. »Du bist ja keine, die herumtratscht.«

»Was immer du mir erzählst, werde ich an niemand weitergeben.« Noch einmal sah ich ihr in die Augen, nur ganz kurz.

»Okay«, sagte sie. »Also, wenn du eine Hexe bist, praktizierst du, natürlich, magische Rituale.« Sie benutzte das »du« als so eine Art Verallgemeinerung, schien mir, »ich« zu sagen wäre wohl ein zu kühnes Eingeständnis gewesen. »Du schöpfst von einer Macht, von der die meisten Leute niemals etwas ahnen. Eine Hexe sein heißt nicht böse sein, oder wenigstens ist es so nicht gedacht. Als Wicca gehörst du einer Religion an, einer heidnischen Religion. Wir folgen den Wegen der Mutter, und wir haben unseren eigenen Kalender heiliger Festtage. Du kannst beides sein, sowohl Wicca wie Hexe, oder mehr das eine oder auch mehr das andere. Das ist ziemlich individuell. Ich praktiziere ein wenig Hexenkunst, bin aber viel stärker am Wicca-Leben interessiert. Wir glauben daran, dass deine Handlungen okay sind, solange sie niemand anderen verletzen.«

Seltsam, mich überkam ein Gefühl größter Verlegenheit, als Holly mir erzählte, dass sie keine Christin war. Ich war noch nie jemandem begegnet, der nicht zumindest vorgab, Christ zu sein, oder wenigstens ein Lippenbekenntnis zu den grundsätzlichen christlichen Prinzipien abgab. Ich war ziemlich sicher, dass es in Shreveport eine Synagoge gab, doch ich hatte, soweit ich wusste, bislang noch nicht mal einen Juden gesehen. Hier konnte ich eindeutig noch etwas dazulernen.

»Verstehe. Kennst du viele Hexen?«

»Ein paar.« Holly nickte bestätigend, vermied jedoch weiterhin den Augenkontakt mit mir.

Auf einem klapprigen Tisch in einer Ecke entdeckte ich einen Computer. »Habt ihr so was wie einen Online-Chatroom oder ein Schwarzes Brett oder etwas Ähnliches?«

»Ja, klar.«

»Hast du was gehört über eine Gruppe von Hexen, die vor kurzem nach Shreveport gekommen sind?«

Hollys Gesicht nahm einen sehr ernsten Ausdruck an. Ihre geraden dunklen Augenbrauen zogen sich zu einem Stirnrunzeln zusammen. »Erzähl mir bloß nicht, dass du mit denen zu tun hast«, sagte sie.

»Nicht direkt. Aber ich kenne jemanden, der von ihnen verletzt wurde, und ich fürchte, sie könnten sich Jason geschnappt haben.«

»Dann steckt er in echten Schwierigkeiten«, sagte sie unverblümt. »Die Frau, die diese Gruppe anführt, ist durch und durch skrupellos. Und ihr Bruder ist genauso schlimm. Die sind nicht so wie wir anderen. Sie sind nicht auf der Suche nach einem besseren Leben oder nach einem Weg, um mit Naturkräften in Berührung zu kommen, oder nach Zaubersprüchen, die den inneren Frieden stärken. Sie sind böse.«

»Kannst du mir vielleicht irgendwelche Tipps geben, wo ich sie aufspüren könnte?« Ich tat mein Bestes, damit meine Gesichtszüge mir nicht entgleisten. Mit meinem anderen Sinn hörte ich, wie Holly dachte, sollte dieser Hexenzirkel Jason wirklich in seiner Gewalt haben, wäre der sicher böse zugerichtet, wenn nicht sogar schon tot.

Anscheinend tief in Gedanken versunken, sah Holly aus dem Fenster ihres Apartments, das auf die Straße hinausging. Sie hatte Angst, dass diese Leute jede Information, die sie mir gab, bis zu ihr zurückverfolgen und sie bestrafen würden – vielleicht durch Cody. Das waren keine Hexen, die aufgrund ihres Glaubens niemandem ein Leid antun wollten. Das waren Hexen, deren ganzes Leben darauf ausgerichtet war, jede Art von Macht an sich zu ziehen.

»Sind es eigentlich alles Frauen?«, fragte ich, weil sie kurz davor stand, mir überhaupt nichts zu erzählen.

»Wenn du hoffst, Jason könnte sie mit seiner charmanten Art und seinem guten Aussehen einwickeln, dann vergiss es gleich wieder«, erwiderte Holly. Ihr Gesichtsausdruck war grimmig. Sie wollte, dass ich verstand, wie gefährlich diese Leute waren. »Es gibt auch ein paar Männer unter ihnen. Sie sind ... das sind keine normalen Hexen. Ich meine, sie waren nicht mal normale *Menschen*.«

Ich war nur zu bereit, ihr das zu glauben. Schließlich hatte ich schon seltsamere Dinge glauben gelernt, seit Bill Compton eines Nachts in Merlotte's Bar aufgetaucht war.

Holly sprach, als wüsste sie weit mehr über diese Gruppe von Hexen, als ich je vermutet hätte ... mehr als nur das allgemeine Hintergrundwissen, das ich von ihr zu erfahren hoffte. Ich bohrte ein bisschen nach. »Wieso sind sie denn so anders?«

»Sie haben Vampirblut getrunken.« Holly sah schnell zur Seite, als ob dort jemand stünde und ihr zuhörte. Bei dieser Bewegung überlief es mich kalt. »Hexen – Hexen mit sehr viel Macht, die sie bereitwillig für das Böse einsetzen – gnadenlos genug sind sie. So machtvolle Hexen, die Vampirblut getrunken haben, können ... Sookie, du hast keine Ahnung, wie gefährlich sie sind. Einige von ihnen sind Werwölfe. Bitte, halte dich fern von ihnen.«

Werwölfe? Sie waren nicht nur Hexen, sondern auch Werwölfe? Und sie tranken Vampirblut? Jetzt bekam ich richtig Angst. Etwas noch Schlimmeres konnte ich mir nicht vorstellen. »Wo sind sie?«

»Hast du mir nicht zugehört?«

»Doch, aber ich muss wissen, wo sie sind!«

»Sie sind in einem alten Geschäftshaus in der Nähe der Pierre-Bossier-Mall«, sagte sie, und ich konnte das Bild in ihrem Kopf sehen. Sie war bereits dort gewesen. Sie hatte sich mit ihnen getroffen. All das hatte sie in ihrem Kopf, und ich bekam eine ganze Menge davon mit.

»Warum bist du dort gewesen?«, fragte ich, und sie wich zurück.

»Wusste ich's doch, ich hab' mir gleich Sorgen gemacht wegen dieses Gesprächs mit dir«, sagte Holly verärgert. »Ich hätte dich gar nicht reinlassen sollen. Aber weil ich eine Zeit lang mit Jason ausgegangen bin ... Du bringst es dahin, dass sie mich umbringen, Sookie Stackhouse. Mich und meinen Jungen.«

»Nein, das tue ich nicht.«

»Ich war dort, weil ihre Anführerin an alle Hexen der Umgebung einen Aufruf ausgesandt hat, eine Art Gipfeltreffen abzuhalten. Es stellte sich jedoch heraus, dass sie eigentlich vorhatte, uns allen ihren Willen aufzuzwingen. Einige waren ziemlich beeindruckt von ihrer Persönlichkeit und ihrer Macht, aber die meisten von uns kleinstädtischen Wiccas lehnten ihren Drogenkonsum ab – denn darauf läuft das Trinken von Vampirblut hinaus – und auch ihre Vorliebe für die dunkle Seite der Hexenkunst. So, und das ist jetzt alles, was ich darüber sagen möchte.«

»Danke, Holly.« Ich überlegte, ob mir noch irgendetwas einfiel, das ich ihr sagen konnte, um ihr ihre Ängste zu nehmen. Aber mehr als alles auf der Welt wollte sie, dass ich endlich ging, und ich hatte ihr schon genug Ärger bereitet. Es war ein großes Zugeständnis gewesen, dass sie mich überhaupt zur Tür hereingelassen hatte, denn sie glaubte tatsächlich an meine Fähigkeit des Gedankenlesens. Ganz egal, welche Gerüchte sie hörten, die Menschen wollten zumeist doch lieber glauben, dass der Inhalt ihrer Köpfe Privatsache war, egal, welchen Gegenbeweis sie erhielten.

Das ging mir schließlich auch nicht anders.

Ich tätschelte leicht Hollys Schulter, als ich ging, aber sie stand nicht auf von dem alten Sofa. Hoffnungslos starrte sie mich mit ihren braunen Augen an, als könnte jeden Augenblick jemand durch die Tür hereinkommen und ihr den Kopf abschlagen.

Dieser Blick flößte mir mehr Furcht ein als all ihre Worte und Gedanken, und ich verließ Kingfisher Arms so schnell ich konnte – nicht ohne mir die Gesichter der Leute genau anzuschauen, die sahen, wie ich wegfuhr. Ich kannte keinen von ihnen.

Ich fragte mich, warum die Hexen in Shreveport ausgerechnet Jason haben wollten, wie sie einen Zusammenhang zwischen dem verschwundenen Eric und meinem Bruder hatten herstellen können. Und wie konnte ich mich ihnen nähern, um das herauszufinden? Würden Pam und Chow mir helfen, oder hatten sie bereits eigene Schritte unternommen? Und wessen Blut hatten die Hexen getrunken?

Seit die Vampire die Welt vor nunmehr fast drei Jahren von ihrer Existenz unterrichtet hatten, waren sie auf ganz neue Art zur Beute geworden. Anstatt sich Sorgen zu machen, dass Möchtegern-Van-Helsings ihnen einen Pfahl durchs Herz trieben, fürchteten sich die Vampire vor modernen Händlertypen, die man Ausbluter nannte. Ausbluter reisen in Teams umher, überfielen mit einer Vielzahl von Methoden Vampire (meistens durch einen sorgfältig ausgetüftelten Hinterhalt), fesselten sie mit silbernen Ketten und zapften ihr Blut in Phiolen ab. Abhängig vom Alter eines Vampirs brachte eine Phiole Vampirblut auf dem Schwarzmarkt zwischen 200 und 400 Dollar ein. Und welche Wirkung hatte es, dieses Blut zu trinken? Das blieb ziemlich unberechenbar, wenn das Blut erst mal aus dem Vampir heraus war. Ich schätze, gerade darin bestand ein Großteil der Attraktion. Meistens erwarb der Bluttrinker für ein paar Wochen körperliche Stärke, geschärftes Sehvermögen, gute Gesundheit und erhöhte Attraktivität. Es hing alles vom Alter des angezapften Vampirs und der Frische des Bluts ab.

Und natürlich verblasste die Wirkung bald, sofern man nicht wieder Blut trank.

Ein gewisser Prozentsatz der Leute, die bereits Vampirblut getrunken hatten, konnte für den Nachschub kaum schnell genug Geld zusammenkratzen. Diese Blutjunkies waren extrem gefährlich. Großstädtische Polizeibehörden waren jedenfalls froh, dass sie Vampire anstellen konnten, um mit ihnen fertig zu werden, denn normale Polizisten wären von ihnen einfach zu Brei geschlagen worden.

Hin und wieder verfiel ein Bluttrinker auch einfach dem

Wahnsinn – manchmal auf ganz ruhige und harmlos plappernde Weise, aber manchmal auch spektakulär und mörderisch. Es war unmöglich vorauszusagen, wen es wie treffen würde, und es konnte schon nach der ersten Blutphiole passieren.

Es gab Männer in Gummizellen, in deren Augen der Wahnsinn glitzerte, und es gab hinreißende Filmstars, die ihre Anziehungskraft ebenfalls den Ausblutern verdankten. Das Blutzapfen war natürlich ein höchst riskanter Job. Manchmal gelang es dem Vampir, sich zu befreien, mit sehr vorhersehbarem Resultat. Ein Gericht in Florida hatte diesen Vampir-Vergeltungsschlag in einem berühmten Fall als Totschlag in Notwehr eingestuft, weil die Ausbluter ihre Opfer bekanntlich einfach dem Tod überließen. Sie ließen einen völlig blutleeren Vampir, der sich vor Schwäche nicht mehr rühren konnte, einfach dort liegen, wohin er zufällig gefallen war. Der geschwächte Vampir starb, wenn die Sonne aufging, falls er nicht das Glück hatte, in den Stunden der Dunkelheit gefunden und in Sicherheit gebracht zu werden. Es dauerte Jahre, sich von so einer Ausblutung zu erholen, und zwar Jahre der Hilfe anderer Vampire. Bill hatte mir erzählt, dass es Zufluchtsstätten für ausgeblutete Vampire gab und dass ihre Standorte streng geheim gehalten wurden.

Hexen mit nahezu der körperlichen Stärke von Vampiren – das schien eine höchst gefährliche Kombination. Ich sah immer noch nur Frauen vor mir, wenn ich über den Hexenzirkel nachdachte, der nach Shreveport gekommen war, und immer wieder korrigierte ich mich. Holly hatte gesagt, in der Gruppe gäbe es auch Männer.

Ich blickte auf die Uhr am Bankgebäude und sah, dass es kurz nach Mittag war. Ein paar Minuten vor sechs würde es vollständig dunkel sein; dann würde Eric aufstehen. Ich konnte ohne weiteres nach Shreveport fahren und bis dahin wieder zurück sein. Etwas anderes fiel mir nicht ein, einfach zu Hause herumsitzen und warten konnte ich nicht. Selbst Benzin zu vergeuden war besser. Ich hätte mir die Zeit nehmen und die Schrotflinte zu Hause deponieren können. Aber solange sie nicht geladen war und die Patronen woanders untergebracht waren, war es wohl legal, damit herumzufahren.

Zum ersten Mal in meinem Leben sah ich in den Rückspiegel, um zu prüfen, ob mir jemand folgte. Ich bin mit Spionagetechniken nicht sonderlich vertraut, und wenn mir einer folgte, so bemerkte ich ihn nicht. Also hielt ich an und tankte, nur um zu sehen, ob hinter mir noch jemand in die Tankstelle hineinfuhr. Niemand. Das war doch richtig gut, dachte ich und hoffte, dass auch Holly nicht in Gefahr war.

Während ich fuhr, hatte ich Zeit, mein Gespräch mit Holly noch einmal Revue passieren zu lassen. Mir fiel auf, dass es mein erstes Gespräch mit ihr gewesen war, in dem kein einziges Mal Danielles Name fiel. Seit der Grundschule waren Holly und Danielle so etwas wie siamesische Zwillinge gewesen. Sie hatten wahrscheinlich sogar immer zur gleichen Zeit ihre Periode gehabt. Danielles Eltern, Gründungsmitglieder der Freien Kirche der Auserwählten Gottes, würden einen Anfall kriegen, wenn sie von Hollys Aktivitäten wüssten. Kein Wunder also, dass Holly so diskret gewesen war.

Unsere kleine Stadt Bon Temps hatte inzwischen ihre Tore weit genug geöffnet, um Vampire zu tolerieren, und auch Schwule und Lesben hatten die harten Zeiten längst hinter sich (wenn es auch immer noch abhängig davon war, wie sie ihre sexuellen Vorlieben zum Ausdruck brachten). Doch den Wiccas würden die Tore wohl vor der Nase zugeknallt, fürchtete ich.

Die seltsame und schöne Claudine hatte mir erzählt, dass sie Bon Temps gerade aufgrund der vielen Merkwürdigkeiten so faszinierend fand. Ich fragte mich, was da draußen wohl sonst noch sein mochte und nur darauf wartete, sich zu erkennen zu geben.

Kapitel 5

Carla Rodriguez, meine vielversprechendste Spur, kam zuerst dran. Ich hatte einfach die alte Adresse von Dovie nachgeschlagen, mit der ich zeitweilig Weihnachtskarten ausgetauscht hatte. Allerdings dauerte es eine ganze Weile, bis ich das Haus fand. Es stand ziemlich abseits von den Einkaufsstraßen, die sonst meine üblichen Anlaufstellen in Shreveport waren. Dort, wo Dovie lebte, waren die Häuser klein und standen dicht gedrängt, und einige von ihnen waren zudem in einem erbärmlichen Zustand.

Ich empfand ein deutliches Triumphgefühl, als Carla selbst die Tür öffnete. Sie hatte ein blaues Auge und einen ziemlichen Kater, beides Anzeichen dafür, dass sie letzte Nacht ordentlich einen losgemacht hatte.

»Hey, Sookie«, sagte sie, als sie mich nach kurzem Zögern erkannte. »Was machst du denn hier? Ich war gestern Abend im Merlotte's, hab' dich aber nirgends entdeckt. Arbeitest du da nicht mehr?«

»Doch. Gestern war bloß mein freier Abend.« Jetzt, da ich Carla tatsächlich gegenüberstand, wusste ich nicht mehr, wie ich erklären sollte, was ich von ihr wollte. Ich beschloss, es einfach geradeheraus auszusprechen. »Hör zu, Jason ist heute Morgen nicht zur Arbeit erschienen, und da habe ich mich gefragt, ob er vielleicht hier bei dir ist.«

»Schätzchen, nichts gegen dich, aber Jason ist der letzte Typ auf Erden, mit dem ich ins Bett gehen würde«, sagte Carla rundweg. Ich starrte sie an und konnte hören, dass sie die Wahrheit sprach. »Ich halte doch nicht ein zweites Mal die

Hand ins Feuer, wenn ich mich schon beim ersten Mal verbrannt hab'. Klar hab' ich in der Bar so ein bisschen nach ihm Ausschau gehalten. Ich wäre aber auf dem Absatz umgekehrt, wenn ich ihn entdeckt hätte.«

Ich nickte. Mehr gab es zu diesem Thema nicht zu sagen. Wir tauschten ein paar Höflichkeiten aus, und ich plauderte noch etwas mit Dovie, die ein Kleinkind auf dem Arm hatte. Und dann war es Zeit, wieder zu gehen. Meine vielversprechendste Spur hatte sich nach nur zwei Sätzen einfach in Luft aufgelöst.

Um meine aufsteigende Verzweiflung zu bezwingen, hielt ich an der nächsten Ecke bei einer gut besuchten Tankstelle an, parkte und warf einen Blick auf meinen Stadtplan von Shreveport. Es dauerte nicht lange, bis ich den Weg von Dovies Vorort zur Vampir-Bar gefunden hatte.

Das Fangtasia befand sich in einer Ladenzeile, in der Nähe von Toys»R« Us. Es öffnete das ganze Jahr über um sechs Uhr abends, aber die Vampire tauchten natürlich erst nach Einbruch der Dunkelheit auf, was wiederum von der Jahreszeit abhängig war. Die Vorderseite des Fangtasia war in einem matten Grau gestrichen, und der Neonschriftzug des Namens leuchtete grellrot. »Shreveports führende Vampir-Bar« lautete die neu hinzugefügte, kleinere Zeile unter dem exotisch, kursiv geschriebenen Namen der Bar. Mich durchfuhr ein leichter Schauder, und ich sah weg.

Zwei Sommer zuvor hatte eine kleine Truppe Vampire aus Oklahoma versucht, dem Fangtasia im angrenzenden Bossier City mit einem neuen Club Konkurrenz zu machen. Nach einer ganz bestimmten heißen, kurzen Nacht im August waren sie nie wieder gesehen worden, und das Gebäude, das sie renoviert hatten, war bis auf die Grundmauern niedergebrannt.

Touristen hielten Geschichten wie diese für amüsant und pittoresk. Das erhöhte noch den erregenden Kick, überteuerte Drinks zu bestellen (bei menschlichen Kellnerinnen in langen, wehenden schwarzen Vampir-Outfits), während sie waschechte untote Blutsauger anstarrten. Eric hatte allen Vampiren im Bezirk Fünf für diese unangenehme Pflicht eine feste Anzahl Stunden pro Woche aufgebrummt, in denen sie sich im Fangtasia sehen lassen mussten. Die meisten seiner Untergebenen waren nicht gerade begeistert über diese Zurschaustellung. Doch so hatten sie zumindest Gelegenheit, Vampirsüchtige abzuschleppen, Groupies, die geradezu darum bettelten, gebissen zu werden. Solche Sachen fanden allerdings nicht in der Bar selbst statt: Da hatte Eric strenge Prinzipien. Ebenso wie die Polizei. Ein Vampirbiss war nur dann legal, wenn er im gegenseitigen Einverständnis von Mensch und Vampir stattfand, und zwar unter Erwachsenen und in Privaträumen.

Ganz automatisch fuhr ich zur Rückseite des Gebäudes. Bill und ich hatten fast immer den Angestellteneingang benutzt. Das war einfach eine graue Tür in einer grauen Wand, mit dem Namen der Bar in selbstklebenden Lettern von Wal-Mart. Darunter verkündete ein schwarzer Schablonenschriftzug NUR FÜR MITARBEITER. Ich hob die Hand, um zu klopfen. Da erkannte ich, dass der Riegel von innen nicht vorgeschoben war.

Die Tür war nicht abgeschlossen.

Ein sehr, sehr schlechtes Zeichen.

Obwohl es heller Tag war, stellten sich mir die Nackenhaare auf. Ganz unvermittelt wünschte ich, ich hätte Bill an meiner Seite. Und das nicht, weil ich mich nach seiner zärtlichen Liebe sehnte. Wahrscheinlich sagt es nichts Gutes über deinen Lebensstil aus, wenn du deinen Exfreund nur deshalb vermisst, weil er eine absolut tödliche Gefahr darstellt.

An der Geschäftsseite der Ladenzeile ging es ziemlich lebhaft zu, doch die Rückseite lag verlassen da. Die Stille dröhnte nur so von Möglichkeiten, und keine von ihnen war wirklich erfreulich. Ich lehnte die Stirn an die kühle graue Tür. Und ich beschloss, sofort zu meinem alten Auto zurückzukehren und wie der Teufel von hier abzuhauen – was überaus klug gewesen wäre. Und ich wäre auch abgehauen, wenn ich nicht dieses Stöhnen gehört hätte.

Doch selbst dann hätte ich, wäre mir in dem Moment irgendwo eine Telefonsäule aufgefallen, einfach die Notrufnummer gewählt und gewartet, bis irgendeine behördliche Hilfe aufgekreuzt wäre. Aber es war weit und breit kein Telefon zu sehen, und ich konnte es einfach nicht ertragen, dass da vielleicht irgendjemand dringend meine Hilfe benötigte und ich diese versagte, bloß weil ich ein solcher Feigling war.

Gleich neben dem Hintereingang stand eine schwere Mülltonne, und nachdem ich die Tür aufgerissen hatte – und schnell zur Seite gesprungen war für den Fall, dass jemand oder etwas herausschoss –, bugsierte ich die Tonne so in den Eingang, dass sie die Tür einen Spalt offen hielt. Meine Arme waren von Gänsehaut überzogen, als ich schließlich hineinging.

In dem fensterlosen Fangtasia wurde rund um die Uhr elektrisches Licht benötigt. Da keine der Lampen brannte, glich das Innere jetzt einfach nur einem dunklen schwarzen Loch. Ein schwacher Strahl fahlen Winterlichts fiel durch die Tür in den Flur, der direkt zur eigentlichen Bar hin führte. Die Türen rechts gingen in Erics Büro und in das des Buchhalters. Links war die Tür zum großen Lagerraum, wo sich außerdem eine Toilette für die Angestellten befand. Der Flur endete an einer massiven schweren Tür, die allen Spaßvögeln in der Bar sofort die Idee austrieb, die hinteren Gefilde erkunden zu wollen. Und auch diese Tür stand offen, zum ersten Mal, soweit ich mich erinnern konnte. Dahinter breitete sich schweigend und schwarz die Bar aus. Ich fragte mich, ob wohl irgendein Wesen an einem der Tische saß oder in einer der Nischen kauerte.

Ich hielt den Atem an, damit ich auch noch den geringsten Hauch eines Geräuschs vernahm. Nach ein paar Sekunden hörte ich eine scharrende Bewegung und erneut ein Stöhnen. Beides kam aus dem Lagerraum, dessen Tür einen Spaltbreit offen stand. Ich tat vier lautlose Schritte bis zu dieser Tür hin. Das Herz schlug mir bis zum Hals, als ich in die Dunkelheit griff und den Lichtschalter anknipste.

Der grelle Lichtschein ließ mich blinzeln.

Belinda, die einzige halbwegs intelligente Vampirsüchtige, die ich je kennen gelernt hatte, lag in einer seltsam verrenkten Haltung auf dem Boden des Lagerraums. Ihre Beine waren zusammengeklappt wie ein Taschenmesser, die Fersen lagen fest an die Hüften gepresst. Nirgends an ihr war Blut zu sehen – oder ein anderes sichtbares Mal zu erkennen. Offensichtlich litt sie unter einem enormen und fortwährenden Krampf in den Beinen.

Ich kniete neben Belinda nieder, während meine Blicke in alle Richtungen schossen. Es war keine andere Bewegung in dem Raum wahrzunehmen, allerdings waren die Ecken verdeckt von Stapeln von Getränkekartons und einem Sarg, den die Vampire für eine Show benutzten, die sie manchmal zu speziellen Partys aufführten. Die Tür zur Angestelltentoilette war geschlossen.

»Belinda«, flüsterte ich. »Belinda, sieh mich an.«

Belindas Augen hinter den Brillengläsern waren rot und geschwollen, und ihre Wangen waren nass von Tränen. Sie blinzelte und konzentrierte ihren Blick auf mein Gesicht.

»Sind sie noch hier?«, fragte ich. Sie würde schon verstehen, dass ich meinte: »die Leute, die dir das angetan haben«.

»Sookie«, sagte sie heiser. Ihre Stimme klang schwach, und ich fragte mich, wie lange sie wohl schon so hier gelegen und auf Hilfe gewartet hatte. »Oh, Gott sei Dank. Sag Eric dem Meister, wir haben versucht, sie aufzuhalten.« Sie spielte immer noch eine Rolle, merkt ihr's? Selbst in dieser qualvollen Situation. So à la »Sagt unserem verehrten König, wir haben bis auf den Tod gekämpft« – na, ihr kennt so was ja sicherlich.

»Wen habt ihr versucht aufzuhalten?«, fragte ich scharf.

»Die Hexen. Sie kamen gestern Abend, kurz nachdem wir geschlossen hatten, als Pam und Chow schon gegangen waren. Nur Ginger und ich ...«

»Was wollten sie?« Ich sah, dass Belinda immer noch ihr hauchdünnes Kellnerinnen-Outfit mit dem hohen Schlitz im langen Rock trug. Und auf ihrem Nacken waren noch die aufgemalten Bissspuren.

»Sie wollten wissen, wo wir den Meister versteckt haben. Sie glauben anscheinend, dass sie ihm ... irgendwas angetan haben und dass wir ihn verstecken.« Sie machte eine lange Pause, und ihr Gesicht verzerrte sich. Ich konnte sehen, dass sie höllische Schmerzen litt – doch ich wusste nicht, was eigentlich los war mit ihr. »Meine Beine«, stöhnte sie. »Oh ...«

»Aber du wusstest es nicht und konntest ihnen also auch nichts erzählen.«

»Ich würde unseren Meister niemals verraten.«

Und wohlgemerkt, Belinda war diejenige, die immerhin noch *etwas* Verstand besaß.

»War außer Ginger noch jemand hier, Belinda?« Doch sie wurde so stark von einem krampfartigen Anfall geschüttelt, dass sie nicht antworten konnte. Ihr ganzer Körper versteifte sich vor Schmerz, und wieder drang dieses tiefe Stöhnen aus ihrer Kehle.

Ich wählte die Notrufnummer von Erics Büro aus. Wo dort das Telefon stand, wusste ich wenigstens. Der Raum war komplett verwüstet worden, und irgendeine verspielte Hexe hatte ein großes rotes Pentagramm an eine der Wände gemalt. Eric würde entzückt sein.

Ich ging zu Belinda zurück und sagte ihr, dass der Krankenwagen gleich kommen würde. »Was ist mit deinen Beinen los?«, fragte ich und fürchtete mich zugleich vor der Antwort.

»Sie haben mir die Muskeln hinten in den Beinen verkürzt, jetzt sind sie nur noch halb so lang ...« Und wieder begann sie zu stöhnen. »Das ist wie einer dieser gigantischen Krämpfe, wenn du schwanger bist.«

Es war mir neu, dass Belinda je schwanger gewesen war.

»Wo ist Ginger?«, fragte ich, als ihre Schmerzen ein wenig abzuebben schienen.

»Sie war in der Toilette.«

Und dort war Ginger, eine hübsche Rotblonde und nun stumm wie ein Stein, immer noch. Ich glaube nicht, dass sie sie wirklich umbringen wollten. Aber so wie es aussah, hatten sie ihre Beine genauso verhext wie Belindas; jedenfalls waren sie auf die gleiche seltsame und schmerzhafte Weise zusammengeklappt, selbst noch im Tod. Ginger hatte vor dem Waschbecken gestanden, als sie in sich zusammensackte, und war auf ihrem Weg nach unten mit dem Kopf gegen den Rand des Waschbeckens geschlagen. Ihre Augen waren blicklos und ihr Haar war mit geronnenem Blut verkrustet, das aus der Wunde an ihrer Schläfe gesickert war.

Da war nichts mehr zu machen. Ich musste Ginger gar nicht berühren, so offensichtlich tot war sie. Belinda erzählte ich nichts davon. Sie litt ohnehin viel zu starke Schmerzen, um es richtig zu begreifen. Doch sie hatte noch ein paar klare Momente, ehe ich mich wieder auf den Weg machte. Ich fragte sie, wo ich Pam und Chow finden könnte, um sie zu warnen, und Belinda sagte, sie wüsste es nicht, sie würden einfach in der Bar auftauchen, sobald es dunkel war.

Außerdem erzählte sie, die Frau, die sie verhext hatte, sei eine Hexe namens Hallow gewesen, sehr groß, mit kurzem braunem Haar und einem Gesicht, auf das ein schwarzes Muster gemalt war.

Das sollte es leicht machen, sie zu erkennen.

»Und stark wie ein Vampir wäre sie außerdem, sagte sie«, stieß Belinda hervor. »Da …« Belinda deutete hinter mich. Ich fuhr herum, auf einen Angriff gefasst. Doch nichts passierte. Allerdings war das, was ich sah, fast genauso beunruhigend wie das, womit ich gerechnet hatte. Es war der Griff des Rollwagens, mit dem die Angestellten Getränkekisten hin und her fuhren. Der lange, massive metallene Stielgriff war zu einem U verbogen worden.

»Der Meister wird sie umbringen, wenn er wiederkommt«, sagte Belinda einen Augenblick später stockend. Wegen ihrer Schmerzen platzten die Wörter nur noch in einem abgehackten Stakkato aus ihr heraus.

»Ganz sicher«, erwiderte ich beruhigend. Ich zögerte. Es war nicht zu beschreiben, wie mies ich mich fühlte. »Belinda, ich muss gehen, ich will nicht, dass die Polizei mich hier mit ihren Fragen festhält. Erwähne bitte meinen Namen nicht. Sag einfach, ein Passant hätte dich gehört, okay?«

»Wo ist der Meister? Ist er wirklich verschwunden?«

»Keine Ahnung«, log ich gezwungenermaßen. »Ich muss jetzt hier raus.«

»Geh«, sagte Belinda mit versiegender Stimme. »Wir können von Glück sagen, dass du überhaupt vorbeigekommen bist.«

Ich musste unbedingt weg. Ich wusste nichts über das, was im Fangtasia passiert war. Und wenn mir trotzdem stundenlang Fragen gestellt würden, kostete mich das Zeit, die ich nicht mehr hatte – schließlich war mein Bruder verschwunden.

Als ich wieder in meinem Auto saß und vom Parkplatz fuhr, kamen mir die Polizei und der Krankenwagen schon entgegen. Ich hatte noch meine Fingerabdrücke vom Türknauf abgewischt. Was ich außerdem angefasst hatte oder nicht, daran konnte ich mich nicht mehr erinnern, ganz egal wie gründlich ich versuchte, mir mein Vorgehen noch einmal in Erinnerung zu rufen. Es waren sowieso Millionen von Fingerabdrücken dort zu finden – herrje, es war schließlich eine Bar.

Erst eine Weile später fiel mir auf, dass ich einfach drauflosfuhr, ohne jedes Ziel. Ich war unglaublich durcheinander. Also steuerte ich eine weitere Tankstelle an, fuhr dort auf den Parkplatz und sah sehnsüchtig zu den Telefonsäulen hinüber. Ich konnte Alcide anrufen und ihn fragen, ob er wusste, wo Pam und Chow die Stunden des Tages verbrachten. Und dann konnte ich dorthin fahren, eine Nachricht hinterlassen und sie warnen.

Ich zwang mich, ein paar Mal tief Atem zu holen und mir genau zu überlegen, was ich tun wollte. Es war höchst unwahrscheinlich, dass Vampire einem Werwolf die Adresse ihres Tagesruheorts geben würden. Das war keine Information, die Vampire jedem gaben, der danach fragte. Zudem waren Alcide gerade die Vampire von Shreveport nicht besonders sympathisch, da sie ihn seinerzeit mit den Spielschulden seines Vaters erpresst hatten, bis er sich schließlich ihren Wünschen gefügt hatte. Wenn ich ihn anrief, das wusste ich, würde er auf jeden Fall kommen, einfach weil er ein netter Typ war. Doch seine Verwicklung in diese Sache konnte ernsthafte Auswirkungen auf seine Familie und seine Geschäfte haben. Andererseits, wenn diese Hallow tatsächlich eine dreifache Bedrohung darstellte – eine Hexe, die sich zum Werwolf wandeln konnte und Vampirblut trank –, dann war sie ungeheuer gefährlich und die Werwölfe von Shreveport sollten unbedingt von ihr wissen. Erleichtert, endlich eine Entscheidung getroffen zu haben, suchte ich nach einem funktionierenden Telefon und kramte Alcides Visitenkarte aus meiner Brieftasche.

Alcide war in seinem Büro, was einem Wunder glich. Ich beschrieb ihm meinen Standort, und er erklärte mir, wie ich zu seinem Büro kam. Er bot mir sogar an, mich abzuholen, aber als komplette Idiotin wollte ich auch nicht dastehen.

Dann rief ich noch in Bud Dearborns Büro an und erfuhr nur, dass es nichts Neues von Jason gab.

Ich folgte Alcides Wegbeschreibung sehr gewissenhaft und kam nach etwa zwanzig Minuten bei Herveaux & Sohn an. Es lag nicht allzu weit abseits, am östlichen Rand von Shreveport und damit sogar auf meinem Weg nach Hause nach Bon Temps.

Das niedrige Backsteingebäude, in dem die Baufirma untergebracht war, befand sich im Besitz der Familie Herveaux. An der Rückseite sah ich Alcides Pick-up auf dem großen Parkplatz für Angestellte stehen. Der an der Vorderseite für Besucher war viel kleiner. Es war klar zu erkennen, dass die Herveaux-Leute meist selbst zu ihren Kunden fuhren und diese eher selten zu ihnen kamen.

Ein wenig nervös öffnete ich die Eingangstür und blickte mich um. Gleich hinter der Tür war ein Empfangstisch mit einem Wartebereich gegenüber. Hinter einer halbhohen Trennwand konnte ich fünf oder sechs Arbeitsplätze sehen, an dreien von ihnen wurde gearbeitet. Die Frau am Empfang hatte kurzes dunkles Haar, das sorgfältig geschnitten und frisiert war, trug einen schönen Pullover und war wunderbar geschminkt. Sie war wohl in den Vierzigern, aber ihre eindrucksvolle Erscheinung hatte darunter kein bisschen gelitten.

»Ich möchte zu Alcide«, sagte ich befangen.

»Ihr Name?« Sie lächelte mich an, wirkte aber leicht verkniffen um die Mundwinkel, so als ob es ihr gar nicht passte, dass eine junge und nicht gerade modisch gekleidete Frau an Alcides Arbeitsplatz aufkreuzte. Ich trug einen langärmligen, hellblau-gelb gemusterten Strickpulli unter meinem kurzen blauen Mantel, alte Bluejeans und Reeboks. Als ich mich heute Morgen anzog, hatte ich mir Gedanken gemacht, ob ich meinen Bruder wiederfinden würde, und nicht darüber, ob ich wohl der Mode-Polizei auffallen würde.

»Stackhouse«, sagte ich.

»Eine Miss Stackhouse ist hier für Sie«, sprach die verkniffene Dame in die Gegensprechanlage.

»Prima!« Alcide klang sehr erfreut, was mich enorm erleichterte.

Die verkniffene Dame sagte noch in die Gegensprechanlage: »Soll ich sie zu Ihnen schicken?«, als Alcide auch schon durch eine der Türen im Hintergrund gestürzt kam.

»Sookie!«, rief er und lachte mich an. Er hielt einen Moment inne, als wüsste er nicht genau, was er tun sollte, und dann umarmte er mich einfach.

Ich glaube, ich strahlte wie ein Honigkuchenpferd. Und dann umarmte auch ich ihn. Ich war so glücklich, ihn zu sehen! Er sah einfach großartig aus. Alcide ist ein großer Mann, mit schwarzem Haar, das von keinem Kamm je zu bändigen war, einem breiten Gesicht und grünen Augen.

Wir hatten gemeinsam eine Leiche beseitigt, das verbindet.

Sanft zog er an meinem Zopf. »Komm mit«, flüsterte er mir ins Ohr, während Miss Verkniffen uns mit einem nachsichtigen Lächeln ansah, das sie zweifellos nur für Alcide aufgesetzt hatte. Ich wusste, dass sie mich nicht schick und gewandt genug fand, um als Verabredung eines Herveaux durchzugehen, und sie war überzeugt, dass Alcides Vater (mit dem sie zwei Jahre lang ins Bett gegangen war) es nicht gutheißen würde, wenn sein Sohn sich mit einer Niete wie mir traf. Oops, wieder so eine Sache, von der ich eigentlich gar nichts wissen wollte. Offensichtlich schottete ich mich einfach nicht gut genug ab. Bill hatte mich immer dazu angehalten, doch jetzt, da ich ihn nicht mehr traf, wurde ich nachlässig. Das war allerdings nicht allein meine Schuld, Miss Verkniffen war eine sehr deutlich zu vernehmende Senderin.

Alcide dagegen nicht, aber er war ja auch ein Werwolf.

Er führte mich einen Gang hinunter, der mit einem hübschen Teppich ausgelegt und mit nichtssagenden Bildern – faden Landschaften und Gartenszenerien – dekoriert war, die wohl irgendein Innenarchitekt (oder Miss Verkniffen) ausgesucht hatte. Er geleitete mich in sein Büro, an dessen Tür sein Name stand. Es war ein großer Raum, jedoch kein prachtvoller oder eleganter, da er gerammelt voll war mit Arbeitsunterlagen – Plänen und Papieren und jeder Menge Bürokram. Alles sehr nüchtern und praktisch eingerichtet. Ein Faxgerät brummte vor sich hin, und neben einem Stapel Formulare war ein Rechner mit Zahlenkolonnen.

»Du hast viel zu tun. Ich hätte dich nicht anrufen sollen«, sagte ich, sofort eingeschüchtert.

»Machst du Witze? Dein Anruf war das Beste, das mir heute passiert ist!« Er klang so ernsthaft, dass ich lächeln musste. »Außerdem muss ich dir unbedingt etwas sagen. Ich habe dir das damals nicht erzählt, als ich dir deine Sachen brachte. Du weißt schon, nachdem du verletzt worden warst.« Nachdem ich von angeheuerten Schlägertypen zusammengeschlagen worden war. »Ich habe mich so miserabel gefühlt deswegen, dass ich es immer wieder hinausgeschoben habe, nach Bon Temps zu fahren, um von Angesicht zu Angesicht mit dir zu reden.«

O mein Gott, er war wieder mit seiner hinterhältigen, gemeinen Verlobten Debbie Pelt zusammen. Debbies Namen hatte ich gerade eben direkt aus seinen Gedanken aufgeschnappt.

»Ach ja?«, sagte ich und versuchte, ruhig und offen zu wirken.

Er beugte sich vor und nahm meine Hand zwischen seine großen Hände. »Ich schulde dir eine Riesenentschuldigung.«

Okay, damit hatte ich nicht gerechnet. »Wie das?«, fragte ich und sah mit zusammengekniffenen Augen zu ihm auf. Ich war hierher gekommen, um Alcide mein Herz auszuschütten, und stattdessen schüttete er mir jetzt seins aus.

»In dieser letzten Nacht, im Vampir-Club«, begann er, »als du meine Hilfe und meinen Schutz am dringendsten nötig hattest und ich...«

Was nun kommen würde, wusste ich. Alcide hatte sich in einen Wolf verwandelt, statt Mensch zu bleiben und mir aus dem Club herauszuhelfen, nachdem ich gepfählt worden war. Ich legte ihm meine freie Hand auf den Mund. Seine Haut war so schön warm. Wer es gewöhnt ist, Vampire zu berühren, der weiß, wie heiß schon ein normaler Mensch sich dagegen anfühlen kann, und noch mehr ein Werwolf, dessen Körpertemperatur ohnehin ein paar Grad höher ist.

Ich fühlte, wie mein Puls sich beschleunigte, und ich wusste, er fühlte es ebenfalls. Tiere haben ein sehr gutes Gespür für Erregung. »Alcide«, sagte ich, »sprich nie wieder davon. Du konntest nichts dafür, und ich bin ja schließlich auch heil davongekommen.« Tja, mehr oder weniger – und mal abgesehen von meinem Herzen, das an Bills Treulosigkeit zerbrach.

»Danke, dass du so viel Verständnis zeigst«, sagte er nach einer Pause, in der er mich eindringlich angesehen hatte. »Obwohl ich wahrscheinlich besser damit klarkäme, wenn du ausgerastet wärst.« Er fragte sich, ob ich bloß eine tapfere Miene aufsetzte oder ob ich es tatsächlich ernst meinte. Und ich war sicher, dass er mich am liebsten geküsst hätte, aber nicht wusste, ob mir das gefallen oder ich es ihm auch nur erlauben würde.

Nun, das wusste ich selbst nicht genau. Also ließ ich es gar nicht erst darauf ankommen.

»Okay, ich bin stinksauer auf dich und kann es nur ziemlich gut verbergen«, sagte ich. Seine Anspannung löste sich, als er sah, dass ich lächelte – auch wenn es vielleicht das letzte Lächeln dieses Tages zwischen uns sein sollte. »Hör mal, dein Büro am helllichten Tag ist nicht gerade der geeignete Ort oder Zeitpunkt, um dir die Dinge zu erzählen, die ich dir erzählen muss«, sagte ich. Ich sprach sehr ruhig, damit er begriff, dass ich ihn nicht anmachen wollte. Es war ja nicht so, dass ich Alcide einfach nur mochte. Ich hielt ihn immer noch für einen wirklich tollen Typen – aber solange ich nicht sicher war, dass er mit Debbie Pelt Schluss gemacht hatte, stand er nicht auf der Liste von Männern, die ich gern um mich haben wollte. Über Debbie hatte ich zuletzt gehört, dass sie jetzt mit einem anderen Gestaltwandler verlobt war, doch dass selbst das ihre Beziehung mit Alcide nicht gänzlich beendet hatte.

Ich hatte nicht vor, mich da mitten hineinzubegeben – und erst recht nicht, solange mein Kummer über Bills Untreue mir noch so schwer auf der Seele lag.

»Lass uns zu Applebee's unten an der Straße gehen und dort einen Kaffee trinken«, schlug er vor. Über die Gegensprechanlage teilte er Miss Verkniffen mit, dass er außer Haus ginge. Wir verließen das Gebäude durch den Hintereingang.

Es war jetzt ungefähr zwei Uhr und das Restaurant war fast leer. Alcide bat den jungen Mann, der die Plätze anwies, uns einen Tisch in einer Nische zu geben und so weit weg von allen anderen wie irgend möglich. Ich rutschte auf die Sitzbank an der einen Seite des Tisches und erwartete, dass Alcide die andere Seite nehmen würde. Doch er setzte sich neben mich.

»Wenn du mir ein Geheimnis erzählen willst, sollten wir eng zusammenrücken«, meinte er.

Wir bestellten beide Kaffee, und Alcide bat den Kellner, uns gleich eine ganze Kanne zu bringen. Ich erkundigte mich nach seinem Vater, während der Kellner um uns herum hantierte, und Alcide erkundigte sich nach Jason. Ich antwortete ihm nicht. Allein dass er den Namen meines Bruders erwähnte, brachte mich schon an den Rand eines Tränenausbruchs. Als unser Kaffee gekommen und der junge Mann verschwunden war, fragte Alcide: »Was ist los?«

Ich holte tief Luft und versuchte zu entscheiden, womit ich beginnen sollte. »In Shreveport gibt es eine Gruppe übler Hexen«, sagte ich geradeheraus. »Sie trinken Vampirblut, und zumindest einige von ihnen können ihre Gestalt wandeln.«

Jetzt war es an Alcide, tief Luft zu holen.

Ich hob die Hand und gab ihm so zu verstehen, dass da noch mehr war. »Sie sind nach Shreveport gekommen, um die Macht über das finanzielle Imperium der Vampire an sich zu reißen. Sie haben Eric mit einem Fluch oder Hexenzauber oder was auch immer belegt, jedenfalls hat er sein Gedächtnis dadurch verloren. Sie sind ins Fangtasia eingedrungen, weil sie hofften, dort den Tagesruheort der Vampire zu finden. Sie haben zwei der Kellnerinnen verhext, und eine von ihnen liegt jetzt im Krankenhaus. Die andere ist tot.«

Alcide zog bereits sein Handy aus der Tasche.
»Pam und Chow haben Eric bei mir zu Hause versteckt, und ich muss zurück sein, ehe es dunkel wird, und mich um ihn kümmern. Und Jason ist verschwunden. Ich weiß nicht, wer ihn verschleppt hat oder wo er ist oder ob er überhaupt noch ...« *Lebt.* Aber das Wort konnte ich nicht aussprechen.

Mit einem lauten Zischen atmete Alcide wieder aus und starrte mich, das Handy in der Hand, nur noch an. Er wusste nicht, wen er zuerst anrufen sollte. Das konnte ich ihm nachfühlen.

»Eric bei dir zu Hause, das gefällt mir gar nicht. Das bringt dich in Gefahr.«

Es berührte mich, dass sein erster Gedanke meiner Sicherheit galt. »Jason hat eine ganze Menge Geld dafür herausgehandelt, und Pam und Chow waren einverstanden«, gestand ich verlegen.

»Aber nicht Jason ist da und nimmt das Risiko auf sich, sondern du.«

Fraglos richtig. Aber zu Jasons Ehrenrettung musste festgehalten werden, dass er das so sicher nicht geplant hatte. Ich erzählte Alcide von dem Blut auf dem Steg. »Vielleicht eine falsche Fährte«, entgegnete er. »Wenn die Blutgruppe mit der von Jason übereinstimmt, kannst du dir immer noch Sorgen machen.« Er trank einen Schluck Kaffee, den Blick nach innen gewandt. »Ich muss ein paar Leute anrufen«, sagte er.

»Alcide, bist du der Anführer des Werwolfrudels von Shreveport?«

»Nein, nein, dafür bin ich nicht annähernd wichtig genug.«

Das hielt ich für ganz und gar unwahrscheinlich und sagte es ihm auch. Er griff nach meiner Hand.

»Rudelführer sind gewöhnlich älter als ich«, sagte er. »Und man muss ein harter Typ sein. So richtig knallhart.«

»Müsst ihr miteinander kämpfen, um Rudelführer werden zu können?«

»Nein, der Rudelführer wird gewählt, aber die Kandidaten müssen sehr stark und äußerst clever sein. Es gibt da so eine Art – nun, man muss eine Art Test bestehen.«
»Schriftlich? Mündlich?« Alcide wirkte erleichtert, als er mein Grinsen sah. »Wohl eher ein Ausdauertest, wie?«, fragte ich.
Er nickte. »Eher so was in der Art.«
»Meinst du nicht, der Rudelführer sollte von all dem erfahren?«
»Ja. Was noch?«
»Aus welchem Grund tun sie das? Warum gerade Shreveport? Wenn sie solche Möglichkeiten haben, Vampirblut trinken und den Willen besitzen, richtig böse Dinge zu tun, warum suchen sie sich dann nicht eine wohlhabendere Stadt aus?«
»Eine wirklich gute Frage.« Alcide dachte angestrengt nach. Seine grünen Augen bekamen einen leichten Silberblick, wenn er nachdachte. »Ich habe noch nie von einer Hexe gehört, die so viel Macht besitzt. Und ich habe noch nie von einer Hexe gehört, die ihre Gestalt wandeln kann. Vermutlich passiert so was überhaupt zum ersten Mal.«
»Was passiert zum ersten Mal?«
»Dass eine Hexe versucht, eine ganze Stadt in ihre Gewalt zu bringen und die Besitztümer der übernatürlichen Einwohner an sich zu reißen«, antwortete er.
»An welcher Stelle in der Supra-Hackordnung stehen die Hexen eigentlich?«
»Nun ja, sie sind Menschen und sie bleiben Menschen.« Er zuckte die Achseln. »Normalerweise halten Supras Hexen bloß für Möchtegern-Übernatürliche. Von der Sorte, die man im Auge behalten muss, weil sie Magie praktizieren und wir nun mal magische Geschöpfe sind ...«
»Also sind sie keine große Bedrohung?«
»Genau. Sieht allerdings aus, als müssten wir darüber noch mal neu nachdenken. Ihre Anführerin trinkt Vampirblut. Blu-

tet sie sie selbst aus?« Er tippte eine Nummer ein und hielt sich das Handy ans Ohr.

»Keine Ahnung.«

»Und welche Gestalt nimmt sie an?«

Jeder Gestaltwandler hatte eine Vorliebe für ein ganz bestimmtes Tier, quasi sein Lieblingstier. Und Gestaltwandler konnten sich auch jederzeit als »Werluchs« oder als »Werfledermaus« bezeichnen, solange das außer Hörweite eines Werwolfs geschah. Werwölfe besaßen nämlich eine ganz entschiedene Abneigung gegen alle anderen zweigestaltigen Geschöpfe, die sich selbst die Bezeichnung »Wer« gaben.

»Nun ja, sie ist … so wie du«, sagte ich. Die Werwölfe betrachteten sich als die Könige der zweigestaltigen Wesen. Sie verwandelten sich nur in ein einziges Tier, und natürlich in das beste. Im Gegenzug nannten die anderen Gestaltwandler die Werwölfe »die Schlägertypen«.

»Oh, nein.« Alcide war entsetzt. Dann hatte er seinen Anführer am Telefon.

»Hallo, hier ist Alcide.« Schweigen. »Es tut mir leid, wenn ich Sie bei der Gartenarbeit störe. Ich habe etwas sehr Wichtiges erfahren und müsste mich so bald wie möglich mit Ihnen treffen.« Erneutes Schweigen. »Ja, Sir. Wenn Sie erlauben, bringe ich jemanden mit.«

Einige Sekunden darauf beendete Alcide das Gespräch. »Bill weiß doch sicher, wo Pam und Chow wohnen, oder?«, fragte er mich.

»Bestimmt. Aber er ist nicht da und kann es mir nicht sagen.« Wenn er es denn überhaupt getan hätte.

»Und wo ist er?« Alcides Tonfall klang trügerisch ruhig.

»In Peru.«

Ich hatte auf meine Serviette hinabgesehen, die ich zu einem Fächer faltete. Als ich wieder aufblickte zu dem Mann neben mir, sah ich, wie dieser mit ungläubiger Miene auf mich herabstarrte.

»Er ist *weg*? Er hat dich damit ganz allein gelassen?«

»Na, er wusste ja nicht, was passieren würde«, sagte ich, bemüht, es nicht wie eine Rechtfertigung klingen zu lassen. Dann erst dachte ich: *Was sage ich da eigentlich?* »Alcide, ich habe Bill, seit ich aus Jackson zurück bin, nicht mehr gesehen. Nur noch ein einziges Mal, als er kam, um mir zu sagen, dass er das Land verlässt.«

»Aber sie hat mir erzählt, du wärst wieder mit Bill zusammen«, sagte Alcide in einem sehr seltsamen Ton.

»Wer hat dir das erzählt?«

»Debbie. Wer sonst?«

Meine Reaktion war vermutlich nicht sehr schmeichelhaft.

»Und du hast *Debbie* geglaubt?«

»Sie hat mir erzählt, auf dem Weg zu mir hätte sie bei Merlotte's reingeschaut und dich und Bill dort sehr, äh, vertraulich miteinander umgehen sehen.«

»Und du hast Debbie *geglaubt*?«, fragte ich erneut. Wer weiß, vielleicht würde er, wenn ich nur oft genug die Betonung wechselte, mir sagen, dass er bloß Witze machte. Jetzt sah Alcide wirklich wie ein Schaf drein oder jedenfalls so schafsähnlich, wie es einem Werwolf möglich ist.

»Okay, das war dämlich«, gab er zu. »Die knöpf' ich mir vor.«

»Tu das.« Tja, tat mir echt leid, wenn das nicht allzu überzeugt klang. Aber das hatte ich schon einmal gehört.

»Und Bill ist wirklich in Peru?«

»Soweit ich weiß, ja.«

»Und du bist allein zu Hause mit Eric?«

»Eric weiß nicht, dass er Eric ist.«

»Er erinnert sich nicht daran, wer er ist?«

»Nein. Und an seinen Charakter erinnert er sich ganz offensichtlich auch nicht.«

»Sehr gut«, sagte Alcide düster. Er hatte Eric nie mit der nötigen Portion Humor sehen können, so wie ich. Ich war Eric gegenüber immer auf der Hut gewesen, aber seinen Sinn für Unsinn, seine Energie und seinen Charme hatte ich geschätzt.

Wenn bei einem Vampir überhaupt von Lebensfreude die Rede sein konnte, dann hatte Eric massenhaft davon.

»Machen wir uns auf den Weg zum Rudelführer«, sagte Alcide plötzlich sehr viel schlechter gelaunt. Wir standen von unserer Sitzbank in der Nische auf, nachdem er den Kaffee gezahlt hatte, und gingen ohne einen Anruf im Büro (»Wozu bin ich der Chef, wenn ich nicht einfach mal verschwinden kann?«). Dann half er mir in seinen Pick-up, und wir fuhren Richtung Innenstadt. Sicher glaubte Miss Verkniffen jetzt, dass wir in ein Motel oder in Alcides Wohnung verschwunden waren. Doch das war immer noch besser, als wenn sie herausgefunden hätte, dass ihr Chef ein Werwolf war.

Auf der Fahrt erzählte Alcide mir vom Rudelführer der Werwölfe, der ein Colonel der Luftwaffe im Ruhestand war, ehemals stationiert auf dem Luftwaffenstützpunkt Barksdale in Bossier City, das gleich neben Shreveport lag. Colonel Floods einziges Kind, eine Tochter, hatte einen Mann aus Shreveport geheiratet, und so war auch der Colonel hierher gezogen, um in der Nähe seiner Enkel zu sein.

»Ist seine Frau auch ein Werwolf?«, fragte ich. Wenn Mrs Flood ebenfalls ein Werwolf war, wäre auch ihre Tochter einer. Falls Werwölfe die ersten paar Monate überstehen, können sie recht lange leben, solange ihnen kein Unglück zustößt.

»Sie war einer, sie ist vor ein paar Monaten gestorben.«

Alcides Leitwolf wohnte in einem gutbürgerlichen Viertel mit lauter Häusern im Ranchstil auf kleinen Grundstücken. Colonel Flood sammelte gerade Kiefernzapfen in seinem Vorgarten auf. Eine sehr häusliche und friedvolle Tätigkeit für einen wichtigen Werwolf, wie mir schien. In meiner Vorstellung hatte ich ihn in der Uniform der Luftwaffe vor mir gesehen, aber er trug natürlich ganz normale zivile Freizeitkleidung. Sein volles Haar war weiß und sehr kurz geschnitten, und er trug einen Schnurrbart, der mit dem Lineal gezogen sein musste, so gerade, wie er war.

Der Colonel war nach Alcides Anruf sicher neugierig, doch er bat uns ganz entspannt ins Haus. Er klopfte Alcide auf die Schulter und war ausgesprochen höflich zu mir.

Das Haus war ebenso ordentlich gepflegt wie sein Schnurrbart und hätte jeder Inspektion standgehalten.

»Darf ich Ihnen etwas zu trinken anbieten? Kaffee? Heiße Schokolade? Limonade?« Der Colonel wies in Richtung Küche, als ob dort ein Diener parat stünde und nur auf unsere Befehle wartete.

»Nein, danke«, sagte ich, mir schwappte noch der Kaffee von Applebee's im Magen. Colonel Flood bestand darauf, dass wir uns in den Salon setzten, einen ungemütlich schmalen, rechteckigen Raum mit einem Essbereich an dem einen Ende. Mrs Flood hatte anscheinend Porzellanvögel geliebt. Und zwar sehr. Ich fragte mich, wie die Enkel in diesem Wohnzimmer zurechtkamen, und legte meine Hände in den Schoß aus lauter Angst, dass ich sonst etwas umstoßen könnte.

»Was kann ich also für Sie tun?«, fragte Colonel Flood Alcide. »Wünschen Sie meine Erlaubnis, um zu heiraten?«

»Heute nicht«, erwiderte Alcide mit einem Lächeln. »Meine Freundin Sookie hat mir einige wichtige Informationen mitgeteilt. Sehr wichtige Informationen.« Das Lächeln auf seinen Lippen erstarb. »Und sie sollte auch Ihnen unbedingt erzählen, was sie weiß.«

»Und warum sollte ich mir das anhören?«

Mir war klar, dass er Alcide damit fragte, wer ich eigentlich war – wenn er mir zuhören musste, wollte er zumindest wissen, ob ich vertrauenswürdig war. Doch Alcide fühlte sich an meiner Stelle angegriffen.

»Ich hätte sie nicht mitgebracht, wenn es nicht wirklich wichtig wäre. Und ich hätte sie Ihnen nicht vorgestellt, wenn ich nicht mit meinem Blut für sie einstehen würde.«

Ich war nicht ganz sicher, was das bedeutete, interpretierte es aber so, dass Alcide für meine Aufrichtigkeit bürgte und anbot, dafür geradezustehen, wenn ich mich als nicht vertrauenswürdig erwies. Nichts war einfach in der Welt der übernatürlichen Geschöpfe.

»Lassen Sie Ihre Geschichte hören, junge Frau«, sagte der Colonel plötzlich geschäftsmäßig.

Ich erzählte alles, was ich schon Alcide erzählt hatte, nur ohne die persönlichen Angelegenheiten.

»Wo wohnt dieser Hexenzirkel?«, fragte er mich, als ich fertig war. Ich sagte ihm, was ich in Hollys Gedanken gelesen hatte.

»Das reicht nicht«, erwiderte Flood knapp. »Alcide, wir brauchen die Spurenleser.«

»Ja, Sir.« Alcides Augen funkelten.

»Ich werde sie anrufen. Was ich hier gehört habe, lässt mich etwas Merkwürdiges, das letzte Nacht passierte, noch einmal überdenken. Adabelle ist nicht zum Treffen des Planungskomitees erschienen.«

Alcide wirkte bestürzt. »Das bedeutet nichts Gutes.«

Sie versuchten sich vor mir verschlüsselt zu verständigen, doch ich konnte ohne größere Schwierigkeiten lesen, was sich da zwischen den beiden Werwölfen abspielte. Flood und Alcide fragten sich, ob ihre – hmm, Vizepräsidentin? – Adabelle das Treffen aus irgendeinem harmlosen Grund verpasst hatte oder ob der neue Hexenzirkel sie verleiten konnte, sich ihm anzuschließen und sich gegen das eigene Rudel zu wenden.

»Adabelle war schon eine Weile über die Rudelführung verärgert«, erzählte Colonel Flood Alcide mit dem Anflug eines Lächelns auf den Lippen. »Ich hatte gehofft, dass sie ihre Wahl zu meiner Stellvertreterin als ausreichend großes Entgegenkommen betrachtet.«

Den einzelnen Informationsfetzen aus den Gedanken des Leitwolfs entnahm ich, dass das Shreveport-Rudel wohl stark patriarchalisch organisiert war. Und Adabelle, eine moderne Frau, empfand Colonel Floods Rudelführung als erdrückend.

»Neue Machtverhältnisse ... das könnte ihr gefallen«, sagte

Colonel Flood nach einer deutlich wahrnehmbaren Pause. »Wenn die Eindringlinge schon irgendetwas über unser Rudel wissen, würden sie es sicher zuerst bei Adabelle versuchen.«

»Ich glaube nicht, dass Adabelle das Rudel je verraten würde, ganz egal wie unzufrieden sie mit dem Status quo sein mag«, sagte Alcide, und er klang sehr überzeugt. »Aber wenn sie gestern Abend nicht zu dem Treffen gekommen ist und Sie sie heute Morgen telefonisch nicht erreichen konnten, dann mache ich mir wirklich Sorgen.«

»Vielleicht schauen Sie nach Adabelle, während ich das Rudel in Alarmbereitschaft versetze«, schlug Colonel Flood vor.

»Das heißt, wenn Ihre Freundin nichts dagegen hat.«

Besagte Freundin sollte vielleicht besser ihren Hintern wieder nach Bon Temps bewegen und nach ihrem zahlenden Gast schauen. Besagte Freundin sollte vielleicht endlich weiter nach ihrem Bruder suchen. Obwohl mir, ehrlich gesagt, nicht das Geringste einfiel, was meine Suche nach Jason voranbringen würde, und es blieben noch zwei Stunden, bis Eric aufstand.

»Colonel, Sookie ist kein Rudelmitglied«, sagte Alcide, »und daher sollte sie auch keine Rudelpflichten übernehmen. Sie hat eigene Probleme genug, und die hat sie zurückgestellt, nur um uns über ein Riesenproblem zu informieren, von dem wir noch nicht einmal etwas ahnten. Wir hätten davon wissen müssen. Irgendjemand in unserem Rudel ist nicht aufrichtig zu uns.«

Colonel Floods Miene verzog sich, als hätte er einen lebenden Aal verschluckt. »Sie haben Recht«, sagte er. »Vielen Dank, Miss Stackhouse, dass Sie sich die Zeit genommen haben und nach Shreveport gekommen sind, um Alcide von unserem Problem zu berichten ... von dem wir hätten wissen müssen.«

Ich nickte ihm zu.

»Ja, Sie haben ganz Recht, Alcide. Einer von uns hat von

der Anwesenheit eines weiteren Rudels in der Stadt gewusst.«
»Wegen Adabelle rufe ich Sie an«, sagte Alcide.
Der Colonel nahm den Hörer vom Telefon und sah in einem in rotes Leder gebundenen Buch nach, ehe er wählte. Er blickte seitwärts zu Alcide hinüber. »In ihrer Boutique hebt keiner ab.« Er strahlte so viel Wärme aus wie ein Heizlüfter. Da die Temperatur in Colonel Floods Haus der Kälte draußen in nichts nachstand, war mir das ganz recht.
»Sookie sollte zu einer Freundin des Rudels ernannt werden.«
Das war mehr als bloße Anerkennung, da war ich sicher. Alcide hatte hier etwas sehr Bedeutsames ausgesprochen, aber er würde es nicht erklären. So langsam ermüdeten mich diese ständigen rätselhaften Gespräche voller Andeutungen um mich herum.
»Entschuldigung, Alcide, Colonel«, sagte ich so höflich wie möglich. »Könnte Alcide mich wohl zu meinem Auto zurückfahren? Sie scheinen ja nun einiges vorzuhaben.«
»Natürlich«, sagte der Colonel, und ich spürte, dass er froh war, mich aus dem Weg zu haben. »Alcide, ich sehe Sie hier wieder in... einer Dreiviertelstunde etwa? Wir sprechen dann darüber.«
Alcide sah auf seine Uhr und stimmte widerstrebend zu. »Ich könnte vielleicht gleich bei Adabelle zu Hause vorbeifahren, wenn ich Sookie zu ihrem Auto fahre«, sagte er, und der Colonel nickte.
»Keine Ahnung, warum Adabelle in ihrer Boutique nicht ans Telefon geht. Aber ich glaube einfach nicht, dass sie zu diesem Hexenzirkel übergelaufen ist«, erklärte Alcide mir, als wir wieder in seinem Pick-up saßen. »Adabelle wohnt mit ihrer Mutter zusammen, und sie verstehen sich nicht allzu gut. Dort werden wir zuerst vorbeifahren. Adabelle ist Floods Stellvertreterin und außerdem unsere beste Spurenleserin.«

»Was können die Spurenleser denn tun?«

»Zum Beispiel ins Fangtasia gehen und von dort aus der Duftspur folgen, die die Hexen zurückgelassen haben. Das könnte sie zur Behausung der Hexen führen. Und wenn sie den Duft verlieren, bleibt uns immer noch, die anderen Hexen von Shreveport um Hilfe zu bitten. Die müssen sich doch genauso große Sorgen machen wie wir.«

»Im Fangtasia, fürchte ich, wurden alle Duftspuren bereits von den Leuten vom Notdienst verwischt«, sagte ich bedauernd. Das wäre doch mal ein Bild gewesen, ein Werwolf auf Spurensuche quer durch die Stadt.»Und Hallow ist schon mit allen anderen Hexen der Umgebung in Kontakt getreten. Ich habe mit einer Wicca in Bon Temps gesprochen, die nach Shreveport eingeladen war zu einem Treffen mit Hallows Bande.«

»Das hat größere Ausmaße, als ich dachte. Aber ich bin sicher, das Rudel wird damit fertig.« Alcide klang ziemlich zuversichtlich.

Er fuhr aus der Auffahrt des Colonels heraus, und schon waren wir wieder auf dem Weg durch Shreveport. An diesem einen Tag sah ich mehr von der Stadt als in meinem ganzen bisherigen Leben.

»Wessen Idee war es eigentlich, dass Bill nach Peru geht?«, fragte Alcide plötzlich.

»Keine Ahnung.« Ich war verblüfft über den Themenwechsel. »Ich glaube, die seiner Königin.«

»Hat er das dir gegenüber so gesagt?«

»Nein.«

»Es wurde ihm vielleicht befohlen, dorthin zu gehen.«

»Anzunehmen.«

»Wer hat die Macht, so etwas zu befehlen?«, fragte Alcide, als würde mir mit der Antwort ein Licht aufgehen.

»Eric, natürlich.« Eric war immerhin Sheriff von Bezirk Fünf.»Und die Königin.« Das war Erics Boss, die Königin von Louisiana. Ja, ja, ich weiß, das klingt ziemlich albern. Aber die Vampire hielten ihre Machtstrukturen für ein Wunder an moderner Organisation.

»Und jetzt ist Bill weg, und Eric wohnt bei dir zu Hause.« Alcides Tonfall forderte mich geradezu heraus, eine nur allzu offensichtliche Schlussfolgerung zu ziehen.

»Du meinst, Eric hat diese ganze Sache inszeniert? Du meinst, er hat Bill außer Landes geschickt, hat Hexen in Shreveport einfallen und sich mit einem Fluch belegen lassen, ist halbnackt durch die eisige Kälte gerannt, als er mich in der Nähe vermutete, und hoffte dann einfach, ich würde ihn mitnehmen und Pam, Chow und mein Bruder würden die Bedingungen aushandeln, unter denen er bei mir wohnen kann?«

Alcide wirkte absolut geplättet. »Soll das heißen, du hast selbst schon an so was gedacht?«

»Alcide, ich mag nicht sonderlich gebildet sein, aber blöd bin ich nicht.« Versucht es mal mit höherer Bildung, wenn ihr die Gedanken sämtlicher Klassenkameraden lesen könnt und natürlich auch die des Lehrers. Doch Bücher habe ich geradezu verschlungen, darunter sogar jede Menge richtig anspruchsvolle. Inzwischen lese ich natürlich meist Krimis und Liebesromane. So habe ich mir ziemlich viel ausgefallenes Wissen angeeignet und einen großen Wortschatz auch. »Klar ist doch wohl, dass Eric sich kaum freiwillig in solche Schwierigkeiten bringen würde, nur um mich ins Bett zu kriegen. Oder glaubst du das etwa?« Natürlich tat er das, ich wusste es. Werwolf oder nicht, so viel konnte ich ohne weiteres erkennen.

»So gesehen ...« Alcide wirkte immer noch nicht überzeugt. Dies war schließlich der Mann, der Debbie Pelt geglaubt hatte, als sie erzählte, ich wäre wieder fest mit Bill zusammen.

Ich überlegte, ob ich nicht irgendeine Hexe finden könnte, die einen Wahrheitsfluch über Debbie Pelt aussprach. Ich verachtete sie – sie war grausam zu Alcide gewesen, hatte mich schwer verletzt, ein Loch in mein Lieblingskleid gebrannt und – o ja – versucht, mich umbringen zu lassen. Außerdem hatte sie eine alberne Frisur.

Wäre Alcide, wenn er von meiner Trennung von Bill gewusst hätte, bei mir vorbeigekommen? Hätte da eins zum anderen geführt?

Na, *sicher* hätte es das. Und ich wäre jetzt mit ihm zusammen, mit einem Typen, der Debbie Pelt jedes Wort glaubte.

Ich blickte zu Alcide hinüber und seufzte. Dieser Mann war in vielerlei Hinsicht nahezu perfekt. Mir gefiel, wie er aussah, ich verstand, wie er dachte, und er verhielt sich mir gegenüber äußerst aufmerksam und rücksichtsvoll. Okay, er war ein Werwolf, aber auf die ein, zwei Nächte pro Monat konnte ich gut verzichten. Und stimmt, laut Alcide könnte ich Schwierigkeiten haben, ein Kind von ihm bis zur Geburt auszutragen. Aber es wäre immerhin möglich. Von einem Vampir schwanger zu werden war total ausgeschlossen.

Moment. Alcide hatte nie den Wunsch geäußert, der Vater meiner Kinder zu werden, und er traf sich immer noch mit Debbie. Was war eigentlich aus ihrer Verlobung mit diesem anderen Typen geworden?

Die weniger großmütige Seite meiner Persönlichkeit – mal vorausgesetzt, meine Persönlichkeit besaß überhaupt eine großmütige Seite – hoffte, dass Alcide schon sehr bald Debbie als das Biest erkennen möge, das sie war, und schließlich dieser Einsicht Taten folgen lassen würde. Egal, ob sich Alcide danach mir zuwandte oder nicht, etwas Besseres als Debbie Pelt hatte er allemal verdient.

Adabelle Yancy und ihre Mutter wohnten in einer Sackgasse in einem Stadtviertel der gehobenen Mittelschicht, das nicht allzu weit vom Fangtasia entfernt war. Ihr Haus lag auf einem leicht hügeligen grünen Grundstück und höher als die Straße, so dass die Auffahrt eine kleine Steigung aufwies, bevor sie zur Rückseite des Gebäudes führte. Ich dachte, Alcide würde an der Straße parken und wir würden den gepflasterten Weg zum Vordereingang hinaufgehen. Doch er schien seinen Pick-up nicht für jedermann sichtbar stehen lassen zu wollen. Ich warf einen prüfenden Blick die Sackgasse hinunter, sah aber niemanden, schon gar nicht jemanden, der das Haus beobachtete.

An der Rückseite des Hauses war im rechten Winkel eine offene Garage mit Stellplätzen für drei Autos angebaut, die so sauber wie aus dem Ei gepellt wirkte. Man hätte meinen können, dass hier noch nie ein Auto geparkt hatte und der glänzende Subaru sich zufällig in diese Gegend verirrt haben musste. Wir kletterten aus dem Pick-up.

»Das ist der Wagen von Adabelles Mutter.« Alcide runzelte die Stirn. »Sie hat eine Boutique für Brautmoden. Ich wette, von der hast du schon gehört – Verena Rose. Verena hat sich allerdings aus dem Geschäft zurückgezogen und zur Ruhe gesetzt, kommt aber noch oft genug dort vorbei, um Adabelle ganz verrückt zu machen.«

Ich war noch nie in der Boutique gewesen, aber jede Braut aus besseren Kreisen wollte unbedingt dort einkaufen. Es musste ein wirklich einträgliches Geschäft sein. Das Backsteinhaus hier war jedenfalls in fabelhaftem Zustand und nicht älter als zwanzig Jahre. Das Grundstück war eingezäunt, der Rasen äußerst gepflegt und der Garten schön angelegt.

Als Alcide an die Hintertür klopfte, flog sie sofort auf. Die Frau, die im Türrahmen auftauchte, sah ebenso sauber und adrett aus wie das Haus und das Grundstück. Ihr stahlgraues Haar war ordentlich am Hinterkopf aufgesteckt, und sie trug ein gedecktes olivgrünes Kostüm zu braunen Pumps mit flachen Absätzen. Ihr Blick wanderte von Alcide zu mir, fand aber nicht, wonach er suchte. Sie drückte die Tür des gläsernen Windfangs auf.

»Alcide, wie schön, Sie zu sehen«, log sie verzweifelt. Diese Frau war vollkommen durcheinander.

Alcide warf ihr einen langen Blick zu. »Es gibt Schwierigkeiten, Verena.«

Wenn ihre Tochter ein Mitglied des Rudels war, dann war auch Verena selbst ein Werwolf. Neugierig musterte ich die Frau, sie erschien mir wie eine jener Freundinnen meiner Großmutter, die mehr Glück im Leben gehabt hatten. Verena Rose Yancy war eine attraktive Frau Ende sechzig, die mit einem gesicherten Einkommen und einem eigenen Haus gesegnet war. Ich konnte mir ganz und gar nicht vorstellen, wie diese Frau auf allen vieren mit großen Sätzen über ein Feld rannte.

Ganz offensichtlich war es Verena völlig egal, welche Schwierigkeiten Alcide hatte. »Haben Sie meine Tochter gesehen?«, fragte sie, und panische Angst stand in ihren Augen, während sie auf seine Antwort wartete.

»Nein«, sagte Alcide. »Aber der Rudelführer hat uns auf die Suche nach ihr geschickt. Gestern Abend ist sie zu einem Treffen der Rudelführung nicht erschienen.«

»Sie hat mich gestern Abend von der Boutique aus angerufen. Sie sagte, sie hätte noch überraschend einen Termin mit einer Kundin, die kurz vor Ladenschluss angerufen hat.« Die Frau rang buchstäblich die Hände. »Ich mache mir solche Sorgen.«

»Haben Sie seitdem wieder etwas von ihr gehört?«, fragte ich so sanft, wie es mir möglich war.

»Als ich gestern Abend zu Bett ging, war ich sehr wütend auf sie«, sagte Verena und sah mich zum ersten Mal direkt an. »Ich dachte, sie würde die Nacht mit einer ihrer Freundinnen verbringen.« Sie zog die Augenbrauen hoch, damit ich ihre Anspielung auch verstand. Ich nickte. »Sie hat mir nie im Voraus Bescheid gesagt, immer hieß es nur: ›Du siehst ja, wann ich zurück bin‹ oder ›Wir sehen uns dann morgen früh in der Boutique‹ oder irgendwas in der Art.« Ein Schauder durchfuhr Verenas schlanken Körper. »Aber sie ist nicht nach Hause gekommen, und in der Boutique geht sie auch nicht ans Telefon.«

»Ist die Boutique denn heute geöffnet?«, fragte Alcide.

»Nein, Mittwoch ist unser Ruhetag. Aber sie geht trotzdem immer hin, um die Buchhaltung zu machen oder anderen Papierkram zu erledigen. Das tut sie immer«, wiederholte Verena.

»Alcide und ich könnten ja für Sie bei der Boutique vorbeifahren und mal nachsehen«, schlug ich vorsichtig vor. »Vielleicht hat sie eine Nachricht hinterlassen.« Sie war nicht die Sorte Frau, der man begütigend den Arm tätschelte, daher unterließ ich diese ganz natürliche Geste und schloss einfach die Glastür des Windfangs, damit klar für sie war, dass sie zu Hause bleiben und nicht mit uns kommen sollte. Sie verstand es nur zu gut.

»Verena Roses Boutique für Brautmoden« lag in einem gediegenen alten Haus inmitten eines Blocks ähnlich umgebauter zweistöckiger Gebäude. Das Haus war wunderschön renoviert und genauso sorgfältig gepflegt wie das Wohnhaus der Yancys, und es wunderte mich gar nicht, dass die Boutique ein solches Ansehen genoss. Die weißgestrichenen Backsteinmauern, die dunkelgrünen Fensterläden, das schwarz glänzende schmiedeeiserne Geländer der Treppe und die Messingbeschläge an der Tür, all das kündete von Eleganz und Aufmerksamkeit für jedes Detail. Ich verstand sofort, wieso jede Frau, die auf gesellschaftliches Ansehen hoffte, hier ihr Hochzeitskleid kaufen wollte.

Das Haus stand etwas zurückgesetzt von der Straße, der Parkplatz lag an der rückwärtigen Seite, und in die Vorderfront war ein sehr großes Schaufenster eingebaut. In diesem Fenster stand eine Schaufensterpuppe ohne Gesicht, die eine schimmernde braune Perücke trug. Anmutig hielt sie einen atemberaubend schönen Blumenstrauß in den Armen. Und selbst vom Pick-up aus konnte ich bereits erkennen, dass das Brautkleid mit der reich bestickten Schleppe einfach sensationell war.

Wir parkten in der Auffahrt und gingen den gepflasterten Weg hinauf. Dann begann Alcide plötzlich zu fluchen. Einen

Moment lang glaubte ich, eine Invasion von Ungeziefer hätte das Schaufenster heimgesucht und sich auf dem schneeweißen Kleid ausgebreitet. Doch nach dieser Schrecksekunde merkte ich, dass diese Flecken Blutspritzer waren. Das Blut war auf den weißen Brokat gespritzt und dort getrocknet. Es sah aus, als wäre die Schaufensterpuppe verwundet, und für einen Augenblick zog ich diesen verrückten Gedanken tatsächlich in Erwägung. In den letzten paar Monaten waren mir eine ganze Menge unglaubliche Sachen untergekommen.

»Adabelle«, sagte Alcide flehend.

Wir standen am Fuß der Stufen, die zum Eingang hinaufführten, und starrten in das Schaufenster. Im Glaseinsatz der Tür hing ein Schild mit der Aufschrift GESCHLOSSEN und dahinter war die Jalousie heruntergelassen. Aus diesem Haus strömten mir keine Gedankenwellen eines lebenden Wesens entgegen. Das hatte ich bereits überprüft. So eine Überprüfung war eine gute Sache, das hatte ich auf schmerzliche Weise lernen müssen.

»Alles tot«, sagte Alcide und hielt sein Gesicht in den leichten, kühlen Wind, die Augen geschlossen, um sich besser konzentrieren zu können. »Alles tot, drinnen und draußen.«

Ich hielt mich an dem geschwungenen schmiedeeisernen Treppengeländer fest und erklomm die erste Stufe. Ich sah mich um. Mein Blick blieb schließlich an etwas im Blumenbeet unterhalb des Schaufensters hängen, an etwas Blassem, das sich deutlich gegen die krümelige Kiefernrinde auf dem Beet abhob. Ich stupste Alcide an und zeigte wortlos darauf.

Dort lag neben einer gestutzten und zurückgebundenen Azalee eine Hand – ganz unbefestigt. Ich spürte, wie ein Schauder durch Alcides Körper ging, als er begriff, was er dort sah. In solchen Situationen gibt es ja diesen Augenblick, in dem man versucht, alles Mögliche in dem zu erkennen, was man sieht, nur das nicht, was es ist.

»Warte hier«, murmelte Alcide mit heiserer Stimme.

Das war mir nur recht.

Doch als er die unverschlossene Eingangstür öffnete, um die Boutique zu betreten, sah ich sofort, was gleich dahinter auf dem Boden lag. Ich musste einen lauten Aufschrei unterdrücken.

Zum Glück besaß Alcide ein Handy. Er rief Colonel Flood an, erzählte ihm, was passiert war, und bat ihn, zu Mrs Yancy zu fahren. Dann rief er die Polizei an. Darum kamen wir einfach nicht herum. In diesem Teil der Stadt war viel los, und es war gut möglich, dass uns jemand auf den Stufen zur Eingangstür der Boutique gesehen hatte.

Das war wirklich ein Tag wie gemacht dafür, Leichen zu finden – für mich und auch für die Polizei von Shreveport. Soweit ich wusste, gab es unter den Einsatzkräften auch einige Vampire, aber die übernahmen natürlich immer die Nachtschichten, also sprachen wir mit den guten alten menschlichen Polizisten. Es war kein einziger Werwolf oder Gestaltwandler unter ihnen, nicht mal irgendein Mensch, der Gedanken lesen konnte. All diese Polizisten waren ganz normale Leute, die uns für tendenziell verdächtig hielten.

»Was wollten Sie eigentlich hier?«, fragte Detective Coughlin, der braunes Haar, ein wettergegerbtes Gesicht und einen Bierbauch hatte, der der Stolz eines jeden Brauereipferds gewesen wäre.

Alcide wirkte überrascht. So weit hatte er gar nicht gedacht, was nicht weiter verwunderlich war. Ich hatte Adabelle, als sie noch am Leben gewesen war, nicht gekannt, und ich hatte auch, im Gegensatz zu ihm, keinen Fuß in diese Boutique für Brautmoden gesetzt. Nicht ich hatte den schlimmsten Schock erlebt. Also war es an mir, den Faden aufzunehmen.

»Das war meine Idee, Detective«, sagte ich prompt. »Meine Großmutter, die letztes Jahr starb, sagte mir immer: ›Wenn du ein Hochzeitskleid brauchst, Sookie, geh zu Verena Rose.‹ Ich habe gar nicht daran gedacht, vorher anzurufen und zu fragen, ob heute geöffnet ist.«

»Sie und Mr Herveaux wollen also heiraten?«
»Ja«, antwortete Alcide, zog mich an sich und legte einen Arm um mich. »Wir sind praktisch schon auf dem Weg zum Altar.«
Ich lächelte, aber natürlich auf angemessen zurückhaltende Weise.
»Nun, da gratuliere ich.« Detective Coughlin beäugte uns nachdenklich. »Miss Stackhouse, Sie haben Adabelle Yancy also nie persönlich getroffen?«
»Ich habe wohl mal die ältere Mrs Yancy getroffen, als ich noch ein kleines Mädchen war«, sagte ich vorsichtig. »Aber ich erinnere mich nicht an sie. Alcides Familie kennt die Yancys natürlich. Er wohnt schließlich schon sein ganzes Leben hier.« Und sie sind ja alle Werwölfe.
Coughlin konzentrierte sein Interesse immer noch auf mich. »Und Sie haben die Boutique nicht betreten? Nur Mr Herveaux?«
»Alcide ist reingegangen, während ich hier draußen gewartet habe.« Ich versuchte, zart und zerbrechlich zu wirken, was mir nicht ganz leicht fällt. Ich bin gesund und athletisch, und wenn ich auch keine Kugelstoßerin bin, so doch sicher auch nicht Kate Moss. »Ich habe diese – diese Hand gesehen. Da bin ich lieber draußen geblieben.«
»Eine gute Idee«, erwiderte Detective Coughlin. »Das da drinnen ist nicht für jedermanns Augen geeignet.« Er wirkte um zwanzig Jahre gealtert, als er das aussprach. Es tat mir leid, dass sein Beruf so hart war. Er dachte, dass die beiden wüst zugerichteten Leichen dort in dem Haus eine Vernichtung von zwei guten Leben waren und die Tat von jemandem, den er nur zu gern verhaften würde. »Hat einer von Ihnen eine Ahnung, warum jemand zwei Ladys wie diese derart zerfetzen wollte?«
»Zwei?«, sagte Alcide langsam und benommen.
»Zwei?«, sagte auch ich, weniger zurückhaltend.
»Ja, zwei«, sagte der Detective schleppend. Er wollte unse-

re Reaktionen sehen, und nun hatte er sie gesehen. Was er darüber dachte, würde ich noch herausbekommen.

»Die Armen«, sagte ich, und die Tränen, die meine Augen füllten, waren echt. Es war wohltuend, dass ich mich an Alcides Brust lehnen konnte; und als hätte er meine Gedanken gelesen, zog er den Reißverschluss seiner Lederjacke herunter und schlang die offenen Seiten um mich, damit mir wärmer wurde. »Wenn eine von ihnen Adabelle Yancy ist, wer ist dann die andere?«

»Es ist nicht viel übrig von der anderen«, erwiderte Coughlin, ehe er sich selbst ermahnte, den Mund zu halten.

»Sie lagen irgendwie durcheinander da«, sagte Alcide leise. Er war erschüttert. »Ich wusste nicht ... wenn ich analysiert hätte, was ich sah ...«

Obwohl ich Alcides Gedanken nicht sehr deutlich lesen konnte, erkannte ich seine Überlegung, dass Adabelle wohl eine ihrer Angreiferinnen erledigt haben musste. Und als der Rest der Gruppe verschwand, hatten sie nicht alle entsprechenden Teile erwischt.

»Und Sie sind aus Bon Temps, Miss Stackhouse?«, fragte der Detective, fast wie in Gedanken.

»Ja, Sir«, sagte ich und versuchte, meine Gedanken davon loszureißen, wie die letzten Momente von Adabelle ausgesehen haben mochten.

»Wo arbeiten Sie?«

»In Merlotte's Bar & Grill«, sagte ich. »Als Kellnerin.«

Während ihm der unterschiedliche soziale Status von Alcide und mir dämmerte, schloss ich die Augen und lehnte meinen Kopf gegen Alcides Brust. Detective Coughlin fragte sich, ob ich schwanger war; ob Alcides Vater, ein bekannter und wohlhabender Bürger Shreveports, einer solchen Heirat zustimmen würde. Und er konnte verstehen, warum ich ein teures Hochzeitskleid wollte, wenn ich einen Herveaux heiratete.

»Tragen Sie gar keinen Verlobungsring, Miss Stackhouse?«

»Ach, wir halten nicht viel von einer langen Verlobungszeit«, sagte Alcide. Ich hörte seine Stimme in seinem Brustkorb dröhnen. »Sie bekommt ihren Diamanten am Hochzeitstag.«

»Du Schuft«, neckte ich ihn liebevoll und stieß ihn in die Rippen, so fest ich konnte, ohne dass es zu sehr auffiel.

»Autsch«, protestierte er.

Irgendwie hatte diese kleine Einlage Detective Coughlin davon überzeugt, dass wir wirklich verlobt waren. Er notierte sich unsere Telefonnummern und Adressen und ließ uns gehen. Alcide war genauso erleichtert wie ich.

Bei der nächsten Gelegenheit, die ein wenig Abgeschiedenheit bot, hielten wir am Straßenrand – neben einem kleinen Park, der zu dieser kalten Jahreszeit weitgehend verlassen dalag –, und Alcide rief erneut Colonel Flood an. Ich wartete im Pick-up, während Alcide auf dem toten Rasen auf und ab ging, gestikulierte, seine Stimme erhob und so sein Entsetzen und seine Wut wenigstens etwas abreagieren konnte. Ich hatte gespürt, wie sich diese Emotionen in ihm aufbauten. Wie so vielen Männern fiel es Alcide nicht leicht, Gefühle auszudrücken. Das machte ihn irgendwie vertrauter und liebenswerter.

Liebenswerter? Ich sollte besser gleich wieder aufhören, so zu denken. Die Verlobung hatte ausschließlich für Detective Coughlin stattgefunden. Wenn Alcide für irgendjemand »liebenswert« war, dann war das die hinterhältige Debbie.

Als Alcide wieder in den Pick-up kletterte, machte er ein finsteres Gesicht.

»Ich fahre jetzt besser zurück ins Büro und setze dich bei deinem Auto ab«, sagte er. »Das alles tut mir furchtbar leid.«

»Das sollte wohl eher ich zu dir sagen.«

»An dieser Situation ist keiner von uns schuld«, sagte er bestimmt. »Keiner von uns wäre darin verwickelt, wenn wir es hätten vermeiden können.«

»Das ist weiß Gott wahr.« Nachdem ich eine Minute über die komplizierte übernatürliche Welt nachgedacht hatte, fragte ich Alcide nach Colonel Floods Plänen.

»Wir kümmern uns um die Sache«, sagte Alcide. »Tut mir leid, Sook, ich kann dir nicht erzählen, was wir vorhaben.« »Wird es gefährlich für dich werden?«, fragte ich. Es rutschte mir einfach heraus.

Inzwischen waren wir beim Firmengebäude der Herveaux angekommen, und Alcide parkte seinen Pick-up neben meinem alten Auto. Er wandte sich mir zu und griff nach meiner Hand. »Mir wird nichts passieren. Mach dir keine Sorgen«, sagte er sanft. »Ich rufe dich an.«

»Vergiss es nicht«, erwiderte ich. »Ich muss dir noch erzählen, was die Hexen unternommen haben, um Eric zu finden.« Alcide wusste noch nichts von den überall aufgehängten Plakaten und der Belohnung. Er runzelte die Stirn, als ihm klar wurde, wie clever dieser Trick war.

»Debbie wollte eigentlich heute Abend hier vorbeikommen, so gegen sechs«, sagte er und sah auf seine Uhr. »Zu spät, um ihr noch abzusagen.«

»Wenn ihr eine große Aktion plant, könnte sie euch doch helfen«, schlug ich vor.

Er warf mir einen scharfen Blick zu. Ein Blick wie ein spitzer Stock, den er mir geradewegs ins Auge stechen wollte. »Sie ist eine Gestaltwandlerin und kein Werwolf«, erinnerte er mich abwehrend.

Vielleicht verwandelte sie sich ja in ein Wiesel oder in eine Ratte.

»Natürlich«, sagte ich ernsthaft. Ich biss mir buchstäblich auf die Lippen, damit keine der Bemerkungen entschlüpfte, die mir auf der Zunge lagen. »Alcide, glaubst du, dass die andere Leiche Adabelles Freundin gewesen ist? Oder irgendjemand, der zufällig gerade in der Boutique bei Adabelle war, als die Hexen kamen?«

»Da die zweite Leiche zu großen Teilen unvollständig war,

ist es hoffentlich eine der Hexen gewesen. Und ich hoffe, Adabelle hat sich gewehrt.«

»Das hoffe ich auch.« Ich nickte. »Ich fahre jetzt besser nach Bon Temps zurück. Eric wird bald aufwachen. Und vergiss nicht, deinem Vater zu erzählen, dass wir verlobt sind.«

Sein Gesichtsausdruck war das einzig Lustige an diesem Tag.

Kapitel 6

Auf dem Weg nach Hause dachte ich über meinen Tag in Shreveport nach. Ich hatte Alcide gebeten, per Handy auch noch bei der Polizei in Bon Temps anzurufen, und eine weitere schlechte Nachricht erhalten. Nein, sie hatten nichts Neues erfahren über Jason, und es hatte auch keiner angerufen, der ihn gesehen hätte. Also fuhr ich auf meinem Heimweg gar nicht mehr bei der Polizei vorbei. Ich musste allerdings in den Lebensmittelladen, weil ich Brot und Margarine brauchte, und ich musste im Spirituosenladen synthetisches Blut besorgen.

Als ich die Tür zum Supersparmarkt aufstieß, fiel mir als Erstes ein kleines Regal mit Blut in Flaschen ins Auge, was mir schon mal den Weg in den Schnapsladen ersparte. Dann sah ich das Plakat mit Erics Gesicht darauf. Vermutlich war es das Foto, das Eric zur Eröffnung des Fangtasia hatte machen lassen, da es so ganz und gar nicht bedrohlich wirkte. Das Bild hatte eine überaus charmante, gewinnende Ausstrahlung, und kein Mensch im weiten Universum wäre je auf die Idee verfallen, dass der Abgebildete beißen könnte. Oben drüber stand in großen Lettern: »HABEN SIE DIESEN VAMPIR GESEHEN?«

Aufmerksam las ich den Text durch. Alles, was Jason erzählt hatte, stimmte. Fünfzigtausend Dollar ist eine Menge Geld. Diese Hallow musste wirklich absolut verrückt sein nach Eric, wenn sie für eine solche Summe tatsächlich nichts weiter als Sex von ihm wollte. Es war kaum vorstellbar, dass die Übernahme des Fangtasia (sobald sie Erics habhaft geworden war) für sie viel Profit abwerfen würde, wenn sie vorher eine so hohe Belohnung ausgezahlt hatte. Mir schien es zunehmend zweifelhaft, dass ich die ganze Geschichte kannte, und ich war mir zunehmend sicher, dass ich meine Nase da in etwas hineinsteckte, was mich schließlich den Kopf kosten könnte.

Hoyt Fortenberry, ein guter Kumpel von Jason, lud in der Tiefkühlecke Pizzas in seinen Einkaufswagen. »Hey, Sookie, was meinst du, wo Jason abgeblieben ist?«, rief er, sobald er mich sah. Hoyt, groß und massig und nicht gerade ein Intellektueller, sah aufrichtig besorgt drein.

»Wenn ich das nur wüsste«, erwiderte ich und ging zu ihm hinüber, damit nicht jeder im Laden jedes einzelne Wort unseres Gesprächs mitbekam. »Ich mache mir ziemliche Sorgen.«

»Meinst du nicht, dass er einfach mit 'ner neuen Freundin abgehauen ist? Die Kleine vom Silvesterabend war doch ziemlich süß.«

»Wie hieß die eigentlich?«

»Crystal. Crystal Norris.«

»Und wo wohnt sie?«

»In Hotshot unten.« Er nickte in Richtung Süden.

Hotshot war noch kleiner als Bon Temps. Es lag ungefähr zehn Meilen entfernt und stand in dem Ruf, eine höchst seltsame kleine Gemeinde zu sein. Die Kinder aus Hotshot, die in Bon Temps zur Schule gingen, steckten immer zusammen, und sie waren alle ein klein wenig ... na ja, anders. Es überraschte mich überhaupt nicht, dass Crystal aus Hotshot kam.

»Also«, sagte Hoyt, der unbedingt seine Idee weiterverfolgen wollte, »vielleicht ist er bei dieser Crystal.« Doch seine Gedanken verrieten mir, dass er daran gar nicht glaubte. Er wollte nur mich und sich selbst beruhigen. Wir wussten beide, dass Jason längst angerufen hätte, ganz egal wie sehr er sich mit welcher Frau auch immer amüsierte.

Ich beschloss, Crystal auf jeden Fall anzurufen, sobald ich mal zehn Minuten den Kopf dafür frei hätte – was heute Abend aber wohl schwierig werden könnte. Also bat ich Hoyt,

Crystals Namen an den Sheriff weiterzugeben, und er versprach es mir, obwohl er nicht allzu erfreut über diese Idee war. Er hätte sich glatt geweigert, wenn der Vermisste nicht gerade Jason gewesen wäre. Jason war Hoyts Kumpel und für ihn ein nie versiegender Quell für Freizeitvergnügen und Amüsements aller Art, denn Jason war viel cleverer und einfallsreicher als der schwerfällige, bedächtige Hoyt. Sollte Jason nie wieder auftauchen, wäre Hoyts Leben sehr viel langweiliger.

Auf dem Parkplatz des Supersparmarkts verabschiedeten wir uns voneinander, und ich war erleichtert, dass Hoyt mich nicht auf das »TrueBlood« in meinem Einkaufswagen angesprochen hatte. Auch die Kassiererin hatte kein Wort darüber verloren, die Flaschen jedoch nur widerwillig angefasst. Beim Zahlen wurde mir klar, dass meine Gastfreundschaft Eric gegenüber ganz schön ins Geld ging. Erst die Kleider, jetzt das synthetische Blut, das summierte sich.

Es war schon dunkel, als ich zu Hause ankam und die Plastiktüten mit meinen Einkäufen aus dem Auto hievte. Ich schloss die Hintertür auf, ging hinein und rief nach Eric, während ich die Küchenlampe anschaltete. Ich bekam keine Antwort, also packte ich erst mal die Lebensmittel weg. Eine Flasche »TrueBlood« ließ ich neben dem Kühlschrank stehen, damit er sie gleich zur Hand hatte, wenn er hungrig war. Ich holte die Schrotflinte aus dem Kofferraum meines Autos, lud sie und versteckte sie im Schatten des Heißwasserboilers. Dann rief ich bei der Polizei an. Nichts Neues über Jason, sagte die Polizistin, die Telefondienst hatte.

Niedergeschlagen sank ich gegen die Küchenwand und rührte mich eine Weile nicht. Deprimiert in der Gegend herumhängen war allerdings auch keine besonders gute Idee. Ich sollte besser ins Wohnzimmer gehen und für Eric einen Film in den Videorecorder einlegen. Mittlerweile hatte er wohl alle Folgen von ›Buffy‹ gesehen, und ›Angel‹ besaß ich nicht. Ich fragte mich, ob ihm ›Vom Winde verweht‹ gefallen würde. Vielleicht hatte er den Film auch schon x-mal gesehen. Andererseits, er litt ja an Gedächtnisverlust. Ihm sollte also alles neu vorkommen.

Als ich die Diele hinunterging, vernahm ich das leise Rascheln einer Bewegung. Vorsichtig öffnete ich die Tür zu meinem alten Zimmer, um kein zu lautes Geräusch zu verursachen, falls mein Gast noch nicht aufgestanden sein sollte. Doch, er war aufgestanden. Eric zog gerade seine Jeans hoch, mit dem Rücken zur Tür. An Unterwäsche hatte er keinen Gedanken verschwendet, er trug nicht mal dieses knallenge rote Ding. Mir blieb die Luft weg. Ich gab einen erstickten Laut von mir, zwang mich, meine Augen ganz fest zu schließen, und ballte die Fäuste.

Falls es so etwas wie einen internationalen Wettbewerb um den schönsten Hintern der Welt gab, würde Eric ihn gewinnen – ganz sicher, jede Wette. Er würde die größte Trophäe weit und breit bekommen. Mir war bislang nicht klar gewesen, dass auch Frauen manchmal dagegen ankämpfen müssen, einen Mann unbedingt berühren zu wollen – doch hier stand ich jetzt: die Fingernägel in die Handflächen gegraben und den Blick starr auf die Innenseite meiner Augenlider gerichtet, als könnte ich vielleicht doch durch sie hindurchspähen, wenn ich mich nur stark genug anstrengte.

Es war irgendwie erniedrigend, jemanden so ... so wollüstig – na, wenn das kein »Wort des Tages« für meinen Kalender war – zu begehren, nur weil er körperlich wunderschön war. Ich hätte nie geglaubt, dass Frauen so was auch passierte.

»Sookie, ist alles in Ordnung?«, fragte Eric. Durch einen Sumpf der Lust bahnte ich mir einen Weg zurück zur Vernunft. Er stand direkt vor mir, die Hände auf meinen Schultern. Ich sah hinauf in seine blauen Augen, deren Blick sich ganz auf mich konzentrierte und von nichts anderem als Sorge um mich sprach. Ich war genau auf Augenhöhe mit seinen Brustwarzen. Ich biss auf die Innenseite meiner Lippe. Nein, ich würde mich *nicht* diese paar Zentimeter hinüberlehnen.

»Entschuldige«, sagte ich sehr leise. Ich traute mich nicht, laut zu sprechen oder mich auch nur zu bewegen. Sonst hätte ich mich wohl direkt auf ihn gestürzt. »Ich wollte hier nicht einfach so reinplatzen. Ich hätte anklopfen sollen.«
»Du hattest doch sowieso schon alles von mir gesehen.«
Ja, aber nicht die nackte Hinterseite. »Trotzdem, das war nicht höflich.«
»Das macht doch nichts. Du siehst ziemlich mitgenommen aus.«
Ach, wirklich? »Na ja, mein Tag war ziemlich miserabel«, sagte ich angespannt. »Mein Bruder ist verschwunden, und die Werwolf-Hexen in Shreveport haben die – die Vizepräsidentin des dortigen Werwolfrudels ermordet, ihre Hand lag im Blumenbeet. Oder irgendjemandes Hand zumindest. Belinda ist im Krankenhaus. Ginger ist tot. Ich brauche jetzt erst mal eine Dusche.« Ich drehte mich auf dem Absatz um und ging in mein Zimmer. Im Bad riss ich mir die Kleider vom Leib und feuerte sie in den Wäschekorb. Ich atmete tief ein und aus, bis ich lächeln konnte über meinen Anfall von Wildheit, und dann stellte ich mich unter den heißen Strahl.

Ich weiß, dass in solchen Fällen eine kalte Dusche üblich ist, aber ich genoss die Wärme und die Entspannung, die sie mir brachte. Ich machte meine Haare nass und griff nach der Seife.

»Lass mich das machen«, sagte Eric. Er zog den Duschvorhang zur Seite und kam zu mir unter die Brause.

Ich schnappte nach Luft, es klang fast wie ein kurzer Aufschrei. Er hatte sich seiner Jeans entledigt, und er war in der gleichen Stimmung wie ich. Das war wirklich nicht zu übersehen bei Eric. Seine Fangzähne traten ebenfalls ein wenig hervor. Ich war verlegen, entsetzt, und doch hätte ich ihn am liebsten angesprungen. Während ich stocksteif und wie gelähmt von meinen widerstreitenden Gefühlen dastand, nahm Eric mir die Seife aus der Hand, schäumte sie auf, legte sie zurück in die kleine Ablage und begann, meine Arme zu wa-

schen, hob jeden einzeln an und strich langsam mit der Hand bis zu den Achseln hinauf und seitlich am Körper entlang, ohne dabei meine Brüste zu berühren, die inzwischen geradezu darum bettelten, gestreichelt zu werden.
»Haben wir je miteinander geschlafen?«, fragte er.
Ich schüttelte den Kopf, immer noch unfähig zu irgendeinem Wort.
»Was war ich für ein Dummkopf«, sagte er und streichelte mit kreisenden Bewegungen über meinen Bauch. »Dreh dich um, Geliebte.«
Ich wandte ihm meinen Rücken zu, und dort setzte er seine Arbeit fort. Seine Finger waren sehr stark und sehr geschickt, und ich dürfte wohl die entspanntesten und saubersten Schulterblätter in ganz Louisiana gehabt haben, als Eric fertig war.
Meine Schulterblätter waren allerdings auch das einzig Entspannte an mir. Meine Libido hüpfte nur so auf und ab. Würde ich das wirklich tun? Es wurde von Sekunde zu Sekunde wahrscheinlicher, dachte ich nervös. Wenn der Mann unter meiner Dusche der echte Eric gewesen wäre, hätte ich die Kraft aufgebracht, mich zusammenzureißen. Ich hätte ihn schon in dem Augenblick wieder hinausgeworfen, in dem er hereinkam. Der echte Eric steckte voller Machtbewusstsein und politischer Intrigen, wofür ich nur begrenztes Verständnis und Interesse aufbrachte. Dies hier war ein anderer Eric – ohne jene schwierige Persönlichkeit, die ich ja auf verquere Weise auch wieder mochte –, aber es war dieser wunderschöne Eric, der mich wollte, mich begehrte, in einer Welt, die mich oft genug wissen ließ, dass sie ganz gut ohne mich klarkam. Mein Verstand war drauf und dran, sich komplett abzuschalten und alles weitere meinem Körper zu überlassen. Ich spürte, wie ein Teil von Eric gegen meinen Rücken drückte, und so nahe bei mir stand er nun auch wieder nicht. Oooh.
Als Nächstes wusch er mir die Haare.
»Zitterst du, weil du dich vor mir fürchtest?«, fragte er.
Ich dachte darüber nach. Ja und nein. Aber jetzt war mir

wirklich nicht nach einer langen Diskussion über das Pro und Contra zumute. Der innere Kampf, den ich ausfocht, war hart genug. Oh, ja, sicher, es hätte keinen besseren Anlass geben können, mit Eric ausführlich über die moralischen Aspekte einer rein sexuellen Affäre zu reden. Und vielleicht würde sich nie wieder so eine Gelegenheit bieten, die Grundregeln für einen liebevollen und sanften Umgang festzulegen, damit ich körperlich unversehrt blieb. Nicht dass ich fürchtete, Eric sei gewalttätig, aber seine Männlichkeit (wie meine Liebesromane es nannten – in diesem speziellen Fall könnten vielleicht beliebte Adjektive wie »schwellend« oder »pulsierend« eingefügt werden) erschütterte eine relativ unerfahrene Frau wie mich doch ein wenig.

Ach, zur Hölle mit dieser Grübelei.

Ich nahm die Seife aus der Ablage und schäumte mir die Hände ein. Als ich ganz nah an ihn herantrat, drückte ich Mr Happy irgendwie gegen seinen Bauch hoch, so dass ich die Arme um ihn legen konnte und diesen göttlichen Hintern zu fassen bekam. Ich konnte ihm nicht ins Gesicht sehen, doch er ließ mich wissen, wie entzückt er über meine Initiative war und spreizte liebenswürdigerweise gleich die Beine. Ich wusch ihn sehr gründlich und sehr sorgfältig. Er stöhnte leise auf und begann, sich hin und her zu bewegen. Nun nahm ich mir seine Brust vor. Ich schloss meine Lippen um seine rechte Brustwarze und sog daran. Das gefiel ihm sehr gut. Seine Hände waren fest an meinen Hinterkopf gepresst. »Beiß mich, ganz sachte«, flüsterte er, und ich benutzte meine Zähne. Jetzt wanderten seine Hände rastlos über jede Stelle meines Körpers, die sie finden konnten, und streichelten mich verführerisch. Sein Mund schloss sich um meine Brustwarze und seine Hand glitt zwischen meine Schenkel. Ich stöhnte laut auf und bewegte mich selbst ein wenig. Er hatte sehr lange Finger.

Als Nächstes erinnere ich mich daran, dass das Wasser abgedreht war und Eric mich mit einem flauschigen weißen

Handtuch und ich ihn mit einem anderen abtrocknete. Danach küssten wir uns einfach sehr lange, immer und immer wieder.

»Ins Bett«, sagte er etwas atemlos, und ich nickte. Er hob mich hoch, und dann verhedderten wir uns ein wenig ineinander, weil ich die Bettdecke zurückschlagen, er dagegen mich einfach aufs Bett fallen lassen und gleich weitermachen wollte. Aber ich setzte mich durch, es war viel zu kalt ohne Decke.

Als wir uns schließlich arrangiert hatten, drehte ich mich zu ihm, und wir machten genau dort weiter, wo wir aufgehört hatten – in stetig steigendem Tempo. Seine Finger und sein Mund erkundeten die gesamte Topographie meines Körpers, und er presste sich immer stärker gegen meinen Unterleib.

Ich war so entbrannt, dass ich mich wunderte, warum aus meinen Fingerspitzen keine Flammen züngelten. Ich krümmte meine Finger und streichelte ihn.

Plötzlich lag Eric auf mir, bereit, in mich einzudringen. Ich war sehr erregt und absolut bereit. Mit der Hand fuhr ich zwischen uns, um ihn an die richtige Stelle zu dirigieren, und rieb dabei seine Eichel an meinem Kitzler.

»Meine Geliebte«, sagte er heiser und drang in mich ein.

Obwohl ich hätte schwören können, auf alles vorbereitet zu sein, und mich vor Lust nach ihm verzehrte, schrie ich unter der Wucht auf.

Nach einer Weile flüsterte er: »Nicht die Augen schließen. Sieh mich an, Geliebte.« So wie er »Geliebte« sagte, klang es wie eine einzige Liebkosung; als würde er mich bei einem Namen nennen, den kein Mann vor oder nach ihm jemals wieder benutzte. Seine Fangzähne waren jetzt vollständig entblößt, und ich streckte mich, um mit der Zunge darüber zu lecken. Ich erwartete, dass er mich in den Hals beißen würde, so wie Bill es fast immer getan hatte.

»Sieh mich an«, flüsterte er mir ins Ohr und zog sich aus mir zurück. Ich versuchte, ihn festzuhalten, doch er begann, sich küssend über meinen Körper nach unten zu bewegen, verweilte an strategischen Punkten, und ich war kurz vor den höchsten Wonnen, als er schließlich an seinem Ziel anlangte. Sein Mund erwies sich als hoch talentiert, seine Finger nahmen die Stelle seines Penis ein. Dann plötzlich hob er den Kopf, um zu sehen, ob ich ihn auch wirklich anschaute – was ich tat –, und wandte sein Gesicht der Innenseite meines Schenkels zu, während seine Finger sich ständig weiterbewegten, schneller und schneller, und biss zu.

Ich mag einen Laut ausgestoßen haben, ganz sicher sogar, doch im nächsten Augenblick erfasste mich die gewaltigste Welle der Lust, die ich je empfunden hatte. Und in der Sekunde, in der diese betörende Welle abebbte, küsste Eric mich auch schon wieder auf den Mund, und ich konnte mich selbst auf seinen Lippen schmecken. Danach drang er wieder in mich ein, und alles begann noch einmal von vorn. Einen Moment später war auch er so weit, und ich verspürte immer noch weitere Nachbeben. Er schrie etwas in einer Sprache, die ich noch nie gehört hatte, schloss die Augen und sank schließlich auf mir in sich zusammen. Nach zwei Minuten hob er den Kopf und sah mich an. Ich wünschte, er würde wenigstens so tun, als atme er, so wie Bill es beim Sex immer getan hatte. (Ich hatte nie darum gebeten, er hatte es einfach getan; das war sehr beruhigend gewesen für mich.) Aber ich verdrängte den Gedanken sofort wieder. Bisher hatte ich mit niemandem außer Bill Sex gehabt, und wahrscheinlich war es ganz natürlich, an ihn zu denken. Allerdings muss ich ehrlicherweise zugeben, mich schmerzte auch der Gedanke, dass mein vormaliger Ein-Mann-Status nun auf immer verloren war.

Ich zog mich selbst wieder in die Gegenwart zurück, die ja wirklich angenehm genug war, strich Eric übers Haar und schob ein paar Strähnen hinter sein Ohr. Sein Blick ruhte forschend auf mir, er wartete darauf, dass ich etwas sagte. »Ich wünschte«, sagte ich, »ich könnte Orgasmen für Notzeiten in Gläser abfüllen, denn heute hatte ich sicher ein paar Extraportionen.«

Erics Augen weiteten sich, und plötzlich brach er in schallendes Gelächter aus. Das klang gut, das klang ganz nach dem echten Eric. Ich fühlte mich wohl mit diesem hinreißenden, aber mir letztlich unbekannten Fremden, nachdem ich dieses Lachen gehört hatte. Er rollte auf den Rücken und nahm mich mit seinem Schwung mit, so dass ich rittlings auf seiner Taille saß.

»Wenn ich geahnt hätte, dass du ohne deine Kleider so großartig aussiehst, hätte ich das schon früher versucht«, sagte er.

»Du hast es schon früher versucht, so ungefähr zwanzigmal«, erwiderte ich lächelnd.

»Dann habe ich wenigstens guten Geschmack bewiesen.« Er zögerte einen Moment, und die Freude wich ein wenig aus seinem Gesicht. »Erzähl mir von uns. Wie lange kenne ich dich schon?«

Das Licht aus dem Badezimmer fiel auf sein Gesicht. Sein Haar lag golden glänzend auf dem Kissen ausgebreitet.

»Mir ist kalt«, sagte ich sanft, legte mich neben ihn, und er zog die Bettdecke über uns. Ich stützte mich auf einen Ellenbogen und er lag auf der Seite, so dass wir uns ansahen. »Lass mich nachdenken. Ich habe dich letztes Jahr im Fangtasia kennen gelernt, in der Vampir-Bar in Shreveport, die dir gehört. Ach, übrigens, die Bar wurde heute überfallen. Das heißt, letzte Nacht. Tut mir leid, das hätte ich dir sofort erzählen sollen. Aber ich mache mir solche Sorgen um meinen Bruder.«

»Ich möchte alles über den heutigen Tag wissen, doch erzähl erst mal von uns. Das interessiert mich sehr.«

Wieder ein Schock: Der echte Eric dachte immer zuerst an sich selbst, Beziehungen kamen erst an – oh, keine Ahnung, etwa zehnter Stelle. Diese Bemerkung war höchst sonderbar. »Du bist der Sheriff von Bezirk Fünf, und mein Exfreund Bill war dein Untergebener. Jetzt ist er weg, außer Landes. Ich glaube, von Bill habe ich dir schon erzählt.«

»Dein treuloser Exfreund? Dessen Schöpfer die Vampirin Lorena war?«

»Genau der«, sagte ich knapp. »Jedenfalls, als ich dich im Fangtasia traf...« Es dauerte alles länger als erwartet, und als ich die Geschichte beendet hatte, waren Erics Hände schon wieder beschäftigt. Er biss mit ausgefahrenen Fangzähnen in eine meiner Brüste und sog ein bisschen Blut – ich musste tief Luft holen, denn er sog sehr kräftig. Es war ein seltsames Gefühl, weil er gleichzeitig mein Blut und an meiner Brustwarze sog. Schmerzhaft und sehr aufregend. Es fühlte sich an, als sauge er den Körpersaft viel weiter unten. Ich keuchte und zuckte vor Erregung, und plötzlich hob er mein Bein an und drang in mich ein.

Diesmal war die Wucht nicht ganz so groß, und es ging alles langsamer. Eric wollte, dass ich ihm in die Augen sah. Das machte offenbar alles noch aufregender für ihn.

Ich war völlig erledigt, als es vorbei war, auch wenn es mir enorme Lust bereitet hatte. Ich hatte viel gehört über Männer, denen es egal war, ob die Frau zu ihrem Vergnügen kam. Oder vielleicht meinten solche Männer, das Glück ihrer Partnerin bestünde darin, dass sie selbst glücklich sind. Keiner meiner beiden Liebhaber war so gewesen. Keine Ahnung, ob es daran lag, dass sie Vampire waren, oder ob ich einfach Glück gehabt hatte oder beides.

Eric hatte mir sehr viele Komplimente gemacht, und mir fiel ein, dass ich meine Bewunderung für ihn noch gar nicht in Worte gefasst hatte. Das schien nicht fair. Er hielt mich in den Armen und mein Kopf lag an seiner Schulter. »Du bist wunderschön«, murmelte ich.

»Was?« Er war eindeutig verblüfft.

»Du hast mir gesagt, dass du meinen Körper hübsch findest.« Natürlich hatte er nicht genau dieses Adjektiv benutzt, aber es war mir peinlich, seine Worte zu wiederholen. »Du sollst nur wissen, dass ich dasselbe über dich denke.«

Ich spürte die Bewegung seiner Brust, als er, ganz leicht nur, lachte. »Welcher Teil gefällt dir am besten?«, fragte er in neckendem Ton.

»Oh, dein Hintern«, sagte ich prompt.

»Mein ... Gesäß?«

»Ja.«

»Ich hätte da an ein anderes Teil gedacht.«

»Nun, das ist natürlich auch ... angemessen«, erwiderte ich und vergrub mein Gesicht an seiner Brust. Ich wusste sofort, dass ich das falsche Wort erwischt hatte.

»*Angemessen*?« Er nahm meine Hand und platzierte sie auf dem in Frage stehenden Teil. Es begann umgehend, sich zu rühren. Er bewegte meine Hand, und so strich ich mit kreisenden Fingern darüber. »Das ist *angemessen*?«

»Hätte ich lieber sagen sollen, ungeheuer?«

Er war wieder bereit, und ehrlich gesagt, ich hatte keine Ahnung, ob ich noch mal konnte. Ich war so erledigt, dass ich mich schon fragte, ob ich am nächsten Tag wohl einen komischen Gang haben würde.

Ich tauchte unter die Bettdecke ab und gab ihm zu verstehen, dass ich für eine Alternative zu haben wäre – was er begeistert aufnahm. Nach einem weiteren Höhepunkt schien sich jeder Muskel meines Körpers in Götterspeise verwandelt zu haben. Ich sprach nicht mehr über die Sorgen, die ich mir um meinen Bruder machte; nicht über die schrecklichen Dinge, die in Shreveport geschehen waren, oder über irgendetwas anderes Unerfreuliches. Wir flüsterten uns ein paar aufrichtig empfundene (galt jedenfalls für mich) Liebenswürdigkeiten zu, und dann war ich einfach weg. Ich weiß nicht, womit Eric den Rest der Nacht zugebracht hat, weil ich sofort einschlief.

Es warteten viele Sorgen auf mich am nächsten Tag, doch dank Eric war mir das ein paar kostbare Stunden lang egal gewesen.

Kapitel 7

Als ich am nächsten Morgen aufwachte, schien draußen die Sonne. In einem völlig geistlosen Zustand der Zufriedenheit lag ich im Bett. Ich war ein bisschen wund, empfand es aber als angenehm. Ein paar blaue Flecken – die würden nicht weiter auffallen. Und die verräterischen Bisswunden saßen nicht an meinem Hals, wo sie früher immer gewesen waren. Bei einer nur flüchtigen Betrachtung hätte niemand erkannt, dass ich mit einem Vampir die Nacht verbracht hatte; und ich hatte keinen Termin beim Frauenarzt – der einzige andere Mensch, der Grund hätte, diese Region meines Körpers zu begutachten.

Jetzt war definitiv erst mal eine weitere Dusche angesagt, und so kroch ich aus dem Bett und schwankte durchs Zimmer ins Bad. Dort hatten wir ein ziemliches Tohuwabohu hinterlassen, überall lagen Handtücher herum und der Duschvorhang war zur Hälfte aus seinen Plastikhalterungen gerissen (wann war *das* denn passiert?). Aber das machte nichts. Mit einem Lächeln auf den Lippen und einem Lied im Herzen hängte ich ihn wieder richtig auf.

Als mir das Wasser auf den Rücken prasselte, dachte ich, dass ich wohl recht einfach gestrickt sein musste. Es brauchte nicht viel, um mich glücklich zu machen. Eine lange Nacht mit einem toten Typen hatte schon ausgereicht. Es war nicht allein der dynamische Sex, der mir solches Vergnügen bereitet hatte (obwohl es da Momente gab, die ich wohl mein Leben lang nicht mehr vergessen würde); es war das vertraute Miteinander. Die Nähe.

Nennt mich ruhig konventionell. Ich hatte die Nacht mit einem Mann verbracht, der mich wunderschön fand, mit einem Mann, der mich begehrte und der mir ein intensives Glücksgefühl geschenkt hatte. Er hatte mich berührt und mich umarmt und mit mir gelacht. Und ich war nicht mal Gefahr gelaufen, durch unsere Vergnügungen schwanger zu werden, weil Vampire keine Kinder zeugen konnten. Außerdem war ich niemandem untreu geworden (obwohl ich schon ein paar Gewissensbisse wegen Bill hatte, zugegeben), und Eric auch nicht. Es war nichts Schlechtes daran gewesen.

Nachdem ich Zähne geputzt und Make-up aufgelegt hatte, musste ich mir allerdings eingestehen, dass Reverend Fullenwilder meinen Standpunkt wohl nicht teilen würde.

Na, ich hatte sowieso nicht vorgehabt, ihm davon zu erzählen. Das war eine Sache ganz allein zwischen Gott und mir. Wenn Gott mir schon diese Behinderung des Gedankenlesens auferlegt hatte, konnte er in Sachen Sex doch mal ein Auge zudrücken, fand ich.

Natürlich bedauerte ich auch so einiges. Ich wollte zum Beispiel zu gern heiraten und Kinder haben. Und ich wäre wirklich treu wie keine andere und außerdem eine gute Mutter. Doch ich konnte keinen normalen Typen heiraten, weil ich es immer wissen würde, wenn er mich belog oder wütend auf mich war – ich würde jeden noch so kleinen Gedanken kennen, den er sich über mich machte. Selbst eine Verabredung mit einem normalen Typen überforderte mich schon. Vampire durften nicht heiraten, jedenfalls noch nicht, es war nicht legal. Bisher hatte mir auch noch kein Vampir einen Antrag gemacht, rief ich mir selbst in Erinnerung und warf etwas zu energisch den Waschlappen in den Wäschekorb. Vielleicht könnte ich mit einem Werwolf oder einem Gestaltwandler eine längere Beziehung durchhalten, weil deren Gedanken nicht so klar zu erkennen waren. Aber auch hier stellte sich die Frage: Wo war der in Frage kommende Werwolf?

Ich sollte also am besten genießen, was ich im Augenblick

hatte – darin war ich mittlerweile ziemlich gut. Und das hatte ich: einen sehr attraktiven Vampir, der vorübergehend sein Gedächtnis und damit zugleich einen großen Teil seiner Persönlichkeit verloren hatte – einen Vampir also, der Selbstbestätigung genauso nötig hatte wie ich.

Als ich meine Ohrringe befestigte, ging mir schließlich auf, dass Eric wohl noch aus anderen Gründen so begeistert von mir gewesen war. Nach Tagen ohne jede Erinnerung an seine Besitztümer oder seine Untergebenen, nach Tagen ohne jedes Selbstwertgefühl, hatte er in der letzten Nacht etwas gewonnen, das ihm gehörte – mich. Seine Geliebte.

Obwohl ich vor dem Spiegel stand, sah ich darin eigentlich nicht mich selbst. Ich erkannte in der widergespiegelten Person vor allem eine Frau, die – zur Zeit – alles war, was Eric auf dieser Welt besaß.

Ich enttäuschte ihn also besser nicht.

Wieder mal war es mir rasend schnell gelungen, mich vom Gefühl entspannten Glücks auf »pflichtbewusste grimmige Entschlossenheit« runterzuschrauben. Ich war froh, als das Telefon plötzlich läutete. An der Nummer auf dem Display sah ich, dass mich Sam aus der Bar anrief statt aus seinem Wohnwagen.

»Sookie?«

»Hey, Sam.«

»Tut mir leid, die Sache mit Jason. Irgendwas Neues?«

»Nein. Ich habe gleich nach dem Aufstehen im Büro des Sheriffs angerufen und mit der Polizistin vom Telefondienst gesprochen. Sie sagte, Alcee Beck würde sich bei mir melden, wenn es was Neues gebe. Das hat sie schon die letzten zwanzig Mal gesagt, die ich angerufen habe.«

»Möchtest du, dass ich für deine Schicht jemand anderen einteile?«

»Nein. Es ist besser für mich, wenn ich was zu tun habe, statt hier zu Hause herumzusitzen. Sie wissen, wo sie mich erreichen können, wenn sie mir was mitzuteilen haben.«

»Bist du sicher?«
»Ja – trotzdem danke für dein Angebot.«
»Falls ich dir irgendwie helfen kann, lass es mich wissen.«
»Da fällt mir was ein, jetzt, wo ich darüber nachdenke.«
»Sag schon.«
»Erinnerst du dich an diese kleine Gestaltwandlerin, mit der Jason an Silvester in der Bar war?«
Sam dachte einen Moment nach. »Ja«, sagte er zögernd. »War das nicht eins der Norris-Mädchen? Die wohnen drüben in Hotshot.«
»Das hat Hoyt auch gesagt.«
»Vor den Leuten dort musst du dich in Acht nehmen, Sookie. Das ist eine ganz alte Ansiedlung. Mit sehr viel Inzucht.«
Ich verstand nicht ganz, worauf Sam hinauswollte. »Kannst du mir das näher erklären? Ich hab's heute nicht so mit dem Aufdröseln rätselhafter Andeutungen.«
»Nein, geht im Moment nicht.«
»Oh, bist du nicht allein?«
»Nein. Der Snack-Lieferant ist hier. Sei vorsichtig. Die sind wirklich und wahrhaftig anders.«
»Okay«, sagte ich langsam und tappte noch immer im Dunkeln. »Ich werde vorsichtig sein. Wir sehen uns um halb fünf«, fügte ich hinzu und legte auf, irgendwie unglücklich und ziemlich verwirrt.

Es blieb noch jede Menge Zeit, um vor der Arbeit nach Hotshot und wieder zurück zu fahren. Ich zog Jeans an, Turnschuhe, ein hellrotes, langärmliges T-Shirt und meinen alten blauen Mantel. Im Telefonbuch schlug ich Crystal Norris' Adresse nach, musste jedoch erst mal meine Landkarten herauskramen und nachsehen, wo der Ort überhaupt lag. Ich hatte mein ganzes Leben lang im Landkreis Renard gewohnt und kannte die Gegend eigentlich ziemlich gut, doch Hotshot und Umgebung waren ein blinder Fleck in meinen sonst recht umfassenden Ortskenntnissen.

Ich fuhr nach Norden und bog rechts auf die Landstraße

ab. Ich kam an der holzverarbeitenden Fabrik vorbei, dem größten Arbeitgeber von Bon Temps, an einer Polsterei und am Amt für Wasserversorgung. Es folgten ein Spirituosenladen und dann an einer weiteren Kreuzung ein ländliches Lebensmittelgeschäft, über dem ein riesiges Schild mit der Aufschrift KALTES BIER UND FRISCHE KÖDER hing, das noch vom Sommer übrig geblieben war. Ich bog noch einmal rechts ab, in südliche Richtung.

Je tiefer ich ins Land hineinfuhr, desto schlechter wurde die Straße. Seit dem Sommer war hier nichts mehr ausgebessert oder sonst wie instand gehalten worden. Entweder hatten die Einwohner von Hotshot keinerlei Beziehungen zur Kreisverwaltung, oder sie wollten einfach keinen Besuch haben. Die Landstraße führte zwischen sumpfigen Flussniederungen hindurch. Bei starkem Regen würde sie sofort überflutet. Es hätte mich gar nicht gewundert, wenn die Leute hier draußen hin und wieder Alligatoren zu sehen kriegten.

Schließlich kam ich erneut an eine Kreuzung, gegen die die andere mit dem Köder-Laden geradezu großstädtisch wirkte. Ein paar Häuser lagen verstreut darum herum, acht oder neun vielleicht. Es waren kleine Häuser, und keines aus Ziegelstein. In den meisten Auffahrten standen mehrere Autos. Es gab eine rostige Schaukel und einen Basketballkorb, und an zwei Häuserfronten waren Satellitenschüsseln angebracht. Merkwürdig, alle Häuser schienen abseits der eigentlichen Kreuzung zu stehen. Der Bereich direkt an den sich kreuzenden Straßen war vollkommen leer. Es war, als hätte jemand ein Seil an einen Pfahl mitten auf der Kreuzung gebunden und einen großen Kreis gezogen. Innerhalb dieses Kreises war nichts. Außerhalb duckten sich die Häuser.

Meiner Erfahrung nach waren die Leute in einer kleinen Siedlung wie dieser nicht anders als überall sonst: Manche waren arm und stolz und anständig. Manche waren arm und böse und gemein. Aber alle kannten einander in- und auswendig, und nichts blieb unbemerkt.

An diesem kühlen Tag war keine Seele draußen zu sehen, und ich wusste nicht, ob ich es mit einer schwarzen oder weißen Siedlung zu tun hatte. Es war höchst unwahrscheinlich, dass hier beides vertreten war. Ich fragte mich, ob ich überhaupt die richtige Kreuzung gefunden hatte. Doch meine Zweifel lösten sich in Luft auf, als ich das nachgemachte grüne Ortsschild entdeckte, wie man es im Versandhandel bestellen kann und das hier an einer Stange befestigt vor einem der Häuser stand. HOTSHOT war darauf zu lesen.

Ich war also am richtigen Ort. Nun galt es, Crystal Norris' Haus zu finden.

Nur mühsam konnte ich auf einem der rostigen Briefkästen eine Nummer entziffern, und dann entdeckte ich noch eine weitere. Durch ein simples Ausschlussverfahren folgerte ich, dass im nächsten Haus Crystal Norris wohnen musste. Das Haus unterschied sich kaum von den anderen; es hatte eine kleine Veranda mit einem alten Lehnsessel und zwei Liegestühlen darauf, außerdem parkten zwei Autos davor, ein Ford Fiesta und ein uralter Buick.

Als ich ausstieg, begriff ich, was so ungewöhnlich an Hotshot war.

Keine Hunde.

In jedem anderen Dorf wie diesem wären mindestens zwölf Hunde herumgestreunt, und ich hätte nicht gewusst, ob ich sicher aus meinem Auto herauskommen würde. Doch hier zerriss nicht ein einziges Aufjaulen die winterliche Stille.

Ich ging auf das Haus zu und hatte das Gefühl, dass jeder meiner Schritte aufmerksam beobachtet wurde. Ich öffnete die kaputte Fliegenschutztür, um an die massivere Holztür zu klopfen. Drei kleine Glasscheiben waren darin eingelassen. Dunkle Augen betrachteten mich durch die unterste von ihnen.

Die Tür öffnete sich gerade, als mir schon unbehaglich wurde.

Jasons Flamme vom Silvesterabend wirkte heute weit weniger glamourös in schwarzen Jeans und cremefarbenem T-Shirt. Ihre Stiefel waren vom Discounter, und ihr kurzes gelocktes Haar zeigte ein stumpfes Schwarz. Sie war dünn und angespannt. Auch wenn ich selbst sie an Silvester in die Gästeliste eingetragen hatte, wie einundzwanzig sah sie wirklich nicht aus.

»Crystal Norris?«

»Ja?« Sie klang nicht besonders unfreundlich, aber so, als wäre sie mit den Gedanken ganz woanders.

»Ich bin Sookie Stackhouse, die Schwester von Jason.«

»Oh, ja? Komm rein.« Sie trat zurück, und ich betrat ein winziges Wohnzimmer. Es war vollgestellt mit Möbeln, die sehr viel mehr Platz gebraucht hätten: zwei Sessel und ein dreisitziges Sofa aus dunkelbraunem Kunstleder, dessen dicke Knöpfe die Sitzfläche in kleine Hügel aufteilten. Im Sommer blieb wahrscheinlich jeder daran kleben und im Winter rutschte jeder darauf herum. Und in den Vertiefungen rund um die Knöpfe sammelten sich Krümel.

Ein fleckiger Teppich in Rot und Gelb und Braun lag auf dem Boden, auf dem fast flächendeckend überall Spielzeug verstreut war. Über dem Fernseher hing ein Druck vom ›Letzten Abendmahl‹, und im ganzen Haus roch es gut nach roten Bohnen und Reis und Maisbrot.

Im Durchgang zur Küche experimentierte ein Kleinkind mit Legosteinen. Ich hielt es für einen Jungen, aber das war schwer zu sagen. Die Latzhose und der grüne Pullover waren nicht gerade ein exakter Hinweis, und das zarte braune Babyhaar war weder besonders kurz geschnitten noch mit einer Schleife verziert.

»Ist das deins?«, fragte ich und versuchte, freundlich und offen zu klingen.

»Nein, das meiner Schwester«, sagte Crystal. Sie deutete auf einen der Sessel.

»Crystal, ich bin hier weil ... Weißt du, dass Jason vermisst wird?«

Sie saß auf der Sofakante und hatte ihre schlanken Hände angestarrt. Als ich zu sprechen begonnen hatte, blickte sie mir konzentriert in die Augen. Diese Nachricht war ihr nicht gänzlich neu.

»Seit wann?«, fragte sie. Ihre Stimme klang angenehm rau. Dieser Frau hörte man gern zu, vor allem als Mann.

»Seit der Nacht vom ersten auf den zweiten Januar. Er ging abends bei mir weg, und am nächsten Morgen erschien er nicht zur Arbeit. Auf dem kleinen Steg hinter seinem Haus war Blut. Sein Pick-up parkte vorne in der Auffahrt, und die Tür zu seinem Wagen stand offen.«

»Ich weiß überhaupt nichts darüber«, sagte sie prompt.

Sie log.

»Wer hat dir gesagt, dass ich irgendwas damit zu tun habe?«, fragte sie und wurde langsam zickig. »Ich habe meine Rechte. Ich muss nicht mit dir reden.«

Na klar, das war der 29. Zusatz zur Verfassung der Vereinigten Staaten: Gestaltwandler waren nicht verpflichtet, mit Sookie Stackhouse zu reden.

»Doch, das musst du.« Jetzt verließ auch ich die freundliche Schiene. »Mir geht's nicht so wie dir. Ich habe keine Schwester oder einen Neffen.« Ich nickte zu dem Kleinkind hinüber, immerhin hatte ich eine Fifty-fifty-Chance, richtig zu liegen. »Ich habe weder Mutter noch Vater noch irgendwen, *irgendwen*, außer meinem Bruder.« Ich holte tief Luft. »Ich will wissen, wo Jason ist. Und falls du etwas weißt, solltest du es mir besser sagen.«

»Ach ja? Was wirst du sonst tun?« Ihr schmales Gesicht war verzerrt. Aber sie wollte wirklich wissen, womit ich sie unter Druck setzen wollte. So viel konnte ich ihren Gedanken entnehmen.

»Ja, was?«, fragte eine ruhigere Stimme.

Ich blickte mich um. In der Tür stand ein Mann von vielleicht Anfang vierzig. Er trug einen gestutzten graumelierten Bart, und sein kurzgeschnittenes Haar lag glatt am Kopf an.

Der Mann war vielleicht eins siebzig, von geschmeidiger Gestalt und hatte muskulöse Arme.
»Alles, was nötig sein wird«, sagte ich. Ich sah ihm direkt in die Augen. Sie waren von einem sonderbar goldenen Grün. Er wirkte im Grunde nicht feindselig, sondern eher neugierig.
»Warum sind Sie hier?«, fragte er, wieder in diesem neutralen Ton.
»Wer sind Sie?« Ich musste wissen, wer dieser Typ war. Schließlich wollte ich meine Zeit nicht an jemanden verschwenden, der bloß gerade nichts Besseres zu tun hatte, als sich meine Geschichte anzuhören. Aber er strahlte Autorität aus und schien auch nicht aggressiv. Ich hätte schwören können, dass dieser Mann auf jeden Fall ein Gespräch wert war.
»Ich bin Calvin Norris, Crystals Onkel.« Seinem Gedankenmuster nach war er ebenfalls irgendeine Art Gestaltwandler. Da es in diesem Dorf überhaupt keine Hunde gab, nahm ich an, dass sie Werwölfe waren.
»Mr Norris, ich bin Sookie Stackhouse.« Sein Gesichtsausdruck verriet wachsendes Interesse. »Ihre Nichte war mit meinem Bruder Jason auf der Silvesterparty in Merlotte's Bar. Im Laufe der darauffolgenden Nacht verschwand mein Bruder plötzlich spurlos. Ich möchte erfahren, ob Crystal irgendwas weiß, das mir bei meiner Suche helfen könnte.«
Calvin Norris bückte sich und tätschelte dem kleinen Kind den Kopf, dann ging er hinüber zum Sofa, wo Crystal saß und ein missmutiges Gesicht machte. Er setzte sich neben sie, stützte die Ellenbogen auf die Knie und ließ die Hände ganz entspannt und locker zwischen den Beinen hängen. Sein Kopf neigte sich leicht, als er in Crystals mürrisches Gesicht sah.
»Das ist doch nur verständlich, Crystal. Diese junge Frau will wissen, wo ihr Bruder ist. Erzähl ihr, was du darüber weißt.«
»Warum sollte ich ihr irgendwas erzählen?«, schnappte sie. »Sie kommt hierher und versucht mir Angst einzujagen.«
»Weil es nur höflich ist, jemandem in Schwierigkeiten zu

helfen. Freiwillig bist du ja nicht zu ihr gegangen und hast deine Hilfe angeboten, oder?«
»Ich wusste nicht, dass er bloß vermisst wird. Ich dachte, er –«Ihre Worte brachen ab, als ihr klar wurde, dass sie sich bereits verraten hatte.

Calvins ganzer Körper spannte sich an. Er hatte eigentlich nicht erwartet, dass Crystal etwas über Jasons Verschwinden wusste. Seine Nichte sollte einfach bloß höflich sein zu mir. Das konnte ich in seinen Gedanken lesen, aber sehr viel mehr leider nicht. Ihre Beziehung zueinander konnte ich nicht entziffern. Er hatte irgendwie Macht über das Mädchen, das war ziemlich offensichtlich, aber welche Art Macht? Es war mehr als nur die Autorität eines Onkels; mir schien, dass er sie regelrecht beherrschte. Er mochte ja alte Arbeitshosen und Sicherheitsstiefel tragen, er mochte wie jeder andere Arbeiter hier in der Gegend aussehen, doch Calvin Norris war sehr viel mehr als das.

Rudelführer, schoss es mir durch den Kopf. Aber wer konnte einem Rudel so weit draußen irgendwo in der Wildnis angehören? Nur Crystal? Dann erinnerte ich mich an Sams versteckte Warnung über das ungewöhnliche Wesen der Einwohner von Hotshot, und ich hatte eine Erleuchtung. *Jeder* in Hotshot war zweigestaltig.

War das möglich? Ich war nicht vollkommen sicher, ob Calvin Norris ein Werwolf war – aber ich wusste, dass er sich nicht in irgendein Häschen verwandelte. Es kostete mich einige Anstrengung, den fast unwiderstehlichen Impuls zu unterdrücken, ihm meine Hand auf den Unterarm zu legen, um so, Haut an Haut, seine Gedanken so klar wie möglich zu lesen.

Eines wusste ich allerdings genau: In den drei Nächten um Vollmond hätte ich nie und nimmer in Hotshot oder irgendwo in der Nähe sein mögen.

»Sie sind doch die Kellnerin aus dem Merlotte's«, sagte er und sah mir fast ebenso konzentriert in die Augen wie Crystal.

»Ich bin *eine* der Kellnerinnen im Merlotte's.«

»Und Sie sind eine Freundin von Sam?«

»Ja«, sagte ich, »bin ich. Ich bin auch eine Freundin von Alcide Herveaux. Und ich kenne Colonel Flood.«

Diese Personen sagten Calvin etwas. Es überraschte mich nicht, dass er die Namen der wichtigen Shreveport-Werwölfe kannte – und Sam. Mein Boss hatte eine Weile gebraucht, um Kontakte zu den zweigestaltigen Geschöpfen der Gegend aufzubauen, aber er hatte es geschafft.

Crystal hörte uns mit weit aufgerissenen dunklen Augen zu, ihre Laune war noch immer keinen Deut besser als vorhin. Ein junges Mädchen in Latzhose kam aus dem hinteren Teil des Hauses und hob das Kleinkind aus seinem Nest von Legosteinen heraus. Obwohl ihr Gesicht runder und ihre Figur fülliger war, war sie eindeutig als Crystals jüngere Schwester zu erkennen. Und ebenso eindeutig war sie bereits wieder schwanger.

»Brauchst du irgendwas, Onkel Calvin?«, fragte sie und starrte mich über die Schulter ihres Kindes an.

»Nein, Dawn. Kümmere dich um Matthew.« Sie verschwand wieder im hinteren Teil des Hauses. Ich hatte Recht gehabt, was das Geschlecht des Kindes betraf. Wenigstens etwas.

»Crystal«, sagte Calvin Norris mit ruhiger und furchterregender Stimme, »jetzt erzählst du uns, was du getan hast.«

Crystal war überzeugt gewesen, dass sie so davonkäme. Es war ein Schock für sie, dass sie jetzt zu einem Geständnis aufgefordert wurde.

Doch sie gehorchte. Sie zierte sich noch ein wenig, dann begann sie.

»Ich bin am Silvesterabend mit Jason ausgegangen«, sagte sie. »Ich hatte ihn bei Wal-Mart in Bon Temps kennen gelernt, als ich mir dort eine Handtasche kaufen wollte.«

Ich seufzte. Jason fand wirklich überall potentielle Bettgefährtinnen. Eines Tages würde er sich irgendeine unappetitliche Krankheit einfangen (wenn er nicht schon eine hatte)

oder von einer Vaterschaftsklage eingeholt werden. Und alles, was ich tun konnte, war zugucken.
»Er fragte mich, ob ich an Silvester mit ihm ausgehen möchte. Ich glaube, die Frau, mit der er eigentlich verabredet war, hatte es sich anders überlegt. Er ist nicht der Typ, der keine Verabredung für Silvester hat.«
Ich zuckte die Achseln. Jason konnte ohne weiteres Verabredungen mit fünf verschiedenen Frauen getroffen und sie alle wieder abgesagt haben. Und es passierte nicht selten, dass Frauen sich so über seine Angewohnheit ärgerten, allem hinterherzuhecheln, was eine Vagina besaß, dass sie Verabredungen mit ihm sehr plötzlich über den Haufen warfen.
»Er ist ein süßer Typ, und ich komme gern mal aus Hotshot raus, also sagte ich ja. Er fragte mich, ob er mich abholen sollte. Aber weil das einigen meiner Nachbarn gar nicht gefallen hätte, sagte ich, wir sollten uns lieber an der Fina-Tankstelle treffen und von dort aus mit seinem Wagen fahren. Und das haben wir dann auch getan. Ich habe mich bestens mit ihm amüsiert, bin mit zu ihm nach Hause und habe eine tolle Nacht mit ihm verbracht.« Ihre Augen funkelten mich an. »Willst du wissen, wie er im Bett ist?«

Nur undeutlich nahm ich eine blitzschnelle Bewegung wahr, und dann war etwas Blut an ihrem Mundwinkel. Calvins Hand baumelte wieder zwischen seinen Knien, ehe ich überhaupt erkannte, dass er sich bewegt hatte. »Sei höflich. Zeig dieser Frau nicht deine schlechteste Seite«, sagte er. Seine Stimme klang derart ernst und bedrohlich, dass ich mir gleich vornahm, selbst besonders höflich zu sein. Nur um sicherzugehen.

»Okay. Das war wohl nicht besonders nett«, gab sie zu. Ihr Tonfall war jetzt viel weicher und zurückhaltender. »Nun, am nächsten Abend wollten wir uns wieder treffen. Also habe ich mich weggestohlen und bin zu ihm nach Hause gefahren. Aber er musste dann weg, zu seiner Schwester – zu dir? Bist du seine einzige Schwester?«

Ich nickte.
»Er sagte, ich solle bleiben, er wäre bald wieder da. Ich wollte mit ihm mitfahren, und er sagte, wenn seine Schwester nicht gerade Besuch hätte, wäre das schon okay. Doch sie hätte Vampire zu Gast, und er wolle nicht, dass ich mit denen zu tun bekäme.«

Ich schätze, Jason ahnte, was ich von Crystal Norris halten würde, und wollte es sich einfach ersparen, es sich anzuhören. Also nahm er sie gar nicht erst mit.

»Und ist er wieder nach Hause gekommen?«, fragte Calvin und stupste sie aus ihren Träumereien.

»Ja«, sagte sie, und ich verkrampfte mich.

»Was ist dann passiert?«, sagte Calvin, als sie wieder eine Pause machte.

»Ich weiß nicht so genau«, erwiderte sie. »Ich war im Haus und wartete auf ihn, und dann hörte ich sein Auto und dachte, Klasse, da ist er ja, jetzt geht die Party los. Aber er kam nicht die Stufen herauf, und ich fragte mich, was ist los? Natürlich war die Außenbeleuchtung an, aber ich bin nicht ans Fenster gegangen. Ich wusste ja, dass er es war.« Natürlich, ein Werwolf erkannte jemanden schon am Schritt oder würde seinen Geruch wahrnehmen. »Ich habe die Ohren gespitzt«, fuhr sie fort, »und gehört, wie er ums Haus herumgegangen ist. Na, dann kommt er wohl durch die Hintertür herein, dachte ich, warum auch immer – schmutzige Stiefel oder so was.«

Ich holte tief Luft. Gleich würde sie auf den springenden Punkt kommen. Ich wusste es.

»Und dann hörte ich hinter dem Haus, noch ein ganzes Stück von der Veranda weg, plötzlich jede Menge Krach, lautes Schreien und so, und dann nichts mehr.«

Wenn sie keine Gestaltwandlerin gewesen wäre, hätte sie nicht so viel gehört. Na also, wusste ich's doch, dass ich noch eine gute Seite an ihr entdecken würde, wenn ich mich nur genug anstrengte.

»Bist du rausgegangen und hast nachgesehen?«, fragte Calvin. Er strich Crystal über die schwarzen Locken, als würde er seinen Lieblingshund streicheln.
»Nein, Sir, das habe ich nicht getan.«
»Hast du etwas gerochen?«
»Ich war nicht dicht genug dran«, gab sie verdrossen zu. »Der Wind kam aus einer anderen Richtung. Ich roch Jason und Blut. Und vielleicht noch zwei, drei andere Dinge.«
»Was zum Beispiel?«
Crystal sah auf ihre Hände hinab. »Gestaltwandler, glaub' ich. Einige von uns können sich verwandeln, auch wenn kein Vollmond herrscht. Ich kann das nicht. Sonst hätte ich auch noch mehr Gerüche wahrgenommen«, sagte sie beinahe entschuldigend zu mir gewandt.
»Vampire?«, fragte Calvin.
»Ich habe noch nie einen Vampir gerochen«, sagte sie aufrichtig. »Ich weiß nicht.«
»Hexen?«, fragte ich.
»Riechen die anders als normale Menschen?«, fragte sie zweifelnd zurück.
Ich zuckte die Achseln. Das wusste ich nicht.
Calvin fragte weiter: »Was hast du danach getan?«
»Irgendwas hatte Jason in den Wald geschleppt, das wusste ich. Und da bin ich… ich hab' Panik gekriegt. Ich bin eben nicht tapfer.« Sie zuckte die Achseln. »Ich bin zurück nach Hause. Mehr konnte ich nicht tun.«
Ich versuchte, nicht zu weinen, doch die Tränen rollten mir einfach über die Wangen. Zum ersten Mal gestand ich mir selbst ein, dass ich nicht sicher war, ob ich meinen Bruder je lebend wiedersehen würde. Doch wenn die Angreifer beabsichtigt hatten, ihn zu töten, wieso hatten sie seine Leiche dann nicht einfach hinter dem Haus liegen lassen? Wie Crystal schon richtig sagte, am Abend des Neujahrstags war kein Vollmond gewesen. Es gab da draußen Wesen, die nicht auf den Vollmond zu warten brauchten…

Es war schlimm. Mit dem Wissen über all die Geschöpfe, die außer uns noch auf der Welt existierten, konnte ich mir genauestens ausmalen, dass es auch welche gab, die Jason vielleicht auf einen Satz verschlingen würden. Oder mit ein paar Bissen.

Ich durfte mir diese Gedanken einfach nicht erlauben. Obwohl mir immer noch die Tränen herunterliefen, rang ich mich zu einem Lächeln durch. »Vielen Dank«, sagte ich höflich. »Es war wirklich nett, dass du dir Zeit für mich genommen hast. Ich weiß, du hast auch noch andere Dinge zu tun.«

Crystal sah mich misstrauisch an, aber ihr Onkel Calvin griff nach meiner Hand und tätschelte sie, was jeden zu überraschen schien, sogar ihn selbst.

Er brachte mich bis zum Auto. Wolken zogen sich am Himmel zusammen, die Kälte ließ mich schaudern, und der Wind zerrte an den kahlen Büschen, die im Vorgarten angepflanzt waren. Ich erkannte Forsythien und Spiersträuche und sogar einen Tulpenbaum. Darum herum würden bestimmt Narzissen und Schwertlilien wachsen – die gleichen Blumen, die im Garten meiner Großmutter immer blühten, die Pflanzen, die in den Gärten der Südstaaten schon seit Generationen wuchsen. Im Moment sah alles trostlos aus. Im Frühling aber würde es sicher charmant und pittoresk wirken, wenn Mutter Natur die Armut dieses verfallenen Dorfs wieder malerisch vergoldete.

Ein paar Häuser weiter die Straße hinunter tauchte hinter einem Schuppen ein Mann auf und blickte in unsere Richtung. Nach einem Augenblick lief er mit großen Schritten zurück in sein Haus. Er war zu weit weg gewesen, als dass ich mehr von ihm erkannt hätte als sein volles helles Haar. Aber seine Zurückhaltung war phänomenal. Die Leute hier draußen mochten Fremde nicht nur nicht, sie waren geradezu allergisch gegen sie.

»Das da drüben ist mein Haus.« Calvin zeigte zu einem sehr viel solideren, kleinen Haus hinüber, das erst kürzlich weiß gestrichen worden war. Alles war in tadellosem Zustand rund um Calvin Norris' Haus. Die Auffahrt und der Parkplatz waren klar abgegrenzt, der ebenfalls weiße Geräteschuppen zeigte keinen Rostflecken und stand auf sauberem betoniertem Boden.

Ich nickte. »Es sieht sehr hübsch aus«, sagte ich. Meine Stimme zitterte kaum noch.

»Ich möchte Ihnen ein Angebot machen«, sagte Calvin Norris.

Ich versuchte, Interesse zu zeigen, und drehte mich zu ihm herum.

»Sie sind jetzt eine schutzlose Frau«, begann er. »Ihr Bruder ist weg. Ich hoffe, er kommt wieder. Aber solange er vermisst wird, haben Sie niemanden, der für Sie einsteht.«

In dieser kleinen Ansprache steckten eine ganze Menge Irrtümer, doch ich war nicht in der Verfassung, darüber eine Diskussion mit ihm zu führen. Er hatte mir einen großen Gefallen getan, indem er Crystal zum Reden gebracht hatte. Jetzt stand ich da im kalten Wind und versuchte, höflich interessiert zu erscheinen.

»Wenn Sie einen Ort zum Verstecken brauchen, wenn jemand Ihnen den Rücken freihalten oder Sie verteidigen soll, dann bin ich Ihr Mann«, sagte er. Mit seinen goldgrünen Augen sah er mir direkt ins Gesicht.

Okay, ich erklär' euch, warum ich das nicht sofort mit einem Prusten abtat: Er spielte sich nicht als Überlegener auf. Ganz im Einklang mit seiner Moral verhielt er sich so nett, wie es ihm möglich war, und bot mir seinen Schutz an. Natürlich war das »Dann bin ich Ihr Mann« in jeder Hinsicht so gemeint und bezog sich nicht nur auf die Rolle als Beschützer. Aber er war nicht anzüglich. Calvin Norris bot mir an, sich um meinetwillen in Gefahr zu begeben. Und er meinte es so. So etwas tat ich nicht einfach verächtlich ab.

»Danke«, erwiderte ich. »Ich werde nicht vergessen, was Sie gesagt haben.«

»Ich hatte von Ihnen schon gehört«, sagte er. »Gestaltwandler und Werwölfe reden ja so dies und das untereinander. Es heißt, Sie sind anders.«

»Das bin ich.« Normale Männer mögen meine äußere Verpackung attraktiv finden, aber der Inhalt stößt sie immer ab. Sollten mir je die Aufmerksamkeiten von Eric oder Bill oder auch Alcide zu Kopf steigen, brauchte ich nur den Gedanken einiger Stammgäste der Bar zuzuhören, um meinem Ego einen Dämpfer zu verpassen. Ich zog meinen alten blauen Mantel enger um mich. Wie die meisten Gestaltwandler hatte Calvin ein Körpersystem, das ihn Kälte nicht so intensiv spüren ließ wie mich mein menschlicher Stoffwechsel. »Ich bin anders, aber keine Gestaltwandlerin, obwohl ich natürlich Ihre, äh, Freundlichkeit zu schätzen weiß.« Deutlicher wagte ich nicht nachzuhaken, warum er sich so interessiert zeigte.

»Ich weiß.« Er nickte anerkennend, mein Taktgefühl schien ihm zu gefallen. »Das macht Sie sogar noch … Die Sache ist die, hier in Hotshot haben wir einfach zu viel Inzucht. Sie haben gehört, was Crystal sagt. Sie kann ihre Gestalt nur bei Vollmond wandeln, und selbst dann erreicht sie nicht die vollständige Kraft.« Er deutete auf sein eigenes Gesicht. »Meine Augen gehen kaum als menschlich durch. Wir brauchen dringend frisches Blut, neue Gene. Sie sind keine Gestaltwandlerin, aber Sie sind auch keine ganz normale Frau. Normale Frauen halten sich hier nicht lange.«

Na, das war eine vieldeutige und nicht sehr beruhigende Art, es auszudrücken. Aber ich versuchte, verständnisvoll auszusehen. Denn ich verstand ihn ja wirklich, und ich konnte auch seine Sorgen begreifen. Calvin Norris war zweifellos der Anführer dieser ungewöhnlichen Ansiedlung, und er trug die Verantwortung für deren Zukunft.

Er runzelte die Stirn, als er die Straße hinunter zu dem Haus blickte, wo ich den Mann gesehen hatte. Doch er wandte sich wieder mir zu, um abzuschließen, was er mich wissen lassen wollte. »Sie würden die Leute hier sicher mögen, und

Sie wären zur Fortpflanzung unserer Linie gut geeignet. Das sehe ich auf den ersten Blick.«

Das war nun wirklich ein ungewöhnliches Kompliment. Mir fiel nichts ein, womit ich in angemessener Weise darauf reagieren konnte.

»Das ist sehr schmeichelhaft, und ich weiß Ihr Angebot zu schätzen. Ich werde Ihre Worte nicht vergessen.« Ich machte eine Pause, um meine Gedanken zu sammeln. »Die Polizei wird sicher herausfinden, dass Crystal bei Jason war, wenn sie es nicht schon weiß. Sie wird ebenfalls hierher kommen.«

»Die finden hier nichts«, sagte Calvin Norris. Mit leicht amüsiertem goldgrünem Blick sah er mir direkt in die Augen. »Die waren schon früher hier und werden auch wieder hierher kommen. Die erfahren hier gar nichts. Ich hoffe, Sie finden Ihren Bruder. Wenn Sie Hilfe brauchen, melden Sie sich. Ich habe einen Job bei Norcross. Ich bin ein zuverlässiger und treuer Mann.«

»Danke«, sagte ich, stieg in mein Auto und empfand ein starkes Gefühl der Erleichterung. Ich nickte Calvin mit ernster Miene zu, als ich aus Crystals Auffahrt zurücksetzte. Er arbeitete also bei Norcross, in der holzverarbeitenden Fabrik. Norcross zahlte hohe Löhne und bot gute Aufstiegsmöglichkeiten. Es gab schlechtere Angebote, so viel war sicher.

Auf meinem Weg zur Arbeit überlegte ich, ob Crystal in der Nacht mit Jason versucht hatte, schwanger zu werden. Calvin hatte es anscheinend überhaupt nicht gestört, dass seine Nichte mit einem fremden Mann Sex gehabt hatte. Werwölfe mussten mit ihresgleichen Nachwuchs zeugen, damit die Kinder dieselben Eigenschaften aufwiesen wie ihre Eltern; das hatte Alcide mir erzählt. Diese kleine Dorfgemeinschaft hier suchte offensichtlich nach Alternativen. Vielleicht wollten sie, dass die schwächeren Werwölfe Kinder mit normalen Menschen bekamen. Das war immer noch besser, als eine Generation von Werwölfen zu zeugen, deren Kräfte so schwach ausgeprägt waren, dass sie weder ihre zweite Natur erfolgreich leben noch als normale Menschen ein glückliches Dasein führen konnten.

Als ich bei Merlotte's Bar ankam, erschien mir das wie die Rückkehr aus einem anderen Jahrhundert. Ich fragte mich, wie lange die Leute von Hotshot wohl schon um diese Wegkreuzung angesiedelt waren und welche Bedeutung der alte Scheideweg ursprünglich für sie gehabt haben mochte. Auf die Antwort wäre ich wirklich neugierig gewesen. Dennoch war ich enorm erleichtert, wieder in der Welt angekommen zu sein, die ich kannte.

An diesem Spätnachmittag ging es in der kleinen Welt von Merlotte's Bar recht ruhig zu. Ich wechselte die Kleider, band meine schwarze Schürze um, kämmte mein Haar und wusch mir die Hände. Sam stand hinter der Bar, die Arme vor der Brust verschränkt, und starrte Löcher in die Luft. Holly trug einen Bierkrug zu einem Tisch, an dem ein einsamer Fremder saß.

»Wie war's in Hotshot?«, fragte Sam, da wir allein an der Bar waren.

»Sehr seltsam.«

Er tätschelte mir die Schulter. »Hast du irgendwas erfahren, das dich weiterbringt?«

»Eigentlich schon. Ich weiß bloß noch nicht so genau, was es bedeutet.« Sam musste sich mal die Haare schneiden lassen, fiel mir auf. Seine rotgoldenen Locken umrahmten sein Gesicht, dass er aussah wie ein Renaissance-Engel.

»Hast du Calvin Norris getroffen?«

»Ja. Er hat Crystal für mich zum Reden gebracht, und er hat mir ein höchst ungewöhnliches Angebot gemacht.«

»Was denn?«

»Das erzähle ich dir lieber ein anderes Mal.« Und wenn's um mein Leben gegangen wäre, ich hatte keine Ahnung, wie ich das in Worte fassen sollte. Ich sah auf meine Hände hinunter, mit denen ich geschäftig einen Bierkrug abspülte, und spürte, wie meine Wangen brannten.

»Calvin ist schon in Ordnung, soweit ich weiß«, sagte Sam langsam. »Er arbeitet bei Norcross, als Teamleiter. Krankenversicherung, Rente, alles dabei. Ein paar andere Typen aus Hotshot betreiben eine Werkstatt für Schweißarbeiten. Die machen ihre Sache sehr gut, hab' ich gehört. Aber ich hab' keine Ahnung, was da in Hotshot los ist, wenn die abends nach Hause kommen. Das weiß keiner so genau, glaub' ich. Hast du Sheriff Dowdy gekannt, John Dowdy? Er war Sheriff, bevor ich hierher zog.«

»Klar, an den erinnere ich mich. Er hat Jason mal wegen Vandalismus eingebuchtet. Meine Großmutter musste hin und ihn aus dem Knast holen. Sheriff Dowdy hat Jason derart die Leviten gelesen, dass ihm der Schreck in alle Glieder gefahren ist. Jedenfalls für eine Weile.«

»Sid Matt hat mir mal eine Geschichte erzählt. Anscheinend ist John Dowdy eines schönen Frühlingstages raus nach Hotshot gefahren, um Calvin Norris' Bruder Carlton festzunehmen.«

»Weswegen?« Sid Matt Lancaster war ein alter und bekannter Rechtsanwalt.

»Vergewaltigung. Das Mädchen hatte eingewilligt und war sogar schon erfahren, aber sie war minderjährig. Sie hatte einen neuen Stiefvater, und der fand, Carlton hätte sich ihm gegenüber respektlos verhalten.«

Du lieber Himmel. »Und was ist passiert?«

»Das weiß keiner. Spätnachts wurde John Dowdys Streifenwagen auf halbem Weg nach Hotshot gefunden. Leer. Kein Blut, keine Fingerabdrücke. Seitdem ist er nie wieder aufgetaucht. Keiner in Hotshot konnte sich erinnern, ihn an dem Tag gesehen zu haben.«

»Wie Jason«, sagte ich niedergeschlagen. »Er ist einfach verschwunden.«

»Aber Jason war zu Hause. Und wenn ich das richtig verstehe, war Crystal nicht darin verwickelt.«

Ich schüttelte diese gruselige kleine Geschichte von mir ab.

»Das stimmt. Hat man je herausgefunden, was John Dowdy zugestoßen ist?«
»Nein. Aber auch Carlton Norris wurde nie wieder gesehen.«
»Also, jetzt wurde es interessant.« »Und was schließt du daraus?«
»Dass die Leute in Hotshot das Recht in die eigenen Hände nehmen.«
»Und deswegen möchte man sie lieber auf seiner Seite haben.«
»Ja«, sagte Sam. »Unbedingt. Erinnerst du dich nicht? Das ist ungefähr fünfzehn Jahre her.«
»Zu der Zeit hatte ich meine eigenen Probleme«, erklärte ich. Damals war ich ein elfjähriges Waisenkind gewesen und kaum damit fertig geworden, dass ich immer deutlicher die Gedanken der anderen lesen konnte.

Kurz darauf kamen die ersten Leute vorbei, die auf dem Weg von der Arbeit nach Hause noch etwas trinken wollten. Sam und ich fanden den ganzen Abend über keine Gelegenheit mehr, unser Gespräch fortzusetzen – was mir ganz recht war. Ich mochte Sam sehr gern, er spielte oft die Hauptrolle in einigen meiner geheimsten Phantasien. Doch zu diesem Zeitpunkt hatte ich so viele Sorgen, dass ich lieber nichts mehr hören wollte.

An diesem Abend erfuhr ich, dass es Leute gab, die Jasons Verschwinden vorteilhaft für das gesellschaftliche Leben in Bon Temps fanden. Unter ihnen waren Andy Bellefleur und seine Schwester Portia, die zum Abendessen ins Merlotte's kamen, weil ihre Großmutter Caroline eine Dinnerparty gab, um die sie einen großen Bogen machen wollten. Andy war Detective bei der Polizei und Portia Rechtsanwältin, und sie waren beide nicht gerade meine besten Freunde. Als Bill herausfand, dass sie seine Nachfahren waren, hatte er einen Plan ausgeklügelt, den Bellefleurs anonym Geld zukommen zu lassen – und sie hatten ihre mysteriöse Erbschaft wirklich in vollen Zügen genossen. Bill selbst konnten sie allerdings nicht ausstehen. Es ärgerte mich jedes Mal, wenn ich ihre neuen Autos und die teuren Klamotten und auch das neue Dach der Bellefleur-Villa sah und daran dachte, wie miserabel sie Bill behandelten – und mich auch, weil ich Bills Freundin war.

Andy war eigentlich ziemlich nett zu mir gewesen, ehe ich Bill kennen gelernt hatte. Zumindest benahm er sich höflich und gab mir ein anständiges Trinkgeld. Für Portia war ich immer unsichtbar gewesen, aber die hatte mit ihrem eigenen persönlichen Kummer zu kämpfen. Sie hatte jetzt tatsächlich einen Verehrer, hatte ich gehört. Da fragte ich mich doch gleich boshaft, ob das nicht dem plötzlichen Zuwachs an Reichtum in der Familie Bellefleur zu verdanken war. Manchmal fragte ich mich allerdings auch, ob Andys und Portias Glück proportional zu meinem wachsenden Elend anstieg. An diesem Winterabend waren sie bester Stimmung und verspeisten mit großem Genuss ihre Hamburger.

»Das mit deinem Bruder tut mir leid, Sookie«, sagte Andy, als ich ihm Tee nachgoss.

Ausdruckslos sah ich ihm ins Gesicht. *Lügner*, dachte ich. Eine Sekunde später ließ Andy seinen Blick beklommen schweifen und konzentrierte ihn dann auf den Salzstreuer, der plötzlich eine ganz besonders faszinierende Ausstrahlung zu haben schien.

»Hast du Bill in letzter Zeit mal gesehen?«, fragte Portia und tupfte sich mit der Serviette den Mund ab. Sie wollte die unangenehme Stille mit einer freundlichen Frage beenden, machte mich aber nur noch wütender.

»Nein«, erwiderte ich. »Kann ich euch noch irgendwas bringen?«

»Nein, danke, wir haben alles«, sagte sie schnell. Ich drehte mich auf dem Absatz um und ging. Dann trat ein Lächeln auf meine Lippen: Gerade als ich dachte, *Miststück*, dachte Portia, *Was für ein Miststück*.

Geiler Arsch, schaltete sich Andy ein. Verdammt, diese Gedankenleserei. Was für ein Scheiß. Ich würde es meinem ärgsten Feind nicht wünschen. Wie ich alle Leute beneidete, die nur mit den Ohren hörten.

Kevin und Kenya waren auch da, bedacht darauf, keinen Alkohol zu trinken. Dieses Polizistenteam hatte unter den Leuten von Bon Temps schon einige Heiterkeit ausgelöst. Der blasse Kevin war dürr und schmal wie ein Langstreckenläufer; schon die Ausrüstung, die er an seinem Uniformgürtel trug, schien eine zu große Last für ihn zu sein. Seine Partnerin Kenya war fünf Zentimeter größer, mehrere Kilo schwerer und ungefähr fünfzehn Nuancen dunkler als er. Die Typen, die immer an der Bar herumhingen, wetteten bereits seit zwei Jahren darauf, ob sie nun ein Liebespaar werden würden oder nicht – nur formulierten sie es natürlich etwas anders.

Wider Willen wusste ich, dass Kenya (sowie ihre Handschellen und ihr Schlagstock) in den Tagträumen viel zu vieler Gäste vorkam. Und ich wusste ebenfalls, dass gerade die Männer, die Kevin am gnadenlosesten hänselten und verspotteten, die anzüglichsten Phantasien hatten. Als ich Hamburger an Kevins und Kenyas Tisch brachte, hörte ich, wie Kenya sich fragte, ob sie Bud Dearborn vorschlagen sollte, für die Suche nach Jason die Spürhunde aus einem Nachbarbezirk anzufordern, während Kevin sich über das Herz seiner Mutter Sorgen machte, das in letzter Zeit häufiger als sonst verrückt spielte.

»Sookie«, sagte Kevin, nachdem ich ihnen noch eine Flasche Ketchup gebracht hatte, »ich wollte dir noch erzählen, dass heute ein paar Leute bei der Polizei ein Suchplakat mit einem Vampir drauf aufgehängt haben.«

»Ich habe eins beim Einkaufen gesehen«, erwiderte ich.

»Ist mir schon klar, dass du da keine Expertin bist, bloß weil du mit einem Vampir befreundet warst«, sagte Kevin vorsichtig. Kevin bemühte sich immer, freundlich zu mir zu sein.

»Aber ich dachte, vielleicht hast du diesen Vampir schon mal gesehen. Bevor er verschwunden ist, meine ich natürlich.«

Kenya sah zu mir auf, ihre dunklen Augen musterten mich mit großem Interesse. Sie dachte, dass ich irgendwie immer in die kriminellen Vorkommnisse von Bon Temps verwickelt war, ohne allerdings selbst kriminell zu sein (danke, Kenya). Um meinetwillen hoffte sie, dass Jason noch am Leben war. Kevin dachte, dass ich immer nett zu ihm und Kenya war, er mir aber trotzdem lieber nicht zu nahe kommen wollte. Ich seufzte, hoffentlich unhörbar. Sie warteten auf eine Antwort. Ich zögerte, weil ich nicht wusste, was ich sagen sollte. An die Wahrheit kann man sich stets am besten erinnern.

»Klar, den hab' ich schon mal gesehen. Eric gehört die Vampir-Bar in Shreveport«, sagte ich. »Ich bin ihm begegnet, als ich mit Bill dort war.«

»Und in letzter Zeit hast du ihn nicht gesehen?«

»Ich habe ihn sicher nicht aus dem Fangtasia entführt«, sagte ich in ziemlich sarkastischem Ton.

Kenya sah mich verdrossen an, was ich ihr nicht verdenken konnte. »Keiner sagt, dass du das getan hast«, antwortete sie in einem Tonfall, in dem »Fang bloß keinen Streit an« mitschwang. Ich zuckte die Achseln und ging wieder an die Arbeit.

Ich hatte jetzt viel zu tun. Einige Leute wollten noch ein Abendessen (manche tranken es auch), und einige Stammgäste trudelten ein, nachdem sie zu Hause gegessen hatten. Holly war genauso beschäftigt wie ich, und als einer der Männer, die bei der Telefongesellschaft arbeiteten, sein Bier verschüttete, musste sie Wischmopp und Eimer holen. Sie lief zwischen ihren Tischen hin und her, als die Tür sich öffnete. Ich sah, wie sie Sid Matt Lancaster seinen Kaffee brachte, mit dem Rücken zur Tür. Daher verpasste sie den Auftritt der neuen Gäste, ich jedoch nicht. Der junge Mann, den Sam als Aushilfe für die Stunden des Hochbetriebs eingestellt hatte, räumte gerade zwei zusammengestellte Tische ab, an denen eine größere Gesellschaft von Gemeindemitarbeitern gefeiert hatte, und daher räumte ich den Tisch der Bellefleurs ab.

Andy plauderte mit Sam, während er auf Portia wartete, die auf die Damentoilette verschwunden war. Ich hatte eben mein Trinkgeld eingesteckt, das sich auf genau fünfzehn Prozent des Rechnungsbetrags belief. Das Trinkgeld der Bellefleurs war – wenn auch nur leicht – angestiegen mit dem Reichtum der Bellefleurs. Ich sah auf, als die Tür so lange offen stand, dass ein kalter Luftzug hereinströmte.

Die Frau, die eintrat, war groß und so schlank und breitschultrig, dass ich einen prüfenden Blick auf ihre Brust warf, um sicher zu gehen, ob ich mich in ihrem Geschlecht nicht täuschte. Ihr Haar war kurz und dick und braun, und sie trug überhaupt kein Make-up. Sie kam in Begleitung eines Mannes, den ich erst sah, als sie zur Seite trat. Bei der Körpergröße war er ebenfalls nicht zu kurz gekommen, und sein enges T-Shirt ließ Arme erkennen, die muskulöser waren als alles, was ich bis jetzt gesehen hatte. Das musste ihn Jahre im Fitnessstudio gekostet haben. Sein walnussbraunes Haar fiel ihm in kleinen Locken bis auf die Schultern, sein Bart war deutlich rötlicher. Keiner der beiden trug einen Mantel, obwohl draußen eindeutig Mantel-Wetter herrschte. Die neuen Gäste kamen auf mich zu.

»Wer ist hier der Besitzer?«, fragte die Frau.

»Sam. Er steht hinter der Bar«, sagte ich und sah, so schnell es ging, wieder auf den Tisch hinunter und wischte ihn noch einmal ab. Der Mann hatte mich interessiert gemustert, das war ganz normal. Als sie an mir vorbeizogen, sah ich, dass er ein paar Plakate unter dem Arm trug und einen Tacker. Eine Hand hatte er durch eine große Rolle Klebeband gesteckt, so dass sie an seinem linken Handgelenk baumelte.

Ich sah zu Holly hinüber. Sie war völlig erstarrt und hielt die Tasse Kaffee für Sid Matt Lancaster immer noch auf halber Höhe über seinem Tisch. Der alte Rechtsanwalt sah zu ihr hinauf und folgte ihrem Blick hinüber zu dem Paar, das zwischen den Tischen hindurch zur Bar ging. Im Merlotte's, bis eben ein ruhiges und friedvolles Plätzchen, herrschte plötzlich eine höchst angespannte Atmosphäre. Holly setzte die Tasse ab, ohne Mr Lancaster zu verbrühen, drehte sich auf dem Absatz um und verschwand blitzschnell durch die Schwingtür in die Küche.

Das reichte mir vollkommen als Bestätigung dafür, wer diese Frau war.

Die beiden waren bei Sam angekommen und führten ein leises Gespräch mit ihm. Andy hörte zu, einfach weil er zufällig in der Nähe stand. Ich ging an ihnen vorbei, um das schmutzige Geschirr zur Durchreiche zu tragen, und hörte, wie die Frau mit einer tiefen Altstimme sagte:»... diese Plakate in der Stadt aufgehängt, falls jemand ihn sehen sollte.«

Das war Hallow, die Hexe, deren Jagd auf Eric so viel Unheil angerichtet hatte. Sie, oder ein anderes Mitglied ihres Hexenzirkels, war wahrscheinlich die Mörderin von Adabelle Yancy. Und dies war auch die Frau, die vielleicht meinen Bruder Jason entführt hatte. Mein Kopf begann zu pochen, als säße ein kleiner Dämon darin und versuchte, mit einem Hammer auszubrechen.

Kein Wunder, dass Holly in dieser Verfassung war und unter keinen Umständen von Hallow entdeckt werden wollte. Sie war zu Hallows kleinem Treffen in Shreveport gegangen, und ihr Hexenzirkel hatte Hallows Aufforderung zur Zusammenarbeit abgelehnt.

»Natürlich«, sagte Sam. »Hängen Sie eins hier an dieser Wand auf.« Er wies auf eine Stelle neben der Tür, die nach hinten zu den Toiletten und zu seinem Büro führte.

Holly steckte den Kopf durch die Küchentür, sah Hallow und verschwand sofort wieder. Hallow warf einen kurzen Blick zur Schwingtür hinüber, aber nicht rechtzeitig genug, um Holly zu sehen, wie ich hoffte.

Am liebsten wäre ich über Hallow hergefallen und hätte auf sie eingeprügelt, bis sie mir alles sagte, was ich über meinen Bruder wissen wollte. Das war es, wozu das Hämmern in meinem Kopf mich drängte – handeln, irgendetwas tun. Doch ich besaß auch eine letzte Spur gesunden Menschenverstand, und zum Glück für mich setzte er sich durch. Hallow war groß, und ihr Handlanger konnte mich ohne weiteres zerquetschen – außerdem wären sowieso Kevin und Kenya dazwischengegangen, noch ehe ich sie zum Reden gebracht hätte.

Es war unglaublich frustrierend, sie direkt vor mir zu haben und zugleich unfähig zu sein, dieser Hexe ihr Wissen zu entreißen. Ich ließ all meine Schutzbarrieren fallen und hörte so angestrengt wie möglich hin.

Doch sie spürte etwas, als ich an ihre Gedanken rührte.

Sie wirkte leicht irritiert und schaute sich um. Das war mir Warnung genug. So schnell ich konnte, zog ich mich wieder in meinen eigenen Kopf zurück. Ich setzte meinen Weg hinter die Bar fort und ging nur ein paar Schritte entfernt an ihr vorbei, während sie noch immer versuchte herauszufinden, wer ihre Gedanken gestreift hatte.

Das war mir noch nie zuvor passiert. Niemand, *niemand* hatte mich je verdächtigt, seine Gedanken zu belauschen. Ich ging hinter der Bar in die Hocke, um an den großen Behälter mit Salz heranzukommen, richtete mich wieder auf und füllte sorgfältig den Streuer von Kevins und Kenyas Tisch nach. Ich konzentrierte mich so stark wie nur irgend möglich auf diese kleine nichtige Aufgabe, und als ich fertig war, hing das Plakat an der Wand. Hallow stand immer noch da, zögerte ihr Gespräch mit Sam hinaus und suchte weiterhin nach der Person, die an ihre Gedanken gerührt hatte. Mr Muskulös musterte mich – aber nur, wie ein Mann eine Frau mustert –, als ich den Salzstreuer an seinen Platz brachte. Holly war nicht wieder aufgetaucht.

»Sookie«, rief Sam.

Ach du Scheiße. Darauf musste ich reagieren. Er war mein Boss.

Ich ging hinüber zu den dreien, Angst im Herzen und ein Lächeln auf den Lippen.

»Hey«, sagte ich grüßend und schenkte der Hexe und ih-

rem bulligen Handlanger ein neutrales Lächeln. Mit hochgezogenen Augenbrauen sah ich Sam fragend an.
»Marnie Stonebrook, Mark Stonebrook«, sagte er.
Ich nickte ihnen zu. *Hallow, so, so* dachte ich halb amüsiert. »Hallow« klang schon ein wenig spiritueller als »Marnie«.
»Sie suchen nach diesem Typen hier«, sagte Sam und deutete auf das Plakat. »Kennst du den?«
Sam wusste natürlich, dass ich Eric kannte. Jetzt war ich froh über meine jahrelange Übung darin, Gefühle und Gedanken vor anderen zu verbergen. Nachdenklich betrachtete ich das Plakat.
»Klar, den hab' ich schon mal gesehen«, sagte ich. »In dieser Bar in Shreveport. So einen vergisst man nicht so schnell, was?« Ich lächelte Hallow – Marnie – an. Zwei Mädels, die eine typische Mädels-Erfahrung teilten.
»Gutaussehender Typ«, stimmte sie in ihrem dunklen Tonfall zu. »Er wird vermisst, und wir bieten jedem, der uns etwas über ihn sagen kann, eine Belohnung an.«
»Ja, das steht auf dem Plakat«, sagte ich und legte einen Anflug von Gereiztheit in meine Stimme. »Gibt's irgendeinen bestimmten Grund, warum er gerade hier sein soll? Ich kann mir nicht vorstellen, was ein Vampir aus Shreveport in Bon Temps zu suchen hat.« Ich sah sie fragend an.
»Gute Frage, Sookie«, sagte Sam. »Macht mir ja nichts aus, das Plakat aufzuhängen. Aber wie kommt's, dass Sie beide in dieser Gegend hier nach dem Typen suchen? Warum sollte er hier sein? In Bon Temps ist der tote Hund begraben.«
»Diese Stadt hat doch einen fest ansässigen Vampir, oder nicht?«, fragte Mark Stonebrook plötzlich. Seine Stimme war fast identisch mit der seiner Schwester. Bei einem solchen Muskelprotz erwartete man einen tiefen Bass, und selbst eine dunkle Altstimme wie Marnies klang sonderbar aus seiner Kehle. Aber eigentlich lag bei Mark Stonebrooks Erscheinung genauso gut die Vermutung nahe, dass er nur grunzen und knurren konnte.

»Ja, Bill Compton wohnt hier«, sagte Sam. »Aber er ist nicht da.«

»Nach Peru verreist, hab' ich gehört«, fügte ich hinzu.

»Oh, ja. Von Bill Compton habe ich schon gehört. Wo wohnt er?«, fragte Hallow und versuchte, ihre Aufregung zu unterdrücken.

»Tja, er wohnt bei mir in der Nähe, hinter dem alten Friedhof«, sagte ich, weil mir gar nichts anderes übrig blieb. Wenn die beiden jemand anderen fragten und eine andere Antwort erhielten, wussten sie gleich, dass ich etwas (oder in diesem Fall, jemanden) zu verbergen hatte. »In der Nähe der Hummingbird Road.« Ich beschrieb ihnen den Weg, aber nicht sehr präzise, und hoffte, sie würden sich irgendwo da draußen verfahren und in einem Nest wie Hotshot landen.

»Nun, wir werden mal bei Comptons Haus vorbeifahren. Vielleicht wollte Eric ihn ja besuchen«, sagte Hallow. Sie sah ihren Bruder Mark an, die beiden nickten uns zu und verließen umgehend die Bar. Wie das auf uns wirkte, war ihnen ganz egal.

»Sie schicken Hexen los, die alle Vampire besuchen sollen«, sagte Sam leise. Natürlich. Die Stonebrooks würden alle Vampire aufsuchen, die Eric verpflichtet waren – alle Vampire des Bezirks Fünf. Sie vermuteten, einer dieser Vampire habe Eric Unterschlupf geboten. Da Eric nicht wieder aufgetaucht war, wurde er versteckt. Hallow musste ziemlich sicher sein, dass ihr Fluch wirkte, schien aber nicht genau zu wissen wie.

Ich schaltete das Lächeln in meinem Gesicht ab, lehnte mich mit den Ellenbogen gegen die Bar und dachte angestrengt nach.

»Du hast richtig großen Ärger, stimmt's?«, fragte Sam. Er machte eine sehr ernste Miene.

»Ja, richtig großen Ärger.«

»Willst du gehen? Ist ja nicht mehr allzu viel los hier. Jetzt, wo sie weg sind, kann Holly aus der Küche rauskommen. Und ich kann auch selbst mal nach den Tischen sehen, wenn du nach Hause fahren möchtest ...« Sam war nicht sicher, wo Eric war, aber er hatte seine Vermutungen. Und er hatte gesehen, wie überstürzt Holly in die Küche gerannt war.

Meine Loyalität und mein Respekt für Sam waren noch um ein Hundertfaches gestiegen.

»Ich gebe ihnen noch fünf Minuten Vorsprung.«

»Meinst du, sie haben was mit Jasons Verschwinden zu tun?«

»Sam, ich weiß es auch nicht.« Ganz automatisch wählte ich die Nummer vom Büro des Sheriffs und erhielt dieselbe Antwort wie den ganzen Tag schon – »Nichts Neues, wir rufen Sie an, sobald wir mehr wissen«. Doch diesmal erzählte mir die Polizistin außerdem noch, dass am nächsten Tag der Teich abgesucht würde. Der Polizei war es gelungen, zwei Rettungstaucher aufzutreiben. Ich wusste nicht, was ich von dieser Information halten sollte. Am meisten erleichterte es mich, dass sie Jasons Verschwinden jetzt endlich ernst nahmen.

Nachdem ich aufgelegt hatte, erzählte ich Sam die Neuigkeit. Ich zögerte eine Sekunde, dann fuhr ich fort: »Es ist schon merkwürdig, dass in Bon Temps zwei Männer zur selben Zeit verschwinden. Zumindest die Stonebrooks scheinen ja zu meinen, dass Eric irgendwo hier in der Gegend ist. Vielleicht gibt es da wirklich eine Verbindung.«

»Diese Stonebrooks sind Werwölfe«, murmelte Sam.

»*Und* Hexen. Sei vorsichtig, Sam. Sie ist eine Mörderin. Die Werwölfe von Shreveport sind hinter ihr her und die Vampire auch. Pass auf dich auf.«

»Was ist so furchtbar an ihr? Warum sollte das Rudel aus Shreveport Probleme haben, mit ihr fertig zu werden?«

»Sie trinkt Vampirblut«, sagte ich ganz nah an seinem Ohr. Ich schaute mich im Raum um und sah, dass Kevin unser Gespräch mit großem Interesse verfolgte.

»Und was will sie von Eric?«

»Sie will seine Geschäfte übernehmen, all seine Geschäfte. Und sie will ihn für sich haben.«

Sam riss die Augen auf. »Dann ist es also auch eine persönliche Angelegenheit.«

»Ja.«

»Weißt du, wo Eric ist?« Bis jetzt hatte er vermieden, mich direkt danach zu fragen.

Ich lächelte ihn an. »Woher soll ich das wissen? Aber zugegeben, Sorgen mache ich mir schon, wenn die beiden sich in der Nähe meines Hauses herumtreiben. Ich schätze, sie werden bei Bill einbrechen. Sie glauben vielleicht, dass Eric sich zusammen mit Bill oder in Bills Haus versteckt. Er hat bestimmt einen sicheren Schlafplatz für Eric und genug Blut auf Vorrat.« Sehr viel mehr brauchte ein Vampir nicht, Blut und einen dunklen Platz zum Schlafen.

»Du willst also Bills Grundstück bewachen? Das ist keine gute Idee, Sookie. Soll sich Bills Versicherung um den Schaden kümmern, den sie anrichten. Bill würde auch nicht wollen, dass du verletzt wirst bei der Verteidigung von Pflanzen und Ziegelsteinen.«

»Ich habe nichts annähernd so Gefährliches vor«, beruhigte ich ihn, und ehrlich, das hatte ich wirklich nicht. »Aber ich werde trotzdem nach Hause fahren. Nur für den Fall. Wenn ich sie von Bills Haus wegfahren sehe, gehe ich mal rüber und schaue nach.«

»Brauchst du mich, soll ich mitkommen?«

»Nein, ich sehe mir bloß den Schaden an, das ist alles. Und du kommst mit Holly allein klar?« Kaum hatten die Stonebrooks die Bar verlassen, war sie aus der Küche wieder aufgetaucht.

»Aber sicher.«

»Okay, dann bin ich weg. Vielen Dank.« Mein Gewissen plagte mich nicht mehr allzu sehr, als ich sah, dass im Vergleich zu vorhin kaum noch etwas los war. Es gab solche Abende, an denen die Leute auf einmal plötzlich alle weg waren.

Ich hatte so ein kribbelndes Gefühl im Nacken, und vielleicht hatten unsere Gäste auch so ein Gefühl gehabt. Ein Gefühl, als lauere da draußen irgendwas, was dort nicht hingehörte: das Halloween-Gefühl nenne ich es immer; wenn dich die Vorstellung nicht loslässt, dass etwas Böses langsam um die Ecke deines Hauses schleicht und gleich durch dein Fenster spähen wird.

Als ich endlich meine Handtasche geholt, mein Auto aufgeschlossen hatte und nach Hause fuhr, zuckte ich fast vor Nervosität. Viel höllischer konnte die Situation kaum werden: Jason war verschwunden, die Hexe war hier statt in Shreveport, und jetzt befand sie sich nur noch eine halbe Meile von Eric entfernt.

Als ich von der Landstraße links in meine lange kurvenreiche Auffahrt einbog und kurz bremsen musste, weil ein Hirsch aus dem südlich gelegenen Waldstück in das nördlich gelegene Waldstück wechselte – sich also von Bills Haus wegbewegte, wie mir auffiel –, stand ich kurz davor, durchzudrehen. Ich fuhr ums Haus herum zur Hintertür, sprang aus dem Auto und rannte die Stufen hinauf.

Auf halbem Weg ergriffen mich plötzlich zwei Arme so stark wie Stahlbänder. Ich wurde hochgehoben und herumgewirbelt, und ehe ich wusste, wie mir geschah, waren meine Beine um Erics Taille geschlungen.

»Eric«, sagte ich, »du solltest nicht hier draußen sein –«

Er schnitt mir einfach das Wort ab, indem er seinen Mund auf meinen presste.

Eine Minute lang erschien mir dieses Programm als eine realisierbare Alternative. Ich würde einfach all das Böse vergessen und mich hier auf meiner Veranda mit ihm um den Verstand vögeln – ganz egal, wie kalt es sein mochte. Doch die Vernunft sickerte langsam wieder hervor, beruhigte ein wenig meine in jeder Hinsicht überdrehten Gefühle, und ich rückte ein wenig von ihm weg. Er trug die Jeans und das »Louisiana Tech«-Sweatshirt, die Jason für ihn bei Wal-Mart gekauft hatte. Erics große Hände lagen unter meinem Hintern, und meine Beine umschlangen ihn, als wäre das ihr angestammter Platz.

»Hör zu, Eric«, sagte ich, als seine Lippen meinen Hals entlangstrichen.

»Schhh«, flüsterte er.

»Nein, lass mich ausreden. Wir müssen uns verstecken.« Das erregte seine Aufmerksamkeit. »Vor wem?«, sagte er in mein Ohr, und ich erzitterte. Dies Zittern stand allerdings in keinerlei Zusammenhang mit der kühlen Temperatur.

»Vor der bösen Hexe, die hinter dir her ist«, erklärte ich hastig. »Sie ist mit ihrem Bruder heute in der Bar gewesen und hat dort das Plakat aufgehängt.«

»So?« Seine Stimme klang sorglos.

»Sie fragten, welche Vampire hier sonst noch in der Gegend wohnen, und wir mussten natürlich Bill erwähnen. Ich schätze, inzwischen sind sie bereits in seinem Haus und suchen nach dir.«

»Und?«

»Es liegt gleich da hinter dem alten Friedhof! Was, wenn sie auch hier vorbeikommen?«

»Du rätst mir, mich zu verstecken? Ich soll wieder in dieses schwarze Loch unter deinem Haus?« Er klang verunsichert, doch vor allem war er in seinem Stolz gekränkt.

»Oh, ja. Nur für kurze Zeit! Ich bin verantwortlich für dich und muss für deine Sicherheit sorgen.« Mich beschlich das ungute Gefühl, dass ich meine Ängste auf die falsche Weise formuliert hatte. Dieser zögerliche Fremde hier – so desinteressiert an allen Vampirangelegenheiten er auch war und so wenig er sich seiner Macht und Besitztümer erinnerte – besaß immer noch den Stolz und die Neugier, die der echte Eric stets in den unmöglichsten Situationen hervorgekehrt hatte. Und ich hatte ihn genau auf dem falschen Fuß erwischt. Vielleicht würde es mir ja wenigstens noch gelingen, ihn ins Haus zu locken statt hier allen Blicken ausgesetzt auf der Veranda herumzustehen.

Aber es war zu spät. Eric ließ sich einfach nie irgendetwas sagen.

Kapitel 8

»Komm, Geliebte, schauen wir mal nach«, sagte Eric und gab mir schnell noch einen Kuss. Er sprang von der Veranda – ich klebte immer noch an ihm wie eine riesige Klette – und landete völlig lautlos auf dem Boden, was ich erstaunlich fand. Ich war es, die laut war mit meinen Atemgeräuschen und leisen Aufschreien. Mit einer Geschicklichkeit, die von langer Übung zeugte, schwang Eric mich herum, so dass ich schließlich huckepack auf seinem Rücken saß. So etwas hatte ich zuletzt als Kind getan, als mein Vater mit mir spielte, und ich war ziemlich überrumpelt.

Oh, ich machte meine Sache wirklich bestens und versteckte Eric vortrefflich. Denn was taten wir? Wir sausten über den Friedhof dahin und geradewegs der Wahnwitzigsten Werwolf-Hexe der Westlichen Welt in die Arme, statt uns in einem dunklen Loch zu verstecken, wo sie uns nicht finden konnte. Das war ja so clever.

Allerdings musste ich zugeben, dass es mir auch Spaß machte, trotz aller Schwierigkeiten, in diesem hügeligen Gelände einen richtigen Halt an Eric zu finden. Von meinem Haus aus ging es etwas bergab zum Friedhof. Das Compton-Haus lag wiederum höher als der Friedhof, und dorthin ging es bergauf. Der Vampirflug bergab und über den Friedhof hinweg hatte etwas Berauschendes – auch wenn ich zwei oder drei geparkte Autos auf der schmalen geteerten Straße entdeckte, die sich zwischen den Gräbern hindurchwand. Das überraschte mich. Zwar kamen manchmal Teenager hierher, weil sie zu zweit allein sein wollten, aber sie kamen nie in Gruppen. Doch ehe ich den Gedanken abschließen konnte, waren wir schon an ihnen vorbei, schnell und lautlos. Bergan wurde Eric etwas langsamer, zeigte jedoch kein Anzeichen von Erschöpfung. Neben einem Baum blieb er schließlich stehen. Als ich den Stamm berührte, war ich mehr oder weniger orientiert. Ungefähr zwanzig Meter nördlich von Bills Haus stand eine Eiche dieser Größe.

Eric löste meine Hände, und ich glitt seinen Rücken hinab. Dann schob er mich an den Baumstamm. Ich wusste nicht, ob er mich dort zurücklassen oder mich schützen wollte. In dem ziemlich vergeblichen Versuch, ihn an meiner Seite zu halten, ergriff ich seine Handgelenke. Ich erstarrte, als ich eine Stimme von Bills Haus herüberdriften hörte.

»Dieses Auto wurde schon länger nicht mehr gefahren«, sagte eine Frau. Hallow. Sie stand auf Bills Parkplatz, der auf der uns zugewandten Seite des Hauses lag. Sie war uns sehr nahe. Ich konnte spüren, wie Erics Körper ganz starr wurde. Weckte der Klang ihrer Stimme eine Erinnerung in ihm?

»Das Haus ist fest verschlossen«, rief Mark Stonebrook von weiter weg.

»Na, damit sollten wir wohl fertig werden.« Dem Klang ihrer Stimme nach zu urteilen, bewegte sie sich in Richtung Haus. Sie klang amüsiert.

Sie brachen wirklich in Bills Haus ein! Ich hatte mich wohl unwillkürlich bewegt, denn plötzlich presste Eric meinen Körper gegen den Baumstamm. Mein Mantel war bis an die Taille hochgeschoben, und die Rinde grub sich durch den dünnen Hosenstoff schmerzhaft in meinen Hintern.

Ich konnte Hallow hören. Sie stimmte einen Sprechgesang an, der sehr leise und sehr bedrohlich klang. Wahrscheinlich hexte sie gerade irgendetwas. Das war aufregend, und ich hätte neugierig sein sollen: ein echter magischer Zauberspruch, ausgeführt von einer echten Hexe. Doch ich war bloß zu Tode erschrocken und wollte nichts wie weg. Die Dunkelheit schien noch schwärzer zu werden.

»Ich rieche jemanden«, sagte Mark Stonebrook.
Nein, nein, nein, nein.
»Was? Hier? Jetzt?« Hallow unterbrach ihren Gesang und klang ein bisschen atemlos.
Ich begann zu zittern.
»Ja.« Seine Stimme wurde immer tiefer und war fast schon ein Knurren.
»Verwandle dich«, befahl sie einfach so. Ich hörte ein Geräusch, das ich ganz bestimmt schon einmal gehört hatte, aber ich konnte mich nicht erinnern, wo. Es klang irgendwie zäh. Klebrig. Als würde jemand einen Löffel durch eine dicke Flüssigkeit ziehen, in der kleine harte Teile schwammen, Erdnüsse etwa oder Karamellstückchen. Oder Knochensplitter.

Dann hörte ich ein durchdringendes Heulen. Das war ganz und gar kein menschlicher Laut mehr. Mark hatte sich verwandelt, und wir hatten nicht Vollmond. Plötzlich schien die Nacht voll Leben zu sein. Schnüffeln. Jaulen. Winzige Bewegungen überall um uns herum.

Na, war ich nicht eine großartige Beschützerin für Eric? Ich hatte ihm erlaubt, mich im Flug hierher zu tragen. Wir waren drauf und dran, von einer Vampirblut trinkenden Werwolf-Hexe entdeckt zu werden und wer weiß was noch alles, und ich hatte nicht mal Jasons Schrotflinte dabei. Ich schlang meine Arme um Eric und umarmte ihn entschuldigend.

»Tut mir leid«, flüsterte ich so leise wie eine Biene. Und dann spürte ich, wie etwas uns streifte, etwas Großes aus Fell, während Mark Stonebrook ein, zwei Meter entfernt auf der anderen Seite des Baumes ein fürchterliches Wolfsgeheul anstimmte. Ich biss mir fest auf die Lippe, um nicht selbst ein Jaulen auszustoßen.

Angestrengt lauschte ich und erkannte immer deutlicher, dass mehr als zwei Tiere um uns waren. Ich hätte in diesem Moment fast alles gegeben für ein Flutlicht. In etwa zehn Meter Entfernung ertönte ein kurzes, scharfes Bellen. Noch ein

Wolf? Oder einfach ein alter Hund, der sich zur falschen Zeit am falschen Ort aufhielt?

Plötzlich verließ mich Eric. Im einen Augenblick hielt er mich in der pechschwarzen Nacht noch gegen den Baum gedrückt, und schon im nächsten Augenblick erfasste mich kalte Luft von Kopf bis Fuß (so viel dazu, dass ich ihn an den Handgelenken festhielt). Ich streckte die Arme aus und tastete nach ihm, doch ich griff immer nur ins Leere. War er weggegangen, um herauszufinden, was hier vor sich ging? Hatte er beschlossen, sich ihnen anzuschließen?

Meine Hände bekamen keinen Vampir zu fassen, doch etwas Großes und Warmes presste sich gegen meine Beine. Ich streckte meine Hände nach unten, um zu erkunden, mit welcher Art Tier ich es zu tun hatte. Ich spürte sehr viel Fell: ein Paar aufrecht stehende Ohren, eine lange Schnauze, eine warme Zunge. Ich versuchte mich zu bewegen, von der Eiche wegzutreten, doch der Hund (Wolf?) ließ es nicht zu. Obwohl er kleiner war als ich und weniger wog, presste er sich mit solchem Druck gegen mich, dass ich mich nicht rühren konnte. Als ich hörte, was da in der Dunkelheit vor sich ging – ein einziges Knurren und Bellen –, war ich eigentlich auch ganz froh darüber. Ich sank auf die Knie und schlang einen Arm um den Hund. Er leckte mein Gesicht.

Ich hörte einen ganzen Chor heulender Laute, die unheimlich in die kalte Nacht aufstiegen. Mir stellten sich die Nackenhaare auf, ich vergrub mein Gesicht im Fell meines Beschützers und betete. Und plötzlich ertönte, lauter als alles andere, ein Schmerzgeheul und anhaltendes Jaulen.

Ich hörte, wie ein Auto angelassen wurde. Scheinwerfer schnitten Lichtkegel in die Nacht. Da ich auf der anderen Seite der Eiche stand, traf mich das Licht nicht. Aber ich konnte erkennen, dass ich eng an einen Hund gekauert dasaß, und nicht an einen Wolf. Dann bewegten sich die Scheinwerfer weg von mir, Kies spritzte von Bills Auffahrt hoch, als das Auto zurücksetzte und umdrehte. Einen Augenblick lang stand es still, wahrscheinlich legte der Fahrer einen anderen Gang ein, und schließlich raste das Auto mit quietschenden Reifen die Anhöhe hinunter und auf die Abzweigung zur Hummingbird Road zu. Ein schreckliches dumpfes Geräusch und ein hoher schriller Schrei ertönten, und mein Herz hämmerte noch schneller. Das waren die Laute, die ein Hund von sich gab, wenn er von einem Auto überfahren wurde.

»O Gott«, sagte ich unglücklich und klammerte mich an meinen vierbeinigen Freund. Ich überlegte, ob ich irgendwie helfen konnte, jetzt, da die Hexen weg waren.

Ich stand auf und rannte auf Bills Haustür zu, ehe der Hund mich stoppen konnte. Während ich noch rannte, zog ich bereits meinen Schlüsselbund aus der Tasche. Ich hatte ihn in der Hand gehabt, als Eric mich vor meiner Hintertür abgefangen hatte, und ich hatte ihn einfach in die Manteltasche gestopft. Ein Taschentuch hatte verhindert, dass es klapperte. Ich tastete nach dem Schlüsselloch, zählte meine Schlüssel, bis ich Bills fand – es war der dritte –, und schloss die Tür auf. Ich griff hinein, schaltete die Außenbeleuchtung ein, und augenblicklich war das ganze Grundstück beleuchtet.

Alles war voller Wölfe.

Keine Ahnung, wie entsetzt ich hätte sein sollen. Ziemlich entsetzt, schätze ich. Immerhin war es ja reine Vermutung, dass die beiden Werwolf-Hexen in dem Auto gesessen hatten. Was, wenn Hallow oder Mark noch unter den anwesenden Wölfen waren? Und wo war mein Vampir?

Diese Frage wurde umgehend beantwortet. Es gab einen dumpfen Knall, und Eric landete vor der Haustür.

»Ich bin ihnen bis zur Straße gefolgt, aber dann fuhren sie zu schnell für mich«, sagte er und grinste mich an, als hätten wir ein Spiel gespielt.

Ein Hund – ein Collie – lief auf Eric zu, sah ihm ins Gesicht und bellte.

»Scht«, sagte Eric und machte eine gebieterische Handbewegung.

Mein Boss trottete zu mir herüber und lehnte sich wieder gegen meine Beine. Schon in der Dunkelheit hatte ich geahnt, dass mein Beschützer Sam war. Als ich ihm das erste Mal in seiner verwandelten Gestalt begegnet war, hatte ich ihn für einen streunenden Hund gehalten und ihn Dean genannt – nach einem Mann, den ich kannte und der dieselbe Augenfarbe hatte. Inzwischen hatte ich mir angewöhnt, ihn Dean zu nennen, wenn er auf vier Beinen unterwegs war. Ich setzte mich auf Bills Eingangsstufen, und der Collie kuschelte sich an mich. »Was bist du für ein toller Hund«, sagte ich. Er wedelte mit dem Schwanz. Die Wölfe beschnupperten Eric, der stocksteif dastand.

Ein großer Wolf kam auf mich zu, der größte, dem ich je begegnet war. Werwölfe waren wohl immer besonders groß, vermutete ich; so viele hatte ich ja bislang auch noch nicht gesehen. Da ich in Louisiana wohnte, hatte ich überhaupt noch nie einen normalen Wolf zu Gesicht bekommen. Dieser Werwolf war fast gänzlich schwarz, was doch bestimmt ungewöhnlich war. Das Fell der übrigen Wölfe schimmerte eher silbergrau, außer bei einem, der kleiner war und ein rötliches Fell hatte.

Mit seinen langen weißen Zähnen schnappte der Werwolf nach meinem Ärmel und zog daran. Ich erhob mich sofort und ging hinüber zu dem Platz, wo die anderen Wölfe herumliefen. Die meisten hielten sich am Rande des Lichtkegels auf, deshalb war mir bisher entgangen, wie viele es waren. Überall auf dem Boden war Blut, und mitten in der sich ausbreitenden Lache lag eine junge dunkelhaarige Frau. Sie war nackt.

Und sie war ganz offensichtlich schwer verletzt.

»Hol mein Auto«, sagte ich zu Eric in einem Ton, der keinen Widerspruch duldete.

Ich warf ihm meinen Schlüsselbund zu, und er erhob sich erneut in die Lüfte. Mit den Resten meines Verstandes, die noch erreichbar waren, hoffte ich, dass er sich ans Autofahren erinnerte. Auch wenn er nichts mehr über seine persönliche Geschichte wusste, die Fähigkeiten des modernen Lebens hatte er bislang ja einwandfrei beherrscht.

Ich versuchte, nicht über das arme verletzte junge Mädchen, das direkt vor mir lag, nachzudenken. Die Wölfe umkreisten sie mit klagendem Jaulen. Und dann hob der große schwarze Werwolf seinen Kopf zum dunklen Himmel empor und stieß erneut ein Heulen aus. Dies schien so eine Art Signal zu sein, denn alle anderen stimmten jetzt mit ein. Ich schaute mich nach Dean um, der unter diesen Wölfen ein Außenseiter war, und hoffte, dass ihm keine Gefahr drohte. Ich hatte keine Ahnung, wie viel menschliche Anteile diesen Geschöpfen erhalten blieben, wenn sie sich verwandelten; und ich wollte nicht, dass ihm etwas zustieß. Er saß auf der kleinen Veranda, die Augen auf mich gerichtet.

Ich war das einzige Lebewesen mit frei beweglichen Daumen, und mir wurde plötzlich klar, dass mir das eine ganze Menge Verantwortung auferlegte.

Was sollte ich zuerst überprüfen? Die Atmung. Ja, sie atmete! Ihr Puls war zu spüren. Ich war zwar kein Sanitäter, aber normal schien ihr Pulsschlag nicht zu sein – was ja auch kein Wunder war. Ihre Haut fühlte sich heiß an, vielleicht noch von der Verwandlung zurück in einen Menschen. Ich sah nirgends mehr frisches Blut hervorquellen und hoffte, dass keine lebenswichtige Arterie verletzt war.

Sehr vorsichtig schob ich eine Hand unter den Kopf des jungen Mädchens und fuhr ihr durch das verschmutzte Haar, um zu sehen, ob ihre Kopfhaut schwere Wunden aufwies. Nein.

Irgendwann während dieser Untersuchung begann ich am ganzen Körper zu zittern. Ihre Verletzungen waren schrecklich. Alles, was ich von ihr sehen konnte, wirkte geschunden, gequetscht, gebrochen. Sie öffnete die Augen. Ein Beben durchlief sie. Decken – sie musste unbedingt warm gehalten werden. Ich sah mich um. Alle Werwölfe waren immer noch Werwölfe.

»Es wäre eine große Hilfe, wenn ein oder zwei von euch sich zurückverwandeln würden«, sagte ich zu ihnen. »Ich muss sie mit meinem Auto ins Krankenhaus fahren, und sie braucht Decken aus dem Haus.«

Einer der Werwölfe, ein silbergrauer, legte sich auf die Seite – ein Mann also, okay –, und wieder vernahm ich dies zähe, klebrige Geräusch. Dunst umhüllte die sich windende Gestalt, und als er sich wieder aufgelöst hatte, lag Colonel Flood zusammengekauert an der Stelle des Werwolfs. Er war natürlich nackt, aber ich beschloss, diesmal meine natürliche Scham zu überwinden. Ein oder zwei Minuten lang musste er noch still daliegen, und es bedeutete offensichtlich eine große Anstrengung für ihn, sich aufzusetzen.

Er kroch hinüber zu dem jungen Mädchen. »Maria-Star«, sagte er mit heiserer Stimme. Er beugte sich über sie und beschnupperte sie, was ziemlich verrückt wirkte, weil er ja schon wieder menschliche Gestalt angenommen hatte. Er stöhnte auf.

Dann wandte er seinen Kopf mir zu und sah mich an. »Wo?«, fragte er, und ich verstand, dass er die Decken meinte.

»Im Haus, erster Stock. Gleich bei der Treppe ist ein Schlafzimmer. Dort steht am Fuß des Betts eine Truhe mit Decken. Bringen Sie zwei davon mit.«

Schwankend erhob er sich, anscheinend war er wegen der schnellen Verwandlung noch nicht ganz orientiert. Dann eilte er mit großen Schritten aufs Haus zu.

Das junge Mädchen – Maria-Star – folgte ihm mit ihren Blicken.

»Kannst du sprechen?«, fragte ich.

»Ja«, antwortete sie kaum vernehmbar.

»Wo tut es am meisten weh?«

»Meine Hüften und meine Beine sind gebrochen, glaube ich«, sagte sie. »Das Auto hat mich erwischt.«

»Bist du in die Luft geflogen?«

»Ja.«

»Hat es dich überrollt?«

Sie schauderte. »Nein, der Aufprall hat mich verletzt.«

»Wie lautet dein voller Name? Maria-Star was?« Das musste ich fürs Krankenhaus wissen. Wer weiß, ob sie bis dahin noch bei Bewusstsein war.

»Cooper«, flüsterte sie.

Und dann hörte ich endlich ein Auto Bills Auffahrt heraufkommen. Der Colonel, jetzt schon viel sicherer auf den Beinen, kam aus dem Haus gerannt, die Decken in Händen. Sofort bildeten alle Werwölfe und der eine Mann einen Kreis um ihr verwundetes Rudelmitglied und mich. Das Auto bedeutete für sie offensichtlich Gefahr, bis das Gegenteil erwiesen war. Ich bewunderte den Colonel. Es brauchte schon einen ganzen Mann, um einem anrückenden Feind splitternackt ins Auge zu sehen.

Aber es drohte keine neue Gefahr, es war nur mein altes Auto mit Eric darin. Mit beträchtlichem Schwung und quietschenden Bremsen sauste er bis zu Maria-Star und mir heran. Die Werwölfe wanderten ruhelos auf und ab, ihre gelben Augen fixierten die Fahrertür. Calvin Norris' Augen hatten ganz anders ausgesehen, flüchtig fragte ich mich, warum.

»Das ist mein Auto, alles okay«, sagte ich, als einer der Werwölfe zu knurren begann. Einige Augenpaare wandten sich mir zu und fixierten nun mich nachdenklich. Wirkte ich etwa plötzlich verdächtig oder schmackhaft?

Als ich Maria-Star in die Decken eingehüllt hatte, fragte ich mich, welcher der Werwölfe wohl Alcide sein mochte. Er war vermutlich der größte, dunkelste, der sich gerade in diesem Moment umdrehte und mir in die Augen sah. Ja, das war Alcide. Das war der Wolf, den ich vor ein paar Wochen im Vampir-Club gesehen hatte. An jenem Abend, an dem ich mit Alcide verabredet war und der so katastrophal geendet hatte – für mich und auch für ein paar andere Leute.

Ich versuchte ihn anzulächeln, doch mein Gesicht war ganz steif vor Kälte und Schrecken.

Eric sprang aus dem Auto, ließ aber den Motor laufen. Er öffnete eine der Hintertüren. »Ich lege sie rein«, rief er, und die Werwölfe begannen zu bellen. Sie wollten nicht, dass ihre Rudelschwester von einem Vampir berührt wurde; sie wollten Eric überhaupt nicht in der Nähe von Maria-Star haben.

»Ich lege sie hinein«, sagte Colonel Flood. Eric sah sich den schmalen Körper des älteren Mannes an und hob zweifelnd eine Augenbraue, war aber klug genug, beiseite zu treten. Ich hatte Maria-Star, so gut ich konnte, in Decken gewickelt, ohne ihr dabei wehzutun. Doch was jetzt kam, das wusste der Colonel, könnte sie sogar noch schwerer verletzen. Er zögerte.

»Vielleicht sollten wir besser einen Krankenwagen rufen?«, murmelte er.

»Und wie wollen wir das erklären?«, fragte ich. »Ein Rudel Wölfe und ein nackter Mann, und sie liegt hier verletzt auf einem Privatgrundstück, dessen Besitzer verreist ist. Das können wir niemandem erklären!«

»Stimmt.« Er nickte und schickte sich ins Unausweichliche. Ohne sichtliche Anstrengung hob er das Bündel, das von dem Mädchen noch geblieben war, hoch und trug es zum Auto. Eric lief an die andere Seite, öffnete die Tür und griff von dort nach ihr, um sie weiter auf die Rückbank zu ziehen. Der Colonel erlaubte das. Einmal schrie Maria-Star auf. Ich kletterte hinters Lenkrad, so schnell ich konnte. Eric setzte sich auf den Beifahrersitz.

»Du kannst nicht mitkommen«, sagte ich.

»Warum denn nicht?« Er klang erstaunt und beleidigt.

»Ich muss gleich doppelt so viele Erklärungen abgeben, wenn ich einen Vampir dabei habe!« Die meisten Leute brauchten ziemlich lange, bis sie begriffen, dass Eric tot war. Aber irgendwann bekamen sie es schließlich doch mit. Eric blieb dickköpfig. »Und jeder kennt dein Gesicht von diesen verdammten Plakaten«, sagte ich und versuchte, vernünftig, aber eindringlich zu klingen. »Hier leben wirklich sehr nette Leute, aber im weiten Umkreis gibt es keinen, der so viel Geld nicht gebrauchen könnte.«

Er stieg aus, nicht gerade glücklich, und ich rief ihm zu: »Mach das Licht wieder aus und schließ ab, ja?«

»Kommen Sie in die Bar, wenn Sie wissen, wie es um Maria-Star steht!«, rief der Colonel mir hinterher. »Wir müssen unsere Autos und unsere Kleider vom Friedhof holen.«

Okay, das erklärte immerhin schon mal meine merkwürdige Entdeckung auf dem Weg hierher.

Als ich langsam die Auffahrt entlangfuhr, sahen die Wölfe mir nach, Alcide stand etwas abseits, und sein schwarz behaarter Kopf folgte meinem Weg. Welche wölfischen Gedanken mochte er darin wohl hegen, fragte ich mich.

Das nächste Krankenhaus lag nicht in Bon Temps, das viel zu klein war (wir können von Glück sagen, dass wir einen Wal-Mart haben), sondern im nahe gelegenen Clarice, dem Sitz der Kreisverwaltung. Glücklicherweise stand es am Rande der Stadt, an der Bon Temps zugewandten Seite. Die Fahrt ins Krankenhaus schien Jahre zu dauern; in Wirklichkeit brauchte ich nur zwanzig Minuten. Während der ersten zehn Minuten stöhnte meine Passagierin, dann war sie so still, dass es schon unheimlich wurde. Ich sprach mit ihr, bat sie, etwas zu sagen, fragte sie, wie alt sie war, und schaltete das Radio ein, weil ich auf eine Reaktion von Maria-Star hoffte.

Da ich keine Zeit verlieren wollte, hielt ich nicht an, um nachzusehen, was los war. Ich hätte sowieso nicht gewusst, was ich tun sollte. Also raste ich lieber in einem Höllentempo die Landstraße entlang. Als ich endlich die Notaufnahme erreicht und nach den beiden Krankenschwestern gerufen hatte, die rauchend draußen vor der Tür standen, hielt ich das arme Mädchen für tot.

Sie war nicht tot, wenn ich mir die Aktivitäten so ansah, die in den nächsten ein, zwei Minuten um sie herum losbrachen.

Der Landkreis besitzt natürlich nur ein kleines Krankenhaus, das längst nicht so gut ausgestattet ist wie ein Krankenhaus in einer Großstadt. Wir schätzten uns schon glücklich, überhaupt eins in der Nähe zu haben. Aber an diesem Abend retteten sie dort einem Werwolf das Leben.

Die Ärztin, eine dünne Frau mit graugesprenkeltem Haar und einer großen schwarzgeränderten Brille, stellte mir ein paar gezielte Fragen. Ich konnte keine davon beantworten, obwohl ich mir auf der Fahrt ins Krankenhaus schon eine Geschichte zurechtgelegt hatte. Als die Ärztin merkte, dass ich völlig ahnungslos war, gab sie mir zu verstehen, dass ich gefälligst nicht im Weg herumstehen und ihr Team arbeiten lassen solle. Also setzte ich mich in die Eingangshalle und überarbeitete meine Geschichte noch mal ein bisschen.

Hier konnte ich mich in keiner Weise nützlich machen, und das grelle Neonlicht und der glänzende Linoleumboden verbreiteten eine unwirtliche und unfreundliche Atmosphäre. Ich versuchte, in einer Zeitschrift zu lesen, warf sie nach ein paar Minuten aber wieder auf den Tisch. Zum siebten oder achten Mal überlegte ich mir, ob ich nicht einfach abhauen sollte. Aber hinter dem Aufnahmeschalter saß eine Frau, die mich fest im Auge behielt. Ein paar Minuten später beschloss ich, mir in der Damentoilette endlich das Blut von den Händen zu waschen. Und weil ich schon dabei war, wischte ich mit einem feuchten Papiertuch auch meinen Mantel ab, was aber größtenteils vergebliche Liebesmüh war.

Als ich von der Damentoilette zurückkam, warteten bereits zwei Polizisten auf mich. Beides Männer und beide sehr groß. Ihre wattierten Jacken raschelten und das Leder ihrer Gürtel und ihrer Ausrüstung knarrte. Wie die beiden sich je an jemanden anschleichen wollten, war mir ein Rätsel.

Der größere Mann war auch der ältere. Sein stahlgraues Haar war sehr kurz geschnitten und sein faltiges Gesicht war durchzogen von tiefen Furchen. Der Bauch hing ihm über den Gürtel. Sein Partner war ein jüngerer Mann, vielleicht dreißig, mit hellbraunem Haar, hellbraunen Augen und hellbrauner Haut – ein monochromer Typ. Mit all meinen Sinnen verschaffte ich mir schnell, aber umfassend einen Eindruck von ihnen.

Jetzt wusste ich also schon mal, dass die beiden versuchen wollten, mir die Schuld für die Verletzungen des Mädchens nachzuweisen; oder dass sie zumindest davon ausgingen, ich wüsste mehr, als ich zu sagen bereit war.

Womit sie natürlich teilweise Recht hatten.

»Miss Stackhouse? Haben Sie die junge Frau hierher gebracht, die von Dr. Skinner behandelt wird?«, fragte der jüngere Mann freundlich.

»Ja, Maria-Star«, antwortete ich. »Cooper.«

»Erzählen Sie uns, wie es dazu kam«, sagte der ältere Polizist.

Das war ganz eindeutig ein Befehl, obwohl sein Ton sehr moderat klang. Keiner der beiden Männer kannte mich oder hatte von mir gehört. Prima.

Ich holte tief Luft und stürzte mich in die Tiefen der Verlogenheit. »Ich war auf dem Weg von der Arbeit nach Hause«, begann ich. »Ich arbeite in Merlotte's Bar – Sie wissen, wo das ist?«

Beide nickten. Natürlich, die Polizei kannte jede Bar in ihrem Bezirk.

»Ich sah jemanden am Straßenrand liegen, im Schotter des Seitenstreifens«, erzählte ich, mich vorsichtig vortastend, damit ich nicht etwas sagte, das ich nicht mehr zurücknehmen konnte. »Also hielt ich an. Sonst war niemand zu sehen. Als ich merkte, dass sie noch lebte, wusste ich, ich muss ihr helfen. Hat mich ziemlich viel Zeit gekostet, sie allein ins Auto zu hieven.« Ich versuchte, plausible Erklärungen zu liefern für den Zeitraum, der seit meiner Abfahrt vom Merlotte's verstrichen war, und für den Kies von Bills Auffahrt, den sie bestimmt in ihrer Haut finden würden. Es war schlecht abzuschätzen, wie vorsichtig ich vorgehen musste, damit sie mir

die Geschichte auch wirklich abnahmen. Aber lieber zu viel Vorsicht als später das Nachsehen haben.
»Gab es irgendwelche Bremsspuren auf der Straße?« Der hellbraune Polizist konnte es nicht aushalten, keine Fragen zu stellen.
»Nein, keine. Vielleicht waren da welche. Ich war nur – als ich sie sah, konnte ich nur noch an sie denken.«
»Und?«, forderte mich der ältere Mann auf, weiterzuerzählen.
»Ich konnte erkennen, dass sie ziemlich schwer verletzt war. Also habe ich sie auf dem schnellsten Weg hierher gefahren.« Ich zuckte die Achseln. Damit war meine Geschichte beendet.
»Sie haben nicht daran gedacht, einen Krankenwagen zu rufen?«
»Ich habe kein Handy.«
»Eine Frau, die so spät nachts allein von der Arbeit nach Hause fährt, sollte unbedingt ein Handy dabeihaben, Ma'am.«

Ich machte den Mund auf und wollte ihm sagen, dass ich sehr gern eins hätte, wenn er die Rechnung dafür zahlen würde, hielt mich dann aber zurück. Ja, es *wäre* praktisch, ein Handy zu besitzen, aber ich konnte mir kaum meinen normalen Festnetzanschluss leisten. Mein einziger Luxus war Kabelfernsehen, und das rechtfertigte ich vor mir selbst damit, dass es schließlich mein einziges Freizeitvergnügen war. »Ich weiß«, sagte ich knapp.

»Wie lautet Ihr vollständiger Name?« Wieder der jüngere Mann. Ich sah auf und blickte ihm direkt in die Augen.
»Sookie Stackhouse«, sagte ich. Er dachte gerade, dass ich anscheinend ein bisschen schüchtern sei, aber ganz süß.
»Sind Sie die Schwester des Mannes, der vermisst wird?« Der grauhaarige Polizist beugte sich herab und sah mir ins Gesicht.
»Ja, Sir.« Ich sah wieder auf meine Schuhspitzen.

»Sie haben da aber eine ganz schöne Pechsträhne, Miss Stackhouse.«

»Das können Sie laut sagen«, erwiderte ich aufrichtig und mit einem Zittern in der Stimme.

»Haben Sie diese Frau schon mal gesehen, diese Frau, die Sie hierher gebracht haben? Ich meine, vor heute Nacht?« Der ältere Polizist schrieb etwas in ein kleines Notizheft, das er aus seiner Brusttasche gezogen hatte. Er hieß Curlew, wie auf seinem Namensschild zu lesen war.

Ich schüttelte den Kopf.

»Glauben Sie, Ihr Bruder könnte sie gekannt haben?«

Erschrocken blickte ich auf. Wieder sah ich dem hellbraunen Mann in die Augen. Er hieß Stans. »Woher zum Kuckuck soll ich das wissen?« Aber schon im nächsten Augenblick war mir klar, dass er bloß noch mal von mir angesehen werden wollte. Er hatte keine Ahnung, was er von mir halten sollte. Der monochrome Stans fand mich einerseits hübsch und hielt mich für so eine Art guten Samariter. Anderseits hatte ich einen Job, den brave gebildete Mädchen nicht so häufig ausübten, und mein Bruder besaß einen Ruf als Raufbold, auch wenn viele der Streifenpolizisten ihn mochten.

»Wie geht es ihr?«, fragte ich.

Sie sahen beide zur Tür hinüber, hinter der der Kampf um das Leben der jungen Frau immer noch andauerte.

»Sie lebt«, antwortete Stans.

»Die Arme«, sagte ich. Tränen rannen mir über die Wangen, und ich wühlte in meinen Taschen nach einem Taschentuch.

»Hat sie irgendwas zu Ihnen gesagt, Miss Stackhouse?«

Darüber musste ich nachdenken. »Ja«, erwiderte ich. »Hat sie.« Wieder so ein Moment, in dem die Wahrheit das Sicherste war.

Die Gesichter der beiden hellten sich auf bei dieser Neuigkeit.

»Sie hat mir ihren Namen gesagt. Und sie sagte, dass ihre

Beine am meisten schmerzen, als ich sie danach fragte«, erzählte ich. »Und sie sagte, dass das Auto sie erfasst hat, aber nicht über sie drübergefahren ist.«

Die beiden Männer sahen sich an.

»Hat sie das Auto beschrieben?«, fragte Stans.

Es war eine große Versuchung, das Auto der Hexen zu beschreiben. Aber gleich darauf fiel mir ein, dass alle Spuren, die man daran finden würde, aus Wolfsfell und Wolfsblut bestehen würden.

»Nein, leider nicht«, erwiderte ich und versuchte den Anschein zu erwecken, als durchstöbere ich meine Erinnerungen. »Danach hat sie eigentlich nicht mehr viel gesprochen, nur noch gestöhnt. Es war schrecklich.« Und die Bezüge der Rückbank waren wahrscheinlich auch ruiniert. Wie konnte ich nur so etwas Selbstsüchtiges denken, durchfuhr es mich sofort.

»Und Sie haben auch keine anderen Autos, Lastwagen oder sonstige Fahrzeuge gesehen, auf Ihrem Weg nach Hause von der Bar oder vielleicht auf Ihrer Fahrt zurück in die Stadt?«

Diese Frage war etwas anders gelagert. »Nicht auf dem Weg nach Hause«, sagte ich zögernd. »Aber wahrscheinlich habe ich ein paar Autos gesehen, als ich wieder näher nach Bon Temps kam, und auf dem Weg durch die Stadt. Und natürlich einige mehr zwischen Bon Temps und Clarice. Ich kann mich allerdings an kein bestimmtes Auto erinnern.«

»Können Sie uns zu der Stelle führen, wo Sie sie gefunden haben? An die genaue Stelle?«

»Das bezweifle ich. Da war nichts, was einem besonders ins Auge stach, nur sie«, sagte ich. Von Minute zu Minute redete ich mehr Unsinn. »Kein großer Baum oder eine Abzweigung oder eine Straßenmarkierung. Morgen vielleicht? Wenn es hell ist?«

Stans klopfte mir auf die Schulter. »Ich verstehe schon, dass Sie durcheinander sind, Miss«, meinte er tröstend. »Sie haben für diese Frau alles getan, was Sie tun konnten. Jetzt überlassen wir alles Weitere den Ärzten und dem lieben Gott.«

Ich nickte nachdrücklich. Der ältere Curlew blickte mich immer noch etwas skeptisch an, bedankte sich aber der Form halber bei mir, und dann verließen die beiden mit großen Schritten das Krankenhaus und verschwanden in der Dunkelheit. Ich sah aus dem Fenster zum Parkplatz hinüber. Nach ein paar Sekunden hatten sie mein Auto erreicht, leuchteten mit ihren Taschenlampen durch die Fenster und überprüften seinen Innenraum. Mein Auto halte ich immer picobello sauber, da würden sie nichts weiter als Blutflecken auf der Rückbank entdecken. Ich bemerkte, dass sie sich auch den Kühler und die vordere Stoßstange ansahen. Daraus konnte ich ihnen keinen Vorwurf machen.

Sie überprüften mein Auto wieder und wieder, und schließlich stellten sie sich unter eine der großen Laternen und machten sich Notizen.

Nur kurze Zeit später kam die Ärztin heraus und suchte nach mir. Sie nahm ihren Mundschutz ab und rieb sich mit ihrer langen dünnen Hand den Nacken. »Miss Cooper geht es besser. Ihr Zustand ist stabil«, sagte sie.

Ich nickte, und dann schloss ich einen Augenblick die Augen, einfach weil ich so erleichtert war. »Danke«, sagte ich krächzend.

»Wir werden sie ins Schumpert in Shreveport verlegen. Der Hubschrauber müsste jeden Moment hier sein.«

War das nun eine gute Nachricht oder eine schlechte? Das konnte ich nicht beurteilen. Aber egal, welcher Meinung ich war, diese Werwölfin musste im besten Krankenhaus versorgt werden, das zu erreichen war. Allerdings musste sie ihnen irgendetwas erzählen, wenn sie wieder bei Bewusstsein war. Wie konnte ich sichergehen, dass ihre Geschichte mit meiner übereinstimmte?

»Ist sie bei Bewusstsein?«, fragte ich.

»Gerade so«, sagte die Ärztin beinahe wütend, als wären

solche Verletzungen eine persönliche Beleidigung für sie.»Sie können kurz mit ihr sprechen, aber ich kann nicht garantieren, dass sie sich an etwas erinnert oder etwas versteht. Ich muss mit den Polizisten reden.« Die beiden betraten eben wieder das Krankenhaus, wie ich von meinem Platz am Fenster aus erkennen konnte.

»Danke«, sagte ich und folgte ihrer Handbewegung nach links. Ich stieß die Tür zu dem grell erleuchteten Raum auf, in dem sie das junge Mädchen behandelt hatten.

Es herrschte ein einziges Durcheinander. Ein paar Krankenschwestern plauderten über dies und das, während sie nicht benötigtes Verbandsmaterial und Schläuche wegräumten. In einer Ecke stand ein Mann mit Eimer und Wischmopp und wartete. Er würde den Raum sauber machen, wenn das Mädchen zum Hubschrauber gebracht worden war. Ich ging zu dem schmalen Bett hinüber und ergriff ihre Hand.

Dann beugte ich mich sehr weit zu ihr herunter.

»Maria-Star, erkennst du meine Stimme?«, fragte ich leise. Ihr Gesicht war angeschwollen von dem Sturz auf den Erdboden, und es war über und über bedeckt mit Schürfwunden und Kratzern. Dies waren die geringsten ihrer Verletzungen, aber sie wirkten sehr schmerzhaft auf mich.

»Ja«, hauchte sie.

»Ich bin die, die dich *am Straßenrand* gefunden hat«, sagte ich. »Auf dem Weg nach Hause, südlich von Bon Temps. Du hast an der Landstraße gelegen.«

»Verstehe«, murmelte sie.

»Vermutlich«, fuhr ich sorgfältig fort, »hat dich jemand gezwungen, aus seinem Auto auszusteigen, und dann hat dich ein anderes Auto erfasst. Aber du weißt ja, wie das mit so einem Trauma ist. Manchmal erinnern sich die Leute an *gar nichts.*« Eine der Krankenschwestern drehte sich mit neugieriger Miene zu mir um. Den letzten Teil meines Satzes hatte sie verstanden.»Mach dir nichts draus, wenn du dich nicht erinnern kannst.«

»Ich versuch's«, sagte sie vieldeutig, immer noch mit dieser gedämpften Flüsterstimme, die von sehr weit weg zu kommen schien.

Mehr konnte ich hier nicht tun. Also verabschiedete ich mich flüsternd, bedankte mich bei den Krankenschwestern und ging hinaus zu meinem Auto. Dank der Decken (die ich Bill wohl besser ersetzen sollte) war meine Rückbank gar nicht so sehr beschmutzt.

Na also, wenigstens etwas, über das ich mich freuen konnte.

Ich fragte mich, wo die Decken geblieben waren. Hatte die Polizei sie mitgenommen? Würde das Krankenhaus mich deswegen anrufen? Oder waren sie einfach im Müll gelandet? Ich zuckte die Achseln. Es war völlig sinnlos, mir jetzt noch über den Verbleib dieser beiden Stoffstücke Sorgen zu machen. Meine Liste quoll auch so schon über vor lauter Sorgen. Beispielsweise gefiel es mir überhaupt nicht, dass die Werwölfe sich im Merlotte's treffen wollten. Das verstrickte Sam viel zu sehr in ihre Angelegenheiten. Er war schließlich nur ein Gestaltwandler, und Gestaltwandler waren nur sehr lose mit der Welt der übernatürlichen Wesen verbunden. Sie lebten eher nach der Devise »Jeder Gestaltwandler kümmert sich um sich selbst«, wogegen die Werwölfe stets gut organisiert waren. Und jetzt benutzten sie das Merlotte's als Treffpunkt, nach der Sperrstunde.

Und Eric gab es ja auch noch. O Gott. Eric wartete sicher schon zu Hause.

Ich ertappte mich bei der Frage, wie spät es wohl in Peru sein mochte. Bill amüsierte sich sicher sehr viel besser als ich. Seit dem Silvesterabend war ich total erledigt, noch nie hatte ich mich derart erschöpft gefühlt.

Ich war schon links abgebogen, auf die Straße, die schließlich am Merlotte's vorbeiführte. Im Scheinwerferlicht blitzten Bäume und Büsche auf. Wenigstens rannten keine Vampire mehr am Straßenrand entlang...

»Wach auf«, sagte die Frau, die neben mir auf dem Beifahrersitz saß.
»Was?« Ich riss die Augen auf. Das Auto schlingerte heftig.
»Du bist eingeschlafen.«
Zu diesem Zeitpunkt hätte es mich auch nicht mehr überrascht, wenn ein gestrandeter Wal quer auf der Straße gelegen hätte.
»Wer bist du?«, fragte ich, als ich meine Stimme wieder einigermaßen unter Kontrolle zu haben meinte.
»Claudine.«
Im fahlen Schein der Armaturenbeleuchtung konnte ich sie kaum erkennen. Tatsächlich, das war die große und wunderschöne Frau, die am Silvesterabend im Merlotte's und gestern Morgen mit Tara unterwegs gewesen war. »Wie kommst du in mein Auto? Und warum bist du hier?«
»Weil ihr hier bei euch in der Gegend eine ungewöhnlich hohe Anzahl übernatürlicher Aktivitäten hattet in den letzten ein, zwei Wochen. Ich bin die Vermittlerin.«
»Vermittlerin? Zwischen wem vermittelst du?«
»Zwischen den zwei Welten. Oder, um genauer zu sein, zwischen den drei Welten.«
Manchmal hält das Leben mehr für dich bereit, als du verstehen kannst. Dann nimm es einfach hin.
»Bist du so was wie ein Engel? Hast du mich deshalb aufgeweckt, als ich am Steuer eingeschlafen bin?«
»Nein, so weit habe ich es noch nicht gebracht. Du bist jetzt zu müde, um das zu begreifen. Ignorier die Mythologie und nimm mich einfach hin, wie ich bin.«
Ich fühlte mich sehr merkwürdig.
»Sieh mal.« Claudine zeigte mit dem Finger nach draußen. »Der Mann da winkt dir zu.«
Tatsächlich, auf dem Parkplatz von Merlotte's Bar stand ein wild winkender Vampir. Es war Chow.
»Na prima«, sagte ich mürrisch. »Es stört dich hoffentlich nicht, wenn ich hier anhalte, Claudine. Ich muss da kurz rein.«

»Aber nein, gar nicht.«

Chow dirigierte mich an die Rückseite der Bar, und ich staunte nicht schlecht, als ich den Parkplatz für Angestellte vollkommen zugeparkt mit Autos vorfand. Von der Straße aus war das nicht zu sehen gewesen.

»Oh, toll!«, rief Claudine. »Eine Party!« Sie sprang begeistert aus dem Auto. Ich hatte immerhin die Genugtuung, Chow völlig benommen zu sehen beim Anblick von Claudine. Es ist schwer, einen Vampir wirklich in Erstaunen zu versetzen.

»Gehen wir rein«, sagte Claudine fröhlich und nahm mich bei der Hand.

Kapitel 9

Jeder Supra, den ich je kennen gelernt hatte, war im Merlotte's. Oder vielleicht schien es mir nur so, weil ich todmüde war und einfach bloß allein sein wollte. Das ganze Werwolfrudel war da, alle in menschlicher Gestalt und alle auch mehr oder weniger bekleidet, zu meiner großen Erleichterung. Alcide trug khakibraune Hosen und ein blau-grün kariertes Hemd, das nicht zugeknöpft war. Schwer zu glauben, dass er wirklich auf allen vieren laufen konnte. Die Werwölfe tranken Kaffee oder anderes Alkoholfreies, und vor Eric (der gesund und munter wirkte) stand eine Flasche »TrueBlood«. Auf einem Barhocker saß Pam in einem graugrünen Trainingsanzug, und es gelang ihr, darin höchst sittsam und sexy zugleich auszusehen. Im Haar trug sie eine Schleife und an den Füßen perlenbestickte Turnschuhe. Sie hatte Gerald mitgebracht, einen Vampir, dem ich bereits zwei-, dreimal im Fangtasia begegnet war. Gerald sah aus wie dreißig, aber ich habe ihn mal von der Prohibitionszeit reden hören, und es klang, als hätte er sie selbst mitgemacht. Schon das Wenige, das ich von Gerald wusste, hatte in mir nie den Wunsch aufkommen lassen, ihn näher kennen zu lernen.

Sogar in dieser Gesellschaft rangierte mein Auftritt mit Claudine nur knapp unterhalb der Sensation. Im hellen Licht der Bar erkannte ich, dass Claudines genau an den richtigen Stellen gerundeter Körper in einem orangen Strickkleid steckte und ihre langen Beine auf den höchsten aller Stöckelschuhe daherkamen. Sie sah aus wie eine zum Anbeißen aufreizende Schlampe in der Magnumausgabe.

Nein, sie konnte kein Engel sein – jedenfalls nicht so, wie ich mir Engel vorstellte.

Ich sah von Claudine zu Pam und fand es ungeheuer ungerecht, dass die beiden so appetitlich und anziehend wirkten. Das hatte mir noch gefehlt. Jetzt fühlte ich mich auch noch unattraktiv, und nicht bloß erschöpft, verschreckt und verwirrt! Träumt nicht jedes Mädel davon, einen Raum an der Seite einer hinreißenden Frau zu betreten, auf deren Stirn praktisch schon »Ich will Sex« eintätowiert ist? Wenn ich nicht in diesem Augenblick Sam entdeckt hätte, den ich in diese ganze Angelegenheit hineingezogen hatte, hätte ich mich auf dem Absatz umgedreht und wäre wieder hinausmarschiert.

»Claudine«, sagte Colonel Flood. »Was machst du denn hier?«

Pam und Gerald starrten die Frau in Orange aufmerksam an, als erwarteten sie, dass sie sich jeden Moment die Kleider vom Leib reißen würde.

»Mein Mädchen hier« – und Claudine neigte ihren Kopf zu mir hinüber – »ist hinter dem Steuer eingeschlafen. Wie kommt es, dass du nicht besser auf sie aufpasst?«

Der Colonel, bekleidet wie nackt die Würde in Person, wirkte ein wenig verdutzt, als hörte er es zum ersten Mal, dass es seine Aufgabe war, für meinen Schutz zu sorgen. »Äh…«

»Jemand hätte mit ihr ins Krankenhaus fahren sollen«, sagte Claudine und schüttelte ihr langes schwarzes Haar, das wie ein Wasserfall an ihr herabfloss.

»Ich hab's ihr ja angeboten«, fuhr Eric empört dazwischen. »Aber sie fand es zu verdächtig, mit einem Vampir im Krankenhaus aufzukreuzen.«

»Oh, hal-lo, groß und blond und *tot*«, sagte Claudine. Sie musterte Eric von oben bis unten, und ihr gefiel, was sie sah. »Tust du immer das, worum menschliche Frauen dich bitten?«

Na, herzlichen Dank, Claudine, sagte ich lautlos zu ihr. Ich sollte auf Eric aufpassen, und jetzt würde er nicht mal mehr die Tür zumachen, wenn ich ihn darum bat. Gerald beäugte Claudine immer noch genauso sprachlos wie vorhin. Ob es wohl irgendwem auffiele, wenn ich mich einfach auf einen der Tische zum Schlafen legte, schoss es mir durch den Kopf. Genau wie eben Pam und Gerald fasste Eric Claudine plötzlich schärfer ins Auge und schien sich gar nicht von ihrem Anblick losreißen zu können. Ich dachte, *wie Katzen, die plötzlich eine Bewegung an der Fußleiste sehen*, als große Hände mich fassten, herumwirbelten und Alcide mich in die Arme schloss. Er hatte sich einen Weg durch die überfüllte Bar bis zu mir gebahnt. Weil sein Hemd nicht zugeknöpft war, fand ich mich gegen seine warme Brust gedrückt, und das tat mir sehr gut. Die krause schwarze Behaarung roch schwach nach Hund, stimmt schon. Dennoch war es ein großer Trost für mich, dass er mich umarmte und liebevoll festhielt. Es war ein wunderbares Gefühl.

»Wer sind Sie?«, fragte Alcide Claudine. Mein Ohr lag an seiner Brust, und ich hörte seine Stimme innen und außen. Eine seltsame Erfahrung.

»Ich bin Claudine, die Elfe«, erwiderte die schöne große Frau. »Schauen Sie!«

Ich musste mich umdrehen, um zu sehen, was sie tat. Sie hatte ihr Haar weggeschoben, so dass jetzt ihre Ohren frei waren – die eine grazile spitze Form aufwiesen.

»Eine Elfe«, wiederholte Alcide. Er klang so erstaunt, wie ich mich fühlte.

»Wie süß«, sagte einer der jüngeren Werwölfe, ein Typ mit stachelig aufgestellten Haaren, der vielleicht neunzehn war. Er war fasziniert von der Wendung der Ereignisse und blickte in die Runde der Werwölfe an seinem Tisch, wie um seine Begeisterung mit ihnen zu teilen. »Eine echte Elfe?«

»Für eine Weile jedenfalls«, sagte Claudine. »Früher oder später schlage ich den einen oder den anderen Weg ein.« Keiner verstand, wovon sie sprach, außer dem Colonel vielleicht.

»Da läuft einem ja das Wasser im Mund zusammen, so süß

bist du«, sagte der junge Werwolf, der mit ausgebeulten Jeans und zerschlissenem T-Shirt noch den modischen Anspruch seiner stacheligen Frisur unterstrich. Er war barfuß, obwohl es im Merlotte's kalt war, denn der Thermostat war schon für die Nacht heruntereguliert. Er trug auch Ringe an den Zehen.

»Oh, danke!« Claudine lächelte ihn an. Sie schnippte mit den Fingern, und plötzlich war die gleiche Art Dunst um sie wie um die Werwölfe, wenn sie sich verwandelten. Es war der Dunstschleier undurchdringlicher Zauberei. Als die Luft sich wieder klärte, trug Claudine ein weißes, mit Pailletten besetztes Abendkleid.

»Süß«, wiederholte der Jüngling ganz benommen, und Claudine sonnte sich in seiner Bewunderung. Von den Vampiren hielt sie einen gewissen Abstand, wie ich bemerkte.

»Claudine, jetzt hast du genug angegeben. Können wir endlich von etwas anderem sprechen als von dir?« Colonel Flood klang so ermattet, wie ich mich fühlte.

»Natürlich«, sagte Claudine in einem angemessen fügsamen Ton. »Fang an.«

»Das Wichtigste zuerst. Miss Stackhouse, wie geht es Maria-Star?«

»Sie hat die Fahrt ins Krankenhaus von Clarice überlebt. Von dort wollen sie sie mit dem Hubschrauber nach Shreveport verlegen, ins Schumpert-Krankenhaus. Inzwischen ist sie vielleicht schon auf dem Weg dorthin. Die Ärztin äußerte sich ziemlich optimistisch über ihre Genesungschancen.«

Die Werwölfe sahen einander an, und die meisten bekundeten stürmisch ihre Erleichterung. Eine Frau von ungefähr dreißig führte sogar einen kleinen Freudentanz auf. Die Vampire, die mittlerweile alle vollkommen auf die Elfe fixiert waren, reagierten überhaupt nicht.

»Was haben Sie den Leuten in der Notaufnahme erzählt?«, fragte Colonel Flood. »Ich muss ihren Eltern die offizielle Sprachregelung mitteilen.«

»Der Polizei habe ich erzählt, ich hätte sie am Straßenrand aufgelesen und nirgends ein Anzeichen für einen Autounfall oder so was entdeckt. Und ich habe gesagt, sie hätte im Schotter des Seitenstreifens gelegen. Dann wundern die sich nicht, wenn sie nirgends plattgedrücktes Gras finden, obwohl eigentlich welches zu finden sein müsste... Ich hoffe, Maria-Star hat alles verstanden, sie war ziemlich betäubt von Schmerzmitteln, als ich mit ihr sprach.«

»Sehr gut mitgedacht«, sagte Colonel Flood. »Danke, Miss Stackhouse. Unser Rudel steht in Ihrer Schuld.«

Ich winkte ab. »Wie kam es, dass Sie genau zum richtigen Zeitpunkt bei Bills Haus waren?«

»Emilio und Sid verfolgten die Spur der Hexen bis zum richtigen Ort.« Emilio musste der kleine dunkle Mann mit den großen braunen Augen sein. In unserer Gegend gab es einen wachsenden Zustrom mexikanischer Einwanderer, und Emilio war ganz offensichtlich einer von ihnen. Der junge Mann mit den stacheligen Haaren winkte mir flüchtig zu, er war vermutlich Sid. »Nach Einbruch der Dunkelheit begannen wir das Gebäude zu überwachen, in dem Hallow und ihr Hexenzirkel sich verschanzt haben. Was nicht ganz leicht war, in der Gegend wohnen hauptsächlich Schwarze.« Ein afroamerikanisches Zwillingspaar, beides Mädchen, grinste sich an. Sie waren noch jung genug, um das alles wahnsinnig aufregend zu finden, genau wie Sid. »Als Hallow und ihr Bruder in Richtung Bon Temps wegfuhren, folgten wir ihnen. Außerdem haben wir Sam angerufen, um ihn zu warnen.«

Vorwurfsvoll sah ich Sam an. Mich hatte er nicht gewarnt, und er hatte auch nicht erwähnt, dass die Werwölfe sich ebenfalls auf den Weg gemacht hatten.

Colonel Flood fuhr fort. »Nachdem sie die Bar verlassen hatten, rief Sam mich auf dem Handy an und erzählte mir, wohin sie vermutlich wollten. Ich hielt ein so abgelegenes Haus wie das Compton-Haus für einen geeigneten Ort, um sie zu schnappen. Unsere Autos und Kleider konnten wir auf dem alten Friedhof lassen, und so kamen wir gerade rechtzeitig. Aber sie haben unseren Geruch sehr schnell gewittert.« Zornig sah der Colonel zu Sid hinüber. Der junge Werwolf hatte anscheinend eigenmächtig gehandelt.

»Sie konnten also fliehen«, sagte ich und versuchte so neutral wie möglich zu klingen. »Und jetzt wissen sie, dass Sie hinter ihnen her sind.«

»Ja, sie sind geflohen. Die Mörder von Adabelle Yancy. Die Anführer einer Bande, die nicht nur versucht, das Territorium der Vampire an sich zu reißen, sondern auch unseres.« Colonel Flood ließ einen kalten Blick über die versammelten Werwölfe schweifen, unter dem sie alle in sich zusammensanken, sogar Alcide. »Und jetzt werden die Hexen auf der Hut sein, weil sie wissen, dass wir hinter ihnen her sind.«

Pam und Gerald, die ihre Aufmerksamkeit einen Augenblick von der strahlenden Elfe Claudine abwandten, schienen sich insgeheim über die Ausführungen des Colonels zu amüsieren. Nur Eric wirkte, wie meist in diesen Tagen, so verwirrt, als hätte der Colonel Sanskrit gesprochen.

»Sind die Stonebrooks zurück nach Shreveport gefahren, als sie Bills Haus verließen?«, fragte ich.

»Das nehmen wir an. Wir mussten uns sehr schnell zurückverwandeln – keine ganz einfache Sache – und dann erst noch zu unseren Autos gelangen. Ich habe in jede Richtung jemanden geschickt, aber wir haben nirgends eine Spur von ihnen entdeckt.«

»Und jetzt sind wir hier. Aber warum?« Alcides Ton war scharf.

»Wir sind aus verschiedenen Gründen hier«, sagte der Leitwolf. »Zum einen wollten wir wissen, wie es Maria-Star geht. Außerdem müssen wir uns etwas ausruhen, ehe wir wieder nach Shreveport zurückfahren.«

Die Werwölfe, die sich ihre Kleider anscheinend in aller Eile übergeworfen hatten, sahen in der Tat ein bisschen ramponiert aus. Die Verwandlung ohne Vollmond und der schnelle Wechsel zurück in die zweibeinige Gestalt hatten von allen ihren Tribut gefordert.

»Und warum bist du hier?«, fragte ich Pam.

»Wir haben auch etwas zu berichten«, sagte sie. »Anscheinend verfolgen wir dieselben Ziele wie die Werwölfe – in dieser Sache zumindest.« Nur mit Mühe konnte sie ihre Augen von Claudine abwenden. Sie und Gerald tauschten Blicke aus und sahen dann beide zugleich Eric an, der völlig verständnislos ihren Blick erwiderte. Pam seufzte, und Gerald sah auf seine Stiefel hinab.

»Ein Mitbewohner unseres Schlupflochs, Clancy, ist gestern Nacht nicht nach Hause gekommen«, sagte Pam. Gleich nach dieser überraschenden Mitteilung konzentrierte sie sich wieder auf die Elfe. Claudine musste auf die Vampire eine überwältigende Anziehungskraft ausüben.

Ein Vampir weniger war doch ein Schritt in die richtige Richtung, schienen die meisten Werwölfe zu denken. Doch Alcide fragte: »Und was ist eurer Meinung nach passiert?«

»Wir haben eine Nachricht erhalten«, antwortete nun Gerald. Dies war eine der seltenen Gelegenheiten, dass ich ihn überhaupt sprechen hörte. Er hatte einen leichten britischen Akzent. »Darin hieß es, die Hexen würden für jeden Tag, an dem sie nach Eric suchen müssen, einen Vampir ausbluten.«

Aller Augen wanderten zu Eric, der fassungslos wirkte. »Warum bloß?«, fragte er. »Ich verstehe einfach nicht, warum ich so viel wert sein soll.«

Eine der jungen Werwolf-Frauen, eine braungebrannte Blondine Ende zwanzig, kommentierte das wortlos, indem sie mich ansah und die Augen verdrehte – ich konnte ein Grinsen nicht unterdrücken. Doch ganz egal, wie gut Eric aussah und welche Vorstellungen über seine sexuelle Kunstfertigkeit manch interessierte Seite auch haben mochte (von seiner Macht über verschiedene Vampir-Geschäftszweige in Shreveport ganz zu schweigen), diese zielstrebige Verfolgung von Eric löste Warnstufe »extrem« aus. Selbst wenn Hallow Sex

mit Eric hätte und dann all sein Blut abzapfte und trank – Moment mal, genau das könnte es doch sein.
»Wie viel Blut kann von einem von euch gewonnen werden?«, fragte ich Pam.
Sie starrte mich an, fast schon überrascht. Etwas ganz Neues bei ihr. »Lass mich nachdenken«, sagte sie und starrte jetzt Löcher in die Luft, wobei sie mit den Fingern etwas abzuzählen schien. Es sah aus, als würde sie eine Maßeinheit in eine andere umrechnen. »An die sieben Liter«, sagte sie schließlich.
»Und wie viel Blut ist in diesen kleinen Phiolen, die sie illegal verkaufen?«
»Weniger als sechzig Milliliter.« Sie begriff langsam, worauf ich hinauswollte. »Eric enthält also über hundert verkaufbare Einheiten Blut.«
»Was schätzt du, wie viel sie pro Stück dafür verlangen können?«
»Nun, auf der Straße kostet bereits ganz normales Vampirblut inzwischen 225 Dollar«, sagte Pam mit einem Blick so kalt wie der Winterfrost draußen. »Für Erics Blut... er ist so alt...«
»Etwa 425 Dollar pro Phiole?«
»Konservativ geschätzt, ja.«
»Alles in allem ist Eric also...«
»... über 40000 Dollar wert.«
Alle Anwesenden starrten Eric mit wachsendem Interesse an – außer Pam und Gerald, die gemeinsam mit Eric wieder ihre faszinierte Betrachtung der schönen Claudine aufgenommen hatten. Es schien, als seien sie der Elfe sogar näher gerückt.
»Findet ihr nicht, dass das Motivation genug ist?«, fragte ich. »Eric hat sie verschmäht. Sie will ihn, sie will seinen Besitz, und sie will sein Blut verkaufen.«
»Das reicht locker als Motivation«, stimmte eine Werwolf-Frau zu, eine hübsche Brünette Ende vierzig.

»Und außerdem ist Hallow total durchgeknallt«, fügte Claudine fröhlich hinzu.

Hatte die Elfe eigentlich ein einziges Mal aufgehört, zu lächeln, seit sie in meinem Auto aufgetaucht war? »Woher willst du das wissen, Claudine?«

»Ich war in ihrem Hauptquartier«, sagte sie.

Eine ganze Weile lang starrten wir alle sie schweigend an, aber längst nicht so hingerissen wie die drei Vampire.

»Claudine, bist du etwa übergelaufen?«, fragte Colonel Flood. Es klang sehr müde.

»James«, sagte Claudine. »Schäm dich! Sie dachte, ich wäre eine der Hexen aus der Umgebung.«

Vielleicht war ich ja nicht die Einzige, die ihre überbordende Fröhlichkeit dann doch ein kleines bisschen unheimlich fand. Die meisten der etwa fünfzehn Werwölfe in der Bar schienen sich in der Nähe der Elfe nicht sonderlich wohl zu fühlen.

»Es hätte uns eine Menge Ärger erspart, wenn du uns das schon etwas früher und nicht erst heute Abend erzählt hättest, Claudine«, wies der Colonel sie in frostigem Ton zurecht.

»Eine echte Elfe«, sagte Gerald. »Ich hatte erst eine einzige.«

»Sie sind schwierig einzufangen«, erklärte Pam mit verträumter Stimme. Sie rückte ein wenig näher an Claudine heran.

Sogar Eric hatte seine verständnislose und frustrierte Miene verloren und tat einen Schritt auf die Elfe zu. Die drei Vampire sahen aus wie Schokoladensüchtige vor einer Nestlé-Fabrik.

»Na, na«, sagte Claudine etwas ängstlich. »Alle, die Vampirzähne haben, bitte einen Schritt zurücktreten!«

Pam war ein bisschen verlegen, Gerald fügte sich widerwillig. Eric näherte sich der Elfe weiter.

Keiner der Vampire oder Werwölfe schien bereit zu sein, Eric aufzuhalten. Innerlich sammelte ich schon mal meine paar Kräfte, um gerüstet zu sein. Schließlich hatte Claudine mich aufgeweckt, ehe ich mein Auto zu Schrott fahren konnte.

»Eric«, sagte ich, machte drei schnelle Schritte und stellte mich zwischen ihn und die Elfe. »Komm zu dir!«

»Was?« Eric widmete mir nicht mehr Aufmerksamkeit als er einer Fliege geschenkt hätte, die um seinen Kopf surrte.

»Da ist Anfassen verboten, Eric«, sagte ich, und Erics Blick huschte über mein Gesicht.

»Hey, erkennst du mich noch?« Ich legte ihm eine Hand auf die Brust, um ihn aufzuhalten. »Keine Ahnung, was mit dir los ist, mein Freund, aber du musst dich am Riemen reißen.«

»Ich will sie«, erwiderte Eric. In seinen blauen Augen glühte ein Feuer.

»Okay, sie ist hinreißend«, sagte ich um Vernunft bemüht, obwohl ich eigentlich ein wenig gekränkt war. »Aber du kannst sie nicht haben. Stimmt's, Claudine?« Das sagte ich über meine Schulter hinweg.

»Ich bin nichts für Vampire«, bestätigte die Elfe. »Mein Blut ist wie eine Droge für Vampire. Ihr möchtet bestimmt nicht wissen, was sie anstellen, nachdem sie es genossen haben.« Immer noch klang sie überaus fröhlich.

So falsch lag ich mit meiner Schokoladen-Metapher also gar nicht. Wahrscheinlich hatte ich auch deshalb bislang noch keine Elfe getroffen, ich war einfach zu oft unter Untoten.

Wenn du erst mal solche Gedanken wälzt, steckst du garantiert in ziemlichen Schwierigkeiten.

»Claudine, es ist wohl besser, wenn du jetzt rausgehst«, sagte ich leicht verzweifelt. Eric drängte vorwärts; noch ließ er mich nicht all seine Kraft spüren (sonst hätte ich längst geplättet auf dem Boden gelegen), aber einen Schritt hatte ich bereits zurückweichen müssen. Ich hätte gern gehört, was Claudine den Werwölfen sagen wollte. Doch jetzt hatte meiner Ansicht nach erst mal die Trennung von Vampiren und Elfe höchste Dringlichkeit.

»Hach, wie ein himmlisches Petit four«, seufzte Pam und sah Claudine nach, die im Schlepptau von Colonel Flood den ganzen Weg bis zur Tür mit ihrem weiß-glitzernden Hintern wackelte. Eric schien wieder zu sich zu kommen, als Claudine außer Sichtweite war. Ich atmete auf.

»Vampire haben Elfen wirklich gern, wie?«, sagte ich nervös.

»Oh, ja«, sagten sie alle zugleich.

»Nun, sie hat mir das Leben gerettet, und anscheinend kann sie uns auch aus dieser Sache mit der Hexe heraushelfen«, erinnerte ich sie.

Alle drei wirkten beleidigt.

»Claudine ist tatsächlich eine große Hilfe«, sagte der Colonel, der eben wieder hereinkam. Er klang selbst ganz überrascht. Die Tür fiel hinter ihm ins Schloss.

Eric legte seinen Arm um mich, und ich spürte, wie sich die eine Art Hunger in eine ganz andere Art Hunger verwandelte.

»Warum war sie im Hauptquartier des Hexenzirkels?«, fragte Alcide wütender, als angebracht gewesen wäre.

»Sie wissen doch, wie Elfen sind. Sie lieben den Flirt mit der Katastrophe, sie lieben es, Rollen zu spielen.« Der Colonel seufzte schwer. »Sogar Claudine, und sie ist eine der guten Elfen. Noch dazu auf dem Weg nach oben. Das also hat sie mir erzählt: Diese Hallow führt einen Hexenzirkel von etwa zwanzig Hexen. Alle sind Werwölfe oder Gestaltwandler in große Tiere. Und sie konsumieren alle Vampirblut, sind vielleicht sogar abhängig.«

»Werden die Wiccas uns beim Kampf gegen diese Hexen unterstützen?«, fragte eine Frau mittleren Alters mit rotgefärbten Haaren und Doppelkinn.

»Noch haben sie uns ihre Unterstützung nicht zugesagt.« Ein junger Mann mit militärisch kurzem Haarschnitt – ich fragte mich, ob er wohl auf dem Luftwaffenstützpunkt Barksdale stationiert war – schien bestens über die Wiccas

Bescheid zu wissen.»Auf Befehl unseres Rudelführers habe ich zu jedem Wiccazirkel und jeder einzelnen Wicca in der Umgebung Kontakt aufgenommen. Sie tun alle ihr Bestes, um sich vor diesen Kreaturen zu verstecken. Es gab Anzeichen dafür, dass die meisten von ihnen sich heute Abend treffen wollen. Allerdings weiß ich nicht, wo. Ich glaube, sie wollen die Situation erst mal untereinander diskutieren. Wenn sie selbst einen Angriff planen, würde uns das natürlich auch helfen.«

»Gute Arbeit, Portugal«, sagte Colonel Flood, und der junge Mann wirkte hocherfreut.

Weil wir mit dem Rücken zur Wand standen, hatte Eric die Gelegenheit genutzt, um seine Hand über meinen Hintern wandern zu lassen. Ich hatte nichts gegen das erregende Gefühl einzuwenden, aber ich hatte etwas gegen den Ort, der mir denn doch viel zu öffentlich war.

»Claudine hat nichts von Gefangenen erzählt, die dort vielleicht untergebracht sind?«, fragte ich und trat einen Schritt weg von Eric.

»Nein, tut mir leid, Miss Stackhouse. Sie hat niemanden gesehen, auf den die Beschreibung Ihres Bruders passt. Und sie hat auch den Vampir Clancy nicht gesehen.«

Es überraschte mich zwar eigentlich nicht, aber enttäuscht war ich doch.

»Tut mir leid, Sookie«, sagte Sam.»Wenn Hallow ihn nicht hat, wo kann er dann sein?«

»Claudine hat ihn nicht gesehen, aber das bedeutet nicht, dass er nicht trotzdem dort sein könnte«, meinte der Colonel.»Wir sind sicher, dass Hallow Clancy entführt hat, und ihn hat sie auch nicht gesehen.«

»Noch mal zurück zu den Wiccas«, schlug die rothaarige Werwolf-Frau vor.»Wie sollen wir uns denen gegenüber verhalten?«

»Portugal, kontaktieren Sie morgen noch einmal alle Wiccas«, befahl Colonel Flood.»Culpepper wird Ihnen helfen.«

Culpepper war eine junge Frau mit einem hübschen Gesicht und einer praktischen Kurzhaarfrisur. Sie schien sich zu freuen, dass sie Portugal bei einer Aufgabe unterstützen durfte. Auch er wirkte erfreut, versuchte aber, es unter einer Maske schroffen Verhaltens zu verbergen. »Ja, Sir«, sagte er zackig. Culpepper fand das wahnsinnig süß; das griff ich direkt aus ihren Gedanken auf. Mochte sie auch ein Werwolf sein, eine solche Bewunderung konnte niemand kaschieren.

»Äh, warum kontaktiere ich sie alle noch einmal?«, fragte Portugal nach einer Weile.

»Wir müssen wissen, welche Pläne sie haben und ob sie mit uns kämpfen wollen«, antwortete Colonel Flood. »Wenn nicht, können sie sich zumindest aus der Angelegenheit heraushalten.«

»Also werden wir Krieg führen?«, fragte ein älterer Mann, der mit der rothaarigen Frau zusammen zu sein schien.

»Die Vampire haben doch damit angefangen«, warf die rothaarige Frau ein.

»Das ist doch *überhaupt nicht wahr*«, rief ich entrüstet.

»Vampirflittchen«, sagte sie.

Ich hatte schon schlimmere Dinge über mich gehört, aber sie waren mir noch nie ins Gesicht gesagt worden.

Eric war bereits in der Luft, bevor ich recht wusste, ob ich nun eher verletzt oder eher wütend war. Er hatte sich umgehend für wütend entschieden, und er war sehr schnell. Sie lag mit dem Rücken auf dem Boden und Eric war mit entblößten Fangzähnen über ihr, bevor jemand auch nur den Kopf drehen konnte. Zum Glück für die rothaarige Frau waren Pam und Gerald ebenso blitzschnell, doch sie mussten zu zweit ihre ganze Kraft aufwenden, um Eric von ihr wegzuziehen. Sie blutete nur ein klein wenig, aber sie schrie wie am Spieß.

Einen Augenblick lang dachte ich, *jetzt bricht hier die Hölle los*. Dann schrie Colonel Flood: »RUHE!« Und dieser Stimme wagte sich keiner zu widersetzen.

»Amanda«, sagte er zu der rothaarigen Frau, die wimmerte, als hätte Eric ihr einen Arm ausgerissen, während ihr Mann sie in übertriebener Panik nach Wunden absuchte,»Sie werden gefälligst höflich sein zu unseren Verbündeten und Ihre verdammten Vorurteile für sich behalten. Ihre Beleidigung und das Blut, das vergossen wurde, heben sich gegenseitig auf. Keine Vergeltung, Parnell!« Der angesprochene Werwolf knurrte, nickte aber schließlich widerwillig.

»Miss Stackhouse, ich entschuldige mich für die schlechten Manieren des Rudels«, sagte Colonel Flood zu mir. Ich zwang mich zu nicken. Ich merkte, wie Alcide von mir zu Eric sah, und er wirkte – tja, entsetzt. Sam war so klug, absolut keine Miene zu verziehen. Ich straffte den Rücken und fuhr mir rasch mit der Hand über die Augen, um die Tränen abzuwischen.

Eric beruhigte sich langsam wieder, es kostete ihn allerdings einiges an Anstrengung. Pam murmelte etwas in sein Ohr, und Gerald hatte den festen Griff um Erics Arm noch nicht gelöst.

Und um den Abend perfekt zu machen, öffnete sich in diesem Augenblick die Hintertür vom Merlotte's, und Debbie Pelt kam herein.

»Macht ihr hier etwa Party ohne mich?« Sie blickte auf die seltsame Ansammlung und zog eine Augenbraue in die Höhe.

»Hey, Baby«, sagte sie zu Alcide, strich besitzergreifend über seinen Arm und schlang ihre Finger in die seinen. Alcides Gesicht zeigte eine sonderbare Miene. Es sah aus, als wäre er glücklich und niedergeschlagen zugleich.

Debbie war eine auffallende Erscheinung, groß und schmal und mit einem länglichen Gesicht. Sie hatte schwarzes Haar, doch es war nicht lockig und verwuschelt wie das von Alcide. Es war in vielen winzigen Stufen asymmetrisch geschnitten, sehr glatt und schwang bei jeder ihrer Bewegungen mit. Das war die albernste Frisur, die ich je gesehen hatte, und sie hatte zweifellos ein Vermögen gekostet. Männer schienen sich für ihren Haarschnitt kaum je zu interessieren.

Es wäre scheinheilig gewesen, wenn ich sie gegrüßt hätte. Das Stadium hatten Debbie und ich bereits hinter uns. Sie hatte versucht, mich umzubringen, und Alcide wusste das. Und trotzdem schien sie auf ihn noch eine merkwürdige Faszination auszuüben; obwohl er sie rausgeschmissen hatte, nachdem er davon erfuhr. Für einen klugen, praktisch veranlagten und hart arbeitenden Mann leistete Alcide sich da einen ziemlich großen blinden Fleck, der sich hier in engen Jeans und einem ebenso knallengen orangefarbenen Pullover präsentierte. Was tat sie hier, so weit entfernt von ihrem angestammten Territorium?

Plötzlich packte mich das Verlangen, mich umzudrehen und Eric von Debbies Anschlag auf mein Leben zu erzählen, nur um zu sehen, was passieren würde. Doch ich beherrschte mich wieder einmal. Diese ständige Selbstbeherrschung wurde allmählich anstrengend. Meine Fingerknöchel traten hervor, so fest hatte ich die Hände zu Fäusten geballt.

»Wir rufen dich an, wenn auf diesem Treffen noch irgendwelche Entscheidungen gefällt werden«, sagte Gerald. Es dauerte einen Moment, bis ich begriff, dass er mich verabschiedete und ich Eric nach Hause bringen sollte, ehe der ein weiteres Mal ausrastete. Seiner Miene zufolge würde das nicht mehr lange dauern. Seine blauen Augen glühten und seine Fangzähne waren zumindest halb entblößt. Mehr denn je war ich versucht ... nein, war ich *nicht*. Ich würde gehen.

»Tschüs, Miststück«, sagte Debbie, als ich hinausging. Aus dem Augenwinkel sah ich, wie Alcide sich entsetzt zu ihr umdrehte. Aber Pam packte mich am Arm und bugsierte mich hinaus auf den Parkplatz. Gerald hielt Eric fest, was auch nötig war.

Als die beiden Vampire uns an Chow übergaben, schäumte ich innerlich vor Wut.

Chow drängte Eric auf den Beifahrersitz, anscheinend war also ich als Fahrer auserkoren. »Wir rufen dich später an, fahr jetzt«, sagte Chow, und ich hätte ihn beinahe angeschnauzt.

Nach einem kurzen Blick auf meinen Beifahrer beschloss ich jedoch, lieber vernünftig zu sein und schnellstens zu verschwinden. Erics Angriffslust löste sich langsam in ein Gewirr von Gefühlen auf. Er wirkte durcheinander und verloren und war plötzlich das ganze Gegenteil des gefährlichen Rächers von eben.

Wir waren schon fast zu Hause, ehe Eric irgendetwas sagte. »Warum hassen Werwölfe die Vampire so sehr?«, fragte er.

»Keine Ahnung«, antwortete ich und bremste ab, weil zwei Hirsche über die Straße sprangen. Immer bremsen, sobald ihr einen seht: Meistens folgt ein zweiter. »Vampire lehnen Werwölfe und Gestaltwandler genauso heftig ab. Die übernatürlichen Geschöpfe scheinen zwar alle gegen die Menschen zusammenzuhalten, aber ansonsten gibt's ziemlich viel Zank und Streit unter euch Supras – soweit ich weiß jedenfalls.« Ich holte tief Luft und überlegte, wie ich das Folgende am besten formulierte. »Äh, Eric, dass du mich gleich verteidigt hast, als diese Amanda mich beleidigte, ist ja sehr nett. Aber ich bin's eigentlich gewöhnt, für mich selbst einzustehen, wenn's drauf ankommt. Wenn ich eine Vampirin wäre, würdest du sicher nicht so schnell meinetwegen auf die Leute losgehen, stimmt's?«

»Du bist nicht so stark wie ein Vampir, nicht mal so stark wie ein Werwolf«, hielt Eric dagegen.

»Keine Frage. Aber ich hätte nicht mal dran gedacht, auf sie loszugehen, schon um ihr keinen Grund für einen Gegenschlag zu liefern.«

»Das soll wohl heißen, ich hätte mich zurückhalten sollen.«

»Genau das meine ich.«

»Ich habe dich in Verlegenheit gebracht.«

»Nein«, sagte ich prompt. Und fragte mich dann, ob nicht genau das der Fall gewesen war. »Nein«, wiederholte ich mit mehr Überzeugung, »du hast mich nicht in Verlegenheit gebracht. Es hat mir sogar sehr gut getan, dass du mich, äh, gern genug hast und wütend geworden bist, als diese Amanda mich behandelte wie ein Stück Dreck. Aber an so was bin ich gewöhnt, und ich kann damit umgehen. Nur das mit Debbie ist noch einmal eine ganz andere Kategorie.«

Der neue, nachdenkliche Eric ließ sich das eine Weile durch den Kopf gehen.

»Warum bist du an so was gewöhnt?«

Das war nicht die Reaktion, die ich erwartet hatte. Inzwischen waren wir bei mir zu Hause angekommen, und ich musterte die ganze Lichtung, ehe ich aus dem Auto ausstieg und die Hintertür aufschloss. Als wir schließlich sicher im Haus angelangt waren und den Riegel vorgeschoben hatten, sagte ich: »Weil ich's gewöhnt bin, dass die Leute nicht viel von Kellnerinnen halten ... von ungebildeten Kellnerinnen ... von ungebildeten Kellnerinnen, die Gedanken lesen können. Ich bin's gewöhnt, dass die Leute mich für verrückt halten oder zumindest für irgendwie seltsam. Ich will mich nicht als die arme bedauernswerte gute Seele hinstellen, doch einen großen Fanclub habe ich nicht gerade. Ich bin aber dran gewöhnt.«

»Das bestätigt nur die schlechte Meinung, die ich von den Menschen generell habe«, erwiderte Eric. Er zog mir den Mantel aus, sah ihn missbilligend an und hängte ihn über die Lehne eines der Stühle, die unter den Küchentisch geschoben waren. »Du bist wunderschön.«

Noch nie hatte mich jemand direkt angesehen und so etwas gesagt. Ich musste einfach die Augen niederschlagen.

»Du bist klug, und du bist loyal«, fuhr er unaufhaltsam fort, obwohl ich abwinkte, um ihn zum Schweigen zu bringen. »Außerdem hast du Humor und einen Sinn fürs Abenteuer.«

»Ach, hör auf«, sagte ich.

»Nein«, entgegnete er. »Du hast die schönsten Brüste, die ich je gesehen habe. Du bist mutig.« Ich legte ihm meine Finger auf den Mund, und er fuhr mit der Zunge darüber. Ich lehnte mich gegen ihn. Bis in die Fußspitzen spürte ich es kribbeln. »Du bist verantwortungsbewusst und arbeitest sehr hart«, sprach er weiter. Bevor er mir auch noch erzählte, dass ich unschlagbar war beim Auswechseln der Müllbeutel, wenn ich den Müll hinaustrug, ersetzte ich meine Finger durch meine Lippen.

»Siehst du«, sagte er sanft eine Weile später, »kreativ bist du auch noch.«

In der folgenden Stunde zeigte er mir, dass er selbst ebenfalls sehr kreativ war.

Es war die einzige Stunde eines extrem langen Tages, in der mich die Furcht nicht völlig auffraß: die Sorge um das Schicksal meines Bruders, die Angst vor Hallows bösen Plänen und die Erinnerungen an den schrecklichen Tod von Adabelle Yancy. Und noch so einige andere Dinge, aber nach so einem langen Tag konnte ich unmöglich die Schrecklichkeiten gegeneinander abwägen.

Als ich in Erics Armen dalag, eine kleine wortlose Melodie vor mich hinsummte und müßig mit einem Finger Erics Schulter entlangfuhr, war ich zutiefst dankbar über die Freude, die er mir bereitet hatte. Glück sollte nie als etwas Selbstverständliches hingenommen werden.

»Danke«, sagte ich, das Gesicht an seine totenstille Brust gepresst.

Er legte einen Finger unter mein Kinn, damit ich den Kopf hob und ihm in die Augen sah. »Nein«, sagte er ruhig. »Du hast mich von der Straße aufgelesen und mich in Sicherheit gebracht. Du bist bereit, für mich zu kämpfen. Das weiß ich. Ich kann mein Glück kaum fassen. Wenn diese Hexe erledigt ist, möchte ich dich an meiner Seite haben. Ich werde alles, was ich besitze, mit dir teilen. Jeder Vampir, der mir Treue schuldet, wird dir Ehre erweisen.«

Das reinste Mittelalter! Der Gute, so würden die Dinge mit Sicherheit nicht ausgehen. Wenigstens war ich klug und realistisch genug, mich selbst nicht eine Minute lang derart zu betrügen – obwohl es ein ganz wunderbares Hirngespinst war. Er dachte wie ein Burgherr, dem Vasallen zur Lehnstreue verpflichtet waren, und nicht wie der geschäftstüchtige untote Besitzer einer Vampir-Bar in Shreveport.

»Du hast mich sehr glücklich gemacht«, sagte ich nur. Und das entsprach der Wahrheit.

Kapitel 10

Der Teich hinter Jasons Haus war bereits abgesucht worden, als ich am nächsten Morgen aufwachte. Alcee Beck hämmerte um etwa zehn Uhr gegen meine Tür; und weil es sich exakt wie das Klopfen eines Gesetzeshüters anhörte, zog ich erst mal Jeans und Sweatshirt über, ehe ich öffnete.
»Im Teich ist er nicht«, sagte Beck ohne lange Vorrede.
Ich sank gegen den Türpfosten. »Oh, Gott sei Dank.« Und für einen Moment schloss ich die Augen, um genau das auch wirklich zu tun. »Kommen Sie doch herein.«
Alcee Beck trat argwöhnisch wie ein Vampir über die Türschwelle und sah sich erst mal schweigend um.
»Möchten Sie einen Kaffee?«, fragte ich höflich, als er auf meinem alten Sofa saß.
»Nein, danke«, entgegnete er steif. Ihm war in meiner Gegenwart genauso unbehaglich zumute wie mir in seiner.
Am Türknauf zu meinem Schlafzimmer entdeckte ich Erics Hemd, das von Detective Becks Platz aus wahrscheinlich nicht zu sehen war. Viele Frauen tragen Männerhemden, sagte ich mir, werd jetzt bloß nicht paranoid. Zwar wollte ich Alcee Becks Gedanken nicht zuhören, erfuhr aber trotzdem, dass er sich allein im Haus einer weißen Frau unwohl fühlte und hoffte, Andy Bellefleur würde bald auftauchen.
»Entschuldigen Sie mich bitte einen Moment«, sagte ich, ehe ich der Versuchung nachgeben und fragen konnte, warum Andy hierher kommen wollte – das hätte Alcee zutiefst schockiert. Ich schnappte mir das Hemd, als ich in mein Schlafzimmer ging, faltete es zusammen und legte es in eine

Schublade, bevor ich mir die Zähne putzte und das Gesicht wusch. Als ich ins Wohnzimmer zurückkehrte, war Andy bereits da. Jasons Boss, Catfish Hennessey, war mit ihm gekommen. Ich spürte, wie alles Blut aus meinem Kopf wich, und sank schwer auf die Polstertruhe neben dem Sofa nieder.

»Was?«, fragte ich. Ich brachte kein anderes Wort heraus.

»Das Blut auf dem Steg ist wahrscheinlich das Blut einer Katze, und wir haben darin einen Abdruck gefunden, neben dem von Jasons Stiefel«, sagte Andy. »Diese Information haben wir bislang zurückgehalten, weil es sonst sofort in den Wäldern von Schwachköpfen nur so wimmelt.« Ich schwankte wie ein Baum im Wind. Hätte ich nicht die Fähigkeit des Gedankenlesens besessen, wäre ich in lautes Lachen ausgebrochen. Er hatte nicht an eine getigerte Hauskatze gedacht, als er von dem Blut sprach. Er hatte an einen Panther gedacht.

Als »Panther« bezeichnete man in unserer Gegend Pumas. Soweit ich wusste, waren sie höchst selten geworden, ihre Zahl inzwischen so verschwindend gering, dass sie kurz vor dem Aussterben standen. In den letzten fünfzig Jahren war kein handfester Beweis erbracht worden, dass in Louisiana wirklich wild lebende Pumas existierten.

Aber es kursierten natürlich Geschichten. Unsere Wälder und Bäche beherbergten eine Unzahl Alligatoren, Biberratten, Beutelratten, Waschbären und gelegentlich sogar einen Bären oder eine Wildkatze. Und auch Kojoten. Es gab jedoch weder Bilder, Filmaufnahmen noch sonstige Belege für die Existenz von Panthern … bis jetzt.

In Andy Bellefleurs Augen brannte Begierde, aber nicht nach mir. Jeder begeisterte Jäger oder sogar jeder stinknormale Typ, der in der Natur fotografierte, hätte fast alles gegeben, um einmal einen echten wild lebenden Panther zu sehen. Denn dass diese großen Raubtiere extrem scheu waren und den Menschen aus dem Weg gingen, war für die Menschen noch kein Grund, ihnen umgekehrt den gleichen Gefallen zu tun.

»Was halten Sie davon?«, fragte ich, obwohl ich verdammt gut wusste, was sie davon hielten. Aber um sie nicht aus dem seelischen Gleichgewicht zu bringen, behauptete ich lieber das Gegenteil. So fühlten sie sich besser und ihnen rutschte vielleicht eher was raus. Catfish dachte gerade, dass Jason höchstwahrscheinlich sowieso tot war. Die beiden Gesetzeshüter behielten mich wachsam im Auge. Catfish, der mich besser kannte, saß auf der Kante von Großmutters altem Lehnsessel und hatte seine großen roten Hände so fest ineinander verschränkt, dass die Knöchel weiß hervortraten.

»Vielleicht hat Jason den Panther entdeckt, als er an dem Abend nach Hause kam«, sagte Andy vorsichtig. »Und da hat er dann schnell sein Gewehr geholt und die Spur aufgenommen.«

»Panther sind vom Aussterben bedroht, Andy«, sagte ich. »Glaubst du, Jason hätte nicht gewusst, dass sie geschützt sind?« Natürlich, sie alle dachten, Jason wäre so impulsiv und hirnlos, dass es ihm einfach egal war.

»Sind Sie sicher, dass das ganz oben auf seiner Liste stand?«, fragte Alcee Beck in einer Anwandlung von Behutsamkeit.

»Sie glauben also, Jason hat den Panther erschossen«, entgegnete ich und hatte etwas Mühe, die Worte auszusprechen.

»Wäre möglich.«

»Und was dann?« Ich verschränkte die Arme vor der Brust. Alle drei Männer tauschten einen Blick. »Vielleicht ist Jason dem Panther in den Wald gefolgt«, sagte Andy. »Vielleicht war der Panther gar nicht so schwer verletzt und hat ihn erwischt.«

»Sie denken, mein Bruder würde einem gefährlichen verletzten Tier in den Wald folgen – nachts, ganz allein?« Genau das dachten sie. Ich konnte es laut und deutlich vernehmen. Sie glaubten, so ein Verhalten wäre typisch Jason Stackhouse. Sie vergaßen dabei allerdings, dass für Jason (rücksichtslos und wild, wie mein Bruder war) der wichtigste Mensch im ganzen Universum Jason Stackhouse war. Und diesen Menschen hätte er niemals einer solch offensichtlichen Gefahr ausgesetzt.

Andy Bellefleur hegte einige Bedenken gegen diese Theorie, Alcee Beck jedoch nicht. Er glaubte, ich hätte Jasons letzte Stunden gerade eben korrekt geschildert. Die beiden Gesetzeshüter wussten aber nicht – und ich konnte es ihnen auch nicht erzählen –, dass Jason höchstwahrscheinlich einen Gestaltwandler gesehen hatte, wenn denn an jenem Abend überhaupt ein Panther bei seinem Haus gewesen war. Hatte Claudine nicht erzählt, die Hexen hätten einige Gestaltwandler, die sich in große Tiere verwandelten, um sich geschart? Ein Panther wäre doch ein sehr nützliches Tier für jemanden, der eine feindliche Übernahme erwägt.

»Jay Stans aus Clarice hat mich heute Morgen angerufen«, sagte Andy Bellefleur. Er wandte sein rundes Gesicht mir zu, und seine braunen Augen fixierten mich. »Er hat mir von diesem Mädchen erzählt, das du gestern Abend auf der Landstraße gefunden hast.«

Ich nickte und wusste nicht, was das jetzt sollte. Die Vermutungen über den Panther beschäftigten mich viel zu sehr, als dass ich ahnte, was nun folgen würde.

»Steht dieses Mädchen in irgendeiner Beziehung zu Jason?«
»Was?« Jetzt war ich perplex. »Wovon redest du?«
»Du hast diese Maria-Star Cooper neben der Landstraße aufgelesen. Die Polizei hat gesucht, aber es finden sich nirgends Anzeichen für einen Unfall.«

Ich zuckte die Achseln. »Ich habe denen doch gesagt, dass ich nicht sicher bin, ob ich die Stelle wiederfinde. Und sie haben mich nicht gebeten, danach zu suchen. Es wundert mich gar nicht, dass sie nichts finden, wenn sie die genaue Stelle nicht kennen. Ich habe ja versucht, sie mir zu merken, aber es war Nacht, und ich hatte ziemliche Angst. Sie kann ja auch bloß da abgelegt worden sein, wo ich sie gefunden habe.« Ich sehe schließlich nicht umsonst Kabelfernsehen.

»Hören Sie, wir denken«, dröhnte Alcee Beck, »dass dieses Mädchen eine von Jasons Verflossenen ist. Hatte er sie vielleicht irgendwo versteckt? Und Sie haben sie jetzt laufen lassen, weil Jason verschwunden ist.«

»Was?« Es war, als spräche er Urdu oder so etwas. Ich konnte mir überhaupt keinen Reim darauf machen.

»Da Jason wegen dieser Morde letztes Jahr in Untersuchungshaft war, haben wir uns gefragt, ob da nicht doch irgendwo Feuer ist bei all dem Rauch.«

»Sie wissen doch, wer diese Morde begangen hat. Der Täter sitzt im Gefängnis, falls mir da nicht irgendwas entgangen ist. Und er hat gestanden.« Catfish sah mir beklommen direkt in die Augen. Fragestellungen solcher Art machten den Boss meines Bruders immer ganz verlegen. Zugegeben, mein Bruder liebte es ein wenig abseitig in Sachen Sex (was keine seiner Freundinnen je gestört zu haben schien). Aber sich vorzustellen, er hätte irgendwo eine Sexsklavin, um die ich mich kümmern musste, wenn er verschwand? Also bitte!

»Er hat gestanden und sitzt immer noch im Gefängnis«, sagte Andy. Da Andy das Geständnis selbst aufgenommen hatte, dürfte darauf Verlass sein. »Aber was, wenn Jason sein Komplize war?«

»Jetzt aber mal halblang hier«, sagte ich. Bei mir war langsam der Siedepunkt überschritten. »Beides auf einmal geht ja wohl schlecht. Wenn mein Bruder nach der Jagd auf einen geheimnisvollen Panther tot draußen im Wald liegt, wie hätte er dann – wie heißt sie? – Maria-Star Cooper irgendwo gefangen halten sollen? Oder heißt das, auch ich bin an den angeblichen Bondage-Aktivitäten meines Bruders beteiligt? Und habe sie deswegen mit dem Auto über den Haufen gefahren? Und dann habe ich sie eingeladen und in die Notaufnahme gebracht?«

Eine ganze Weile lang starrten wir uns alle gegenseitig an. Von den drei Männern gingen Wellen der Anspannung und der Verwirrung aus.

Und dann sprang Catfish vom Sofa hoch wie eine Rakete. »Nein«, brüllte er. »Ihr Kerle habt mich hierher geschleppt, um Sookie die schlechte Nachricht mit dem Panther zu überbringen. Keiner hat was von irgendeiner Cooper gesagt, die vom Auto überfahren wurde! Dies hier ist ein anständiges Mädchen.« Catfish zeigte auf mich. »Und wer was anderes behauptet, kriegt es mit mir zu tun! Jason Stackhouse braucht nur den kleinen Finger zu krümmen, und schon kommen die Frauen angerannt. Der hat's nicht nötig, eine zu entführen und mit verrücktem Zeug zu drangsalieren. Und wenn Sie behaupten, Sookie hat dieses Cooper-Mädchen freigelassen, weil Ja-son nicht nach Hause kam, und hat versucht, sie zu überfahren – nun, dann sage ich nur noch, gehen Sie verdammt noch mal sofort zur Hölle!«

Gott segne Catfish Hennessey, war alles, was *ich* noch zu sagen hatte.

Kurz darauf gingen Alcee und Andy, und Catfish und ich führten ein etwas zusammenhangloses Gespräch, in dem er vor allem die beiden Gesetzeshüter fürchterlich verfluchte. Als ihm langsam die Schimpftiraden ausgingen, sah er auf seine Uhr.

»Komm, Sookie. Wir müssen zu Jasons Haus fahren.«

»Warum?« Ich war dazu bereit, aber ziemlich verblüfft.

»Wir haben eine Suchaktion organisiert, und ich weiß, da willst du gern dabei sein.«

Mit offenem Mund starrte ich ihn an. So angestrengt ich auch nachdachte, mir fiel kein einziger Grund ein, diese Suchaktion abzublasen. Ich mochte mir gar nicht vorstellen, wie all diese Männer und Frauen sich in ihre dicken Wintersachen warfen und sich durch das jetzt kahle und braune Unterholz kämpften, das die Durchquerung des Waldes so schwierig machte. Es gab keine Möglichkeit, sie aufzuhalten, zumal sie es so gut meinten; eher sprachen alle Gründe dafür, sich ihnen anzuschließen.

Es bestand immerhin die winzige Chance, dass Jason tatsächlich irgendwo da draußen im Wald war. Catfish sagte, er hätte so viele Männer wie möglich zusammengetrommelt, und Kevin Pryor hatte sich zum Koordinator machen lassen, wenn auch nur außer Dienst. Maxine Fortenberry und ihre Kirchenfrauen wollten Kaffee und Krapfen aus der Bäckerei von Bon Temps vorbeibringen. Ich begann zu weinen, das war einfach überwältigend, und Catfish wurde noch röter im Gesicht. Weinende Frauen standen sehr weit oben auf der Liste der Dinge, die ihn beklommen machten.

Um ihn aus dieser Situation zu erlösen, sagte ich, ich müsse mich schnell noch fertig machen. Ich schüttelte schnell mein Bett auf, wischte mir die Tränen aus dem Gesicht und band mein Haar zum Pferdeschwanz. Dann holte ich ein Paar Ohrenschützer hervor, die ich vielleicht einmal im Jahr benutzte, zog meinen alten Mantel an und stopfte meine Gartenarbeitshandschuhe in die Taschen sowie eine Packung Taschentücher, falls ich wieder weinen musste.

Die Suchaktion war *das* Ereignis des Tages in Bon Temps. In unserer kleinen Stadt halfen die Leute nicht nur gern – inzwischen kursierte natürlich auch das Gerücht über den Fußabdruck des geheimnisvollen wilden Tiers. Soweit ich mitbekam, war das Wort »Panther« bislang nicht in Umlauf, sonst wäre der Menschenauflauf noch viel größer gewesen. Die meisten Männer waren bewaffnet gekommen – na ja, die meisten Männer waren ohnehin immer bewaffnet. Die Jagd gehört in unserer Gegend zum täglichen Leben, fast alle Autoaufkleber stammen von der »National Rifle Association« und die Hirschjagd kommt geheiligten Feiertagen gleich. Es gibt jeweils festgelegte Zeiten für die Hirschjagd mit Pfeil und Bogen, mit Vorderladern oder mit Büchsen. (Vielleicht auch für die Jagd mit dem Speer, würde mich nicht wundern.)

Es waren ungefähr fünfzig Leute bei Jasons Haus versammelt. Eine ganz ordentliche Ansammlung für einen Wochentag in einer so kleinen Stadt.

Sam war auch da, und ich freute mich so sehr darüber, dass ich fast schon wieder in Tränen ausbrach. Er war der beste Boss, den ich je hatte, und ein Freund, der immer für mich da war, wenn ich in Schwierigkeiten steckte. Sein rotgoldenes Haar war mit einer hellorangen Strickmütze bedeckt, und er trug ebenso hellorange Handschuhe. Seine schwere braune Jacke wirkte im Kontrast dazu düster, und wie alle anderen Männer trug er Arbeitsstiefel. Niemand ging jemals in den Wald, ohne die Knöchel zu schützen. Schlangen waren im Winter zwar langsam und phlegmatisch, aber sie waren da, und sie revanchierten sich sofort, wenn jemand auf sie trat.

Die Anwesenheit dieser vielen Menschen ließ Jasons Verschwinden irgendwie noch schlimmer erscheinen. Wenn all diese Leute glaubten, Jason könnte tot oder schwer verletzt draußen im Wald liegen, dann war es vielleicht so. Ich appellierte immer wieder an meine Vernunft, doch meine Angst stieg mehr und mehr. Ein paar Minuten lang setzte bei mir alle bewusste Wahrnehmung aus, und Vorstellungen davon, was Jason alles zugestoßen sein könnte, bevölkerten meine Phantasie zum etwa hundertsten Mal.

Sam stand neben mir, als ich wieder zu mir kam. Er hatte einen Handschuh ausgezogen und mich bei der Hand gefasst. Seine Hand fühlte sich warm und hart an, und ich war froh, dass ich mich an ihm festhalten konnte. Obwohl Sam ein Gestaltwandler war, konnte er mir seine Gedanken öffnen, auch wenn er mich seinerseits nicht zu »hören« vermochte.

Glaubst du wirklich, dass er da draußen ist?, fragte er mich.

Ich schüttelte den Kopf. Unsere Blicke trafen sich und verweilten beieinander.

Glaubst du, dass er noch lebt?

Das war viel schwerer zu beantworten. Schließlich zuckte ich nur die Achseln. Er hielt mich weiter fest an der Hand, und ich war froh darüber.

Arlene und Tack kletterten aus Arlenes Auto und kamen auf uns zu. Arlenes Haar war so leuchtend rot wie immer, aber ein wenig zerzauster als sonst, und der neue Koch war unrasiert. Er hatte also noch keinen Rasierapparat bei Arlene deponiert, schloss ich daraus.

»Hast du Tara gesehen?«, fragte Arlene.
»Nein.«
»Guck mal da.« So verstohlen wie möglich zeigte sie zu ihr hinüber, und ich entdeckte Tara in Jeans und Gummistiefeln, die ihr bis an die Knie reichten. Sie glich ganz und gar nicht der stets sorgfältig gekleideten Besitzerin eines Modegeschäfts, die ich kannte; auch wenn sie einen bezaubernden Webpelzhut in Weiß und Braun trug, über den man sofort mit der Hand streichen wollte. Ihre Jacke passte zum Hut. Wie auch ihre Handschuhe. Doch von der Taille abwärts war Tara gerüstet für den Wald. Jasons Freund Dago starrte Tara mit dem überwältigten Blick des frisch Verknallten an. Holly und Danielle waren auch gekommen, und die Suchaktion bekam eine ganz unerwartet freundschaftliche Note.

Maxine Fortenberry und zwei weitere Frauen aus ihrem Kirchenkreis hatten die Ladeklappe des alten Pick-ups von Maxines Ehemann heruntergelassen, und dort standen mehrere Thermoskannen mit Kaffee neben Wegwerfbechern, Plastiklöffeln und Zucker. Sechs Dutzend noch warme Krapfen stapelten sich in von innen beschlagenen länglichen Zellophanhüllen. Ein großer Plastikmülleimer, ausgeschlagen mit einem schwarzen Müllbeutel, stand auch schon bereit. Diese Damen wussten, wie man eine Party für eine Suchaktion schmiss.

Ich konnte gar nicht fassen, dass all dies innerhalb weniger Stunden organisiert worden war. Jetzt musste ich doch Sams Hand loslassen und ein Taschentuch aus der Manteltasche ziehen, um mir die Tränen aus dem Gesicht zu wischen. Dass Arlene kommen würde, hätte ich noch erwartet, aber die Anwesenheit von Holly und Danielle war einfach verblüffend. Und Taras Teilnahme fand ich sogar noch überraschender, sie war nun wirklich kein Wald-und-Wiesen-Mädel. Kevin Pryor hatte eigentlich nicht viel für Jason übrig, aber da stand er, mit Landkarte, Schreibblock und Stift, und organisierte das Ganze.

Als ich Hollys Blick auffing, lächelte sie mich traurig an, auf diese betrübt verhaltene Art, die ich sonst nur von Beerdigungen kannte. In dem Moment hämmerte Kevin mit dem Deckel des Plastikmülleimers gegen die Ladeklappe des Pick-up, und als aller Aufmerksamkeit auf ihn gerichtet war, gab er Anweisungen für die Suche. Ich hatte gar nicht gewusst, dass er so bestimmt auftreten konnte; meistens zogen Kevins dominante Mutter Jeneen oder seine überdimensionierte Kollegin Kenya alle Aufmerksamkeit auf sich. Kenya würde sich nie an der Suche im Wald beteiligen, dachte ich bei mir und entdeckte sie im selben Augenblick. Winterfest und praktisch gekleidet, lehnte sie am Pick-up der Fortenberrys, das dunkle Gesicht absolut ausdruckslos. Ihre ganze Haltung ließ erkennen, dass sie zu Kevins Unterstützung da war – und nur handeln oder sprechen würde, wenn er irgendeinem Angriff ausgesetzt wäre. Kenya wusste, wie man eine bedrohliche Atmosphäre erzeugte; das musste ich ihr zugestehen. Sie würde jederzeit einen Eimer Wasser auf Jason schütten, wenn er in Flammen stand; aber ihre Gefühle für meinen Bruder waren sicher nicht sonderlich positiv. Sie war hier, weil Kevin sich freiwillig zur Verfügung gestellt hatte. Während Kevin die Leute in Teams einteilte, wanderten ihre dunklen Augen nur von ihm weg, um die Gesichter der Leute zu studieren, meins eingeschlossen. Sie nickte mir fast unmerklich zu, und ich nickte zurück.

»Jede Fünfergruppe muss einen Mann mit Gewehr dabeihaben«, rief Kevin. »Und zwar nicht einfach irgendwen. Das muss jemand sein, der da draußen im Wald bereits auf der Jagd gewesen ist.« Die Aufregung erreichte einen Siedepunkt bei dieser Anweisung. Doch danach hörte ich Kevins Instruktionen nicht weiter zu. Ich war noch immer erschöpft vom

Tag zuvor, diesem ungewöhnlich vollgepackten Tag. Die ganze Zeit hatte im Hinterkopf die Angst um meinen Bruder an mir genagt und gefressen. Ich hatte wenig geschlafen, stand jetzt übernächtigt hier in der Kälte vor dem Zuhause meiner Kindheit und wartete darauf, an einer völlig sinnlosen Suchaktion teilzunehmen – zumindest hoffte ich, dass sie sinnlos war. Ich war zu benommen, um noch einen klaren Gedanken zu fassen. Ein eisiger Wind fegte über die Lichtung rund um das Haus, und die Tränen auf meinen Wangen wurden unerträglich kalt.

Sam schloss mich in die Arme, obwohl das in unseren dicken Mänteln ziemlich schwierig war. Mir schien, als spürte ich seine Wärme sogar durch all den Stoff hindurch.

»Wir werden ihn da draußen nicht finden, das weißt du doch«, flüsterte er mir zu.

»Bestimmt nicht«, sagte ich, klang aber alles andere als sicher.

»Ich wittere ihn, falls er da draußen sein sollte«, versicherte Sam mir.

Gestaltwandler waren ja so praktisch.

Ich sah zu ihm hinauf. Na ja, so weit hinauf nun auch wieder nicht, denn Sam war kein besonders großer Mann. Im Augenblick zeigte sein Gesicht eine sehr ernste Miene. Ich wusste, dass er fest entschlossen war, meine Ängste zu zerstreuen. In seiner Verwandlung besaß er den scharfen Geruchssinn eines Hundes, doch selbst in seiner menschlichen Gestalt war dieser Sinn immer noch stärker ausgeprägt als bei einem normalen Menschen. Sam würde in der Lage sein, eine nur wenige Tage alte Leiche zu riechen.

»Du gehst also in den Wald?«, fragte ich.

»Selbstverständlich. Ich werde mein Bestes tun. Sollte er dort sein, finde ich es bestimmt heraus.«

Kevin Pryor hatte mir erzählt, dass der Sheriff Spürhunde aus Shreveport angefordert hatte. Laut dem Polizisten, der sie trainierte, waren die Hunde an diesem Tag jedoch schon anderweitig im Einsatz. Ich fragte mich, ob das stimmte oder ob der Polizist nur nicht riskieren wollte, seine Hunde zu einem Panther in den Wald zu schicken. Ehrlich gesagt, konnte ich ihm das nicht verdenken. Und ich hatte jetzt sowieso ein besseres Angebot, direkt vor meiner Nase.

»Sam«, sagte ich, und meine Augen füllten sich mit Tränen. Ich wollte ihm danken, doch mir fehlten die Worte. Ich hatte großes Glück, einen Freund wie Sam zu haben, und war mir dessen wohl bewusst.

»Scht, Sookie«, entgegnete er. »Weine nicht. Wir finden heraus, was Jason zugestoßen ist, und wir finden einen Weg, Erics Gedächtnis wiederherzustellen.« Mit dem Daumen wischte er die Tränen von meinen Wangen.

Niemand war nah genug, um zuzuhören, aber ich musste mich rasch umsehen, nur um sicher zu sein.

»Und dann«, fuhr Sam in deutlich grimmigem Tonfall fort, »holen wir ihn aus deinem Haus und bringen ihn zurück nach Shreveport, wohin er gehört.«

Keine Antwort war hier die beste Lösung, beschloss ich.

»Wie lautet dein Wort des Tages?«, fragte er und trat einen Schritt zurück.

Nun musste ich doch lächeln. Sam fragte immer, welches »Wort des Tages« mein Kalender hergab. »Heute Morgen hab' ich nicht nachgesehen. Gestern war's ›Tohuwabohu‹.«

Er hob die Augenbrauen.

»So eine Art wildes Durcheinander«, sagte ich.

»Sookie, wir finden einen Ausweg aus all dem.«

Als die Leute in Teams eingeteilt waren, entdeckte ich, dass Sam nicht der einzige Supra in Jasons Hof war. Ich staunte nicht schlecht, als ich eine Abordnung aus Hotshot erkannte. Calvin Norris, seine Nichte Crystal und noch ein zweiter Mann, der mir irgendwie bekannt vorkam, standen etwas abseits für sich. Nachdem ich einen Augenblick in meinem Gedächtnis gekramt hatte, fiel es mir wieder ein. Der zweite Mann war der, den ich in einiger Entfernung von Crystals

Haus hinter einem Schuppen hatte auftauchen sehen. Ich erkannte ihn an seinem vollen, hellen Haar und der anmutigen Art, wie er sich bewegte. Kevin teilte dem Trio den Reverend Jimmy Fullenwilder als bewaffneten Mann zu. Unter anderen Umständen hätte ich die Kombination der drei Werwölfe mit dem Reverend sehr komisch gefunden. Da ihnen noch eine fünfte Person fehlte, gesellte ich mich zu ihnen. Die drei Werwölfe aus Hotshot begrüßten mich mit einem ernsten Kopfnicken. Calvins goldgrüne Augen fixierten mich nachdenklich. »Das hier ist Felton Norris«, sagte er, und ich nickte Felton zu.

Jimmy Fullenwilder, ein grauhaariger Mann um die sechzig, schüttelte uns allen die Hand. »Ich kenne natürlich Miss Sookie, aber bei Ihnen dreien bin ich mir nicht sicher. Ich bin Jimmy Fullenwilder, Pastor der Baptistenkirche Der Liebe Des Herrn«, sagte er und lächelte in die Runde. Calvin nahm diese Information mit einem höflichen Lächeln auf, Crystal grinste spöttisch und Felton Norris (gab es in Hotshot überhaupt keine anderen Nachnamen?) kühlte merklich ab. Felton wirkte eigenartig, selbst für einen Werwolf aus einem Stamm mit viel Inzucht. Seine Augen waren bemerkenswert dunkel und lagen unter sehr geraden dicken braunen Brauen, die in scharfem Kontrast zu seinem hellen Haar standen. Sein Gesicht war auf Höhe der Augenpartie breit und verjüngte sich dann etwas zu abrupt zu einem schmallippigen Mund hin. Obwohl er ein massiger Mann war, bewegte er sich leichtfüßig und lautlos. Auf unserem Weg in den Wald bemerkte ich, dass dies allen dreien aus Hotshot gemeinsam war. Im Vergleich dazu bewegten Jimmy Fullenwilder und ich uns wie trampelnde Elefanten.

Wenigstens hielt der Pastor sein Gewehr, als wüsste er damit umzugehen.

Den Anweisungen folgend stellten wir uns in einer Reihe auf, mit jeweils zwei Metern Abstand zwischen uns. Crystal war an meiner rechten Seite und Calvin an meiner linken. Die anderen Teams taten das Gleiche. Wir begannen unsere Suche in dem Waldstück hinter dem Teich.

»Achten Sie darauf, wer in Ihrem Team ist«, brüllte Kevin. »Nicht, dass da draußen einer zurückbleibt! Und jetzt los.« Während wir uns in gleichmäßigem Tempo vorwärtsbewegten, suchten wir aufmerksam den Boden vor uns ab. Jimmy Fullenwilder ging ein paar Schritte vor uns her, da er bewaffnet war. Es war von Anfang an klar, dass die Hotshot-Leute, der Reverend und ich höchst unterschiedliche Waldläufer waren. Crystal bewegte sich mühelos durch das Unterholz, ohne sich hindurchkämpfen oder es beiseite schieben zu müssen, obwohl ihre Bewegungen zu hören waren. Jimmy Fullenwilder, ein passionierter Jäger, war im Wald zu Hause und sehr erfahren im Umgang mit der freien Natur. Ich hätte wetten mögen, dass er der Umgebung sehr viel mehr Informationen entnahm als ich. Aber er war nicht fähig, sich so zu bewegen wie Calvin und Felton, die beide wie Geister durch den Wald glitten und ähnlich viele Geräusche verursachten.

Einmal, als ich in ein besonders dichtes Dickicht voll dornigen Gestrüpps geriet, spürte ich, wie sich zwei Hände um meine Taille legten und mich einfach darüberhoben, noch ehe ich reagieren konnte. Calvin Norris setzte mich sehr sanft wieder ab und ging sofort zurück auf seine Position. Niemand hatte etwas davon mitbekommen. Und Jimmy Fullenwilder, der als Einziger erschrocken wäre, lief ein Stück vor uns her.

Unser Team fand nichts: nicht einen Fetzen Kleidung oder Haut, nicht einen Stiefelabdruck oder Panthertritt, keine Spur, keinen Geruch, keinen Blutstropfen. Aus einem anderen Team schrie jemand herüber, sie hätten den zerschundenen Kadaver einer Beutelratte gefunden, aber keine eindeutigen Anzeichen dafür, wodurch das Tier umgekommen war.

Das Vorwärtskommen wurde immer mühsamer. Mein Bruder hatte in diesem Teil des Waldes gejagt und dort auch einigen Freunden die Jagd erlaubt, ansonsten aber die Natur auf den acht Hektar Land rund ums Haus wild wuchern lassen. Er hatte weder herabgestürzte Äste weggeräumt noch junge Schösslinge herausgerissen, was uns jetzt erheblich behinderte. Mein Team war zufällig jenes, das auf den Hochsitz stieß, den er zusammen mit Hoyt vor etwa fünf Jahren gebaut hatte. Der Hochsitz stand auf einer natürlichen Lichtung. Der Wald darum herum war so dicht, dass wir zeitweise außer Sichtweite der anderen Suchteams waren – was ich im Winter nie für möglich gehalten hätte angesichts all der kahlen Äste. Hin und wieder klang der entfernte Ruf einer menschlichen Stimme durch die Kiefern und Büsche und Äste der Eichen und Amberbäume zu uns herüber, doch der Eindruck völliger Abgeschiedenheit war überwältigend.

Felton Norris rannte die Leiter des Hochsitzes in einer so wenig menschlichen Weise hinauf, dass ich Reverend Fullenwilder mit der Bitte ablenken musste, doch in seiner Kirche für die Rückkehr meines Bruders zu beten. Natürlich erzählte er mir, dass er das längst getan hatte, und ließ mich überdies wissen, wie gern er mich am Sonntag in seiner Kirche sehen würde, wo ich meine Stimme mit den anderen zum Gebet erheben konnte. Obwohl ich wegen meines Jobs viele Kirchgänge versäumte und wenn, dann ohnehin in die Methodistenkirche ging (was Jimmy Fullenwilder sehr wohl wusste), blieb mir nichts anderes übrig, als ja zu sagen. In dem Moment rief Felton von oben herunter, dass der Hochsitz leer sei. »Sei vorsichtig beim Runtersteigen, die Leiter ist nicht allzu stabil«, rief Calvin hinauf. Das war eine Warnung an Felton, so viel bekam ich mit, die Leiter wie ein Mensch herunterzuklettern. Als Felton langsam und unbeholfen hinabstieg, fing ich Calvins Blick auf, er wirkte amüsiert.

Gelangweilt vom Herumstehen am Fuß des Hochsitzes, war Crystal Reverend Fullenwilder, unserem an der Spitze gehenden bewaffneten Mann, vorausgeeilt – wovor Kevin uns eindringlich gewarnt hatte. Gerade als ich dachte, *ich sehe sie gar nicht mehr*, hörte ich ihren Schrei.

Innerhalb weniger Sekunden waren Calvin und Felton in großen Sätzen über die Lichtung gesprungen und in die Richtung verschwunden, aus der Crystals Stimme kam. Reverend Jimmy und ich konnten nur hinter ihnen herrennen. Ich hoffte, die Aufregung des Augenblicks würde seinen Blick dafür trüben, wie Calvin und Felton sich bewegten. In einiger Entfernung hörten wir einen unbeschreiblichen Lärm, ein lautes Kreischen, Quieken und hektische Bewegungen im Unterholz. Dann ertönte ein heiseres Brüllen und ein weiterer schriller Schrei, nur leicht gedämpft vom kahlen Dickicht des Waldes.

Wir hörten Rufe aus allen Richtungen, als die anderen Suchteams sich meldeten und auf die alarmierenden Geräusche zurannten.

Mein Fuß verhedderte sich im Gestrüpp, und ich schlug Hals über Kopf hin. Obwohl ich gleich wieder auf die Beine kam und weiterrannte, hatte Jimmy Fullenwilder mich überholt. Und als ich zwischen ein paar niedrigen Kiefern, keine höher als ein Briefkastenpfosten, hindurchlief, hörte ich einen Gewehrschuss.

O mein Gott, dachte ich. *O mein Gott.*

Die kleine Lichtung war voll Blut und Tumult. Ein großes Tier lag wild strampelnd in den abgestorbenen Blättern und sprühte rote Tropfen auf alles in seiner Nähe. Aber es war kein Panther. Zum zweiten Mal in meinem Leben sah ich ein Razorback-Wildschwein, dieses gefährliche Tier, das eine so enorme Größe erreicht.

Bis ich begriff, was ich da eigentlich vor mir hatte, war die Wildsau bereits zusammengebrochen und tot. Sie stank nach Schwein und nach Blut. Ein Krachen und Quieken im Unterholz um uns herum ließ darauf schließen, dass sie nicht allein gewesen war, als Crystal auf sie traf.

Doch nicht alles Blut stammte von der Sau. Crystal Norris fluchte wild. Sie saß gegen eine alte Eiche gelehnt und hielt mit den Händen ihren aufgeschlitzten linken Oberschenkel umklammert. Ihre Jeans waren nass von ihrem eigenen Blut, und ihr Onkel und ihr – keine Ahnung, welches Verhältnis zwischen Felton und Crystal bestand, aber bestimmt gab's irgendeins – Verwandter beugten sich über sie. Jimmy Fullenwilder stand immer noch mit dem Gewehr im Anschlag da, den Lauf auf das Tier gerichtet, und hatte einen Ausdruck im Gesicht, den ich nur als verstört beschreiben kann.

»Wie geht es ihr?«, fragte ich die beiden Männer, doch nur Calvin sah auf. Seine Augen hatten sich eigenartig verändert, sie waren irgendwie gelber und runder. Er warf einen unmissverständlichen Blick auf den Tierkadaver, einen Blick schieren Verlangens. Um seinen Mund herum war Blut. Auf seinem Handrücken sah ich Fell, das gelblich braun schimmerte. Als Werwolf musste er ziemlich merkwürdig aussehen. Wortlos deutete ich auf diesen Beweis seiner zweiten Natur, und er erzitterte vor Sehnsucht, als er bestätigend nickte. Ich zog ein Taschentuch aus meiner Manteltasche, spuckte darauf und wischte sein Gesicht ab, ehe sich Jimmy Fullenwilder aus der Faszination seines Jagderfolgs lösen und seine seltsamen Begleiter in Augenschein nehmen konnte. Als Calvins Mund nicht mehr befleckt war, band ich das Taschentuch um seine Hand und verdeckte so die Stelle mit dem Fell.

Felton schien ganz normal zu sein, bis ich sah, was sich am Ende seiner Arme befand. Das waren keine Hände mehr ... aber auch keine Wolfspfoten, sondern etwas höchst Sonderbares, etwas Großes und Flaches mit Krallen.

Ich konnte die Gedanken der Männer nicht lesen, aber ich spürte ihr starkes Verlangen, und das hatte vor allem mit rohem rotem Fleisch zu tun. Felton bewegte sich sogar ein-, zweimal vor und zurück, geschüttelt von der Kraft seiner Gier. Ihr stummer innerer Kampf war schmerzhaft und nur

schwer zu ertragen, selbst für den Beobachter. Ich fühlte es, als die beiden Männer begannen, ihren Hirnen menschliche Gedankenmuster aufzuzwingen. Nach wenigen Sekunden schon gelang es Calvin, zu sprechen.
»Sie verliert sehr schnell Blut, aber wenn wir sie ins Krankenhaus bringen, übersteht sie es.« Seine Stimme war undeutlich, und das Sprechen strengte ihn sichtlich an. Felton hielt den Blick immer noch gesenkt und begann unbeholfen sein Flanellhemd zu zerreißen. Mit seinen ungestalten Händen gelang ihm das nicht, daher übernahm ich diese Aufgabe. Als Crystals Wunde so fest verbunden war, wie ein improvisierter Verband es zuließ, hoben die beiden Männer die jetzt bleiche und stille Crystal hoch und trugen sie schnellstens aus dem Wald. Feltons Hände waren dabei den Blicken verborgen, Gott sei Dank.

All das ging so rasant vonstatten, dass die auf der Lichtung zusammengelaufenen anderen Suchteams eben erst begriffen, was passiert war.

»Ich habe eine Wildsau erschossen«, sagte Jimmy Fullenwilder und schüttelte fassungslos den Kopf, als Kevin und Kenya aus östlicher Richtung auf die Lichtung stürmten. »Das ist nicht zu glauben. Sie hat das Mädchen angegriffen, und die anderen Säue und Ferkel sind davongestoben, und dann waren die zwei Männer bei der Sau, und dann gingen sie endlich aus dem Weg, und ich habe dem Tier in den Hals geschossen.« Er wusste nicht, ob er ein Held war oder ob er Schwierigkeiten mit dem Amt für Naturschutz zu befürchten hatte. Was ihm wirklich gedroht hatte, würde er nie ahnen. Die Gefahr für Crystal hatte in Felton und Calvin die eigenen Jagdinstinkte erregt, und beinahe hätten sie eine volle Gestaltwandlung vollzogen. Dass sie fähig waren, sich von dem Wildschwein zurückzuziehen anstatt sich vollständig zu verwandeln, zeigte, wie stark sie waren. Dass sie nicht fähig waren, die beginnende Verwandlung gänzlich zu unterdrücken, schien zu belegen, dass die Trennlinie ihrer zwei Naturen bei einigen Einwohnern von Hotshot anscheinend immer unschärfer wurde.

An der Wildsau fanden sich sogar Bisswunden. Ich war derart von Sorgen überwältigt, dass ich meine Schutzbarriere nicht aufrechterhalten konnte und sich die ungefilterte Aufregung aller Leute in meinen Kopf ergoss – all ihre Abscheu, Angst, Panik über das viele Blut, das Wissen um die schwere Verwundung einer Mitsucherin und der Neid der anderen Jäger wegen Jimmy Fullenwilders Coup. Das alles war zu viel, und mehr als ich je etwas gewünscht hatte, wünschte ich mich von dort fort.

»Gehen wir. Das ist das Ende der Suche, wenigstens für heute«, sagte Sam, der neben mir stand. Sehr langsam gingen wir zusammen aus dem Wald hinaus. Ich erzählte Maxine, was passiert war, und nachdem ich ihr für all ihre Bemühungen gedankt und ein paar Krapfen angenommen hatte, fuhr ich nach Hause. Sam folgte mir. Als wir dort ankamen, war ich schon wieder ein bisschen mehr ich selbst.

Ich schloss die Hintertür auf und fand den Gedanken plötzlich ziemlich merkwürdig, dass noch jemand anderes im Haus war. Nahm Eric meine Schritte auf dem Fußboden über seinem Kopf auf irgendeiner Ebene wahr – oder war er auf dieselbe Weise tot wie ein ganz normaler toter Mensch? Doch diese Fragen strömten nur durch meinen Kopf und gleich wieder hinaus, weil ich einfach viel zu mitgenommen war, um lange darüber nachzudenken.

Sam fing an, Kaffee zu kochen. Er fühlte sich in meiner Küche ganz zu Hause, da er früher, als meine Großmutter noch lebte, hin und wieder vorbeigekommen war und mich auch sonst mal besuchte.

Ich hängte unsere Mäntel auf und sagte: »Das war die reine Katastrophe.«

Sam widersprach nicht.

»Wir haben nicht nur Jason nicht gefunden, was ich eigentlich auch nicht erwartet hatte, sondern die beiden Typen aus

Hotshot wären beinahe aufgeflogen und Crystal ist verletzt. Ehrlich gesagt, habe ich keine Ahnung, wieso die überhaupt da aufkreuzen mussten.«»Ich weiß schon, das auszusprechen war nicht sonderlich nett von mir. Aber außer Sam hörte es ja keiner, und er kannte meine schlechten Seiten zur Genüge und machte sich da nichts vor.

»Ich habe mit ihnen geredet, bevor du kamst. Calvin wollte zeigen, dass er ernsthaft um dich wirbt, wie sie das in Hotshot eben so machen«, sagte Sam in ruhigem gleichmäßigen Ton. »Felton ist ihr bester Spurenleser, deswegen hat er ihn überredet, mitzukommen. Und Crystal wollte einfach bloß Jason finden.«

Sofort schämte ich mich. »Tut mir leid«, sagte ich und ließ mich auf einen Stuhl fallen. »Tut mir leid.«

Sam kniete sich vor mich hin und legte seine Hände auf meine Knie. »Du hast wirklich jedes Recht auf miserable Laune.«

Ich beugte mich über ihn und küsste ihn auf den Kopf. »Ich weiß nicht, was ich ohne dich tun würde«, sagte ich ohne irgendeinen Hintergedanken.

Er sah zu mir hinauf, und für einen langen, seltsamen Moment schien das Licht im Raum zu tanzen und zu zittern. »Du würdest Arlene anrufen«, sagte er lächelnd. »Sie würde mit den Kindern hierher kommen, Schnaps in deinen Kaffee gießen, dir von Tacks Knick im Schwanz erzählen und dich damit zum Lachen bringen, so dass es dir gleich besser ginge.«

Ich war ihm dankbar, dass er den Moment hatte verstreichen lassen. »Also, da werde ich ja glatt neugierig, bei dieser Sache mit Tack. Aber das fällt wahrscheinlich in die Kategorie ›zu intime Details‹, oder?«

»Das dachte ich auch. Hat mich aber nicht davon abgehalten, zuzuhören, als sie es Charlsie Tooten erzählte.«

Ich goss uns beiden eine Tasse Kaffee ein, stellte die halb leere Zuckerdose in Sams Reichweite und legte einen Löffel dazu. Um zu sehen, wie viel Zucker ich noch hatte, blickte ich zur Küchenanrichte mit den Vorratsgläsern hinüber und bemerkte dabei, dass das Licht meines Anrufbeantworters blinkte. Ich musste nur aufstehen, einen einzigen Schritt tun und den Knopf drücken. Die Nachricht war um 5.01 Uhr aufgezeichnet worden. Ach ja, ich hatte den Hörer vom Telefon genommen, ehe ich völlig erschöpft ins Bett gegangen war. Meine Nachrichten waren meist unterschiedslos banal – Arlene, die mir den allerneuesten Klatsch erzählte; Tara, die plaudern wollte, weil im Laden gerade nichts los war –, dagegen war diese hier geradezu sensationell.

Pams klare Stimme sagte: »Heute Nacht greifen awir die Hexen und ihren Unterschlupf an. Die Werwölfe haben die Wiccas der Umgebung überredet, uns zu helfen. Und du musst Eric mitbringen. Er kann kämpfen, auch wenn er nicht weiß, wer er ist. Außerdem ist er sowieso nutzlos für uns, wenn wir den Fluch nicht brechen können.« Typisch Pam, immer praktisch orientiert. Eric sollte wenigstens als Kanonenfutter dienen, wenn wir ihn nicht wieder in seinen vollen Anführer-Modus zurückversetzen konnten. Nach einer kleinen Pause fuhr sie fort: »Die Werwölfe von Shreveport verbünden sich mit den Vampiren zum gemeinsamen Kampf. Hier wird Geschichte geschrieben, meine liebe Gedankenleserin, und du kannst dabei sein.«

Das Geräusch eines Telefonhörers, der aufgelegt wurde. Das Klicken, das die nächste Nachricht ankündigte, die nur zwei Minuten später angekommen war.

»Da ich gerade daran denke«, sagte Pam, als hätte sie nie aufgelegt, »es sieht so aus, als könnte uns deine ungewöhnliche Fähigkeit in unserem Kampf helfen, und wir würden das gern nutzen. Komm also hierher, sobald es dunkel genug ist.« Sie legte wieder auf.

Klick. »›Hierher‹ ist Parchman Avenue 714«, sagte Pam. Und legte auf.

»Wie kann ich das tun, solange Jason noch vermisst wird?«,

fragte ich, als klar war, dass Pam nicht noch einmal angerufen hatte.

»Jetzt legst du dich erst mal hin«, sagte Sam. »Komm.« Er zog mich vom Stuhl und brachte mich zu meinem Zimmer. »Du ziehst deine Stiefel und die Jeans aus, krabbelst ins Bett und schläfst eine Weile. Und wenn du wieder aufwachst, wirst du dich viel besser fühlen. Du hinterlässt Pams Telefonnummer, dann kann ich dich erreichen. Und der Polizei sagst du, sie soll in der Bar anrufen, wenn es was Neues gibt. Ich sage dir dann Bescheid, wenn ich von Bud Dearborn höre.«

»Du findest also, ich sollte das tun?« Ich war total verwirrt.

»Nein, ich würde was drum geben, wenn du's nicht tätest. Aber ich denke, du musst es tun. Es ist nicht mein Kampf, ich wurde nicht aufgefordert, mitzumachen.« Sam drückte mir einen Kuss auf die Stirn und machte sich dann auf den Weg zurück ins Merlotte's.

Seine Einstellung war recht interessant, weil meine beiden Vampire Bill und Eric immer so sehr darauf beharrten, dass ich ein Besitz sei, den es zu beschützen gelte. Ich fühlte mich ziemlich gestärkt und zuversichtlich – ungefähr dreißig Sekunden lang, bis ich mich an meinen guten Vorsatz fürs neue Jahr erinnerte: *Ich möchte nicht noch mal zusammengeschlagen werden.* Wenn ich mit Eric nach Shreveport fuhr, würde ich mit Sicherheit Dinge zu sehen bekommen, die ich nicht sehen wollte; Dinge erfahren, die ich nicht wissen wollte; und den Arsch voll kriegen würde ich außerdem.

Andererseits hatte mein Bruder Jason einen Deal mit den Vampiren gemacht, und ich musste mich daran halten. Manchmal schien mir, als sei mein ganzes Leben ein einziges Hin und Her zwischen Regen und Traufe. Allerdings hatten auch viele andere Menschen ein kompliziertes Leben.

Ich dachte an Eric, den mächtigen Vampir, dessen Hirn jeder noch so kleinen Erinnerung an seine Identität beraubt war. Ich dachte an das Gemetzel, das ich in der Boutique für Brautmoden gesehen hatte, an die rot besprizte weiße Spitze. Ich dachte an die arme Maria-Star, die jetzt im Krankenhaus von Shreveport lag. Diese Hexen waren von Grund auf böse, und das Böse sollte aufgehalten, das Böse sollte überwältigt werden. Das ist doch der amerikanische Ansatz.

Mir schien nur der Gedanke etwas seltsam, dass ich auf der Seite von Vampiren und Werwölfen stand und dass das die gute Seite war. Darüber musste ich denn doch ein klein wenig lachen, wenn auch nur ganz für mich. O ja, wir waren die Guten und würden die Rettung bringen.

Kapitel 11

Erstaunlicherweise schlief ich tatsächlich. Als ich aufwachte, lag Eric neben mir auf dem Bett und beschnupperte mich. »Sookie, was ist das?«, fragte er sehr leise. Er wusste natürlich, wann ich erwachte. »Du riechst nach Wald, und du riechst nach Gestaltwandler. Und nach etwas noch Wilderem.«

Der Gestaltwandler, den er roch, war vermutlich Sam. »Und nach Werwolf«, fügte ich hinzu, weil ich nicht wollte, dass ihm etwas entging.

»Nein, Werwolf nicht«, erwiderte er.

Das verblüffte mich. Calvin hatte mich über das dornige Gestrüpp gehoben, und sein Geruch musste eigentlich noch an mir sein.

»Verschiedene Gestaltwandler«, sagte Eric in das fast vollständige Dunkel meines Zimmers hinein. »Wo warst du, Geliebte, und was hast du getan?«

Er klang nicht richtig verärgert, aber glücklich klang er auch nicht. Vampire! Sie haben das Wort Besitzanspruch erfunden.

»Ich habe an der Suche nach meinem Bruder teilgenommen, im Wald hinter seinem Haus«, antwortete ich.

Eric schwieg eine Minute. Dann schloss er mich in die Arme und drückte mich fest an sich. »Es tut mir leid«, sagte er. »Ich weiß ja, dass du dir Sorgen machst.«

»Ich möchte dich etwas fragen«, entgegnete ich und ergriff die Gelegenheit, eine meiner Theorien zu testen.

»Natürlich.«

»Schau in dich hinein, Eric. Tut es dir wirklich und wahrhaftig leid? Machst du dir Sorgen um Jason?« Den echten Eric hätte das Verschwinden meines Bruders nicht die Bohne interessiert.

»Natürlich«, beteuerte er. Und eine ganze Weile später – hätte ich nur sein Gesicht sehen können –, sagte er dann: »Eigentlich nicht.« Er klang selbst überrascht. »Ich weiß, dass es mir leidtun sollte. Ich sollte mir Sorgen um deinen Bruder machen, weil ich so gern Sex mit dir habe. Denn ich möchte, dass du nur das Beste von mir denkst, damit du den Sex auch willst.«

Diese Aufrichtigkeit war doch einfach bewundernswert. Hier war er dem echten Eric so ähnlich wie schon seit Tagen nicht.

»Aber du hörst mir zu? Wenn ich darüber sprechen möchte? Aus demselben Grund?«

»Natürlich, Geliebte.«

»Weil du Sex mit mir haben möchtest.«

»Ja, natürlich. Aber auch, weil ich glaube, dass ich wirklich ...« Er hielt inne, als stünde er kurz davor, etwas Ungeheuerliches auszusprechen. »Ich glaube, dass ich wirklich etwas für dich empfinde.«

»Oh«, murmelte ich an seiner Brust und klang genauso überrascht wie Eric. Seine Brust war nackt, wie vermutlich auch der ganze Rest von ihm. An meiner Wange spürte ich einen Hauch gekräuselter blonder Haare.

»Eric«, begann ich nach einer langen Pause, »ich gebe es nicht gern zu, aber auch ich empfinde etwas für dich.« Ich hatte Eric noch so viel zu erklären, und eigentlich sollten wir längst mit dem Auto auf dem Weg nach Shreveport sein. Doch diesen Moment gönnte ich mir, um dies kleine Stück vom Glück ganz auszukosten.

»Nicht richtige Liebe«, sagte er. Seine Finger mühten sich, meine Kleider abzustreifen.

»Nein, aber etwas sehr nah daran.« Ich half ihm. »Wir haben nicht viel Zeit, Eric«, sagte ich, griff hinunter, berührte ihn, und er stöhnte auf. »Also lass es uns gut machen.«

»Küss mich«, sagte er, und er sprach nicht von seinem Mund. »Dreh dich so herum«, flüsterte er, »ich möchte dich auch küssen.«

Es dauerte nicht lange, und wir hielten einander in den Armen, befriedigt und glücklich.

»Was ist passiert?«, fragte er. »Irgendetwas macht dir Angst, das weiß ich.«

»Wir müssen nach Shreveport fahren«, sagte ich. »Wir sind schon später dran, als Pam mir am Telefon aufgetragen hat. Heute Nacht ist es so weit, wir treten an gegen Hallow und ihre Hexen.«

»Dann musst du hier bleiben«, erwiderte er sofort.

»Nein«, sagte ich sanft und legte ihm eine Hand auf die Wange. »Nein, Lieber, ich muss mit dir gehen.« Ich erzählte ihm nicht, dass Pam es für eine gute Idee hielt, meine Fähigkeiten für diesen Kampf zu nutzen. Ich erzähle ihm auch nicht, dass er als Kampfmaschine eingesetzt werden sollte. Und noch viel weniger erzählte ich ihm, dass heute Nacht ganz sicher jemand sterben würde; vielleicht würde es sogar mehrere Tote geben, Menschen, Werwölfe und Vampire. Wahrscheinlich war es das letzte Mal, dass ich Eric mit einem Kosewort anredete. Und wahrscheinlich war es auch das letzte Mal, dass Eric in meinem Haus erwachte. Einer von uns würde vielleicht diese Nacht nicht überleben; und wenn wir überlebten, wussten wir nicht, wie verändert wir aus ihr hervorgehen würden.

Auf der Fahrt nach Shreveport fiel kein Wort. Schon als wir uns wuschen und anzogen, hatten wir kaum geredet. Mindestens siebenmal dachte ich daran, sofort nach Bon Temps umzukehren, mit oder ohne Eric.

Aber ich tat es nicht.

Erics Fähigkeiten erstreckten sich leider nicht aufs Kartenlesen, und so musste ich am Straßenrand anhalten und einen

Blick auf meinen Stadtplan von Shreveport werfen, um Parchman Avenue 714 zu finden. (Irgendwie hatte ich angenommen, Eric könnte sich schon an die Richtung erinnern. Aber das konnte er natürlich nicht.)
»Dein Wort des Tages war übrigens ›Desaster‹«, erzählte er mir fröhlich.
»Oh, danke fürs Nachsehen.« Vermutlich klang das nicht sonderlich dankbar. »Du scheinst ja ziemlich begeistert über all das.«
»Sookie, es gibt nichts Besseres als einen guten Kampf«, sagte er zu seiner Rechtfertigung.
»Kommt drauf an, wer gewinnt, würde ich sagen.«
Das ließ ihn für ein paar Minuten verstummen, was auch gut war. Ich hatte ziemliche Schwierigkeiten, die fremden Straßen in der Dunkelheit zu erkennen, zumal ich noch so viel anderes im Kopf hatte. Doch schließlich fanden wir die richtige Straße und auch das richtige Haus in dieser Straße. Ich hatte mir immer vorgestellt, dass Pam und Chow in einer Art Herrenhaus lebten, aber die Vampire bewohnten ein großes Einfamilienhaus in einem Vorort der oberen Mittelschicht. Es war eine Straße mit gepflegten Rasen, Fahrradwegen und Sprinkleranlagen, soweit ich erkennen konnte.

In der Auffahrt zu Nummer 714 brannte Licht, in der großen Garage an der rückwärtigen Seite des Hauses parkten drei Autos. Also fuhr ich die leichte Anhöhe zum betonierten Stellplatz für Besucher hinauf, wo bereits Alcides Pick-up stand und der Kombiwagen, den ich in der Auffahrt von Colonel Flood gesehen hatte.

Ehe wir aus meinem alten Auto stiegen, beugte sich Eric zu mir herüber und küsste mich. Wir sahen uns an. Seine großen Augen waren so blau und das Weiße so weiß, ich konnte den Blick kaum abwenden. Sein goldblondes Haar war ordentlich gekämmt und mit einem meiner Haargummis zurückgebunden, einem hellblauen. Er trug eine Jeans und ein neues Flanellhemd.

»Noch können wir umkehren«, sagte er. Im Schein der Innenleuchte meines Autos wirkte sein Gesicht hart wie Stein. »Noch können wir umkehren und zu dir nach Hause fahren. Ich kann für immer bei dir bleiben. Wir können auf alle erdenklichen Arten unsere Körper weiter erkunden, Nacht für Nacht. Ich könnte dich wirklich lieben.« Seine Nasenflügel bebten, und plötzlich sah er stolz aus. »Ich könnte arbeiten. Du wärst nicht länger arm. Ich würde dir helfen.«

»Klingt wie eine Ehe«, sagte ich und versuchte, die Atmosphäre zu entspannen. Aber meine Stimme zitterte zu sehr.

»Ja«, sagte er. Und er würde nie wieder er selbst sein. Er würde immer die falsche Version von Eric bleiben, ein Eric, der um sein wahres Leben betrogen wurde. Falls unsere Beziehung (so wie sie war) tatsächlich andauerte, würde er immer derselbe bleiben; aber ich würde mich verändern.

Schluss jetzt mit den negativen Gedanken, Sookie, sagte ich zu mir selbst. Ich wäre doch total bescheuert, die Gelegenheit, mit diesem hinreißenden Geschöpf – wie lange auch immer – zu leben, einfach so an mir vorüberziehen zu lassen. Wir verstanden uns richtig gut, ich liebte seinen Humor, und ich hatte ihn sehr gern um mich, vom Sex mit ihm gar nicht erst zu reden. Seit er sein Gedächtnis verloren hatte, war es auf ganz unkomplizierte Weise sehr schön mit ihm.

Genau das war der Haken. Wir würden eine unwahrhaftige Beziehung führen, weil dies nicht der wahrhafte Eric war. Und da wären wir wieder am Ausgangspunkt.

Mit einem Seufzer stieg ich aus dem Auto. »Ich bin total bescheuert«, sagte ich, als wir auf das Haus zugingen.

Eric sagte gar nichts. Ich schätze mal, er war ganz meiner Meinung.

»Hallo«, rief ich und machte die Hintertür auf, nachdem keiner auf mein Klopfen reagiert hatte. Die Tür von der Garage ins Haus führte erst in einen Wirtschaftsraum und von dort in die Küche.

Wie in einem Vampirhaushalt nicht anders zu erwarten, war die Küche blitzblank, weil sie nie benutzt wurde. Für ein Haus dieser Größe war die Küche sehr klein. Wahrscheinlich hatte die Maklerin gemeint, ihren Glückstag – oder ihre Glücksnacht – erwischt zu haben, als sie den Vampiren das Haus zeigte. Denn eine normale Familie, die zu Hause kochte, dürfte wohl Schwierigkeiten haben mit einer Küche im Format eines Doppelbetts. Das Haus war weitgehend offen und ohne Zwischenwände gebaut, so dass wir über den Küchentresen direkt in den Wohnbereich blickten – in diesem Fall der Wohnbereich einer mächtig seltsamen Familie. Es gab drei Durchgänge, die in irgendwelche anderen Bereiche des Hauses führten.

Im Moment war der Wohnbereich voller Leute. In den offenen Durchgängen drängten sich noch mehr.

Vampire waren da: Pam, Chow und Gerald sowie mindestens zwei weitere, die ich im Fangtasia schon mal gesehen hatte. Die zweigestaltigen Geschöpfe waren vertreten durch Colonel Flood, die rothaarige Amanda (mein großer Fan), den jungen Typen mit dem braunen, stachelig aufgestellten Haar (Sid), Alcide, Culpepper und (zu meinem Entsetzen) Debbie Pelt. Debbie war nach dem allerletzten Schrei gekleidet – zumindest ihrer Ansicht nach –, was auf diesem Treffen allerdings ziemlich deplatziert wirkte. Vielleicht wollte sie mich nur wieder mal daran erinnern, dass sie einen sehr guten Job bei einer Werbeagentur hatte.

Auch gut. Debbies Anwesenheit machte das Grauen dieser Nacht doch geradezu perfekt.

Die Leute, die ich nicht kannte, waren dann wohl die Hexen aus der Umgebung, sagte ich mir. Die würdevolle Frau auf dem Sofa war vermutlich ihre Anführerin. Ich wusste nicht, wie ihr korrekter Titel lautete – Hexenmeister? Meisterin? Sie war über sechzig und hatte stahlgraues Haar, kaffeebraune Haut und braune Augen, die ungeheuer weise wirkten, aber skeptisch zugleich. Neben ihr stand ein blasser junger Mann mit Brille, der gebügelte Khakihosen, ein gestreiftes Hemd und blitzblanke Halbschuhe trug. Er sah aus, als würde er im Management einer Supermarktkette arbeiten, und seinen Kindern hatte er sicher erzählt, dass er an diesem kalten Januarabend zum Bowling oder auf ein Treffen des Kirchenvorstands ging. Doch stattdessen standen er und die junge Hexe an seiner anderen Seite kurz vor einem Kampf auf Leben und Tod.

Die zwei noch leeren Stühle waren eindeutig für Eric und mich bestimmt.

»Wir haben euch früher erwartet«, sagte Pam knapp.

»Hi, freut mich auch, euch zu sehen. Schön, dass ihr so kurzfristig kommen konntet«, murmelte ich böse. Eine ganze Weile blickten alle im Raum Eric an und warteten darauf, dass er die Sache in die Hand nahm, wie er es seit Jahren tat. Doch Eric sah sie nur verständnislos an. Die Pause begann peinlich zu werden.

»Also, legen wir das Vorgehen fest«, sagte Pam. Alle anwesenden Supras wandten sich zu ihr um. Pam hatte anscheinend keine Probleme damit, die Rolle des Anführers zu übernehmen.

»Dank der Spurenleser der Werwölfe wissen wir, wo sich Hallows Hauptquartier befindet«, erzählte Pam mir. Sie ignorierte Eric völlig, aber ich spürte, dass sie das nur tat, weil sie sich nicht anders zu helfen wusste. Sid grinste mich an. Richtig, er und Emilio hatten die Mörder von der Brautmoden-Boutique bis zu besagtem Gebäude verfolgt. Dann erst bemerkte ich, dass er mir seine Zähne zeigen wollte, die er spitz zugefeilt hatte. Wow.

Die Anwesenheit der Vampire, der Hexen und der Werwölfe verstand ich ja, aber warum eigentlich war Debbie Pelt auf diesem Treffen? Sie war eine Gestaltwandlerin, kein Werwolf. Die Werwölfe waren den Gestaltwandlern gegenüber immer so arrogant, und trotzdem war sie hier; noch dazu weit außerhalb ihres eigenen Territoriums. Ich verabscheute sie und misstraute ihr zutiefst. Sie hatte wohl darauf bestanden, dabei zu sein. Und das machte mein Misstrauen sogar noch größer, wenn das denn überhaupt möglich war.

Wenn sie so wild darauf war, sich uns anzuschließen, dann sollte man Debbie doch gleich in die vorderste Linie stellen, wäre mein Ratschlag gewesen. Dann müssten wir uns wenigstens keine Sorgen über das machen, was sie hinter unserem Rücken tat.

Meine Großmutter hätte sich für meine Rachsucht sicher sehr geschämt; aber nur, weil sie (wie Alcide) im Grunde nicht hätte glauben können, dass Debbie mich tatsächlich hatte umbringen wollen.

»Wir dringen langsam und in mehreren Wellen in ihre nächste Umgebung vor«, sagte Pam. Hatte sie vorher etwa ein militärisches Handbuch konsultiert, fragte ich mich. »Die Hexen haben bereits einiges an Magie in diese Gegend gesendet, damit nicht allzu viele Leute auf den Straßen sind. Wir wollen da nicht wie auf dem Präsentierteller stehen. Sookie geht als Erste.«

Alle versammelten Supras richteten im selben Moment ihre Augen auf mich. Das war ziemlich beunruhigend: als stünde ich bei Nacht in einem Kreis aus Autos, und dann leuchteten alle Scheinwerfer zugleich auf und strahlten mich gleißend an.

»Warum?«, fragte Alcide. Seine großen Hände umfassten seine Knie. Debbie, die sich neben dem Sofa auf dem Fußboden niedergelassen hatte, grinste mich an, wohlwissend, dass Alcide sie nicht sehen konnte.

»Weil Sookie ein Mensch ist«, erklärte Pam. »Und sie geht eher als natürliches Phänomen durch als ein Supra. Sie werden sie nicht aufspüren.«

Eric hatte meine Hand ergriffen. Er hielt sie so fest umschlossen, dass ich meinte, meine Fingerknochen knirschen zu hören. Der normale, unverzauberte Eric hätte entweder Pams Plan im Keim erstickt oder ihm enthusiastisch zugestimmt.

Doch jetzt war er zu eingeschüchtert, um etwas dazu zu sagen – was er offensichtlich eigentlich wollte.

»Und was soll ich tun, wenn ich dort bin?« Ich war stolz auf mich, weil ich so ruhig und überlegt wirkte. Lieber hätte ich einen ganzen Abend lang komplizierte Bestellungen eines Trupps schwer betrunkener Holzfäller aufgenommen, als die Erste in der Kampflinie zu sein.

»Versuch die Gedanken der Hexen zu lesen, während wir auf unsere Positionen gehen. Wenn sie uns zu früh entdecken, ist der Überraschungseffekt hin und die Gefahr ernster Verletzungen viel größer.« Wenn sie aufgeregt war, sprach Pam immer mit einem leichten Akzent, den ich allerdings nie einordnen konnte. Vielleicht war es einfach ein britisches Englisch, so wie es vor dreihundert Jahren gesprochen worden war. Oder was auch immer. »Kannst du sie zählen? Ist das möglich?«

Ich dachte einen Augenblick nach. »Ja, das kann ich.«

»Das wäre uns eine große Hilfe.«

»Was tun wir, wenn wir im Gebäude drin sind?«, fragte Sid. Aufgeregt grinste er in die Runde und zeigte seine spitzen Zähne.

Pam sah leicht verwundert drein. »Wir töten sie alle«, sagte sie völlig selbstverständlich.

Sids Grinsen verblasste. Ich fuhr zusammen. Und ich war nicht die Einzige.

Pam bemerkte, dass sie etwas ziemlich schwer Verdauliches ausgesprochen hatte. »Was sollten wir denn sonst tun?«, fragte sie erstaunt.

Alles schwieg.

»Sie werden alles tun, um *uns* zu töten«, erklärte Chow. »Sie haben nur ein einziges Mal versucht, Verhandlungen aufzunehmen, und das hat Eric das Gedächtnis und Clancy das Leben gekostet. Heute Morgen haben sie Clancys Kleider ins Fangtasia gebracht.« Verlegen wandten alle den Blick von Eric ab. Er wirkte niedergeschlagen, und ich strich mit meiner freien Hand über seinen Handrücken. Sein Griff um meine rechte Hand lockerte sich etwas. Sie war eingeschlafen und begann zu kribbeln.

»Jemand muss Sookie begleiten«, forderte Alcide. Finster blickte er Pam an. »Sie kann nicht ganz allein in die Nähe dieses Gebäudes gehen.«

»Ich gehe mit ihr«, sagte eine vertraute Stimme aus einer Ecke des Raums. Ich beugte mich vor und suchte die Gesichter ab.

»Bubba!«, rief ich erfreut. Verwundert starrte Eric das berühmte Gesicht an. Das glänzende schwarze Haar war zu einer Tolle zurückgekämmt, und der Schmollmund verzog sich zu dem weltberühmten Lächeln, das sein Markenzeichen war. Sein momentaner Hüter hatte ihn anscheinend extra für diesen nächtlichen Ausflug eingekleidet, denn statt eines strassbesetzten Glitzeroveralls trug er einen Tarnanzug.

»Wie schön, Sie zu sehen, Miss Sookie«, sagte Bubba. »Ich trage heute extra meine Militäruniform.«

»Das sehe ich. Sieht klasse aus, Bubba.«

»O danke, Ma'am.«

Pam dachte darüber nach. »Die Idee ist gar nicht schlecht«, sagte sie schließlich. »Seine, äh ... mentalen Ströme, seine Signatur, ihr versteht, was ich meine? – sind so, äh, untypisch, daher werden die Hexen wohl nicht erkennen, dass ein Vampir in ihrer Nähe ist.« Pam war äußerst taktvoll.

Bubba war einfach der peinlichste Vampir der Welt. Er konnte sich zwar lautlos bewegen und war gehorsam, doch mit dem logischen Denken haperte es, und er trank auch viel lieber Katzenblut als Menschenblut.

»Wo ist Bill, Miss Sookie?«, fragte er. Ich hätte mir denken können, dass diese Frage kommen würde. Bubba hatte immer sehr an Bill gehangen.

»Er ist in Peru, Bubba. Das ist unten in Südamerika.«

»Nein, bin ich nicht«, sagte eine kühle Stimme, und mein Herz schlug einen Salto. »Ich bin wieder da.« Und aus einem der offenen Durchgänge trat meine alte Flamme.

Dieser Abend steckte wirklich voller Überraschungen. Hoffentlich waren auch noch einige angenehme darunter.

Bill so unerwartet wiederzusehen versetzte mir einen stärkeren Schock, als ich vermutet hätte. Ich hatte noch nie zuvor einen Exfreund gehabt – mein Leben war ja insgesamt ziemlich frei von Freunden geblieben –, und so wusste ich nicht, wie ich mit seiner Anwesenheit umgehen sollte – zumal Eric meine Hand so fest umklammert hielt, als wäre ich Mary Poppins und er mein Schützling.

Bill sah gut aus in seinen Khakihosen. Er trug ein Hemd von Calvin Klein, das ich mal für ihn ausgesucht hatte, in einem zurückhaltenden Karomuster in Braun und Gold. Nicht, dass ich weiter drauf geachtet hätte.

»Prima, heute Nacht können wir dich hier sehr gut gebrauchen«, sagte Pam, ganz Miss Geschäftstüchtig. »Von diesen berühmten Ruinen in Peru, von denen jeder spricht, kannst du ja ein andermal erzählen. Du kennst doch sicher die meisten Leute hier?«

Bill sah sich um. »Colonel Flood«, sagte er und nickte ihm zu. »Alcide.« Diesmal fiel sein Kopfnicken weniger herzlich aus. »Diese neuen Verbündeten dort habe ich noch nie gesehen«, meinte er mit Blick auf die Hexen. Bill wartete, bis er allen vorgestellt worden war, und fragte erst dann: »Was tut Debbie Pelt hier?«

Ich versuchte, nicht allzu erstaunt zu wirken, als ich meine innersten Gedanken laut ausgesprochen hörte. Genau meine Frage! Aber woher kannte Bill Debbie? Hatten sich ihre Wege in Jackson gekreuzt? An ein solches Aufeinandertreffen konnte ich mich nicht erinnern, obwohl Bill natürlich wusste, was Debbie getan hatte.

»Sie ist Alcides Freundin«, sagte Pam vorsichtig und leicht irritiert.

Ich zog die Augenbrauen hoch und sah Alcide an, der dunkelrot anlief.

»Sie ist zu Besuch bei ihm und wollte gern mitkom-

men«, fuhr Pam fort.»Hast du etwas dagegen, dass sie hier ist?«
»Sie war beteiligt, als ich im Kerker des Königs von Mississippi gefoltert wurde«, sagte Bill.»Und sie hat meine Qualen genossen.« Alcide war so schockiert, wie ich ihn noch nie gesehen hatte.»Debbie, ist das wahr?«

Debbie Pelt versuchte, keine Miene zu verziehen, jetzt, da aller Augen auf ihr ruhten und dabei höchst unfreundlich blickten.»Ich war nur zufällig zu Besuch bei einem Werwolf-Freund, der dort arbeitet, bei einem der Wächter«, erwiderte sie. Ihre Stimme klang nervös.»Was hätte ich denn tun sollen, um dich zu befreien? Das ging ja überhaupt nicht. Sie hätten mich in Stücke gerissen. Du kannst dich doch gar nicht deutlich an meine Anwesenheit dort erinnern. Du warst doch gar nicht richtig bei dir.« Eine Spur Verachtung lag in ihren Worten.

»Du hast dich an der Folter beteiligt«, sagte Bill. Sein Tonfall war noch immer ganz unpersönlich und dadurch umso überzeugender.»Dir haben die Zangen am besten gefallen.«

»Und du hast niemandem gesagt, dass er dort ist?«, fragte Alcide Debbie. Seine Stimme klang ganz und gar nicht unpersönlich. Darin schwangen Kummer und Wut über ihren Verrat.»Du wusstest, dass jemand aus einem anderen Königreich von Russell gefoltert wurde, und hast nichts unternommen?«

»Er ist ein *Vampir*, Herrgott noch mal«, sagte Debbie und klang nichts weiter als gereizt.»Als ich später erfuhr, dass du mit Sookie nach ihm gesucht hast, um die Schulden deines Vaters bei den Vampiren zu begleichen, habe ich mich schrecklich gefühlt. Doch zu der Zeit war das einfach eine Vampir-Angelegenheit. Warum sollte ich mich da einmischen?«

»Warum sollte irgendein anständiges Wesen sich an Folter beteiligen?« Alcides Tonfall war angespannt.

Ein langes Schweigen trat ein.

»Und außerdem hat sie versucht, Sookie umzubringen«, sagte Bill, dem es weiterhin gelang, ziemlich leidenschaftslos zu sprechen.

»Ich wusste nicht, dass Bill im Kofferraum des Autos lag, als ich Sookie dort hineinstieß! Ich wusste nicht, dass ich sie zusammen mit einem hungrigen Vampir einschloss!«, protestierte Debbie.

Ich weiß nicht, wie es den anderen erging, aber mich überzeugte das nicht eine Sekunde lang.

Alcide senkte seinen schwarzen Haarschopf und blickte auf seine Handflächen, als hielten sie ein Orakel für ihn bereit. Dann hob er den Kopf und sah Debbie direkt an. Dieser Mann konnte seine Augen keinen Augenblick länger vor der Wahrheit verschließen. Er tat mir überaus leid, sehr viel mehr als irgendjemand sonst seit langer, langer Zeit.

»Ich sage mich von dir los«, erklärte Alcide. Colonel Flood zuckte zusammen, und der junge Sid ebenso wie Amanda und Culpepper wirkten erstaunt und beeindruckt. Als wäre dies eine Zeremonie, deren Zeugen sie noch nie gewesen waren.

»Ich sehe dich nie wieder. Ich jage mit dir nie wieder. Ich teile mit dir das Fleisch nie wieder.«

Offensichtlich war dies ein Ritual von größter Bedeutung unter den zweigestaltigen Geschöpfen. Debbie starrte Alcide an, völlig entgeistert von seiner Rede. Die Hexen murmelten etwas untereinander, doch sonst herrschte Schweigen im Raum. Selbst Bubba hatte die Augen weit aufgerissen, dabei gingen die meisten Dinge über seinen Horizont.

»Nein«, sagte Debbie mit erstickter Stimme und wedelte mit der Hand vor sich herum, als könnte sie so auslöschen, was soeben passiert war. »Nein, Alcide!«

Doch er starrte einfach durch sie hindurch. Es sah sie nicht mehr.

Obwohl ich Debbie verabscheute, schmerzte es mich, ihr Gesicht zu sehen. Wie die meisten Anwesenden blickte auch ich, so schnell ich konnte, woanders hin. Der Kampf gegen Hallows Hexenzirkel erschien mir wie ein Kinderspiel gegen dies Ereignis, dessen Zeuge ich gerade geworden war.

Pam schien mir da zuzustimmen. »Also gut«, sagte sie energisch. »Bubba begleitet Sookie. Sie wird ihr Bestes tun, um das zu tun, was immer es auch ist, das sie tut – und sie wird uns Bescheid geben.« Pam dachte einen Augenblick nach. »Sookie, noch mal: Wir müssen wissen, wie viele Leute es sind, ob es alles Hexen sind oder nicht, und auch sonst jede Kleinigkeit, die du ausfindig machen kannst. Schick uns Bubba mit allen erreichbaren Informationen und halt Wache für den Fall, dass sich die Situation verändert, während wir anrücken. Sobald wir unsere Positionen erreicht haben, gehst du zu den Autos zurück, wo du in Sicherheit bist.«

Damit hatte ich kein Problem. Unter Hexen, Werwölfen und Vampiren zählte ich einfach nicht als ernstzunehmende Kämpferin.

»Klingt ganz okay für mich, wenn ich schon daran beteiligt sein muss«, sagte ich und sah Eric an, als ich seinen Händedruck spürte. Die Aussicht auf den Kampf schien ihn zu erfreuen, doch in seinem Gesicht und seiner Haltung spiegelte sich immer noch Unsicherheit. »Und was wird aus Eric?«

»Was meinst du damit?«

»Wenn ihr da reingeht und alle tötet, wer soll ihn dann von seinem Fluch erlösen?« Ich drehte mich zu den Experten herum, den Wiccas. »Falls Hallows Hexenzirkel stirbt, stirbt dann ihr Fluch mit ihnen? Oder ist Eric danach immer noch ohne Gedächtnis?«

»Der Fluch muss aufgehoben werden«, sagte die älteste Hexe, die ruhige afroamerikanische Frau. »Am besten ist es, wenn er von jener aufgehoben wird, die ihn ausgesprochen hat. Der Fluch kann auch von jemand anders aufgehoben werden. Das dauert aber länger und ist viel aufwändiger, weil wir nicht wissen, welche Elemente an dem Fluch beteiligt sind.«

Ich vermied es, Alcide anzusehen, der noch unter der Gewalt der Gefühle stand, die ihn veranlasst hatten, Debbie auszustoßen. Obwohl ich vorher nicht wusste, dass so etwas überhaupt möglich war, beschlich mich Bitterkeit, weil er sie *nicht* ausgestoßen hatte, nachdem ich ihm vor einem Monat von Debbies Mordversuch an mir erzählte. Na ja, vielleicht hatte er sich gesagt, dass ich mich irrte, dass es nicht Debbie war, die ich in meiner Nähe spürte, als ich in den Kofferraum des Cadillac gestoßen wurde.

Soweit ich wusste, hatte Debbie heute zum ersten Mal zugegeben, mich tatsächlich in den Kofferraum gestoßen zu haben. Aber sie hatte zugleich bestritten, dass sie Bill darin hatte liegen sehen – wenn auch bewusstlos. Doch jemanden in einen Kofferraum zu stoßen und die Klappe zu schließen fiel ja wohl kaum in die Kategorie witzige Streiche, oder?

Vielleicht hatte Debbie sogar sich selbst etwas vorgemacht.

Jetzt musste ich mich unbedingt darauf konzentrieren, was hier besprochen wurde. Mir blieb noch genug Zeit, über die Mechanismen der Selbsttäuschung nachzudenken, wenn ich diese Nacht überlebte.

Pam sagte gerade: »Sie meinen also, wir müssen Hallow am Leben lassen? Damit sie den Fluch aufhebt?« Diese Aussicht machte Pam gar nicht glücklich. Ich drängte meine schmerzhaften Gefühle beiseite und hörte wieder zu. Dies war kaum der rechte Augenblick zum Grübeln.

»Nein«, erwiderte die Hexe unverzüglich, »ihren Bruder Mark. Es ist zu gefährlich, Hallow selbst am Leben zu lassen. Sie muss so schnell wie möglich sterben.«

»Was werden Sie tun?«, fragte Pam. »Wie werden Sie uns bei diesem Angriff unterstützen?«

»Wir werden draußen, aber in unmittelbarer Nähe bleiben«, sagte der Mann mit Brille. »Wir umhüllen das Gebäude mit einem Zauber, um die Hexen zu schwächen und unschlüssig zu machen. Und wir haben auch sonst noch ein paar Tricks auf Lager.« Er und die junge Frau, die eine Unmenge schwarzes Make-up um die Augen trug, schienen sich sehr darauf zu freuen, diese Tricks endlich einmal anwenden zu können.

Pam nickte, als wäre das Umhüllen des Gebäudes mit Zauberei eine ausreichende Unterstützung. Ich hätte es viel hilfreicher gefunden, wenn sie draußen mit Flammenwerfern gewartet hätten.

Die ganze Zeit schon hatte Debbie Pelt wie gelähmt dagestanden. Jetzt stakste sie durch den Raum auf die Hintertür zu. Bubba sprang auf und ergriff sie am Arm. Sie fauchte ihn an, doch er ließ sich nicht abschütteln.

Keiner der Werwölfe reagierte. Es war wirklich, als wäre Debbie unsichtbar für sie.

»Lass mich gehen. Ich bin hier nicht erwünscht«, fuhr sie Bubba an. Wut und Kummer fochten einen Kampf aus in ihr.

Bubba zuckte die Achseln. Er hielt sie einfach fest und wartete auf Pams Entscheidung.

»Wenn wir dich gehen lassen, rennst du vielleicht geradewegs zu den Hexen und erzählst ihnen, dass wir kommen«, sagte Pam. »Das würde genau deinem Charakter entsprechen.«

Debbie besaß die Frechheit, eine empörte Miene aufzusetzen. Alcide wirkte, als würde er den Fernsehwetterbericht anschauen.

»Bill, kümmere du dich um sie«, schlug Chow vor. »Wenn sie sich gegen uns wendet, töte sie.«

»Das klingt wunderbar«, sagte Bill und fuhr lächelnd ein wenig seine Fangzähne aus.

Nach ein paar weiteren Absprachen darüber, wer mit wem in welchem Auto fahren würde, und einigen weiteren leisen Beratungen der Hexen untereinander, die den Kampf auf einer völlig anderen Ebene führen würden, sagte Pam: »Okay, gehen wir.« Pam, die mehr denn je aussah wie Alice im Wunderland in ihrem hellrosa Pullover zu den dunkelrosa Hosen, stand auf und prüfte ihren Lippenstift in dem Spiegel, in dessen Nähe ich saß. Probeweise lächelte sie sich im Spiegel zu, wie ich es schon tausendmal bei Frauen gesehen hatte.

»Sookie, meine Liebe«, sagte sie und legte einen Arm um meine Schultern. »Dies ist eine große Nacht. Wir verteidigen, was uns gehört! Wir kämpfen für die Wiederherstellung unseres Anführers!« Dabei lächelte sie zu Eric hinüber. »Morgen, Sheriff, wirst du wieder an deinem Schreibtisch im Fangtasia sitzen. Du wirst in dein eigenes Haus zurückkehren können, in dein eigenes Schlafzimmer. Wir haben alles für dich in Schuss gehalten.«

Ich sah Eric an. Wie würde er darauf reagieren? Pam hatte Eric vorher noch nie in meinem Beisein mit seinem Titel angesprochen. Da die führenden Vampire aller Bezirke Sheriff genannt wurden, hätte ich inzwischen daran gewöhnt sein sollen. Doch ich konnte nicht anders, ich stellte mir Eric sofort in einem Cowboyaufzug mit an die Brust gepinntem Stern vor oder (noch besser) in schwarzen Strumpfhosen als den schurkischen Sheriff von Nottingham. Interessant fand ich, dass er nicht mit Pam und Chow zusammenwohnte.

Eric sah Pam so ernst an, dass das Lächeln aus ihrem Gesicht wich. »Wenn ich heute Nacht sterbe«, sagte er, »zahlt dieser Frau das Geld aus, das ihr versprochen wurde.« Er fasste mich bei der Schulter, und ich stand vom Stuhl auf, umringt von Vampiren.

»Ich schwöre«, sagte Pam. »Chow und Gerald sind meine Zeugen.«

»Wisst ihr, wo ihr Bruder ist?«, fragte Eric.

Verdutzt trat ich einen Schritt von Pam zurück.

Pam wirkte ebenso verblüfft. »Nein, Sheriff.«

»Mir kam der Gedanke, ihr könntet ihn entführt haben, um sicherzugehen, dass sie mich nicht verrät.«

Auf die Idee war ich nie gekommen, sicher ein Versäumnis. Offensichtlich hatte ich in Sachen Verschlagenheit noch jede Menge zu lernen.

»Darauf hätte ich eigentlich selbst kommen können«, sagte Pam bewundernd und wie ein Echo meines Gedankens, ihrer war allerdings etwas anders gelagert. »Ich hätte nichts dagegen gehabt, ein bisschen Zeit mit Jason als Geisel zu verbringen.« War das zu fassen? Jasons Anziehungskraft schien einfach universell zu wirken. »Aber ich habe ihn nicht entführt«, sagte Pam. »Wenn wir das hier überstehen, Sookie, mache ich mich höchstpersönlich auf die Suche nach ihm. Könnten Hallows Hexen ihn nicht haben?«

»Möglich«, antwortete ich. »Claudine hat dort zwar keine Geiseln gesehen, aber es gibt wohl Räume genug, in die sie keinen Blick werfen konnte. Doch warum hätten sie Jason entführen sollen, wenn Hallow nicht weiß, dass Eric bei mir ist? Jason wäre ihnen doch nur von Nutzen gewesen, um mich zum Reden zu zwingen; so wie er dir von Nutzen gewesen wäre, um mich zum Schweigen zu zwingen. Es hat sich aber keiner bei mir gemeldet. Und du kannst niemanden erpressen, der nicht weiß, dass du ein Druckmittel gegen ihn in der Hand hast.«

»Egal, ich werde alle auffordern, in dem Gebäude nach ihm Ausschau zu halten«, sagte Pam.

»Wie geht es Belinda eigentlich?«, fragte ich. »Habt ihr ihre Krankenhausrechnungen bezahlt?«

Sie sah mich völlig verständnislos an.

»Die Kellnerin, die bei der Verteidigung des Fangtasia verletzt wurde«, frischte ich ihre Erinnerung auf. »Weißt du nicht mehr? Die Freundin von Ginger – die *gestorben* ist.«

»Ach, natürlich«, mischte sich Chow ein. »Sie ist auf dem Weg der Besserung. Wir haben ihr Blumen und Süßigkeiten geschickt«, erzählte er Pam. Dann sah er mich an. »Außerdem haben wir eine Betriebsversicherung.« Darauf war er stolz wie ein junger Vater auf sein erstes Kind.

Pam wirkte zufrieden. »Gut«, sagte sie, »wir müssen die Leute ja schließlich bei Laune halten. Alle fertig zum Aufbruch?«

Ich zuckte die Achseln.»Ich denke schon. Es gibt keinen Grund, noch länger zu warten.«

Bill trat auf mich zu, während Pam und Chow berieten, welches Auto sie nehmen wollten. Gerald war hinausgegangen, um sich zu versichern, ob allen der Ablaufplan des Kampfes auch wirklich klar war.

»Wie war's in Peru?«, fragte ich Bill. Überdeutlich spürte ich Eric wie einen großen blonden Schatten im Hintergrund.

»Ich habe sehr viele Infos für meine Datenbank bekommen«, sagte Bill.»In Südamerika ist die Situation für uns Vampire ja nicht besonders gut, aber in Peru ist das Klima nicht ganz so feindselig wie in den anderen Ländern dort unten. Ich konnte sogar mit einigen Vampiren sprechen, von denen ich noch nie gehört hatte.« Über Monate hinweg hatte Bill auf Geheiß der Königin von Louisiana ein Vampir-Verzeichnis erarbeitet, weil sie so ein Nachschlagewerk äußerst praktisch fand. Doch diese Ansicht wurde von der Vampir-Gemeinde generell keineswegs geteilt. Einige Vampire hegten sogar allergrößte Vorbehalte dagegen, geoutet zu werden, selbst den Geschöpfen der eigenen Art gegenüber. Es ist wohl fast unmöglich, die Geheimniskrämerei aufzugeben, wenn man sie über Jahrhunderte hinweg betrieben hat.

Es gab Vampire, die immer noch auf Friedhöfen lebten, des Nachts auf Jagd gingen und sich weigerten, die Veränderung ihres gesellschaftlichen Status zur Kenntnis zu nehmen. Das war wie diese Geschichten über japanische Soldaten, die noch lange nach Ende des Zweiten Weltkriegs ihre Stellungen auf Inseln im pazifischen Ozean hielten.

»Und hast du diese berühmten Ruinen besichtigt, von denen du erzählt hast?«

»Machu Picchu? Ja, ich bin ganz allein hinaufgestiegen. Eine großartige Erfahrung.«

Ich versuchte mir auszumalen, wie Bill in der Nacht einen Berg erklomm und die Ruinen einer längst vergangenen Zivilisation im Mondlicht besichtigte. Ich konnte mir nicht vorstellen, wie das wohl gewesen sein mochte. Ich war noch nie im Ausland gewesen, war noch nicht mal allzu oft aus Louisiana herausgekommen, um genau zu sein.

»Das ist Bill, dein ehemaliger Gefährte?« Erics Stimme klang ein bisschen... angespannt.

»Oh, das ist – nun, ja, irgendwie schon«, sagte ich unglücklich. »Ehemaliger« war korrekt, »Gefährte« traf es nicht ganz. Eric war zu uns herübergekommen und legte mir von hinten die Hände auf die Schultern. Zweifellos starrte er über meinen Kopf hinweg direkt Bill an, der zurückstarrte. Eric hätte mir genauso gut ein Schild mit der Aufschrift SIE IST MEIN umhängen können. Arlene hatte mir mal erzählt, wie sehr sie diese Momente genoss, in denen ihr Ex ganz klar erkennen musste, dass jemand anders sie schätzte, auch wenn er es nicht tat. Ich kann dazu nur sagen, nach meinem Geschmack war das nicht. Ich fühlte mich schrecklich dabei und absolut lächerlich.

»Du erinnerst dich tatsächlich nicht an mich«, sagte Bill zu Eric, als hätte er bis zu diesem Augenblick daran gezweifelt. Mein Verdacht bestätigte sich, als er, ohne Eric weiter zu beachten, zu mir sagte: »Ehrlich gesagt, habe ich das Ganze für einen ausgeklügelten Plan von Eric gehalten, um bei dir zu wohnen und dich so ins Bett zu kriegen.«

Da mir derselbe Gedanke ja auch gekommen war – obwohl ich ihn sehr schnell wieder verworfen hatte –, konnte ich schlecht protestieren. Ich spürte allerdings, wie ich rot anlief.

»Wir müssen zum Auto«, sagte ich zu Eric und sah ihm ins Gesicht. Es war hart und ausdruckslos, was üblicherweise auf einen gefährlichen Geisteszustand schließen ließ. Doch er ging mit mir zur Tür, und das Haus leerte sich nach und nach in die enge Vorortstraße. Ich fragte mich, was wohl die Nachbarn dachten. Natürlich wussten sie, dass hier Vampire wohnten – nie war tagsüber jemand zu sehen, alle Gartenarbeit wurde von Aushilfen erledigt, und die Leute, die immer nur nachts kamen und gingen, waren alle so überaus bleich. Diese plötzliche Aktivität musste Aufmerksamkeit erregen.

Schweigend fuhr ich durch die Straßen, Eric neben mir auf dem Beifahrersitz. Hin und wieder beugte er sich zu mir und berührte mich. Keine Ahnung, wer Bill mitgenommen hatte, aber ich war froh, dass er nicht bei mir mitfuhr. Der Testosteronspiegel im Auto wäre einfach zu hoch gestiegen, wahrscheinlich wäre ich daran erstickt.

Bubba saß auf der Rückbank und summte vor sich hin. Es klang wie ›Love Me Tender‹.

»Das ist ein Schrottauto«, sagte Eric plötzlich wie aus heiterem Himmel, soweit ich es mitbekommen hatte.

»Ja«, stimmte ich zu.

»Hast du Angst?«

»Habe ich.«

»Wenn diese ganze Sache gut geht, triffst du dich dann weiter mit mir?«

»Natürlich«, sagte ich, um ihn glücklich zu machen, obwohl nach dieser Konfrontation sicher nichts mehr so sein würde wie vorher. Aber ohne das Wissen um seine eigene Tapferkeit, Intelligenz und Rücksichtslosigkeit, das der echte Eric stets besessen hatte, war dieser Eric hier ziemlich unsicher. Er würde sich hineinstürzen, sobald der Kampf tatsächlich losging, doch jetzt musste ich ihm erst mal Mut machen.

Pam hatte genau geplant, wo jeder parken sollte, damit Hallows Hexenzirkel von der plötzlichen Ankunft so vieler Autos nicht gleich alarmiert war. Wir hatten eine Karte dabei, auf der unser Parkplatz eingezeichnet war. Es stellte sich heraus, dass er hinter einem Supermarkt lag in der Nähe einer großen Kreuzung, wo ein Wohnviertel allmählich in ein Geschäftsviertel überging. Wir parkten in der hintersten Ecke, die der Parkplatz des Supermarkts hergab. Ohne weitere Diskussion machten wir uns auf den Weg zu unserem verabredeten Treffpunkt.

Ungefähr die Hälfte der Häuser, an denen wir vorbeikamen, hatten Maklerschilder auf dem vorderen Rasen und standen zum Verkauf. Und die, die noch in Privathand waren, wirkten schlecht gepflegt. Die Autos waren genauso schrottig wie meins, und große kahle Stellen ließen darauf schließen, dass der Rasen im Frühjahr und Sommer nicht gedüngt und gegossen wurde. Jedes Licht im Fenster schien vom Flackern eines Fernsehbildschirms herzurühren.

Ich war froh, dass es Winter war und die Leute, die hier wohnten, alle in ihren Häusern blieben. Zwei bleiche Vampire und eine blonde Frau, das hätte in dieser Gegend einige Kommentare verursacht, wenn nicht sogar Aggressionen. Noch dazu war einer der Vampire ziemlich prominent und leicht wiederzuerkennen, trotz der unübersehbaren Spuren seines Wechsels auf die andere Seite – ein Grund, warum Bubba möglichst immer allen Blicken entzogen wurde.

Schon bald hatten wir die Ecke erreicht, an der sich Eric von uns trennen sollte, um zu den anderen Vampiren zu stoßen. Ich wäre am liebsten wortlos weitergegangen. Mittlerweile hatte sich eine solche Anspannung in mir aufgebaut, dass ich das Gefühl hatte, ich würde schon bei der leisesten Berührung anfangen zu vibrieren. Doch Eric gab sich mit einem schweigenden Abschied nicht zufrieden. Er schloss mich in die Arme und küsste mich, so intensiv er nur konnte, und glaubt mir, das war höchst intensiv.

Bubba schnaubte missbilligend. »Sie sollten nicht irgendwen anders küssen, Miss Sookie«, wandte er ein. »Bill sagt zwar, es wäre okay. Aber mir gefällt es gar nicht.«

Nach einer weiteren Sekunde ließ Eric mich los. »Es tut mir leid, wenn du dich durch uns belästigt fühlst«, sagte er kühl und sah mich an. »Wir sehen uns später, Geliebte«, fügte er sehr leise und nur für mich hinzu.

Ich legte eine Hand an seine Wange. »Bis später«, entgegnete ich, drehte mich um und ging mit Bubba im Schlepptau davon.

»Sie sind doch nicht böse auf mich, oder, Miss Sookie?«, fragte er ängstlich.

»Nein«, sagte ich. Ich zwang mich, ihn anzulächeln, da er mich sehr viel besser sehen konnte als ich ihn, wie ich wusste. Es war eine kalte Nacht, und obwohl ich meinen dicken Mantel trug, war mir längst nicht so warm darin wie sonst. Meine nackten Hände zitterten vor Kälte, und meine Nase fühlte sich ganz taub an. Ich konnte von irgendwoher einen Hauch von brennendem Kaminholz wahrnehmen und Abgase und Benzin und Öl und all die anderen Autogerüche, die zusammen den Geruch der Stadt ausmachten.

Doch da war noch ein Geruch, der diese Gegend durchdrang, ein Aroma, das darauf schließen ließ, dass diese Gegend von mehr erfüllt war als nur von städtischem Verfall. Ich schnupperte. Der aromatische Duft durchzog die Luft in fast sichtbaren schwungvollen Kräuselungen.

Nach einem Moment des Nachdenkens wurde mir klar, dass dies der Duft der Magie sein musste, schwer und lastend. Die Magie riecht, wie ich mir einen Basar in einem exotischen Land vorstelle. Sie riecht nach dem Fremden, nach dem Anderen. Der Geruch von so viel Magie konnte ziemlich übelkeiterregend sein. Warum beschwerten sich die Einwohner nicht bei der Polizei? Konnte nicht jeder diesen Geruch wahrnehmen?

»Bubba, riechst du etwas Ungewöhnliches?«, fragte ich sehr leise. Ein paar Hunde bellten, als wir in der schwarzen Nacht an ihnen vorübergingen, wurden aber schnell wieder still, sobald sie den Vampirgeruch witterten. Hunde hatten fast immer Angst vor Vampiren, ihre Reaktion auf Werwölfe und Gestaltwandler war unberechenbar.

Immer dringlicher wurde mein Wunsch, sofort zum Auto zurückzugehen und wegzufahren. Es bedeutete eine große Anstrengung, meine Füße in die richtige Richtung zu bewegen.

»Ja, sicher doch«, flüsterte Bubba zurück. »Jemand hat die

Luft mit Magie erfüllt. Das ist ein Abwehrzauber, der die Leute fern hält.« Keine Ahnung, ob die Wiccas auf unserer Seite oder die Hexen um Hallow für diese alles durchdringende Hexenkunst verantwortlich waren, aber sie war höchst wirkungsvoll.

Die Nacht erschien fast unnatürlich still. Nur etwa drei Autos fuhren an uns vorbei, während wir durch das Gewirr dieser Vorortstraßen liefen. Wir begegneten keinem einzigen Fußgänger, und das Gefühl einer unheimlichen Verlassenheit wuchs. Der Abwehrzauber wurde immer stärker, als wir uns dem Haus näherten, von dem wir abgewehrt werden sollten.

Die Dunkelheit zwischen den Lichtkegeln der Straßenlaternen schien dunkler zu werden und das Licht nicht so hell zu leuchten wie sonst. Als Bubba nach meiner Hand griff, zog ich sie nicht weg. Meine Füße wurden mit jedem Schritt schwerer.

Einen Anflug dieses Geruchs hatte ich bereits einmal wahrgenommen, im Fangtasia. Wer weiß, vielleicht hatten es die Spurenleser der Werwölfe gar nicht so schwer gehabt.

»Wir sind da, Miss Sookie«, sagte Bubba. Seine Stimme war nur noch ein leiser Lufthauch in der Nacht. Wir waren um eine Ecke gebogen. Da ich wusste, dass Zauberei in der Luft lag und dass ich trotzdem weitergehen konnte, tat ich es auch. Aber wäre ich ein Bewohner dieses Vororts gewesen, hätte ich mir sicher instinktiv einen anderen Weg gesucht. Der Impuls, diesen Ort zu meiden, war so stark, dass ich mich fragte, wie die Leute, die hier wohnten, heute Abend nach der Arbeit in ihre Wohnungen gelangt waren. Vielleicht aßen sie auswärts, waren ins Kino gegangen, tranken etwas in einer Bar – und taten alles, um ja nicht nach Hause zurückkehren zu müssen. Jedes Haus in dieser Straße wirkte verdächtig dunkel und leer.

Schräg über die Straße lag das Zentrum des Zaubers.

Hallows Hexenzirkel hatte einen prima Ort gefunden, um sich zu verbergen: ein leerstehendes Geschäftshaus, das zur

Miete angeboten wurde, ein großes Gebäude, das einst einen kombinierten Blumen- und Bäckerladen beherbergt hatte. »Minnies Blumen & Backwaren« lautete der vereinsamte Schriftzug. Es war der größte von drei nebeneinander liegenden Läden gewesen, die einer nach dem anderen verblasst und erloschen waren wie die Flammen eines Kerzenleuchters. Das Gebäude stand offenbar schon seit Jahren leer. Die großen Schaufensterscheiben waren zugeklebt mit Plakaten, die für längst vergangene Veranstaltungen warben und für Politiker, die schon vor langer Zeit abgewählt worden waren. Die Türen waren mit Sperrholz vernagelt, Beweis genug dafür, dass hier bereits mehr als einmal Vandalen eingebrochen waren.

Selbst jetzt im eisigen Winter schob sich das Unkraut durch die Risse im Asphalt der Parkplätze. Ein großer Müllcontainer stand ganz rechts von den Stellplätzen. Ich sah mir alles von der gegenüberliegenden Straßenseite aus an und bildete mir eine so klare Vorstellung von der Umgebung wie möglich, ehe ich die Augen schloss, um mich auf meine anderen Sinne zu konzentrieren. Einen kurzen reuevollen Moment lang hielt ich noch inne.

Hätte mich jetzt jemand gefragt, wäre es mir schwer gefallen, die einzelnen Schritte zurückzuverfolgen, die mich zu dieser gefährlichen Zeit an diesen gefährlichen Ort geführt hatten. Ich stand kurz vor einem Kampf, dessen gegnerische Seiten doch beide ziemlich fragwürdig waren. Wenn ich zuerst an Hallows Hexenzirkel geraten wäre, hätte ich mich wahrscheinlich überzeugen lassen, dass die Werwölfe und die Vampire ausgelöscht gehörten.

Ziemlich genau vor einem Jahr hatte noch niemand auf der Welt richtig verstanden, wer ich war, oder sich für mich interessiert. Ich war einfach die durchgeknallte Sookie, die mit dem wilden Bruder, eine Frau, die von anderen bemitleidet wurde und der jeder aus dem Weg ging, so gut er eben konnte. Und hier stand ich nun, in einer eiskalten Straße in Shreveport, Hand in Hand mit einem Vampir, dessen Gesicht weltberühmt und dessen Hirn nichts als Brei war. War das jetzt besser?

Und ich war nicht mal hier, um mich zu amüsieren, sondern weil ein Haufen übernatürlicher Geschöpfe Informationen benötigte über einen anderen Haufen gemeingefährlicher, bluttrinkender und gestaltwandlerischer Hexen.

Ich seufzte, unhörbar, wie ich hoffte. Na ja. Wenigstens hatte mich bis jetzt noch keiner zusammengeschlagen.

Ich schloss die Augen, ließ alle Schutzbarrieren fallen und sandte meine Gedanken zu dem Gebäude auf der gegenüberliegenden Straßenseite aus.

Gehirne, eifrige, lebhafte, vielbeschäftigte. Ich war verblüfft von der schieren Menge an Eindrücken, die mich erreichte. Vielleicht lag es daran, dass kaum Menschen in der näheren Umgebung waren, oder an der überwältigenden Präsenz der Magie: Irgendetwas hatte meinen anderen Sinn so geschärft, dass es wehtat. Dieser Fluss an Informationen machte mich ganz benommen, und ich musste sie erst mal sortieren und organisieren, stellte ich fest. Zuerst zählte ich Gehirne. Nicht im wörtlichen Sinn (»Ein Schläfenhirnlappen, zwei Schläfenhirnlappen ...«), sondern als Gedankenformationen. Ich kam auf fünfzehn. Fünf waren im vorderen Teil, im ehemaligen Verkaufsraum des Ladens. Eins war im kleinsten Raum, wahrscheinlich der Toilette, und der Rest befand sich im dritten und größten Raum, der nach hinten hinausging. Das waren wohl die Arbeitsbereiche.

Alle in dem Gebäude waren wach. Ein schlafendes Gehirn gibt zwar immer noch ein leises Murmeln hier und da von sich, während es träumt, ist aber gar nicht zu vergleichen mit einem wachen Gehirn. Das ist wie der Unterschied zwischen einem im Schlaf zuckenden Hund und einem herumtobenden Welpen.

Um so viele Informationen wie möglich zu bekommen, musste ich näher heran. Ich hatte noch nie versucht, so genaue Details wie Schuld oder Unschuld innerhalb einer Gruppe zu unterscheiden, und war nicht sicher, ob das überhaupt ging. Doch wenn sich da in dem Gebäude Leute befanden, die keine bösen Hexen waren, sollten sie nicht in das verwickelt werden, was passieren würde.

»Näher ran«, wisperte ich Bubba zu. »Aber mit Deckung.«

»Ja, Ma'am«, flüsterte er zurück. »Werden Sie Ihre Augen geschlossen halten?«

Ich nickte, und er führte mich sehr vorsichtig über die Straße und in den Schatten des Müllcontainers, der ungefähr zehn Meter südlich vom Gebäude entfernt stand. Ich war froh über die Kälte, denn so hielt sich der Müllgestank wenigstens in erträglichen Grenzen. Die fast verwehten Düfte von Krapfen und Blumen mischten sich mit dem Geruch verdorbener Dinge und alter Windeln, die vorbeigehende Fußgänger in den so praktisch dastehenden Behälter geworfen hatten. Das Ganze harmonierte nicht gerade aufs Glücklichste mit dem Geruch der Magie.

Ich richtete meine Gedanken erneut aus, blockte den Angriff auf meinen Geruchssinn ab und begann zuzuhören. Obwohl ich damit inzwischen besser klarkam, war es immer noch so, als versuchte ich, zwölf Telefonaten gleichzeitig zu lauschen. Einige von ihnen waren Werwölfe, was die Sache zusätzlich komplizierte. Ich verstand nur Satzfetzen und kleine Ausschnitte.

… hoffe bloß, dass das keine Vaginalinfektion ist …

Sie will einfach nicht auf mich hören, sie glaubt, Männer können so etwas nicht.

Und wenn ich sie in eine Kröte verwandle, wer würde den Unterschied bemerken?

… hätten wir bloß etwas mehr Diätcola gekauft …

Ich werde diesen verdammten Vampir finden und ihn töten …

O Mutter der Erde, erhöre mein Flehen.

Ich stecke da schon zu tief drin …

Ich muss mir eine neue Nagelfeile kaufen …

Das war alles nicht sehr aufschlussreich, aber keiner hatte gedacht,»Oh, diese dämonischen Hexen halten mich gefangen! Will mir denn niemand helfen?« oder »Ich höre die Vampire kommen!« oder irgendwas ähnlich Dramatisches. Es klang nach einem Haufen Leute, die sich gut kannten und dieselben Ziele verfolgten. Selbst diejenige, die gebetet hatte, hatte nichts Dringliches an sich gehabt. Hoffentlich spürte Hallow die Anwesenheit meiner Gedanken nicht. Aber alle, die ich angerührt hatte, waren offenbar stark beschäftigt gewesen.

»Bubba«, sagte ich kaum lauter als ein Gedanke war,»du gehst jetzt und erzählst Pam, dass da fünfzehn Leute drin sind, und soweit ich es beurteilen kann, sind sie alle Hexen.«

»Ja, Ma'am.«

»Weißt du noch, wie du zu Pam kommst?«

»Ja, Ma'am.«

»Dann kannst du jetzt meine Hand loslassen.«

»Oh. Okay.«

»Sei leise und vorsichtig«, flüsterte ich.

Und schon war er weg. Ich kauerte mich noch tiefer in den Schatten, der dunkler war als die Nacht, neben Gestank und kaltem Metall, und hörte den Hexen zu. Drei Gehirne waren männlich, der Rest weiblich. Hallow war unter ihnen, denn eine der Frauen sah sie an und dachte über sie nach ... fürchtete sich vor ihr, was mich irgendwie beunruhigte. Ich fragte mich, wo sie wohl ihre Autos geparkt hatten – falls sie nicht auf Besenstielen durch die Gegend flogen, haha. Und dann fragte ich mich etwas, das ich mich schon früher hätte fragen sollen.

Wenn sie so verdammt vorsichtig und gefährlich waren, wo waren dann eigentlich ihre Wachposten?

Und genau in dem Moment packte mich jemand von hinten.

Kapitel 12

»Wer sind Sie?«, fragte eine dünne Stimme. Da sie mir mit einer Hand den Mund zuhielt und mit der anderen ein Messer an die Kehle, konnte ich nicht antworten. Schon in der nächsten Sekunde schien sie das begriffen zu haben, denn sie sagte: »Wir gehen rein« und stieß mich vor sich her auf die Rückseite des Gebäudes zu.

Nicht mit mir. Wenn sie eine der Hexen aus dem Hexenzirkel gewesen wäre, eine der bluttrinkenden Hexen, wäre ich damit wohl nicht durchgekommen. Doch sie war bloß eine einfache Hexe alten Schlags, und sie hatte längst nicht so oft wie ich gesehen, wie Sam in der Bar eine Rauferei beendete. Mit beiden Händen griff ich nach dem Gelenk ihrer Hand, in der sie das Messer hielt, und verdrehte es so stark wie möglich, während ich mich mit der ganzen Wucht meines Körpers gegen sie warf. Sie fiel auf den dreckigen kalten Fußweg, und ich landete genau auf ihr und schlug ihre Hand gegen den harten Asphalt, bis sie das Messer losließ. Sie schluchzte laut, und ihre Willenskraft erlahmte.

»Was bist du für ein lausiger Wachposten«, sagte ich sehr leise zu Holly.

»Sookie?« Hollys große Augen spähten unter einer Strickmütze hervor. Sie war für ihre nächtliche Aufgabe nützlich und praktisch gekleidet, trug aber dennoch ihren hellrosa Lippenstift.

»Was zum Teufel tust du hier?«

»Sie haben mir gedroht, sich meinen Jungen zu schnappen, wenn ich ihnen nicht helfe.«

Mir wurde übel. »Seit wann hilfst du ihnen? Schon als ich zu dir nach Hause kam und dich um Hilfe bat? Seit wann?« Ich schüttelte sie, so stark ich konnte.

»Als sie mit ihrem Bruder ins Merlotte's kam, wusste sie sofort, dass noch eine andere Hexe da ist. Und nachdem sie mit Sam und dir gesprochen hatte, wusste sie auch, dass ihr keine Hexen seid. Hallow weiß alles. Spätnachts kam sie dann mit Mark in mein Apartment. Die beiden hatten einen Kampf hinter sich und waren völlig verdreckt und wütend. Mark hat mich festgehalten, während Hallow auf mich einschlug. Das hat ihr Spaß gemacht. Dann sah sie das Bild von meinem Sohn. Sie nahm es und drohte, sie könnte auch aus großer Entfernung, selbst von Shreveport aus, einen Fluch über ihn aussprechen – und dann läuft er vor ein Auto oder er lädt das Gewehr seines Vaters ...« Holly weinte. Ich konnte es ihr nicht verübeln. Selbst mir wurde schlecht bei dem Gedanken, und es ging nicht mal um mein eigenes Kind. »Ich musste ihr helfen«, wimmerte Holly.

»Gibt's da drin noch andere wie dich?«

»Die gezwungen wurden? Ein paar.«

Das ließ einige Gedanken, die ich gehört hatte, verständlicher erscheinen.

»Und Jason? Ist er auch da drin?« Obwohl ich mir alle drei männlichen Gehirne genau angesehen hatte, musste ich fragen.

»Jason ist ein Wicca? Wirklich?« Sie zog die Mütze vom Kopf und fuhr sich mit den Fingern durchs Haar.

»Nein, nein. Hält Hallow ihn als Geisel gefangen?«

»Ich habe ihn nirgends gesehen. Warum um Himmels willen sollte Hallow Jason entführen?«

Ich hatte mir die ganze Zeit etwas vorgemacht. Eines Tages würde ein Jäger die Überreste meines Bruders im Wald entdecken. Es sind doch meist Jäger oder Leute, die mit ihrem Hund spazieren gehen, oder? Ich spürte, wie mir der Boden unter den Füßen schwand, wie er sich einfach unter mir auflöste. Doch ich rief mich sogleich zurück ins Hier und Jetzt, weg von meinen Gefühlen, die ich mir erst an einem sichereren Ort wieder leisten konnte.

»Du musst von hier verschwinden«, sagte ich so leise wie möglich. »Du musst weg hier, *sofort*.«

»Dann schnappt sie sich meinen Sohn!«

»Das tut sie nicht, ich garantiere es dir.«

Holly schien trotz der Dunkelheit, die uns umgab, etwas in meinem Gesicht zu lesen. »Hoffentlich tötet ihr sie alle«, sagte sie so leidenschaftlich, wie ein Flüstern es zulässt. »Nur Parton, Chelsea und Jane nicht. Hallow erpresst sie, genau wie mich, und nur deshalb machen sie mit. Im Grunde sind sie ganz normale Wiccas, die ein ruhiges Leben führen möchten. Wir wollen niemandem Böses.«

»Wie sehen sie aus?«

»Parton ist etwa fünfundzwanzig, eher klein, er hat braunes Haar und ein Muttermal auf der Wange. Chelsea ist siebzehn, ihr Haar ist hellrot gefärbt. Und Jane, hm, na ja – Jane ist einfach eine alte Frau, du weißt schon. Weißes Haar, Hose, geblümte Bluse, Brille.« Meine Großmutter hätte Holly eine ordentliche Standpauke gehalten, weil sie hier alle alten Frauen über einen Kamm scherte. Aber sie war nicht mehr da, und die Zeit hatte ich jetzt wahrlich nicht.

»Warum hat Hallow nicht eine ihrer knallharten Hexen hier draußen Wache schieben lassen?«, fragte ich aus reiner Neugierde.

»Heute Nacht ist ein großes Ritual der Hexenkunst geplant. Ich kann kaum fassen, dass der Abwehrzauber auf dich nicht wirkt. Du musst immun sein oder so was«, flüsterte Holly, und mit einem kleinen Lachen fügte sie hinzu: »Außerdem wollte sich keine hier draußen den Arsch abfrieren.«

»Los jetzt, verschwinde«, sagte ich fast lautlos und half ihr auf. »Ganz egal, wo dein Auto steht, geh in nördliche Richtung.« Wusste sie, wo Norden war? Zur Sicherheit zeigte ich es ihr.

Holly lief davon. Ihre Nikes verursachten kaum einen Laut auf dem rissigen Gehweg, und ihr stumpfes schwarz gefärbtes Haar schien alles Licht der Straßenlaternen aufzusaugen, als sie darunter entlanglief. Der Geruch um das Gebäude, der Geruch der Magie, wurde noch intensiver. Ich überlegte, was jetzt zu tun war. Irgendwie musste ich dafür sorgen, dass die drei Wiccas in dem verfallenen Gebäude, in dem sie Hallow zwangsweise dienten, nicht zu Schaden kamen. Doch wie zum Teufel sollte ich das anstellen? Würde ich wenigstens eine unschuldige Hexe retten können?

In den nächsten sechzig Sekunden hatte ich eine ganze Sammlung halbgarer Ideen und fehlgeleiteter Einfälle, die alle in einer Sackgasse endeten.

Wenn ich hineinrannte und schrie: »Parton, Chelsea, Jane – raus hier!«, würde das nur den Hexenzirkel vor dem bevorstehenden Angriff warnen. Und nicht wenige meiner Freunde – oder zumindest Verbündeten – würden deswegen sterben.

Wenn ich blieb und den Vampiren zu erzählen versuchte, dass drei der Leute in dem Gebäude unschuldig waren, würden sie mich (höchstwahrscheinlich) ignorieren. Und falls sie in einem Anfall von Großmut doch auf mich hörten, müssten sie erst mal alle Hexen retten, um dann die unschuldigen auszusortieren – was wiederum den bösen Hexen Zeit für einen Gegenschlag gäbe. Hexen brauchten schließlich keine sichtbaren Waffen.

Zu spät erkannte ich, dass ich Holly besser hier behalten und als mein Eintrittsbillett in das Gebäude genutzt hätte. Andererseits, eine verängstigte Mutter weiterer Gefahr auszusetzen war auch nicht gerade ein brillanter Plan.

Etwas Großes und Warmes presste sich an meine Seite. Augen und Zähne schimmerten im nächtlichen Licht der Stadt. Fast hätte ich aufgeschrien, erkannte aber noch rechtzeitig, dass der Wolf Alcide war. Er war sehr groß. Die silbrig glänzenden Haare um seine Augen ließen das übrige Fell noch viel dunkler erscheinen.

Ich legte einen Arm auf seinen Rücken. »Da drin sind drei, die nicht sterben dürfen«, sagte ich. »Ich weiß nicht, was ich tun soll.«

Da er ein Wolf war, wusste auch Alcide nicht, was zu tun war. Er sah mir ins Gesicht und jaulte ganz leise auf. Ich sollte längst wieder bei meinem Auto sein und hockte hier mitten in der Gefahrenzone herum. Überall in der Dunkelheit, die mich umgab, spürte ich jetzt Bewegung. Alcide trottete weg von mir zu seiner Position bei der Hintertür des Gebäudes.

»Was tust du denn hier?«, fragte Bill wütend, es klang recht seltsam, denn er wisperte so unglaublich leise. »Pam sagte doch, du sollst gehen, wenn du fertig bist mit Zählen.«

»Drei da drin sind unschuldig«, flüsterte ich zurück. »Sie sind Hexen aus der Umgebung und wurden von Hallow erpresst.«

Bill murmelte etwas vor sich hin, sicher nichts Erfreuliches. Ich wiederholte ihm Hollys Beschreibung der drei Hexen. Ich spürte die wachsende Anspannung in seinem Körper.

Und dann drängte sich Debbie Pelt neben uns. Was fiel der denn ein, sich derart an den Vampir und den Menschen heranzuschmeißen, die sie am meisten hassten?

»Ich sagte dir, du sollst zurückbleiben«, zischte Bill ihr zu, und seine Stimme klang furchteinflößend.

»Alcide hat sich von mir losgesagt«, erzählte sie mir, als wäre ich nicht dabei gewesen.

»Was hast du denn erwartet?« Ihr Timing war wirklich zum Verzweifeln, und dann noch diese schmerzerfüllte Attitüde. Hatte sie noch nie was von »selbst schuld« gehört?

»Ich muss etwas tun, um sein Vertrauen zurückzugewinnen.«

Da war sie bei mir im falschen Laden gelandet, wenn sie eine Portion Selbstachtung kaufen wollte.

»Dann hilf mir, die drei Unschuldigen da drin zu retten.« Ich erzählte noch einmal von meinem Problem. »Warum hast du deine Gestalt nicht gewandelt?«

»Das kann ich nicht«, sagte sie bitter. »Ich bin ausgestoßen. Ich kann mich nicht mehr zusammen mit Alcides Rudel verwandeln. Sie haben das Recht, mich zu töten, wenn ich es tue.«

»In welches Tier verwandelst du dich eigentlich?«

»In einen Luchs.«

Wie passend.

»Dann komm«, sagte ich und schlängelte mich vorwärts auf das Gebäude zu. Ich verabscheute diese Frau, aber wenn sie mir nutzen konnte, sollte ich mich lieber mit ihr verbünden.

»Warte, ich soll mit dem Werwolf zur Hintertür gehen«, fauchte Bill. »Eric ist bereits dort.«

»Dann geh!«

Ich spürte, dass noch jemand hinter mir war, riskierte einen schnellen Blick und entdeckte Pam. Sie lächelte mich an, ihre Fangzähne waren bereits ausgefahren. Es war kein beruhigender Anblick.

Hätten die Hexen da drin nicht gerade ein Ritual vollzogen und sich auf ihren denkbar ungeeigneten Wachposten und den Abwehrzauber verlassen, dann wären wir wohl niemals unentdeckt bis zur Tür gelangt. Doch in diesen wenigen Minuten war uns das Glück hold. Wir erreichten den vorderen Eingang des Gebäudes, Pam, Debbie und ich, und trafen dort auf den jungen Werwolf Sid. Selbst in seiner Wolfsgestalt war er unverkennbar. Bubba war bei ihm.

Plötzlich hatte ich einen Geistesblitz. Ich zog Bubba beiseite.

»Kannst du zu den Wiccas zurücklaufen, den Hexen auf unserer Seite? Weißt du, wo sie sind?«, wisperte ich.

Bubba nickte eifrig mit dem Kopf.

»Erzähl ihnen, dass in dem Gebäude drei Wiccas aus der Umgebung sind, die unter Druck gesetzt wurden. Frag, ob sie einen Zauber über die drei Unschuldigen legen können, damit man sie erkennt.«

»Das tue ich, Miss Sookie. Diese Wiccas sind ja so nett zu mir.«

»Guter Kerl. Beeil dich und sei leise.«

Er nickte, und schon war er in der Dunkelheit verschwunden.

Der Geruch um das Gebäude herum war so intensiv geworden, dass mir das Atmen schwer fiel. Die Luft war derart geschwängert von Duftaromen, dass sie mich an diese stinkenden Kerzenläden in Einkaufspassagen erinnerte.

»Wohin hast du Bubba geschickt?«, fragte Pam.

»Zu den Wiccas. Sie müssen die drei Unschuldigen da irgendwie kenntlich machen, damit wir sie nicht töten.«

»Nein, wir brauchen ihn hier. Er muss für mich die Türschwelle überschreiten!«

»Aber ...« Pams Reaktion verwirrte mich. »Er kann das Haus auch nicht ohne Erlaubnis betreten, genauso wenig wie du.«

»Bubba hat eine Hirnverletzung, er wurde zurückgestuft. Er ist kein echter Vampir. Doch, er kann ohne Erlaubnis ein Haus betreten.«

Ich starrte Pam an. »Warum hast du mir das nicht gesagt?« Sie hob nur eine Augenbraue. Es stimmte, wenn ich zurückdachte, fielen mir mindestens zwei Gelegenheiten ein, bei denen Bubba ein Haus ohne Erlaubnis betreten hatte. Ich hatte nur nie eins und eins zusammengezählt.

»Dann muss eben ich zuerst durch die Tür«, sagte ich abgeklärter, als ich mich tatsächlich fühlte. »Und was danach? Bitte ich euch einfach alle herein?«

»Genau. Deine Erlaubnis dürfte ausreichen. Das Gebäude gehört den Hexen ja nicht.«

»Und das soll ich jetzt machen?«

Pam lachte lautlos auf. Plötzlich war sie ganz aufgeregt und grinste mich im schimmernden Licht der Straßenlaterne an. »Willst du die Erlaubnis etwa erst noch auf Büttenpapier drucken lassen?«

Herr, schütze mich vor sarkastischen Vampiren.»Meinst du denn, Bubba hat die Wiccas bereits erreicht?«

»Sicher. Und jetzt lass uns diesen Hexen den Arsch aufreißen«, sagte sie fröhlich. Das Schicksal der drei unschuldigen Wiccas hatte für sie nicht gerade oberste Priorität, so viel war klar. Jeder außer mir schien sich auf das Kommende zu freuen. Sogar der junge Werwolf zeigte viel Zahn.

»Ich trete die Tür ein, du gehst rein«, sagte Pam und drückte mir überraschenderweise einen flüchtigen Kuss auf die Wange.

Wenn ich doch bloß woanders wäre, dachte ich.

Dann erhob ich mich aus der Hocke, stellte mich hinter Pam und schaute ehrfürchtig zu, wie sie ein Bein anwinkelte und mit der Kraft von vier, fünf Mauleseln die Tür eintrat. Das Schloss zerbarst, und die Tür sprang auf, während das alte Sperrholz, das davorgenagelt war, splitterte. Ich rannte hinein und schrie den Vampiren hinter mir und jenen an der rückwärtigen Tür zu: »Kommt rein!« Einen Augenblick lang stand ich ganz allein in der Höhle der Hexen. Sie fuhren alle zu mir herum und starrten mich fassungslos an.

Der Raum war voller Kerzen und Leute, die auf Kissen auf dem Fußboden saßen. Während wir draußen gewartet hatten, waren anscheinend alle nach und nach in diesen vorderen Raum gekommen und hatten sich in einem großen Kreis hingesetzt, alle mit einer brennenden Kerze vor sich, einer Schale und einem Messer.

Von den dreien, die ich zu retten versuchte, war die »alte Frau« am leichtesten zu erkennen. Es saß nur eine weißhaarige Frau in dem Kreis. Sie trug einen hellrosa Lippenstift, ein bisschen verschmiert, und auf einer ihrer Wangen klebte getrocknetes Blut. Ich fasste sie beim Arm und zog sie in eine Ecke, während um mich herum das Chaos losbrach. Es waren nur drei Männer im Raum. Hallows Bruder Mark, der jetzt von gleich mehreren Werwölfen angegriffen wurde, war einer von ihnen. Der zweite war ein hohlwangiger Mann mittleren Alters mit verdächtig schwarzem Haar, der nicht nur irgendeinen Hexenspruch vor sich hin murmelte, sondern gleichzeitig ein Springmesser aus einer Jacke rechts von ihm auf dem Boden zog. Er war zu weit weg, als dass ich irgendwie hätte eingreifen können. Ich verließ mich darauf, dass die anderen sich selbst schützen konnten. Dann entdeckte ich den dritten Mann, er hatte ein Muttermal auf der Wange – das musste Parton sein. Er hockte geduckt da und hielt sich schützend die Hände über den Kopf. Ich wusste, wie er sich fühlte.

Ich ergriff ihn beim Arm, zog ihn hoch, und er boxte natürlich sofort los. Doch da war er bei mir an die Falsche geraten, ich würde mich hier von niemandem verprügeln lassen. Und so zielte ich mit der Faust durch seine wirkungslos fuchtelnden Arme hindurch und traf ihn genau auf die Nase. Er brüllte auf, was die allgemeine Kakophonie im Raum noch um eine weitere Variante bereicherte, und ich schubste ihn in dieselbe Ecke wie schon Jane. Dann sah ich, dass die ältere Frau und der junge Mann beide leuchteten. Okay, die Wiccas hatten es geschafft, ihr Zauber wirkte, wenn auch einen Tick spät. Jetzt musste ich nur noch nach einer leuchtenden jungen Frau mit rotgefärbten Haaren suchen, der dritten unschuldigen Hexe.

Doch meine Glückssträhne war vorbei; und ihre erst recht. Sie leuchtete, aber sie war tot. Ein Werwolf hatte ihr die Kehle durchgebissen: ob einer der unseren oder einer der anderen, darauf kam es eigentlich nicht mehr an.

Ich stolperte durch das Gewühl zurück in die Ecke und fasste die beiden überlebenden Wiccas beim Arm. Debbie Pelt kam auf uns zugerannt. »Raus hier«, sagte ich zu den beiden. »Sucht da draußen nach den anderen Wiccas oder geht nach Hause. Lauft, nehmt ein Taxi, was auch immer.«

»Die Gegend da draußen ist aber sehr gefährlich«, sagte Jane mit bebender Stimme.

Ich starrte sie an. »Und das hier etwa nicht?« Debbie ging

mit den beiden zur Tür hinaus und zeigte ihnen den Weg. Das war das Letzte, was ich von ihnen sah. Ich wollte ihnen eben folgen und auch verschwinden – eigentlich sollte ich gar nicht hier sein –, als eine Werwolf-Hexe nach meinem Bein schnappte. Ihre Zähne hatten mein Fleisch verfehlt und nur mein Hosenbein erwischt, aber es riss mich heftig zurück. Ich stolperte und fiel fast hin, erwischte jedoch noch den Türpfosten und konnte mich so auf den Füßen halten. In diesem Augenblick brach aus dem rückwärtigen Raum die zweite Angriffswelle der Werwölfe und Vampire herein, und die Werwolf-Hexe schoss davon, um diese neue Attacke von hinten zu parieren.

Der Raum war erfüllt von umherfliegenden Körpern, spritzendem Blut und gellenden Schreien.

Die Hexen kämpften mit aller Kraft, und jene, die ihre Gestalt wandeln konnten, hatten dies bereits getan. Hallow hatte sich verwandelt und war jetzt eine einzige knurrende Masse wild um sich schnappender Zähne. Ihr Bruder versuchte sich an irgendeiner Art Fluch, wozu er in seiner menschlichen Gestalt verharren musste, und bemühte sich, die Werwölfe und Vampire so lange abzuhalten, bis sein Fluch vollendet war.

Er hatte einen Singsang angestimmt, zusammen mit dem hohlwangigen Mann. Und Mark Stonebrook sang sogar noch weiter, als er Eric einen Hieb in die Magengrube versetzte.

Schwere Nebelschwaden durchzogen inzwischen den Raum. Die Hexen, die mit Messern oder Wolfszähnen kämpften, merkten, was da ablief, und jene, die sprechen konnten, fielen ein in das, was immer Mark da auch singen mochte. Der Nebel wurde dichter und dichter, bis schließlich keiner mehr Freund und Feind auseinander halten konnte.

Ich lief in Richtung Tür, um den erstickenden Nebelschwaden zu entkommen. Dies Zeug machte das Atmen zu einer echten Qual. Es war, als wollte man Watte ein- und ausatmen. Ich streckte meine Hand aus, aber in diesem Teil der Wand befand sich keine Türöffnung. Sie war doch genau dort gewesen! Ich spürte, wie Panik in mir aufstieg, während ich wie eine Wilde die Wand entlangtappte und versuchte, den Ausgang zu ertasten.

Doch ich scheiterte nicht nur daran, den Türpfosten zu finden. Bei meinem nächsten Schritt seitwärts verlor ich auch den Kontakt zur Wand. Ich stolperte über den Körper eines Wolfs. Und weil ich keine Wunde an ihm sah, packte ich ihn bei den Schultern und zog ihn aus den erstickenden Nebelschwaden hinaus.

Noch unter meinen Händen begann sich der Werwolf zu winden und verwandelte sich, was ziemlich unheimlich war. Schlimmer noch, er verwandelte sich in die nackte Hallow. Ich hatte keine Ahnung gehabt, dass sich jemand so schnell verwandeln konnte. Entsetzt ließ ich sie los und stolperte rückwärts zurück in die dichten Nebelschwaden. Da hatte ich meine Anwandlungen als guter Samariter wohl an das falsche Opfer verschwendet. Und sogleich packte mich irgendeine namenlose Frau, eine der Hexen, mit übermenschlicher Kraft. Während sie mich mit der einen Hand am Arm festhielt, versuchte sie mit der anderen meinen Hals zu fassen. Doch ihre Hand glitt immer wieder ab, und ich biss sie, so fest ich konnte. Sie mochte ja vielleicht eine Hexe sein, und sie mochte auch ein Werwolf sein, ja, sie mochte vielleicht sogar fünf Liter Vampirblut getrunken haben, doch eine Kämpferin war sie nicht. Sie schrie auf und ließ mich los.

Mittlerweile hatte ich total die Orientierung verloren. Wo ging es hinaus? Ich hustete, und meine Augen tränten. Das Einzige, dessen ich noch sicher war, war die Schwerkraft. Sehen, Hören, Fühlen: alles wurde beeinträchtigt von diesen undurchdringlichen weißen Schwaden, die immer noch dichter wurden. In so einer Situation waren Vampire klar im Vorteil, sie mussten nicht atmen. Nur wir andern alle. Verglichen mit der dicken Luft, die hier im ehemaligen Blumen- und Bäckerladen herrschte, war die verschmutzte Stadtluft draußen geradezu rein und frisch gewesen.

Keuchend und weinend streckte ich die Arme aus und versuchte, eine Tür oder eine Wand zu finden, irgendeinen Anhaltspunkt. Der Raum, der gar nicht so riesig gewirkt hatte, schien gähnend große Ausmaße angenommen zu haben. Mir kam es so vor, als wäre ich schon kilometerweit durch das reine Nichts gestolpert. Doch das war unmöglich – es sei denn, die Hexen hatten die Dimensionen des Raums verändert. Mein prosaischer Verstand wollte sich mit dieser Möglichkeit nicht anfreunden. Um mich herum hörte ich Schreie und vom Nebel gedämpfte Geräusche, die deshalb nicht weniger furchterregend waren. Plötzlich ging ein Regen von Blut auf die Vorderseite meines Mantels nieder. Ich spürte, wie es bis in mein Gesicht spritzte. Ich stieß einen Laut der Verzweiflung aus, die ich nicht in Worte kleiden konnte. Ich wusste, dass es nicht mein Blut war, und ich wusste auch, dass ich nicht verletzt war – doch irgendwie konnte ich das kaum glauben.

Dann fiel etwas vor mir um, und während es noch zu Boden ging, erkannte ich ein Gesicht. Es war das Gesicht von Mark Stonebrook, und es war vom Tod gezeichnet. Der Nebel verschluckte ihn sofort wieder und so absolut vollständig, als wäre er in eine andere Stadt abgetaucht.

Sollte ich in die Hocke gehen? Vielleicht war die Luft direkt über dem Boden besser. Doch da unten lag Marks Leiche und noch vieles andere mehr. So viel also zu Mark Stonebrook und seiner Aufgabe, Erics Fluch aufzuheben, dachte ich ganz wirr. Jetzt brauchten wir Hallow doch. »Noch so wohl bedachte Pläne ...« Woher hatte meine Großmutter nur dieses Zitat gehabt? Gerald schubste mich zur Seite, als er in einer wilden Verfolgungsjagd an mir vorbeirannte; doch was er verfolgte, konnte ich schon nicht mehr erkennen.

Ich sagte mir, dass ich mutig und einfallsreich war, doch die Worte klangen hohl. Ich tappte vorwärts, immer bemüht, nicht über die Trümmer auf dem Boden zu stolpern. Die Utensilien der Hexen, Schalen, Messer, Knochenteile und Pflanzen, die ich noch nie gesehen hatte, lagen überall verstreut. Unerwartet stand ich plötzlich vor einem relativ leeren Fleck, und zu meinen Füßen sah ich eine umgekippte Schale und ein Messer. Ich hob das Messer auf, ehe eine neue Nebelschwade es wieder meinen Blicken entziehen konnte. Dies Messer wurde für irgendein Ritual verwendet, da war ich mir ziemlich sicher – aber ich war keine Hexe und brauchte es zu meiner Verteidigung. Ich fühlte mich gleich besser mit dem Messer in der Hand, das sehr schön aussah und zum Glück auch sehr scharf zu sein schien.

Was unsere Wiccas wohl taten, fragte ich mich. Waren sie etwa für diese Nebelschwaden verantwortlich?

Später stellte sich heraus, dass unseren Hexen eine Art Live-Übertragung des Kampfes geboten wurde von einer ihrer Mithexen, einer Wahrsagerin. Obwohl sie körperlich bei den Wiccas war, sah sie in einer Schale Wasser auf der Oberfläche gespiegelt, was bei uns in dem Gebäude passierte. Mit dieser Methode konnte sie mehr vom Geschehen erkennen als wir. Warum sie allerdings auf der Oberfläche des Wassers nicht einfach nur dicke Schwaden weißen Nebels gesehen hat, ist mir nicht ganz klar.

Unsere Hexen haben es dann schließlich regnen lassen … im Gebäude drinnen. Allmählich löste der Regen die Nebelschwaden immer weiter auf. Und auch wenn ich durch und durch nass wurde und erbärmlich fror, entdeckte ich doch endlich, wie nahe ich der Tür war, die in den zweiten großen Raum führte. Langsam kam mir zu Bewusstsein, dass ich wieder etwas sehen konnte. Im Raum erglühte ein Licht, und ich konnte verschiedene Gestalten unterscheiden. Eine von ihnen stürzte auf mich zu – auf Beinen, die nicht menschlich erschienen, und mit dem knurrenden Gesicht von Debbie Pelt. Was machte die denn hier? Sie war doch mit den Wiccas hinausgegangen und hatte ihnen den Weg in die Sicherheit gezeigt. Und jetzt war sie wieder hier.

Keine Ahnung, ob es ihre Absicht war oder ob sie einfach

vom Wahnsinn des Kampfes mit fortgetragen worden war, aber Debbie hatte sich teilweise verwandelt. In ihrem Gesicht sprießte Fell, und ihre Zähne waren länger und schärfer geworden. Sie schnappte nach meiner Kehle, doch ihre Verwandlung schüttelte sie in einem so starken Krampf, dass ihre Zähne ins Leere fassten. Ich versuchte einen Schritt zurückzutreten, stolperte aber über etwas auf dem Boden und brauchte ein, zwei wertvolle Sekunden, bis ich wieder fest auf den Füßen stand. Debbie nahm einen erneuten Anlauf, ihre Absicht war unmissverständlich. Erst da erinnerte ich mich an das Messer in meiner Hand und stieß es ihr entgegen. Knurrend hielt sie in ihrem Angriff inne.

Debbie wollte mit mir eine Rechnung begleichen. Gegen eine Gestaltwandlerin konnte ich nicht kämpfen, dazu war ich nicht stark genug. Ich würde das Messer benutzen müssen, auch wenn sich tief in mir etwas dagegen sträubte.

Und dann kam aus den Schwaden und Fetzen des Nebels eine große blutbefleckte Hand. Sie packte Debbie Pelt bei der Kehle und drückte zu. Und drückte. Noch ehe ich von der Hand den Arm hinauf bis zum Gesicht ihres Besitzers geschaut hatte, sprang ein Werwolf an mir hoch und warf mich zu Boden.

Er beschnupperte mein Gesicht.

Okay, das war's ... doch dann wurde der Werwolf über mir von den Beinen gefegt und rollte knurrend und nach einem anderen Werwolf schnappend über den Boden. Ich konnte meinem Retter nicht helfen, denn die beiden bewegten sich so schnell, dass ich nicht sicher gewesen wäre, ob ich auch dem richtigen half.

Der Nebel lichtete sich immer schneller, und ich konnte bereits wieder den ganzen Raum überblicken, auch wenn es hier und da noch Fetzen undurchdringlichen Dunstes gab. Obwohl ich diesen Augenblick verzweifelt herbeigesehnt hatte, bedauerte ich fast, dass er jetzt da war. Auf dem Boden lagen zwischen all den Utensilien des Hexenzirkels eine Unzahl von Körpern, tote wie verwundete, und die Wände waren blutbespritzt. Portugal, der gutaussehende junge Werwolf vom Luftwaffenstützpunkt, lag auf dem Boden ausgestreckt vor mir. Er war tot. Culpepper kauerte neben ihm, ganz in Trauer aufgelöst. Dies war es, was ein Krieg mit sich brachte, und ich fand es entsetzlich.

Hallow war immer noch unversehrt und stand aufrecht in ihrer menschlichen Gestalt da, nackt und blutverschmiert. Sie hob einen Werwolf vom Boden auf und schlug ihn gegen die Wand, als ich hinsah. Sie war prachtvoll und schrecklich zugleich. Eine völlig zerlumpte und dreckige Pam schlich sich von hinten an sie heran. Ich hatte die Vampirin bislang nicht mal in einer zerknitterten Bluse gesehen und erkannte sie fast nicht wieder. Pam packte Hallow bei den Hüften und warf sie zu Boden. Das war ein Tackling so gut wie jene, die ich über Jahre hinweg freitagabends beim Football gesehen hatte; und wenn Pam Hallow ein bisschen weiter oben erwischt und sie fest im Griff gehabt hätte, wäre alles sehr schnell vorbei gewesen. Doch Hallows Körper war glitschig von feuchtem Nebel und Regen und all dem Blut, und sie hatte die Arme frei. Sie drehte sich in Pams Griff herum, ergriff Pams langes Haar mit beiden Händen und riss daran. Ganze Büschel von Haar lösten sich und mit ihnen ein gutes Stück Kopfhaut.

Pam kreischte wie ein gigantischer Teekessel. Ich hatte noch nie einen so lauten Schrei gehört. Da Pam sich immer gern revanchierte, drängte sie Hallow zu Boden, ergriff ihre Oberarme und drückte und drückte, bis Hallow völlig geplättet dalag. Die Hexe hatte ungeheure Kräfte, es war ein schrecklicher Kampf, und Pam war gehandicapt durch das Blut, das ihr Gesicht herunterströmte. Doch Hallow war ein Mensch und Pam nicht. Pam hatte schon fast gewonnen, da kroch der hohlwangige Mann zu den beiden Frauen hinüber und biss Pam in den Hals. Sie hatte keine Hand frei und konnte ihn nicht davon abhalten. Er hatte nicht einfach nur zugebissen, sondern er trank, und während er trank, nahm seine Stärke immer mehr zu – wie eine Batterie, die aufgeladen wurde. Er trank das Vampirblut direkt aus der Quelle. Keiner außer mir schien das zu sehen. Ich kletterte über die schlaffe Leiche eines Werwolfs und über die eines Vampirs und trommelte auf den hohlwangigen Mann ein – er ignorierte mich einfach.

Ich würde das Messer benutzen müssen. So etwas hatte ich noch nie zuvor getan. Mein Zuschlagen war stets nur ein Zurückschlagen gewesen, und es war immer um Leben und Tod gegangen, um mein Leben oder meinen Tod. Hier lagen die Dinge anders. Ich zögerte, aber ich musste handeln, und zwar schnell. Ich konnte zusehen, wie Pam immer schwächer wurde. Und lange würde sie Hallow nicht mehr bändigen können. Ich nahm das Messer mit der schwarzen Klinge und hielt es dem Mann an die Kehle. Ich stieß an seinen Hals, nur ein wenig.

»Weg von ihr«, sagte ich. Er ignorierte mich.

Ich stieß stärker zu, und ein scharlachroter Strom lief jetzt seinen Hals herab. Endlich ließ er von Pam ab. Sein Mund war rot verschmiert von ihrem Blut. Doch noch ehe ich mich darüber freuen konnte, dass er von ihr abgelassen hatte, fuhr er herum – immer noch auf den Knien – und fixierte mich. In seinem Blick stand der reine Wahnsinn, und er riss den Mund auf, um auch von mir zu trinken. Ich spürte das ungezügelte Verlangen in seinen Gedanken, dieses *Ich will, Ich will, Ich will*. Wieder hielt ich das Messer an seinen Hals, und gerade als ich mich innerlich rüstete, stürzte er sich mit einem Riesensatz auf mich und rammte sich dabei die Klinge in den Hals.

Sein Blick erlosch fast augenblicklich.

Er hatte sich selbst getötet, und ich hatte es möglich gemacht. Ich glaube nicht, dass er das Messer überhaupt bemerkt hatte.

Ich war das Instrument seines Todes gewesen, wie unabsichtlich auch immer.

Als ich aufblicken konnte, saß Pam auf Hallows Brust, ihre Knie drückten Hallows Arme auf den Boden, und sie lächelte. Das war so bizarr, dass ich mich im Raum nach dem Grund dafür umsah. Und ich erkannte, dass der Kampf vorüber war. Keine Ahnung, wie lange er gedauert hatte, dieser lärmende, unsichtbare Kampf in den dichten Nebelschwaden. Seine Ergebnisse lagen jetzt jedenfalls nur allzu deutlich vor unser aller Augen.

Vampire töten nicht fein säuberlich, sie töten auf grausame Weise. Und auch Werwölfe sind nicht für ihre Tischmanieren bekannt. Hexen scheinen ein bisschen weniger Blut zu verspritzen, doch das Endergebnis war wirklich fürchterlich, wie in einem richtig schlechten Film, bei dem man sich hinterher schämt, dass man dafür auch noch Eintritt bezahlt hat.

Wir hatten anscheinend gewonnen.

Das war mir in dem Augenblick allerdings fast egal. Ich war total erschöpft, körperlich wie geistig, und daher wirbelten all die Gedanken der Menschen und auch einige Gedanken der Werwölfe in meinem Hirn herum wie Wäsche in einem Trockner. Dagegen war nichts zu machen, also ließ ich diese Fetzen durch meinen Kopf fliegen und nahm meine letzten Kräfte zusammen, um die Leiche von mir zu stoßen. Ich lag auf dem Rücken und starrte an die Decke. Da ich überhaupt keinen eigenen Gedanken mehr fassen konnte, war ich völlig mit den Gedanken anderer angefüllt. Fast jeder dachte das Gleiche: wie erschöpft sie waren, wie blutig alles um sie herum war und wie unvorstellbar es war, dass sie einen Kampf wie diesen überlebt hatten. Der Typ mit dem stachelig aufgestellten Haar hatte sich in seine menschliche Gestalt zurückverwandelt und dachte gerade, wie viel mehr er dies alles genossen hatte, als angebracht war. Sein nackter Körper lieferte denn auch den deutlich sichtbaren Beweis, wie sehr er es genossen hatte. Er unternahm immerhin den Versuch, sich dessen ein wenig zu schämen. Vor allem aber wollte er diese süße junge Wicca aufstöbern und sich mit ihr in eine stille

Ecke verkriechen. Hallow hasste Pam, sie hasste mich, sie hasste Eric, sie hasste einfach jeden. Sie begann einen Fluch zu murmeln, der uns alle erledigen sollte, doch Pam stieß ihr den Ellbogen gegen den Hals, und das ließ sie sofort verstummen. Debbie Pelt erhob sich im Türrahmen vom Boden und sah sich um. Sie wirkte erstaunlich unversehrt und energiegeladen, als hätte sie nie Fell im Gesicht gehabt und als wüsste sie nicht mal ansatzweise, wie man tötet. Zwischen den verstreut herumliegenden Körpern, lebendigen wie toten, bahnte sie sich einen Weg, bis sie schließlich Alcide fand, der noch seine Wolfsgestalt hatte. Sie hockte sich neben ihn und suchte ihn nach Wunden ab, worauf er mit einem deutlich warnenden Knurren reagierte. Vielleicht glaubte sie einfach nicht, dass er sie tatsächlich angreifen würde, jedenfalls legte sie ihm eine Hand auf die Schulter, und er biss sie so brutal, dass es blutete. Sie schrie auf und taumelte zurück. Ein paar Sekunden lang hielt sie kauernd ihre blutende Hand und weinte. Ihr Blick traf den meinen, und in ihren Augen loderte der Hass. Sie würde mir nie verzeihen. Sie würde mir für den Rest ihres Lebens die Schuld daran geben, dass Alcide die dunkle Seite ihrer Natur gesehen hatte. Zwei Jahre lang hatte sie mit ihm gespielt, ihn angelockt und wieder weggestoßen, und dabei die Wesenszüge verborgen, die er niemals akzeptiert hätte, denn gewollt hatte sie ihn immer. Doch jetzt war alles vorbei.

Und das sollte meine Schuld sein?

Aber ich dachte nicht in den Kategorien einer Debbie Pelt, ich dachte wie ein vernünftiger Mensch, und das war Debbie ja nun wirklich nicht. Hätte die große Hand aus dem dichten Nebel, die sie vorhin im Kampf am Hals gepackt hatte, sie doch bloß erwürgt. Ich sah zu, wie sie die Tür aufstieß und mit schnellen Schritten in die Nacht hinauseilte. In diesem Augenblick wusste ich, dass Debbie Pelt für den Rest ihres Lebens hinter mir her sein würde. Vielleicht würde sich die Bisswunde, die Alcide ihr verpasst hatte, entzünden, so dass sie an Blutvergiftung starb?

Reflexartig machte ich mir gleich wieder Vorwürfe: Das war ein bösartiger Gedanke, Gott wollte nicht, dass wir irgendjemandem Böses wünschten. Da blieb nur zu hoffen, dass Er auch Debbie gut zuhörte; so wie du hoffst, dass der Verkehrspolizist, der dir wegen überhöhter Geschwindigkeit einen Strafzettel gibt, auch deinen Hintermann anhält, der dich trotz durchgezogener Linie noch zu überholen versucht hatte.

Die rothaarige Werwolf-Frau Amanda kam herüber zu mir. Sie hatte hier und dort Bisswunden und eine große Beule auf der Stirn, doch sie strahlte förmlich: »Wenn ich schon mal gute Laune habe, möchte ich mich bei dir auch gleich noch für die Beleidigung entschuldigen«, sagte sie ganz direkt. »Du hast einen guten Kampf geführt. Selbst wenn du mit Vampiren Umgang hast, von mir hörst du keinen Vorwurf mehr. Vielleicht siehst du irgendwann das Licht.« Ich nickte, und sie machte sich davon, um nach den anderen Werwölfen ihres Rudels zu sehen.

Pam hatte Hallow gefesselt, und jetzt knieten Pam, Eric und Gerald neben jemand anderem auf der anderen Seite des Raums. Flüchtig fragte ich mich, was da wohl los war, doch Alcide verwandelte sich eben in seine menschliche Gestalt zurück und kroch, nachdem er sich orientiert hatte, zu mir herüber. Ich war viel zu erschöpft, als dass seine Nacktheit mich noch verlegen gemacht hätte. Mich streifte vielmehr die Idee, mir den Anblick einzuprägen, weil ich mich in einer Mußestunde sicher gern mal daran erinnern würde.

Er hatte einige Hautabschürfungen, ein paar blutende Risse und eine tiefe Fleischwunde, sah insgesamt jedoch recht gut aus.

»Du hast Blut im Gesicht«, sagte er mühsam.

»Das ist nicht meins.«

»Gott sei Dank«, erwiderte er und legte sich neben mich auf den Boden. »Wie schwer bist du verletzt?«

»Ich bin nicht verletzt, nicht richtig«, sagte ich. »Na ja, ich wurde viel herumgestoßen, ein bisschen gewürgt, und es wurde nach mir geschnappt, aber ich bin nicht zusammengeschlagen worden!« Menschenskind, mein Wunsch fürs neue Jahr hatte sich also tatsächlich erfüllt.

»Tut mir leid, dass wir Jason hier nicht gefunden haben«, sagte Alcide.

»Eric hat Pam und Gerald gefragt, ob die Vampire ihn haben, und sie haben nein gesagt«, erzählte ich. »Ihm war ein sehr guter Grund eingefallen, warum die Vampire ihn entführt haben könnten. Aber sie haben es nicht getan.«

»Chow ist tot.«

»Wie das?«, fragte ich so ruhig, als würde es nichts weiter ausmachen. Ehrlich gesagt, hatte ich nie eine besondere Schwäche für den Barkeeper gehabt, hätte aber wenigstens angemessen betroffen reagiert, wenn ich nicht so erschöpft gewesen wäre.

»Einer von Hallows Leuten hatte ein Messer aus Holz.«

»So was habe ich noch nie gesehen«, sagte ich nach einer Weile, und das war alles, was ich zu sagen hatte zum Tod von Chow.

»Ich auch nicht.«

Nach einem längeren Schweigen sagte ich: »Das mit Debbie tut mir leid.« Ich meinte natürlich, es tue mir leid, dass Debbie ihn so verletzt und sich als so schrecklich erwiesen hatte, dass er sich zu dem drastischen Schritt gezwungen sah, sie aus seinem Leben zu entfernen.

»Welche Debbie?«, fragte er, stand mit einer geschmeidigen Bewegung auf und trottete davon über all den Schmutz, das Blut, die Leichen und die Trümmer der übernatürlichen Welt hinweg.

Kapitel 13

Melancholie und Abscheu beherrschen die Atmosphäre nach einer Schlacht. Die Verletzten müssen versorgt werden, das Blut muss aufgewischt werden, die Leichen müssen beerdigt werden. Oder in diesem Fall beseitigt – Pam fällte die Entscheidung, den ehemaligen Blumen- und Bäckerladen mit allen Leichen des Hexenzirkels darin einfach niederzubrennen.
Es waren nicht alle gestorben. Hallow lebte noch, natürlich. Und eine weitere Hexe hatte auch überlebt, obwohl sie schwer verletzt war und viel Blut verloren hatte. Colonel Flood hatte sich eine gefährliche Verwundung zugezogen, und Portugal war von Mark Stonebrook getötet worden. Den anderen ging es mehr oder weniger gut. Von den Vampiren war nur Chow gestorben. Die anderen waren verletzt, teilweise sehr schwer, aber das verheilte bei Vampiren rasch.
Mich wunderte, dass die Hexen keine bessere Leistung geboten hatten.
»Wahrscheinlich waren sie gute Hexen, aber keine guten Kämpfer«, sagte Pam. »Sie waren ausgesucht worden wegen ihrer magischen Fähigkeiten und ihrer Bereitschaft, Hallow zu folgen, nicht weil sie erprobte Kämpfer waren. Mit einem solchen Gefolge hätte Hallow lieber nicht versuchen sollen, Shreveport zu übernehmen.«
»Warum eigentlich Shreveport?«
»Das werde ich noch herausfinden«, sagte Pam lächelnd.
Ich schauderte. Über Pams Methoden dachte ich besser gar nicht erst nach. »Wie willst du verhindern, dass sie dich mit einem Fluch belegt, während du sie befragst?«

»Da fällt mir schon was ein«, erwiderte Pam. Sie lächelte immer noch.

»Das mit Chow tut mir leid«, sagte ich etwas zögernd.

»Der Job des Barkeepers im Fangtasia scheint den Leuten nicht gerade Glück zu bringen«, gab sie zu. »Mal sehen, ob ich jemanden finden kann, der Chows Stelle übernimmt. Schließlich sind er und Long Shadow beide umgekommen, bevor sie auch nur ein Jahr da gearbeitet haben.«

»Und was willst du tun, damit Eric wieder enthext wird?«

Pam schien ganz froh über die Gelegenheit zu einem Gespräch mit mir, auch wenn ich bloß ein Mensch war. Immerhin hatte sie einen guten Freund verloren. »Früher oder später kriegen wir Hallow schon dazu, dass sie es tut. Und sie wird uns auch erzählen, warum sie es getan hat.«

»Reicht es, wenn Hallow den Fluch in groben Zügen beschreibt? Oder muss sie es selbst durchführen?« In Gedanken überlegte ich mir eine andere Formulierung, damit meine Frage klarer wurde. Doch Pam schien mich verstanden zu haben.

»Das weiß ich nicht. Da müssen wir unsere befreundeten Wiccas fragen. Die beiden, die du gerettet hast, dürften so dankbar sein, dass sie uns gern einen Gefallen tun«, sagte Pam, während sie noch etwas mehr Benzin in den Raum schüttete. Sie hatte bereits das ganze Gebäude überprüft und die paar Dinge an sich genommen, die sie eventuell gebrauchen konnte. Die Wiccas hatten die magischen Utensilien zusammengesucht, damit keiner der Polizisten, die den Brand untersuchen würden, irgendwelche Überreste erkannte.

Ich sah auf meine Uhr. Hoffentlich war Holly inzwischen sicher zu Hause angekommen. Ich musste ihr unbedingt sagen, dass ihr Sohn jetzt in Sicherheit war.

Ich wandte den Blick ab, als die jüngste Wicca an Colonel Floods linkem Bein zu hantieren begann, das einen klaffenden Riss im Oberschenkel hatte, eine sehr ernste Verletzung. Der Colonel versuchte, es herunterzuspielen, und nachdem

Alcide ihm seinen Mantel geholt hatte, humpelte er mit einem Lächeln auf den Lippen herum. Doch als Blut durch den Verband sickerte, musste er seinen Werwölfen erlauben, ihn zu einem Arzt zu fahren, der zufällig selbst ein Werwolf war und unbürokratisch helfen würde. Denn niemand war in der Lage, sich für so eine Wunde eine glaubwürdige Geschichte auszudenken. Ehe er ging, schüttelte Colonel Flood der Anführerin der Hexen und Pam noch feierlich die Hand, obwohl ihm bereits der Schweiß auf der Stirn stand, selbst hier in diesem eiskalten Gebäude.

Ich fragte Eric, ob er irgendeine Veränderung an sich bemerkte, doch er erinnerte sich noch immer nicht an seine Vergangenheit. Er wirkte ziemlich mitgenommen und ängstlich, beinahe panisch. Der Tod von Mark Stonebrook hatte keine Entzauberung bewirkt, und nun warteten ein paar schreckliche Stunden mit Pam auf Hallow. Ich nahm das einfach so hin. Ich wollte nicht genauer darüber nachdenken. Oder überhaupt daran denken.

Was mich selbst betraf, so wusste ich mittlerweile gar nicht mehr weiter. Sollte ich nach Hause nach Bon Temps fahren und Eric mitnehmen? (War ich eigentlich noch verantwortlich für ihn?) Sollte ich mir für die restlichen Stunden der Nacht hier in der Stadt eine Schlafgelegenheit suchen? Alle anderen außer Bill und mir wohnten in Shreveport, und Bill hatte vor, den kommenden Tag in Chows leerem Bett (oder was immer es war) zu verbringen – das hatte Pam vorgeschlagen.

Unentschlossen überlegte ich noch ein paar Minuten hin und her und versuchte, eine Entscheidung zu treffen. Keiner schien mich für irgendwas Bestimmtes zu brauchen, und keiner knüpfte ein Gespräch mit mir an. Als Pam schließlich damit beschäftigt war, den anderen Vampiren Anweisungen für Hallows Transport zu geben, ging ich einfach hinaus. Die Nacht war fast genauso still wie vorhin, nur ein paar Hunde bellten, als ich die Straße hinunterging. Der Geruch der Magie war schwächer geworden. Doch die Nacht war noch immer schwarz, und ich hatte einen totalen Tiefpunkt erreicht. Keine Ahnung, was ich sagen sollte, wenn ein Polizist mich anhielt. Ich war blutbespritzt und völlig zerlumpt und hatte keine einzige Erklärung parat. Im Moment kümmerte mich das allerdings herzlich wenig.

Ich hatte etwa einen Häuserblock hinter mich gebracht, als Eric mich einholte. Er war ängstlich – fast verschreckt. »Du warst plötzlich weg. Ich sah mich nur einmal um, und schon warst du nicht mehr da«, sagte er vorwurfsvoll. »Wohin gehst du? Warum hast du mir nicht Bescheid gesagt?«

»Bitte«, entgegnete ich und hob eine Hand, damit er schwieg. »Bitte.« Ich war zu erschöpft, um ihm jetzt noch Kraft zu geben. Und ich musste gegen eine übermächtige Niedergeschlagenheit ankämpfen, obwohl ich selbst nicht genau wusste, warum eigentlich; schließlich hatte mich keiner zusammengeschlagen. Also sollte ich mich doch freuen, oder? Alle Ziele dieser Nacht waren erreicht. Hallow war überwältigt und in Gefangenschaft. Und auch wenn Eric noch nicht wieder der Alte war, würde es doch nicht mehr lange dauern. Pam würde Hallow schon überzeugen mit den Methoden der Vampire, die so schmerzhaft und so endgültig waren.

Zweifellos würde Pam herausfinden, warum Hallow all diese Dinge getan hatte. Und das Fangtasia würde einen neuen Barkeeper einstellen, irgendeinen jungen sexy Vampir, der den Touristen die Dollars aus den Taschen zog. Und sie und Eric würden sogar noch den geplanten Stripclub aufmachen oder die Reinigung, die die ganze Nacht geöffnet hatte, oder den Bodyguard-Service.

Nur mein Bruder wäre noch immer vermisst.

»Lass mich mit dir nach Hause fahren. Ich kenne die doch gar nicht«, bat Eric sehr leise und fast flehend. Es schmerzte mich im Innern, wenn Eric etwas sagte, das in so starkem Kontrast zu seiner normalen Persönlichkeit stand. Oder war dies Erics wahres Wesen? Waren seine Zuversicht und sein

Selbstvertrauen etwas, das er wie eine zweite Haut über die Jahre nur angenommen hatte?

»Na klar, komm«, sagte ich, auf meine Art genauso verzweifelt wie Eric. Ich wollte nur noch, dass er still war und stark. Okay, ich würde mich auch mit still zufrieden geben. Aber zumindest seine körperliche Stärke war ungebrochen. Er hob mich hoch und trug mich zum Auto. Überrascht stellte ich fest, dass meine Wangen von Tränen nass waren.

»Du hast überall Blut«, flüsterte er mir ins Ohr.

»Ja, aber freu dich nicht zu früh«, warnte ich ihn. »Das ist mir ganz egal. Ich will einfach nur duschen.« Inzwischen hatte ich das Stadium des hicksenden Schluchzens erreicht.

»Wenigstens musst du diesen Mantel jetzt wegwerfen«, sagte er mit einiger Zufriedenheit.

»Ich werde ihn reinigen lassen.« Ich war zu müde, um auf abschätzige Bemerkungen über meinen Mantel einzugehen.

Die lastende Schwere des Geruchs der Magie hinter mir zu lassen war fast genauso gut wie eine große Tasse Kaffee und ein Schub Sauerstoff. Als wir uns Bon Temps näherten, fühlte ich mich nicht mehr ganz so weinerlich, und als ich uns die Hintertür aufschloss, hatte ich mich einigermaßen beruhigt. Eric kam hinter mir herein und tat einen Schritt nach rechts, um am Küchentisch vorbeizugehen, während ich mich nach links beugte und das Licht anknipste.

Als das Licht brannte, lächelte mich Debbie Pelt an.

Sie hatte im Dunkeln an meinem Küchentisch gesessen, und sie hatte eine Pistole in der Hand.

Ohne ein einziges Wort zu sagen, schoss sie auf mich.

Aber sie hatte nicht mit Eric gerechnet, der so schnell war, schneller als jeder Mensch. Er warf sich in die Schusslinie, und die Kugel traf ihn direkt in die Brust. Vor meinen Augen ging er zu Boden.

Zum Glück hatte sie keine Zeit gehabt, das Haus zu durchsuchen. Hinter dem Heißwasserboiler zog ich Jasons Schrotflinte hervor. Ich entsicherte sie – eines der schrecklichsten

Geräusche der Welt – und schoss auf Debbie Pelt, während sie noch schockiert Eric anstarrte, der auf den Knien kauerte und Blut hustete. Ich lud eine Patrone nach, musste aber kein weiteres Mal auf sie schießen. Ihre Finger wurden schlaff, und die Pistole fiel zu Boden.

Jetzt ging auch ich zu Boden, ich konnte keine Sekunde länger aufrecht stehen.

Eric lag mittlerweile der Länge nach ausgestreckt da und keuchte und zuckte in einer Lache Blut.

Von Debbies Brust und Hals war nicht mehr viel übrig.

In meiner Küche sah es aus, als hätte ich Schweine geschlachtet, Schweine, die sich ziemlich gewehrt hatten.

Ich versuchte mich wieder aufzurappeln, um nach dem Telefon am anderen Ende der Anrichte zu greifen. Doch meine Hand fiel zu Boden, als ich mich fragte, wen ich denn jetzt anrufen wollte.

Die Polizei? Ha.

Sam? Um ihn noch weiter in meine schmutzigen Angelegenheiten hineinzuziehen? Besser nicht.

Pam? Um ihr zu zeigen, wie weit ich es gebracht hatte in meinem Bemühen, meinen Schützling nicht ermorden zu lassen?

Alcide? Klar, es würde ihn sicher freuen, zu sehen, was ich seiner Exfreundin angetan hatte – Verstoßungsritual hin oder her.

Arlene? Sie hatte es schwer genug im Leben, allein mit zwei kleinen Kindern. Da musste ich sie nicht noch in was Illegales hineinziehen.

Tara? Die konnte kein Blut sehen.

Jetzt hätte ich meinen Bruder angerufen, wenn ich gewusst hätte, wo er war. Denn wenn du in deiner Küche ein Blutbad beseitigen musst, hast du am liebsten die Familie um dich.

Ich würde das also alles ganz allein erledigen müssen.

Zuerst Eric. Ich krabbelte zu ihm hinüber, legte mich neben ihn und stützte mich auf meinen Ellbogen.

»Eric«, sagte ich laut. Seine blauen Augen öffneten sich. In ihnen stand schierer Schmerz.

Aus dem Loch in seiner Brust quoll Blut hervor. Wie mochte erst die Wunde aussehen, aus der die Kugel ausgetreten war. Oder steckte die Kugel noch in ihm? Ich sah die Wand an, vor der er gestanden hatte, und konnte keine Blutspritzer oder ein Einschussloch entdecken. Mir wurde klar, wenn die Kugel durch ihn hindurchgegangen wäre, hätte sie *mich* getroffen. Ich sah an mir herunter. Nein, kein frisches Blut.

Während ich Eric ansah, begann es, ihm etwas besser zu gehen. »Trinken«, sagte er, und ich hätte ihm beinahe meine Pulsadern an die Lippen gehalten, besann mich aber noch. Es gelang mir, eine Flasche »TrueBlood« aus dem Kühlschrank zu holen und sie warm zu machen, wenn auch die Glasscheibe der Mikrowelle alles andere als makellos sauber war.

Ich kniete mich neben ihn, um es ihm einzuflößen. »Warum nicht du?«, fragte er schmerzerfüllt.

»Tut mir leid«, entschuldigte ich mich. »Du hättest es ganz sicher verdient, mein Schatz. Aber ich brauche all meine Kraft. Hier ist noch jede Menge zu tun.«

Mit ein paar großen Schlucken hatte Eric alles ausgetrunken. Ich hatte seinen Mantel und sein Flanellhemd aufgeknöpft, und als ich prüfen wollte, wie stark seine Brust noch blutete, sah ich etwas höchst Erstaunliches. Die Kugel, die ihn getroffen hatte, sprang aus der Wunde heraus. Und nach weiteren drei Minuten, oder vielleicht sogar weniger, hatte sich das Loch geschlossen. Das Blut trocknete noch in seinem Brusthaar, da war die Wunde längst verschwunden.

»Mehr zu trinken?«, fragte Eric.

»Sicher. Wie fühlst du dich?« Ich selbst war wie betäubt.

Er lächelte schief. »Schwach.«

Ich holte ihm noch eine Flasche Blut, und diese trank er langsamer aus. Er zuckte vor Schmerz zusammen, als er sich aufsetzte und die Schweinerei auf der anderen Seite des Tisches musterte.

Dann sah er mich an.

»Ich weiß, ich weiß, wie konnte ich das nur tun!«, rief ich. »Es tut mir alles so furchtbar leid!« Ich spürte, wie mir – wieder einmal – Tränen die Wangen hinabliefen. Noch elender konnte ich mich gar nicht mehr fühlen. Ich hatte etwas Furchtbares getan. Ich hatte als Aufpasserin versagt. Ich hatte eine enorme Reinigungsaktion vor mir. Und außerdem sah ich schrecklich aus.

Eric wirkte leicht verwundert über meinen Gefühlsausbruch. »Die Kugel hätte dich töten können, und ich wusste, mich tötet sie nicht«, erklärte er. »Ich hielt die Kugel in einer Notwehrsituation von dir ab, und dann hast du mich auf sehr wirkungsvolle Weise verteidigt.«

Das war eine etwas schräge Art, die Dinge zu sehen. Doch komischerweise fühlte ich mich gleich viel besser.

»Ich habe einen Menschen umgebracht«, sagte ich. Das waren jetzt schon zwei in einer Nacht; auch wenn ich immer noch der Ansicht war, dass der hohlwangige Mann sich selbst getötet hatte, indem er mir ins Messer lief.

Aber die Schrotflinte hatte ich ganz allein abgefeuert.

Ich schauderte und sah weg von der zerfetzten Gestalt aus Knochen und Fleisch, die einst Debbie Pelt gewesen war.

»Hast du nicht«, sagte er scharf. »Du hast eine Gestaltwandlerin getötet, die ein verräterisches, mörderisches Biest war und schon zweimal versucht hat, dich umzubringen.« Es war also Erics Hand gewesen, die sie im Nebel bei der Kehle gepackt und von mir abgehalten hatte. »Ich hätte diesen Job gleich erledigen sollen, als ich sie in Shreveport in Händen hatte«, sagte er wie zur Bestätigung. »Das hätte uns beiden einiges Herzweh erspart – in meinem Fall sogar buchstäblich.«

Mich beschlich die dunkle Ahnung, dass Reverend Fullenwilder das sicher ganz anders beurteilen würde, und ich murmelte etwas in diesem Sinne vor mich hin.

»Ich war nie Christ«, sagte Eric. Nun, das überraschte mich

nicht.«Und ich kann mir auch kein Glaubenssystem vorstellen, das einem rät, sich still hinzusetzen und sich abschlachten zu lassen.«

Ich fragte mich, ob es nicht genau das war, was das Christentum lehrte. Aber ich war keine Theologin oder Bibelgelehrte, und ich musste das Urteil über meine Handlungen wohl Gott überlassen, der ja ebenfalls kein Theologe war.

Irgendwie fühlte ich mich besser, und im Grunde war ich einfach dankbar, dass ich am Leben war.

»Danke, Eric«, sagte ich und gab ihm einen Kuss auf die Wange. »Geh ruhig ins Badezimmer und wasch dich, während ich hier mit dem Aufräumen beginne.«

Aber davon war keine Rede. Gott segne ihn, er half mir mit Feuereifer. Und weil er ohne irgendwelche Skrupel auch die fürchterlichsten Dinge anpacken konnte, ließ ich ihn gern gewähren.

Ihr wollt gar nicht wissen, wie schrecklich es war, und erst recht nicht in allen Einzelheiten. Also, wir sammelten Debbie ein, verstauten sie in einem Sack, und Eric brachte sie in den Wald hinaus, wo er sie in einem nie aufzuspürenden Loch begrub, während ich sauber machte. Ich musste die Gardinen über der Spüle abnehmen und in der Waschmaschine kalt einweichen – und tat auch gleich noch meinen Mantel dazu, obwohl ich nicht viel Hoffnung hatte, dass ich ihn je wieder tragen könnte. Mit Gummihandschuhen und in Wasser gelöster Bleiche wischte ich ein ums andere Mal über die Stühle, den Tisch und den Fußboden, und ich sprühte die Türen der Anrichte mit Holzpolitur ein und rieb und wienerte.

Ihr macht euch ja keine Vorstellung davon, wo das Blut überall hingespritzt war.

Die Arbeit half mir, meine Gedanken von dem eigentlichen Ereignis abzulenken. Je länger ich vermied, dieser Sache direkt in die Augen zu sehen – je länger ich Erics pragmatische Ansicht einwirken ließ –, desto besser für mich. Ich konnte sowieso nichts rückgängig machen. Es gab keinen Weg, meine Tat zurückzunehmen. Ich hatte eine begrenzte Auswahl an Möglichkeiten gehabt, und nun musste ich mit der Wahl leben, die ich getroffen hatte. Meine Großmutter hatte stets gesagt, dass eine Frau – jede Frau, die etwas taugte – tun konnte, was immer sie tun musste. Wenn jemand meine Großmutter eine emanzipierte Frau genannt hätte, hätte sie das vehement abgestritten, aber sie war die stärkste Frau, die ich je gekannt habe. Und wenn sie glaubte, dass ich diese grausige Aufgabe erledigen konnte, weil ich sie erledigen musste, dann würde ich das auch schaffen.

Als ich fertig war, roch meine Küche nach allerlei Putzmitteln, und für das bloße Auge wirkte sie im wahrsten Sinn des Wortes fleckenlos. Sicher konnte ein Experte von der Spurensicherung trotzdem noch Beweismaterial finden (wie ich aus dem Fernsehen wusste). Aber ich hatte nicht die Absicht, einem Experten von der Spurensicherung je einen Grund zu liefern, sich meine Küche anzusehen.

Debbie war durch die Vordertür eingebrochen. Es wäre mir im Traum nicht eingefallen, sie zu überprüfen, ehe ich von hinten ins Haus ging. So viel zu meiner Karriere als Aufpasserin. Ich klemmte einen Stuhl unter den Türknauf, um die Tür für den Rest der Nacht sicher zu verschließen.

Als Eric seine Beerdigungsaktivitäten abgeschlossen hatte, wirkte er geradezu aufgedreht, und so bat ich ihn, noch auf die Suche nach Debbies Auto zu gehen. Sie fuhr einen Mazda Miata, den sie auf einem Feldweg auf der anderen Seite der Landstraße versteckt hatte, von der meine Auffahrt abzweigte. Eric hatte die Weitsicht besessen, ihre Schlüssel zu behalten, und erbot sich, das Auto irgendwo anders hinzufahren. Ich hätte ihm folgen und ihn wieder nach Hause bringen sollen, aber er bestand darauf, das ganz allein zu erledigen, und ich war zu erschöpft, um ihn herumzukommandieren. Während er weg war, stellte ich mich unter die heiße Dusche und schrubbte mich ab. Froh, allein zu sein, wusch ich mich wieder und wieder. Als ich von außen so sauber war wie irgend möglich, zog ich ein rosa Nachthemd an und krabbelte ins Bett. Es war kurz vor der Morgendämmerung, und ich hoffte, Eric wäre bald wieder da. Ich hatte den Schrank und die Luke für ihn geöffnet und noch ein Extrakissen hineingelegt.

Gerade als ich kurz vor dem Einschlafen war, hörte ich ihn kommen, und er gab mir einen Kuss auf die Wange. »Alles erledigt«, sagte er, und ich murmelte: »Danke, Baby.«

»Für dich tue ich alles«, sagte er sehr sanft. »Gute Nacht, Geliebte.«

Ich war wohl eine ziemlich tödliche Gefahr für Exfreundinnen, dachte ich noch. Bills große Liebe (und Schöpferin) war von mir pulverisiert worden, und jetzt hatte ich Alcides Schätzchen getötet. Ich kannte Hunderte von Männern. Ihren Exfreundinnen gegenüber hatte ich nie Mordgelüste entwickelt. Doch bei übernatürlichen Geschöpfen, die mir etwas bedeuteten, schienen die Dinge anders zu liegen. Ob Eric wohl irgendwelche früheren Freundinnen in der Gegend hier hatte? Ungefähr hundert oder so, schätzungsweise. Tja, die sollten sich mal lieber vorsehen vor mir.

Und danach sank ich endgültig in das schwarze Loch der Erschöpfung.

Kapitel 14

Pam hatte Hallow bestimmt bearbeitet, bis die Morgendämmerung am Horizont heraufzog. Ich selbst bedurfte so sehr der körperlichen und seelischen Erholung, dass ich tief und fest schlief und erst gegen vier Uhr nachmittags erwachte. Es war ein trüber Wintertag, einer jener Tage, an denen man sofort das Radio andreht, um zu hören, ob ein Eissturm im Anzug ist. Sicherheitshalber sah ich noch mal nach, ob der Vorrat an Kaminholz auch wirklich für drei, vier Tage reichte. Eric würde heute sicher früh aufstehen.

Im Schneckentempo zog ich mich an und aß etwas und versuchte, mein Dasein wieder in den Griff zu bekommen.

Körperlich ging es mir gut. Ein paar blaue Flecken, ein bisschen Muskelkater – das war eigentlich gar nichts. Jetzt war ich schon bis in die zweite Januarwoche hinein meinen guten Vorsätzen fürs neue Jahr treu geblieben. Na, wenn das nicht großartig war.

Auf der anderen Seite – und es gibt immer eine andere Seite – fühlte ich mich geistig, oder vielleicht auch emotional, nun wahrlich nicht stabil. Ganz egal, wie praktisch veranlagt jemand ist oder wie viel er verträgt, das, was ich getan hatte, tut keiner, ohne unter den Nachwirkungen zu leiden.

So sollte es auch sein.

Als ich überlegte, ob Eric heute wohl früher aufstehen würde, hatte ich gedacht, dass wir noch ein wenig kuscheln könnten, ehe ich zur Arbeit ging. Und ich hatte auch gedacht, wie schön es doch war, mit jemandem zusammen zu sein, dem ich so viel bedeutete.

Aber ich hatte nicht daran gedacht, dass der Fluch aufgehoben sein würde.

Eric stand um halb sechs auf. Als ich Geräusche im kleinen Schlafzimmer hörte, klopfte ich an die Tür und öffnete sie. Er wirbelte auf dem Absatz herum, fuhr seine Fangzähne aus und hob die zu Klauen gekrümmten Hände wie zum Angriff. Ich hätte beinahe »Hallo, Schatz« gesagt, doch Vorsicht ließ mich verstummen.

»Sookie«, sagte er langsam. »Bin ich bei dir zu Hause?«

Was war ich froh, dass ich mich wenigstens angezogen hatte. »Ja«, erwiderte ich und sortierte wie wild meine Gedanken neu. »Du bist hier zu deiner eigenen Sicherheit. Weißt du, was passiert ist?«

»Ich bin auf einem Treffen mit ein paar neuen Leuten gewesen«, sagte er in zweifelndem Ton. »Oder?« Überrascht sah er an seinen Wal-Mart-Kleidern hinab. »Wann habe ich die denn gekauft?«

»Die musste ich für dich besorgen«, antwortete ich.

»Hast du mich auch angezogen?«, fragte er und fuhr sich mit der Hand über die Brust und tiefer hinab. Und dazu noch dieses Lächeln, typisch Eric.

Er erinnerte sich nicht. An gar nichts.

»Nein«, sagte ich. Bilder blitzten vor mir auf: Eric und ich unter der Dusche. Auf dem Küchentisch. Im Bett.

»Wo ist Pam?«, fragte er.

»Du solltest sie anrufen«, sagte ich. »Kannst du dich noch an gestern erinnern?«

»Gestern war das Treffen mit den Hexen«, erwiderte er, als wäre das ganz unbestreitbar.

Ich schüttelte den Kopf. »Das ist schon ein paar Tage her«, sagte ich, unfähig, die genaue Zahl zusammenzubekommen. Mein Herz sank immer tiefer.

»Du erinnerst dich auch nicht an gestern Nacht, nachdem wir aus Shreveport zurück waren?«, hakte ich nach. Plötzlich sah ich einen Lichtschimmer in all dem.

»Haben wir miteinander geschlafen?«, fragte er hoffnungsvoll. »Hast du dich mir endlich hingegeben, Sookie? Es ist sowieso nur eine Frage der Zeit.« Er grinste.

Nein, gestern Nacht haben wir gemeinsam eine Leiche beseitigt, dachte ich.

Ich war die Einzige, die davon wusste. Und nicht mal ich wusste, wo Debbies Überreste begraben lagen oder was aus ihrem Auto geworden war.

Ich setzte mich auf die Kante meines alten schmalen Betts. Eric sah mich aufmerksam an. »Stimmt irgendwas nicht, Sookie? Was ist passiert, als ich – warum kann ich mich nicht erinnern, was passiert ist?«

Je weniger du drüber sprichst, desto besser.

Ende gut, alles gut.

Aus den Augen, aus dem Sinn. (Ach, wenn das doch nur wahr wäre.)

»Wetten, dass Pam hier jede Minute auftaucht«, sagte ich. »Ich überlasse es einfach ihr, dir alles zu erzählen.«

»Und Chow?«

»Nein, der wird nicht kommen. Er ist letzte Nacht gestorben. Das Fangtasia scheint es nicht gut zu meinen mit seinen Barkeepern.«

»Wer hat ihn getötet? Ich werde ihn rächen.«

»Das hast du bereits getan.«

»Irgendwas stimmt nicht mit dir«, sagte Eric. Scharfsinnig war er schon immer.

»Ja, mit mir stimmt eine ganze Menge nicht.« In diesem Moment hätte ich ihn zu gern umarmt, aber dann wäre alles nur noch komplizierter geworden. »Es wird wohl bald schneien.«

»Schnee, hier?« Eric war begeistert wie ein kleines Kind. »Ich liebe Schnee!«

Warum überraschte mich das kein bisschen?

»Vielleicht werden wir ja zusammen eingeschneit«, sagte er und zuckte anzüglich mit seinen blonden Augenbrauen.

Ich lachte. Ich konnte einfach nicht anders. Und das war verdammt viel besser als zu weinen, was ich zuletzt ja zur Genüge getan hatte. »Als ob dich je das Wetter abgehalten hätte, zu tun, was du tun willst«, sagte ich und stand auf. »Komm, ich mache dir etwas Blut warm.«

Schon die paar gemeinsam verbrachten Nächte hatten mich so liebevoll gestimmt, dass ich auf mein Verhalten achten musste. Einmal strich ich ihm fast übers Haar, als ich an ihm vorbeiging; und ein andermal beugte ich mich schon vor, um ihn zu küssen, und musste dann behaupten, mir wäre etwas heruntergefallen.

Als Pam eine halbe Stunde später an die Tür klopfte, war ich fertig für die Arbeit und Eric äußerst zappelig.

Pam hatte sich kaum hingesetzt, da bombardierte er sie schon mit Fragen. Ich sagte noch, dass ich gehen müsste, aber sie haben wohl gar nicht mehr bemerkt, wie ich durch die Küchentür verschwand.

Im Merlotte's war am späteren Abend nicht besonders viel los, nachdem zuvor eine ganze Menge Leute zum Abendessen da gewesen waren. Ein paar Schneeflocken hatten die meisten Stammgäste davon überzeugt, sich lieber nüchtern auf den Heimweg zu machen. Aber es waren noch genug andere da, um Arlene und mich einigermaßen zu beschäftigen. Sam fing mich ab, als ich mein Tablett gerade mit sieben Bierkrügen belud, und wollte alles über die letzte Nacht hören.

»Ich erzähl's dir später«, versprach ich. Diese Geschichte musste ich erst noch sehr sorgfältig zurechtstutzen.

»Irgendeine Spur von Jason?«, fragte er.

»Nein«, erwiderte ich und war plötzlich trauriger denn je. Das letzte Mal hatte die Polizistin am Telefon beinahe bissig geklungen, als ich anrief und nachfragte, ob es irgendwelche Neuigkeiten gab.

Kevin und Kenya kamen an diesem Abend nach Dienstschluss in die Bar. Als ich ihnen ihre Drinks (einen Bourbon mit Cola und einen Gin Tonic) brachte, sagte Kenya: »Wir haben wirklich nach deinem Bruder gesucht, Sookie. Tut mir leid.«

»Ich weiß, alle haben sich sehr bemüht«, erwiderte ich. »Und ich bin euch unheimlich dankbar, dass ihr diese Suchaktion organisiert habt! Ich wünschte nur ...« Und dann fehlten mir einfach die Worte. Dank meiner »Behinderung« erfuhr ich in diesem Augenblick etwas über sie, das der jeweils andere nicht ahnte. Sie liebten einander. Doch Kevin wusste, dass seine Mutter ihren Kopf eher in den Gasofen stecken würde als zuzusehen, wie er eine schwarze Frau heiratete; und Kenya wusste, dass ihre Brüder Kevin lieber ungespitzt in den Boden rammen würden, als sie mit ihm vor den Altar treten zu sehen.

Und ich wusste das jetzt. Ich ganz allein. Keiner der beiden ahnte etwas von den Gedanken des anderen. Oh, wie ich es hasste, diese privaten Dinge mitzubekommen, all diese intimen Dinge, die sich mir einfach aufdrängten.

Schlimmer als dieses Wissen war nur die Versuchung, mich einzumischen. Eisern sagte ich mir, dass ich schon genug eigene Probleme hatte, auch ohne in denen anderer Leute herumzupfuschen. Zum Glück war ich den restlichen Abend über genug beschäftigt, um diese Versuchung wieder aus meinem Hirn zu drängen. Doch ich war den beiden Polizisten etwas schuldig. Sollte ich von irgendwas erfahren, das ich ihnen sagen konnte, würde ich es tun.

Als das Merlotte's zumachte, half ich Sam, die Stühle auf die Tische zu stellen, damit Terry Bellefleur morgen früh durchwischen und auch die Toiletten sauber machen konnte. Arlene und Tack waren ›Let It Snow‹ singend gemeinsam durch die Hintertür verschwunden. Tatsächlich trieben draußen Schneeflocken, die aber wohl den nächsten Morgen nicht erleben würden. Ich dachte an all die Geschöpfe im Wald, die heute Nacht trocken und warm zu bleiben versuchten. Und ich wusste, dass irgendwo dort draußen im Wald Debbie Pelt in einem Loch lag, für immer kalt.

Wie lange würde ich noch auf diese Weise an sie denken müssen, fragte ich mich und hoffte, ich würde mich stets genauso deutlich daran erinnern, was für eine schreckliche Person sie gewesen war, wie rachsüchtig und mörderisch.

Schon ein paar Minuten hatte ich so dagestanden und aus dem Fenster gestarrt, als Sam hinter mir auftauchte.

»Woran denkst du?«, fragte er. Er fasste mich beim Ellbogen, und ich spürte die Kraft seiner Finger.

Ich seufzte, nicht zum ersten Mal. »Ich denke an Jason«, sagte ich. Das kam der Wahrheit immer noch nahe genug.

Tröstend tätschelte er mir die Schulter. »Erzähl mir von gestern Nacht«, bat er, und einen Moment lang dachte ich, er fragte nach Debbie Pelt. Doch mir fiel noch rechtzeitig ein, dass er von dem Kampf mit den Hexen sprach, und darüber konnte ich sehr wohl Bericht erstatten.

»Pam ist also heute Abend zu dir gekommen.« Sam klang sehr erfreut. »Dann muss sie Hallow wirklich geknackt und dazu gebracht haben, den Fluch aufzuheben. War Eric wieder er selbst?«

»Soweit ich weiß, ja.«

»Was hat er denn erzählt?«

»Er kann sich an nichts erinnern«, sagte ich langsam. »Er scheint nicht die leiseste Ahnung zu haben, was passiert ist.«

Sam schaute mich nicht an, als er fragte: »Und wie kommst du damit klar?«

»So ist es am besten«, erwiderte ich. »Ganz bestimmt.« Und ich würde wieder mal in ein leeres Haus heimkehren. Diese Erkenntnis steckte irgendwo in den Randbezirken meines Bewusstseins, doch noch wollte ich mich ihr nicht stellen.

»Schade, dass du heute nicht die Nachmittagsschicht hattest«, sagte er. Sam wich dem Thema auch lieber aus. »Calvin Norris war hier.«

»Und?«

»Er hoffte wohl darauf, dich hier anzutreffen.«

Skeptisch sah ich Sam an. »Wirklich?«

»Ich glaube, er meint's ernst, Sookie.«
»Sam«, sagte ich, unerklärlicherweise fühlte ich mich verletzt, »ich lebe zwar allein, und das ist nicht immer lustig. Aber ich muss mich deswegen noch lange nicht mit einem Werwolf einlassen, nur weil er zu haben ist.«
Sam sah einigermaßen verdutzt aus. »Das müsstest du auch nicht. Die Leute in Hotshot sind keine Werwölfe.«
»Aber er hat es doch gesagt.«
»Nein, nicht Werwölfe, sondern Wergeschöpfe. Sie sind nur zu stolz, sich Gestaltwandler zu nennen. Aber im Grunde sind sie genau das. Sie sind Werpanther.«
»*Was?*« Kleine Pünktchen schwebten in der Luft vor meinen Augen, das schwöre ich.
»Sookie, was hast du denn?«
»Panther? Weißt du nicht, dass der Abdruck auf Jasons Steg von einem Panther stammt?«
»Nein, von einem Abdruck hat mir niemand was erzählt. Bist du sicher?«
Verzweifelt sah ich ihn an. »Natürlich bin ich sicher. Und er verschwand in der Nacht, in der Crystal Norris in seinem Haus auf ihn wartete. Du bist wirklich der einzige Barbesitzer der Welt, der den allgemeinen Klatsch nicht kennt.«
»Ist Crystal das Mädchen aus Hotshot, mit dem er Silvester verbracht hat? Diese dünne Schwarzhaarige bei der Suchaktion?«
Ich nickte.
»Die große Liebe von Felton?«
»Was? Wer?«
»Na, du weißt schon, Felton, der auch bei der Suchaktion dabei war. Er liebt sie schon sein ganzes Leben lang.«
»Und woher weißt du das?« Da ich, die Gedankenleserin, das nicht wusste, war ich ziemlich angefressen.
»Er hat's mir eines Abends erzählt, als er zu viel getrunken hatte. Die Typen aus Hotshot kommen nicht oft vorbei, aber wenn, dann trinken sie ordentlich.«

»Aber wieso hat er dann bei der Suche geholfen?«
»Vielleicht sollten wir hinfahren und nachfragen.«
»So spät noch?«
»Hast du was Besseres vor?«
Der Punkt ging an ihn. Ich wollte ja unbedingt erfahren, ob sie meinen Bruder hatten oder wussten, was ihm zugestoßen war. Doch irgendwie hatte ich auch Angst vor dem, was ich herausfinden würde.
»Diese Jacke ist nicht warm genug bei diesem Wetter, Sookie«, sagte Sam, als wir uns etwas überzogen.
»Mein Mantel ist in der Wäsche«, entgegnete ich. Eigentlich hatte ich bisher bloß noch keine Gelegenheit gehabt, ihn in den Trockner zu tun und nachzusehen, ob all das Blut rausgegangen war. Und außerdem waren Löcher drin.
»Hmmm«, war alles, was Sam sagte, ehe er mir einen grünen Wollpullover lieh, den ich unter meine Jacke zog. Wir stiegen in Sams Pick-up, weil es mittlerweile richtig schneite und Sam, wie alle Männer, davon überzeugt war, dass er im Schnee fahren konnte, auch wenn er es fast noch nie getan hatte.
Die Fahrt hinaus nach Hotshot schien bei Nacht und bei dem wirbelnden Schnee im Licht der Scheinwerfer sogar noch länger zu dauern.
»Ich bin dir sehr dankbar, dass du mit mir hier herausfährst. Aber so langsam fange ich an, uns für total verrückt zu halten«, sagte ich auf halbem Wege.
»Bist du angeschnallt?«, fragte Sam.
»Natürlich.«
»Gut«, meinte er, und wir setzten unseren Weg fort.
Schließlich erreichten wir das kleine Dorf. Straßenlaternen gab es hier draußen natürlich nicht, aber einige der Bewohner hatten Sicherheitsleuchten gekauft und sie an den Strommasten angebracht. In ein paar Häusern waren die Fenster noch erleuchtet.
»Zu wem sollen wir gehen?«

»Zu Calvin. Er ist hier derjenige, der die Macht hat«, sagte Sam sehr bestimmt.

Ich erinnerte mich, wie stolz Calvin auf sein Haus gewesen war, und ein klein wenig neugierig auf das Innere war ich schon. Es brannte noch Licht. Wir stiegen aus Sams warmem Pick-up aus und liefen durch die eisige feuchte Schneenacht auf die Vordertür zu. Ich klopfte, und nach einer ganzen Weile wurde die Tür geöffnet. Calvin wirkte erfreut, bis er Sam hinter mir stehen sah.

»Kommen Sie herein«, sagte er, nicht allzu herzlich, und trat einen Schritt zur Seite. Höflich trampelten wir den Schnee von unseren Schuhen, ehe wir eintraten.

Das Haus war schlicht und sehr sauber, eingerichtet mit preiswerten, aber sorgsam ausgesuchten Möbeln und Bildern. Auf keinem der Bilder waren Leute zu sehen, was ich interessant fand. Nur Landschaften und Tiere.

»Das ist keine Nacht, in der man gern draußen herumfährt«, bemerkte Calvin.

Mir war klar, dass ich hier vorsichtig vorgehen musste, so gern ich ihn auch an seinem Flanellhemd gepackt und ihm ins Gesicht geschrien hätte. Dieser Mann war ein Herrscher. Auf die Größe des Königreichs kam es dabei nicht an.

»Calvin«, sagte ich so beherrscht wie möglich, »wussten Sie, dass die Polizei auf dem Steg neben Jasons Stiefelabdruck eine Pantherspur gefunden hat?«

»Nein«, sagte er nach einem langen Moment. Ich konnte förmlich zusehen, wie Zorn in ihm hochstieg. »Hier draußen hören wir nur wenig Klatsch und Tratsch. Es hat mich gewundert, warum bei der Suchaktion Männer mit Gewehren dabei waren, aber wir machen die Leute ja meist irgendwie nervös, und niemand hat viel zu uns gesagt. Eine Pantherspur, hm.«

»Bis heute Abend hatte ich keine Ahnung, dass das Ihre, äh, andere Identität ist.«

Unverwandt sah er mich an. »Sie glauben, dass sich einer von uns Ihren Bruder geschnappt hat.«

Wortlos stand ich da und wandte meinen Blick nicht von ihm. Sam war genauso schweigsam wie ich.
»Glauben Sie, Crystal war wütend auf Ihren Bruder und hat ihm etwas angetan?«
»Nein«, sagte ich. Seine goldgrünen Augen wurden größer und runder, während ich mit ihm sprach.
»Haben Sie Angst vor mir?«, fragte er plötzlich.
»Nein«, erwiderte ich, »habe ich nicht.«
»Felton«, sagte er.
Ich nickte.
»Gehen wir hin«, entschied er.
Also wieder raus in den Schnee und die Dunkelheit. Ich spürte die beißende Kälte der Schneeflocken auf meinen Wangen und war froh, dass meine Jacke eine Kapuze hatte. Sams behandschuhte Hand griff nach meiner, als ich über ein herumliegendes Werkzeug oder Spielzeug stolperte. Während wir noch auf den betonierten Streifen zugingen, der Feltons vordere Veranda darstellte, klopfte Calvin bereits an die Tür.
»Wer ist da?«, fragte Felton.
»Mach auf«, sagte Calvin.
Als Felton seine Stimme erkannte, öffnete er sofort die Tür. Bei ihm war es längst nicht so sauber wie bei Calvin, und seine Möbel wirkten nicht sorgsam arrangiert, sondern lieblos hingestellt, wo sie gerade Platz fanden. Seine Bewegungen waren nicht die eines Menschen, das fiel mir heute Nacht noch deutlicher auf als bei der Suchaktion. Felton stand seiner Tiernatur sehr viel näher als seiner menschlichen Existenz. Die Inzucht hatte bei ihm unübersehbare Spuren hinterlassen.
»Wo ist der Mann?«, fragte Calvin ohne jede Vorrede.
Feltons riss die Augen weit auf und zuckte, als wollte er jeden Moment losrennen. Er sagte kein Wort.
»Wo?«, fragte Calvin erneut, und dann verwandelte sich seine Hand in eine Tatze, mit der er quer durch Feltons Gesicht fuhr. »Lebt er noch?«

Ich schlug die Hände vor den Mund, um nicht laut aufzuschreien. Felton sank auf die Knie, sein Gesicht war gezeichnet von parallelen Kratzspuren, die sich mit Blut füllten.
»Im Schuppen hinten«, sagte er undeutlich.
Ich rannte so schnell zur Tür hinaus, dass Sam kaum mit mir mithalten konnte. Mit fliegenden Schritten eilte ich um die Ecke des Hauses – und fiel der Länge nach über einen Holzhaufen. Später würde es wehtun, doch jetzt sprang ich wieder auf, und Calvin Norris hob mich, wie schon im Wald, einfach über den Holzhaufen hinweg, noch ehe ich wusste, wie mir geschah. Er selbst setzte mit anmutiger Grazie über ihn hinweg. Und dann standen wir vor dem Schuppen, einem jener Exemplare, die jeder bei Sears oder Penney's bestellen konnte. Da halfen dann immer die Nachbarn beim Aufbauen, wenn der Betonboden ausgegossen war.

Die Tür war mit einem Vorhängeschloss gesichert, doch Calvin war sehr stark. Er brach das Schloss auf, drückte die Tür nach innen und schaltete das Licht ein. Ich staunte nicht schlecht darüber, dass hier draußen Strom war; üblich war das bestimmt nicht.

Anfangs war ich nicht sicher, ob das, was ich sah, wirklich mein Bruder war. Dieser Mensch ähnelte Jason so wenig. Er war blond, ja, aber er war so verdreckt und stank selbst in der eiskalten Luft so fürchterlich, dass ich zurückzuckte. Da er nur Hosen anhatte und auf einer dünnen Decke auf dem Betonboden lag, war er vor Kälte ganz blau gefroren.

Und schon kniete ich neben ihm und nahm ihn in die Arme, so gut ich konnte. Seine Lider flatterten, und seine Augen öffneten sich. »Sookie?«, sagte er, und ich hörte den ängstlichen Zweifel in seiner Stimme. »Sookie? Bin ich gerettet?«

»Ja«, sagte ich, obwohl ich da keineswegs so sicher war. Ich musste an den Sheriff denken, der auch hier heraus nach Hotshot gekommen war und wohl etwas gefunden hatte. »Wir bringen dich nach Hause.«

Er war gebissen worden.

Er war sehr oft gebissen worden.

»Oh, nein«, sagte ich leise, als mir die Bedeutung dieser Bisse aufging.

»Ich habe ihn nicht getötet«, sagte Felton von draußen wie zu seiner Verteidigung.

»Sie haben ihn gebissen«, entgegnete ich. Meine Stimme klang wie die einer anderen Person. »Sie wollten, dass er ist wie Sie.«

»Damit Crystal ihn nicht mehr liebt als mich. Sie weiß, dass wir die Inzucht bekämpfen müssen. Aber eigentlich liebt sie mich«, sagte Felton.

»Und darum haben Sie ihn entführt und gefangen gehalten und ihn gebissen.«

Jason war zu schwach, um aufzustehen.

»Trägt ihn bitte einer zum Wagen«, bat ich steif. Ich war nicht in der Lage, irgendjemandem in die Augen zu sehen. Wie eine große schwarze Welle spürte ich die Wut in mir aufsteigen, aber ich musste sie zurückdrängen, zumindest bis wir hier weg waren. Ich besaß genug Selbstbeherrschung, um das zu schaffen. Das wusste ich.

Jason schrie auf, als Calvin und Sam ihn hochhoben. Sie nahmen die Decke und umwickelten ihn damit. Ich stolperte hinter ihnen her, als sie ihn zu Sams Pick-up trugen.

Ich hatte meinen Bruder wieder. Es bestand die Möglichkeit, dass er sich von Zeit zu Zeit in einen Panther verwandelte, doch ich hatte ihn wieder. Keine Ahnung, ob die Regel für alle Gestaltwandler galt, aber Alcide hatte mir mal erzählt, dass Werwölfe, die durch Bisse und nicht durch Geburt Werwölfe waren – also kreierte Werwölfe, keine genetischen –, zu jenen Kreaturen, halb Mensch, halb Tier, wurden, die die Horrorfilme bevölkerten. Doch ich zwang mich, diesen Gedanken schnellstens zu vergessen und mich einfach nur zu freuen, dass ich meinen Bruder wiederhatte, und zwar lebend.

Calvin hob Jason in den Pick-up und schob ihn etwas zur

Mitte. Sam stieg auf der Fahrerseite ein, wir würden Jason zwischen uns haben, wenn auch ich eingestiegen war. Doch zunächst hatte Calvin mir noch etwas zu sagen.

»Felton wird bestraft«, versicherte er. »Jetzt gleich.« Feltons Bestrafung war mir im Moment schnurzpiepegal. Aber ich nickte, denn ich wollte verdammt noch mal nur raus hier.

»Wenn wir uns um Felton kümmern, werden Sie zur Polizei gehen?« Calvin Norris stand ungerührt da, als ob ihn die Frage gar nicht weiter interessierte. Doch dies war ein gefährlicher Moment. Ich wusste ja, was Leuten widerfuhr, die die Aufmerksamkeit auf Hotshot lenkten.

»Nein«, sagte ich. »Es war nur Felton.« Obwohl Crystal es natürlich auch gewusst haben musste, bis zu einem gewissen Grad. Sie hatte mir erzählt, dass sie an jenem Abend in Jasons Haus ein Tier gerochen habe. Wie hatte sie den Geruch eines Panthers verkennen können, wenn sie selbst einer war? Wahrscheinlich hatte sie die ganze Zeit gewusst, dass dieser Panther Felton gewesen war. Sein Geruch musste ihr doch vertraut sein. Aber jetzt war einfach nicht der richtige Zeitpunkt, um darüber zu reden; und Calvin würde das alles genauso gut wissen wie ich, wenn er erst mal nachgedacht hatte. »Und mein Bruder könnte jetzt einer der Ihren sein. Er wird Sie brauchen«, fügte ich in so ruhigem Ton hinzu, wie mir möglich war. Aber ich hatte meine Möglichkeiten schon so ziemlich ausgeschöpft.

»Beim nächsten Vollmond werde ich Jason holen.«

Ich nickte noch einmal. »Danke«, sagte ich, denn ich wusste, wir hätten Jason ohne seine Unterstützung nie gefunden.

»Jetzt muss ich meinen Bruder nach Hause bringen.« Calvin wünschte sich, dass ich ihn berührte, irgendeine Verbindung zu ihm herstellte, das war mir klar. Aber ich konnte es einfach nicht.

»Natürlich«, sagte er nach einem langen Augenblick. Er trat einen Schritt zurück, und ich kletterte in den Pick-up hinein.

Er schien sehr genau zu wissen, dass ich in diesem Moment keine Hilfe von ihm wollte.

Ich hatte immer gedacht, die ungewöhnlichen Gedankenmuster der Leute aus Hotshot würden mit ihrer Inzucht zusammenhängen. Die Idee, dass sie etwas anderes als Werwölfe sein könnten, war mir nie gekommen. Ich hatte es einfach vorausgesetzt. Aber wie sagte mein Volleyballtrainer an der Highschool immer so schön: Du darfst gar nichts voraussetzen. Wenn du auf den Platz gehst, musst du dich ganz aufs Spiel konzentrieren. Okay, er hatte auch gesagt, lasst alles hinter euch, wenn ihr auf den Platz geht, damit es noch da ist, wenn ihr zurückkommt – was das bedeutete, hatte ich noch nicht begriffen.

Aber mit dem Voraussetzen hatte er Recht gehabt.

Die Heizung im Pick-up lief bereits, Sam hatte sie jedoch nicht auf die höchste Stufe gestellt. Zu viel Hitze auf einmal wäre sicher nicht gut gewesen für Jason. Und auch so war der Gestank, den er mit zunehmender Wärme verströmte, ja schon unerträglich genug. Fast hätte ich mich bei Sam entschuldigt, fand es dann aber doch wichtiger, Jason diese erneute Demütigung zu ersparen.

»Mal abgesehen von den Bissen und der Unterkühlung, geht es dir sonst gut?«, fragte ich, als Jason aufgehört hatte zu zittern und wieder sprechen konnte.

»Ja«, sagte er. »Ja. Jeden Abend, jeden verdammten Abend ist er in den Schuppen gekommen und hat sich vor mir verwandelt. Und jedes Mal dachte ich: Heute Abend tötet er mich und frisst mich auf. Aber er hat mich immer nur gebissen, jeden Abend. Und dann hat er sich wieder zurückverwandelt und ist gegangen. Das war ganz schön hart für ihn, nachdem er das Blut bereits gerochen hatte ... aber er hat nie was anderes getan, nur zugebissen.«

»Sie töten ihn heute Nacht«, erzählte ich ihm. »Als Gegenleistung dafür, dass wir nicht zur Polizei gehen.«

»Guter Deal«, sagte Jason. Und das meinte er auch so.

Kapitel 15

Jason konnte lange genug aufrecht stehen, um zu duschen, und er erklärte, dass das die beste Dusche war, die er in seinem ganzen Leben genommen hatte. Als er sauber war und nach sämtlichen Duftnoten roch, die in meinem Badezimmer verfügbar waren, verhüllte er sich einigermaßen mit einem großen Handtuch, und ich betupfte ihn überall mit Desinfektionsmittel. Ich verbrauchte eine ganze Flasche für die vielen Bisswunden. Es schien, als heilten sie bereits, doch ich musste immerzu darüber nachdenken, was ich noch für ihn tun konnte. Er hatte heiße Schokolade getrunken, warmen Haferbrei gegessen (was ich ziemlich seltsam fand, doch er sagte, Felton hätte ihm nichts außer halbrohem Fleisch zu essen gegeben), er hatte die Schlafanzughose angezogen, die ich für Eric gekauft hatte (zu groß, doch der Tunnelzug im Bündchen war die Rettung), und ein ausgeleiertes altes T-Shirt von mir. Ein ums andere Mal befühlte er das Material, als wäre er ganz begeistert, endlich wieder etwas anzuhaben.

Mehr als alles andere schien Jason Wärme und Schlaf zu benötigen. Ich machte ihm das Bett in meinem alten Zimmer, und mit einem traurigen Blick auf den Schrank, den Eric unaufgeräumt zurückgelassen hatte, wünschte ich meinem Bruder eine gute Nacht. Er bat mich, das Licht in der Diele anzulassen und die Tür nur anzulehnen. Es fiel Jason nicht leicht, mich darum zu bitten, und so sagte ich kein Wort. Ich tat es einfach.

Sam saß in der Küche und trank heißen Tee. Er sah auf und lächelte mich an. »Wie geht's ihm?«

Ich sank auf meinen Stuhl. »Es geht ihm besser, als ich zu hoffen wagte«, sagte ich. »Wenn ich bedenke, dass er die ganze Zeit in diesem ungeheizten Schuppen gewesen ist und jeden Tag gebissen wurde.«
»Wie lange Felton ihn da wohl festgehalten hätte?«
»Bis zum Vollmond, schätze ich. Dann hätte er gewusst, ob sein Plan aufgegangen ist oder nicht.« Mir wurde ganz mulmig.
»Ich habe mal auf deinen Kalender gesehen. Bis dahin sind's noch zwei Wochen.«
»Gut. So hat Jason wenigstens Zeit, wieder zu Kräften zu kommen, ehe er mit dem nächsten Problem konfrontiert wird.« Einige Minuten lang hielt ich den Kopf in Händen.
»Ich muss die Polizei anrufen.«
»Damit sie die Suche nach ihm einstellt?«
»Ja.«
»Hast du dir schon überlegt, was du erzählen willst? Hatte Jason irgendeine Idee?«
»Vielleicht, dass die Verwandten irgendeines Mädchens ihn entführt hatten?« Das stimmte ja sogar irgendwie.
»Die Polizisten werden wissen wollen, wo er gefangen gehalten wurde. Wenn er sich selbst befreit hat, wollen sie wissen, wie, und sie erwarten sicher, dass er ihnen weitere Details erzählen kann.«
Ich fragte mich, ob ich noch genug Grips hatte, um überhaupt einen Gedanken zu fassen. Unverwandt starrte ich auf den Tisch: da waren der vertraute Serviettenhalter, den meine Großmutter auf einer Handwerksmesse gekauft hatte, die Zuckerdose und die Salz- und Pfefferstreuer in Form eines Hahns und einer Henne. Irgendetwas war unter den Salzstreuer gesteckt worden, sah ich.
Es war ein Scheck über 50000 Dollar, unterschrieben von Eric Northman. Eric hatte mich nicht nur bezahlt, er hatte mir auch das größte Trinkgeld meiner Karriere gegeben.
»Oh«, sagte ich sehr langsam. »Oh Mannomann.« Ich be-

trachtete den Scheck noch eine Minute länger, um sicherzugehen, dass ich mich nicht verlesen hatte. Dann reichte ich ihn Sam über den Tisch hinüber.

»Wow. Die Bezahlung dafür, dass du Eric aufgenommen hast?« Sam sah mich an, und ich nickte. »Was willst du damit machen?«

»Zur Bank bringen, gleich morgen früh.«

Er lächelte. »Ich habe da eigentlich in etwas längeren Zeiträumen gedacht.«

»Es wird mich einfach beruhigen, Geld zu haben. Zu wissen, dass ...« Wie peinlich, mir rollten Tränen herunter.»... dass ich mir wenigstens nicht dauernd Sorgen machen muss.«

»Die letzte Zeit war ganz schön hart für dich, stimmt's?« Ich nickte, und Sam presste die Lippen aufeinander. »Du ...«, begann er, konnte dann aber seinen Satz nicht beenden.

»Danke, aber das kann ich nicht«, sagte ich entschieden. »Meine Großmutter hat immer gesagt, das ist der sicherste Weg, um eine Freundschaft kaputtzumachen.«

»Du könntest das Grundstück hier verkaufen, ein Haus in der Stadt kaufen, Nachbarn haben«, schlug Sam vor, als habe er mir das schon seit Monaten sagen wollen.

»Aus diesem Haus ausziehen?« In diesem Haus wohnten schon seit mehr als hundertfünfzig Jahren Mitglieder meiner Familie. Das machte es natürlich nicht zu einem Heiligtum oder so was, und es war auch immer wieder umgebaut oder modernisiert worden. Ich überlegte, wie es wohl wäre, in einem kleinen modernen Haus zu wohnen, mit ebenen Fußböden, einem Bad auf dem neuesten technischen Stand und einer praktischen Küche, die ganz viele Steckdosen hatte. Kein offen dastehender Heißwasserboiler. Der ganze Dachboden gut isoliert. Eine Garage!

Verwirrt von dieser Vorstellung, schluckte ich. »Ich werde drüber nachdenken.« Schon das kam mir vor wie ein Wagnis. »Jetzt kann ich dazu nicht viel sagen. Es wird schwierig genug, den morgigen Tag zu überstehen.«

All die Arbeitsstunden, die die Polizei in die Suche nach Jason hineingesteckt hatte, dachte ich. Und plötzlich fühlte ich mich so müde, dass ich nicht mal mehr den Versuch unternahm, mir eine Geschichte für den Sheriff und seine Leute auszudenken.

»Du gehörst ins Bett«, sagte Sam ganz richtig. Ich konnte nur noch nicken. »Danke, Sam. Ich danke dir so sehr für alles.« Wir standen auf, und ich umarmte ihn. Es wurde eine längere Umarmung, als ich beabsichtigt hatte, denn sie fühlte sich ganz unerwartet beruhigend und angenehm an. »Gute Nacht«, sagte ich. »Fahr bitte vorsichtig.« Kurz dachte ich daran, ihm eins der Betten im oberen Stock anzubieten. Aber da oben war alles abgeschlossen, und es würde fürchterlich kalt sein. Und außerdem müsste ich erst noch ein Bett beziehen. Es war besser, wenn er die kurze Fahrt nach Hause machte, selbst durch den Schnee.

»Das tue ich«, erwiderte er und ließ mich los. »Ruf mich morgen früh an.«

»Herzlichen Dank noch mal.«

»Genug bedankt«, sagte er. Eric hatte ein paar Nägel in die Vordertür geschlagen, um sie geschlossen zu halten, bis ich einen Riegel anbringen konnte. Ich schloss die Hintertür hinter Sam ab und schaffte es kaum noch, mir die Zähne zu putzen und ein Nachthemd anzuziehen, ehe ich ins Bett kroch.

Als ich am nächsten Morgen aufgestanden war, sah ich zuerst nach meinem Bruder. Jason schlief noch tief, und jetzt bei Tageslicht erkannte ich nur zu deutlich die Spuren seiner Gefangenschaft. Sein Gesicht war voller Stoppeln. Sogar im Schlaf sah er älter aus. Überall hatte er blaue Flecken, und dabei sah ich nur sein Gesicht und seine Arme. Er öffnete die Augen, als ich mich auf die Bettkante setzte. Ohne sich zu bewegen, ließ er seinen Blick durch den Raum schweifen. Er hielt inne, als er bei meinem Gesicht angekommen war.

»Also hab' ich nicht geträumt«, sagte er. Seine Stimme

klang heiser. »Du und Sam, ihr habt mich geholt. Sie haben mich gehen lassen. Der Panther hat mich gehen lassen.«

»Ja.«

»Was ist denn passiert, während ich weg war?«, fragte er als Nächstes. »Warte, kann ich ins Bad gehen und mir eine Tasse Kaffee holen, bevor du mir das erzählst?«

Es gefiel mir, dass er fragte, statt mich einfach vor vollendete Tatsachen zu stellen (ein Charakterzug von Jason, das mit den vollendeten Tatsachen), und erfreut sagte ich ja und holte auch gleich noch freiwillig den Kaffee. Jason war ziemlich froh, dass er mit seinem Becher Kaffee wieder ins Bett kriechen konnte. Dann redeten wir.

Ich erzählte ihm von Catfishs Anruf, dem Hin und Her mit der Polizei, von der Suchaktion im Wald und meiner Beschlagnahmung seiner Benelli-Schrotflinte, die er sofort sehen wollte.

»Du hast sie abgefeuert!«, sagte er empört, nachdem er sie begutachtet hatte.

Ich starrte ihn bloß an.

Er sah zuerst weg. »Hat wahrscheinlich funktioniert, wie eine Schrotflinte das tun sollte«, sagte er langsam. »Denn du siehst ja ganz okay aus, so wie du dasitzt.«

»Danke, und frag nie wieder danach«, sagte ich.

Er nickte.

»Nun müssen wir uns erst mal eine Geschichte für die Polizei ausdenken.«

»Die Wahrheit können wir ihnen wohl nicht erzählen?«

»Na klar, Jason, erzählen wir ihnen doch, dass in Hotshot lauter Werpanther leben, und weil du mit einer von ihnen geschlafen hast, wollte ihr Freund dich auch zum Werpanther machen, damit sie dich ihm nicht vorzieht. Deswegen hat er sich jeden Tag in einen Panther verwandelt und dich gebissen.«

Eine lange Pause trat ein.

»Ich seh' schon Andy Bellefleurs Gesicht vor mir«, sagte

Jason ziemlich fügsam. »Der ist immer noch nicht drüber weg, dass ich unschuldig war an diesen zwei Mädchenmorden letztes Jahr. Der würde mich liebend gern einweisen lassen. Catfish müsste mich entlassen, und ich glaub' kaum, dass es mir im Irrenhaus wirklich gefallen könnte.«

»Tja, deine Chancen auf Liebesaffären dürften da sicher eher begrenzt sein.«

»Crystal – Herrgott, dieses Mädchen! Du hast mich noch gewarnt. Aber ich war so hin und weg von ihr. Und jetzt stellt sich raus, dass sie eine … du weißt schon.«

»Oh, um Himmels willen, Jason, sie ist eine Gestaltwandlerin. Tu doch nicht so, als ob sie eine Kreatur aus einem Horrorfilm wäre oder so was.«

»Sook, du weißt eine Menge Zeug, von dem wir keine Ahnung haben, oder? So langsam fang' ich an zu kapieren.«

»Ja, das stimmt wohl.«

»Vampire sind nicht die Einzigen.«

»Richtig.«

»Da gibt's noch jede Menge andere.«

»Ich habe versucht, es dir zu erzählen.«

»Ich hab' ja geglaubt, was du gesagt hast, aber ich hab's einfach nicht begriffen. Einige Leute, die ich kenne – ich meine, außer Crystal –, sind nicht immer, äh, Leute, hm?«

»Stimmt.«

»Wie viele denn etwa?«

Ich zählte die Zweigestaltigen, die ich in der Bar gesehen hatte: Sam, Alcide, die kleine Werfüchsin, die vor zwei Wochen mal neben Jason und Hoyt gestanden hatte … »Mindestens drei«, sagte ich.

»Woher weißt du das alles?«

Ich starrte ihn bloß an.

»Okay«, sagte er nach einer ganzen Weile. »Ich will's gar nicht wissen.«

»Und jetzt auch du«, fügte ich sanft hinzu.

»Bist du sicher?«

»Nein, und wir werden es auch erst in zwei Wochen sicher wissen«, sagte ich. »Aber Calvin wird für dich da sein, wenn du Hilfe brauchst.«
»Von denen nehm' ich keine Hilfe an!« Jasons Augen funkelten, und er wirkte richtig fiebrig.
»Du hast keine Wahl«, erklärte ich ihm und versuchte, ihn nicht anzufahren. »Calvin wusste nicht, dass du in dem Schuppen warst. Er ist okay. Aber darüber können wir später immer noch reden. Jetzt müssen wir erst mal klären, was wir der Polizei erzählen.«

Mindestens eine Stunde lang gingen wir unsere Geschichten wieder und wieder durch und versuchten, Fäden der Wahrheit zu finden, die das ganze Gewebe zusammenhielten.

Schließlich rief ich bei der Polizei an. Die Polizistin vom Telefondienst, die die Tagesschicht hatte, schien meine Stimme kaum noch hören zu können, blieb aber trotzdem nett. »Sookie, wie ich gestern schon sagte, wir rufen Sie an, wenn wir etwas über Jason herausfinden.« Sie war redlich bemüht, ihre Verzweiflung mit einem besänftigenden Tonfall zu kaschieren.

»Ich habe ihn«, sagte ich.

»Sie – *was*?« Der Schrei war laut und deutlich zu vernehmen. Selbst Jason zuckte zusammen.

»Ich habe ihn.«

»Ich schicke sofort jemanden zu Ihnen.«

»Gut«, sagte ich, auch wenn ich es nicht so meinte.

Ich besaß die Weitsicht, noch die Nägel aus der Vordertür zu ziehen, ehe die Polizei ankam. Auf die Fragen, was denn da passiert wäre, konnte ich verzichten. Jason hatte mich komisch angesehen, als ich Hammer und Zange herausholte, aber kein Wort gesagt.

»Wo ist dein Auto?«, fragte Andy Bellefleur als Erstes.

»Beim Merlotte's.«

»Warum?«

»Kann ich das dir und Alcee Beck nicht zusammen erzählen?« Alcee Beck kam eben die vorderen Stufen herauf. Er und Andy betraten das Haus gemeinsam, und als sie Jason in eine Decke gewickelt auf meinem Sofa liegen sahen, blieben sie abrupt stehen. Da wusste ich, dass sie nicht erwartet hatten, Jason lebend wiederzusehen.

»Schön, dass du gesund und munter bist, Mann«, sagte Andy und schüttelte Jason die Hand. Alcee Beck folgte ihm auf dem Fuße. Sie setzten sich, Andy in Großmutters Lehnsessel und Alcee in den Sessel, den ich gewöhnlich benutzte. Ich selbst setzte mich ans Fußende des Sofas zu Jason. »Wir freuen uns, dass du noch unter den Lebenden weilst, aber wir müssen wissen, wo du warst und was passiert ist.«

»Ich habe keine Ahnung.«

Und dabei blieb er.

Es hatte einfach keine glaubwürdige Geschichte gegeben, die Jason erzählen konnte und die alles erklärt hätte: seine Abwesenheit, seinen miserablen körperlichen Zustand, die Bisswunden, seine plötzliche Wiederkehr. Die einzige vernünftige Lösung bestand darin, von den letzten Erinnerungen zu erzählen, die er hatte: dass er draußen ein komisches Geräusch hörte, als Crystal bei ihm war, und dass er hinausging, um nachzusehen, und dann einen Schlag auf den Kopf erhielt. Und er hatte keine weiteren Erinnerungen bis zu dem Zeitpunkt, als er gestern Nacht vor meinem Haus aus einem Fahrzeug gestoßen wurde und hart auf dem Boden aufschlug. Ich hatte ihn gefunden, nachdem Sam mich nach der Arbeit nach Hause brachte, denn ich wollte bei dem Schnee lieber nicht selbst fahren.

Natürlich hatten wir das vorher mit Sam abgesprochen. Etwas widerwillig hatte er zugestimmt, dass es sicher das Beste wäre, so was zu erzählen. Ich wusste, dass Sam nicht gern log, ich ja auch nicht, aber in dieses ganz spezielle Wespennest wollte keiner von uns stechen.

Die Schönheit dieser Geschichte lag in ihrer Schlichtheit. Und solange Jason der Versuchung widerstand, sie auszuschmücken, war er auf der sicheren Seite. Ich wusste, das würde hart für ihn werden, denn Jason redete sehr gern, und er gab gern ein bisschen an. Doch solange ich dort saß und ihn an die Konsequenzen gemahnte, gelang es meinem Bruder, sich zurückzuhalten. Dann stand ich auf, um ihm noch eine Tasse Kaffee zu holen – die beiden Gesetzeshüter wollten keinen mehr –, und als ich zurück ins Wohnzimmer kam, sagte Jason gerade, dass er sich irgendwie an einen kalten dunklen Raum zu erinnern meinte. Ich warf ihm einen unmissverständlichen Blick zu, und er sagte: »Aber ich bin im Moment so konfus, das kann ich genauso gut geträumt haben.«

Andy sah von Jason zu mir, er wurde wütender und wütender. »Ich verstehe euch beide einfach nicht«, sagte er. Seine Stimme war fast ein Knurren. »Sookie, du hast dir doch Sorgen um ihn gemacht. Das bilde ich mir doch nicht ein, oder?«

»Nein, und ich bin so froh, ihn wiederzuhaben.« Ich klopfte meinem Bruder unter der Decke auf die Füße.

»Und du, du wolltest nicht da sein, wo immer du auch warst, richtig? Du konntest nicht arbeiten, die Suche nach dir hat Tausende Dollar aus dem Budget des Gemeinwesens verschlungen, und du hast das Leben von Hunderten Leuten auf den Kopf gestellt. Und jetzt sitzt du hier und lügst uns an!« Andy schrie fast, als er den letzten Satz sagte. »Noch dazu taucht in derselben Nacht wie du dieser vermisste Vampir wieder auf und ruft die Polizei in Shreveport an. Und was erzählt er? Er hat unter Gedächtnisverlust gelitten, genau wie du! Außerdem gab es in Shreveport einen großen Brand mit einer Menge Leichen! Und du versuchst uns weiszumachen, dass es da keine Verbindung gibt!«

Jason und ich starrten uns verwundert an. Es gab *tatsächlich* keine Verbindung, nicht zwischen Jason und Eric. Bisher war mir noch gar nicht aufgefallen, wie merkwürdig das wirken musste.

»Welcher Vampir?«, fragte Jason. Das klang so echt, ich glaubte ihm fast selbst.

»Gehen wir, Alcee«, sagte Andy. Er klappte sein Notizbuch zu. Seinen Stift steckte er mit einem so energischen Ruck wieder in die Brusttasche seines Hemdes, dass es mich nicht gewundert hätte, wenn sie abgerissen wäre. »Dieser Mistkerl wird uns sowieso nicht die Wahrheit erzählen.«
»Glaubt ihr, ich würde sie euch nicht erzählen, wenn ich nur könnte?«, fragte Jason. »Glaubt ihr, ich würde den, der mir das angetan hat, nicht gern in die Finger kriegen?« Er klang absolut und hundertprozentig aufrichtig, denn er war es. Die beiden Polizisten wurden in ihren Zweifeln erschüttert, vor allem Alcee Beck. Dennoch waren sie nicht zufrieden mit uns beiden, als sie gingen. Das tat mir wirklich leid, doch da war nun mal nichts zu machen.

Später kam Arlene mich abholen, damit ich mein Auto vom Merlotte's zurückfahren konnte. Sie schloss, Jason fest in die Arme. »Du hast deiner Schwester einen ziemlichen Schrecken eingejagt, du Gauner«, sagte sie mit gespielter Strenge. »Tu Sookie so was ja nie wieder an.«

»Ich werde mich bemühen«, erwiderte Jason mit einem Lächeln, das schon ganz gut an seinen alten spitzbübischen Charme erinnerte. »Sie ist wirklich eine klasse Schwester.«

»Verdammt wahr, und eine gute Krankenschwester noch dazu«, sagte ich leicht säuerlich. »Wenn ich mein Auto geholt habe, könnte ich dich doch gleich nach Hause fahren, großer Bruder.«

Einen Moment sah Jason verschreckt drein. Allein war er noch nie gern gewesen, und nach den einsamen Stunden in dem Schuppen mochte es ihm noch schwerer fallen.

»Wetten, dass überall in Bon Temps die Mädels schon fleißig Essen vorbereiten, um dir was vorbeizubringen, jetzt, wo du wieder da bist«, sagte Arlene, und Jasons Miene hellte sich merklich auf. »Vor allem, seit ich jedem erzählt habe, was für ein armer Invalide du bist.«

»Danke, Arlene«, sagte Jason, der immer mehr seine alte Form wiedererlangte.

Auf dem Weg in die Stadt bedankte ich mich auch bei ihr. »Es war wirklich nett von dir, ihn so aufzumuntern. Keine Ahnung, was er alles durchgemacht hat, aber es wird sicher hart werden für ihn, darüber hinwegzukommen.«
»Schätzchen, mach dir mal über Jason keine Sorgen. Der ist der klassische Überlebende. Ich frag' mich sowieso, warum er nicht längst schon mal bei dieser Fernsehshow mitgemacht hat.«

Wir lachten die ganze Fahrt in die Stadt über die Idee, eine Folge von ›Überleben im Camp‹ in Bon Temps zu inszenieren. »Mit den Wildschweinen im Wald und dieser Pantherspur könnten die doch bestimmt was Spannendes auf die Beine stellen, Titel: ›Überleben im Camp Bon Temps‹«, sagte Arlene. »Tack und ich würden uns jedenfalls scheckig lachen.«

Das bot mir einen guten Einstieg, um sie ein bisschen mit Tack aufzuziehen, was ihr viel Spaß machte. Und alles in allem munterte sie mich genauso sehr auf wie Jason. So etwas konnte Arlene einfach.

Im Vorratslager vom Merlotte's unterhielt ich mich kurz mit Sam. Andy und Alcee waren bereits bei ihm gewesen und hatten überprüft, ob seine Geschichte mit meiner übereinstimmte.

Als ich mich erneut bedanken wollte, ließ er mich nicht zu Wort kommen.

Dann fuhr ich Jason nach Hause, obwohl er unüberhörbar andeutete, dass er lieber noch eine weitere Nacht bei mir geblieben wäre. Ich nahm die Benelli mit und bat ihn, sie unbedingt noch am selben Abend zu reinigen. Das versprach er mir, und als er mich ansah, hätte ich schwören können, dass ihm die Frage auf der Zunge lag, warum ich sie benutzt hatte. Aber er fragte nicht. Auch Jason hatte in den letzten Tagen ein paar Dinge dazugelernt.

Ich hatte wieder die Spätschicht, und damit würde mir zu Hause noch ein wenig Zeit bleiben, ehe ich zur Arbeit fahren musste. Das waren doch gute Aussichten. Auf der Fahrt zurück zu meinem Haus sah ich nirgends am Straßenrand rennende Vampire, und zwei ganze Stunden lang wurde ich von Anrufen und sonstigen Katastrophen verschont. Ich konnte beide Betten neu beziehen, die Wäsche aufhängen, die Küche fegen und den Schrank so aufräumen, dass die Falltür zum Versteck abgedeckt war, ehe es an meiner Vordertür klopfte.

Ich wusste schon, wer da kam. Draußen war es stockdunkel, und tatsächlich, auf der Veranda stand Eric.

Mit nicht allzu glücklicher Miene sah er mich an. »Ich bin beunruhigt«, sagte er ohne lange Vorrede.

»Na, dann lasse ich doch sofort alles stehen und liegen, um dir zu helfen«, sagte ich und ging gleich zum Angriff über.

Er zog eine Augenbraue hoch. »Ich werde höflich sein und fragen, ob ich hereinkommen darf.« Ich hatte seine Erlaubnis, mein Haus zu betreten, nicht widerrufen, aber er wollte nicht einfach so hereinplatzen. Wie taktvoll.

»Ja, das darfst du.« Ich trat zur Seite.

»Hallow ist tot, und vorher wurde sie gezwungen, den Fluch über mich aufzuheben.«

»Da hat Pam gute Arbeit geleistet.«

Er nickte. »Entweder Hallow oder ich«, sagte er. »Und da bin *ich* mir lieber.«

»Warum hatte sie sich ausgerechnet Shreveport vorgenommen?«

»Ihre Eltern saßen in Shreveport im Gefängnis. Sie waren beide auch Hexen und haben Betrügereien begangen, ihre magischen Kräfte missbraucht, um ihre Opfer von ihrer Aufrichtigkeit zu überzeugen. In Shreveport hat das Glück sie dann verlassen. Die Gemeinde der Supras hat sich rundheraus geweigert, die alten Stonebrooks aus dem Gefängnis zu holen. Ihre Mutter geriet mit einer Voodoopriesterin in Streit, als sie eingekerkert war, und ihr Vater rannte während einer Schlägerei in einem Waschraum in ein Messer.«

»Das ist natürlich ein Grund, sich die Supras von Shreveport vorzuknöpfen.«

»Die anderen haben mir erzählt, dass ich mehrere Nächte lang hier war.« Eric hatte beschlossen, das Thema zu wechseln.

»Ja«, sagte ich und versuchte, freundlich interessiert an dem zu wirken, was er zu sagen hatte.

»Und in der ganzen Zeit haben wir nie...«

Ich tat nicht, als würde ich ihn missverstehen.

»Eric, für wie wahrscheinlich hältst du das?«, fragte ich.

Er hatte sich nicht hingesetzt und trat jetzt näher an mich heran, als müsste er mich nur intensiv genug ansehen, um die Wahrheit herauszufinden. Es wäre so leicht gewesen, ihm noch näher zu kommen.

»Ich weiß es einfach nicht«, sagte er. »Und das bekümmert mich.«

Ich lächelte ihn an. »Freust du dich, wieder arbeiten zu können?«

»Ja. Aber Pam hat sich in meiner Abwesenheit hervorragend um alles gekümmert. Ich schicke jede Menge Blumen ins Krankenhaus. Für eine Belinda und eine Werwolf-Frau namens Maria-Comet oder so ähnlich.«

»Maria-Star Cooper. Mir hast du keine geschickt«, bemerkte ich spitz.

»Nein, aber für dich habe ich etwas Sinnvolleres unter den Salzstreuer gesteckt«, sagte er gereizt. »Vergiss nicht, es zu versteuern. Und wie ich dich kenne, wirst du deinem Bruder etwas abgeben. Ich habe gehört, er ist wieder da.«

»Ja«, erwiderte ich knapp. Mir war klar, dass ich immer mehr in Gefahr geriet, mit allem herauszuplatzen, und dass es besser war, wenn er bald wieder ging. Ich hatte Jason so gute Ratschläge erteilt, den Mund zu halten, fand es nun aber ganz schön schwierig, sie selbst zu befolgen. »Und?«

»Es wird nicht lange reichen.«

Eric schien keine Ahnung zu haben, wie viel Geld fünfzigtausend Dollar nach meinen Maßstäben waren. »Worauf willst du eigentlich hinaus?«

»Wie kommt es, dass ich an meinem Mantelärmel ein paar Spritzer Hirnmasse gefunden habe?«

Ich spürte, wie mir alles Blut aus dem Kopf wich, so als stünde ich kurz vor einer Ohnmacht. Und dann saß ich auf dem Sofa und Eric saß neben mir. Das war das Nächste, woran ich mich erinnerte.

»Ich fürchte, es gibt da einiges, was du mir nicht erzählst, Sookie, meine Liebe«, sagte er. Seine Stimme klang sehr sanft. Die Versuchung überwältigte mich fast.

Doch ich dachte an die Macht, die Eric dann über mich haben würde, noch größere Macht als jetzt schon. Er würde wissen, dass ich mit ihm geschlafen hatte, und er würde wissen, dass ich eine Frau getötet hatte und er der einzige Zeuge gewesen war. Er würde wissen, dass nicht nur er mir sein Leben verdankte (wahrscheinlich jedenfalls), sondern dass ich ihm vor allem auch meins verdankte.

»Ich mochte dich sehr viel lieber, als du dich nicht erinnern konntest, wer du bist«, entgegnete ich und wusste, dass ich an diesem Stück der Wahrheit festhalten und von nun an schweigen musste.

»Harte Worte«, sagte er, und fast nahm ich ihm ab, dass er wirklich verletzt war.

Zu meinem Glück kam in diesem Augenblick noch jemand an meine Tür. Das Klopfen war laut und gebieterisch und versetzte mir einen Schreck.

Die Besucherin war Amanda, die unverschämte rothaarige Werwolf-Frau aus Shreveport. »Ich bin in offiziellem Auftrag hier und werde heute höflich sein«, versicherte sie mir.

Na, das wäre doch mal eine nette Abwechslung.

Sie nickte Eric zu und sagte stichelnd: »Schön, dass Sie wieder richtig im Kopf sind, Vampir.« Da waren die Werwölfe und die Vampire von Shreveport also schon wieder zu ihren alten Beziehungen zurückgekehrt, dachte ich.

»Freut mich auch, Sie zu sehen, Amanda«, sagte ich.

»Klar«, erwiderte sie ganz so, als wäre es ihr vollkommen

egal.»Miss Stackhouse, wir stellen Nachforschungen für die Gestaltwandler aus Jackson an.«

Oh, nein.»Ach ja? Wollen Sie sich nicht setzen? Eric wollte sowieso gerade gehen.«

»Nein, ich bleibe gern noch und höre mir Amandas Fragen an«, entgegnete Eric mit strahlendem Lächeln.

Amanda sah mich mit hochgezogenen Augenbrauen an. Verdammt noch mal, dagegen konnte ich überhaupt nichts tun.

»Oh, selbstverständlich, bleib ruhig da«, sagte ich.»Setzen Sie sich, bitte, Amanda. Es tut mir leid, aber viel Zeit habe ich nicht, ich muss zur Arbeit.«

»Dann komme ich gleich zur Sache«, sagte Amanda.»Vor zwei Nächten ist die Frau, von der Alcide sich losgesagt hat – diese Gestaltwandlerin aus Jackson, die mit der idiotischen Frisur…?«

Ich nickte. Eric sah verständnislos drein. Das würde sich schon in einer Minute ändern.

»Debbie«, erinnerte mich die Werwolf-Frau.»Debbie Pelt.«

Erics Augen wurden größer. Den Namen kannte er. Er begann zu lächeln.»Alcide hat sich von ihr losgesagt?«

»Sie haben doch danebengesessen«, fuhr Amanda ihn an.

»Oh, warten Sie, das hatte ich vergessen. Da standen Sie ja noch *unter einem Fluch*.«

Es bereitete ihr höllische Freude, das auszusprechen.

»Nun, wie auch immer, Debbie ist nicht nach Jackson zurückgekehrt. Ihre Familie macht sich Sorgen, vor allem seit sie wissen, dass Alcide sich von ihr losgesagt hat. Sie fürchten, dass ihr etwas zugestoßen sein könnte.«

»Und warum glauben Sie, Debbie hätte mit mir gesprochen?«

Amanda verzog das Gesicht.»Nun ja, eigentlich glaube ich auch, sie hätte eher Glas gefressen, als noch mal mit Ihnen zu sprechen. Doch wir sind verpflichtet, jeden zu befragen, der anwesend war.«

Es war also reine Routine. Sie hatten mich nicht gezielt herausgepickt. Ich spürte, wie ich mich entspannte. Nur leider konnte auch Eric das spüren. Ich hatte sein Blut in mir, bestimmte Dinge über mich wusste er einfach. Er stand auf und ging in die Küche hinüber. Ich fragte mich, was er dort tat.

»Ich habe sie seit jener Nacht nicht wieder gesehen«, sagte ich, und das war die Wahrheit, denn ich hatte ja keine bestimmte Uhrzeit genannt. »Ich habe keine Ahnung, wo sie jetzt ist.« Das entsprach nun wirklich der Wahrheit.

»Keiner hat Debbie mehr gesehen, nachdem sie den Schauplatz des Kampfs verlassen hat. Sie ist in ihrem eigenen Auto weggefahren«, erzählte Amanda.

Eric schlenderte ins Wohnzimmer zurück. Was würde jetzt kommen?

»Wurde ihr Auto irgendwo gesehen?«, fragte Eric.

Er wusste ja nicht, dass er derjenige war, der es entsorgt hatte.

»Nein, mit Haut und Haar verschwunden«, sagte Amanda, eine seltsame Metapher für ein Auto. »Sie ist bestimmt nur irgendwo untergetaucht, um ihre Wut und die Demütigung zu verdauen. Diese Lossagung, so was ist ziemlich fürchterlich. Es ist schon Jahre her, seit ich diese Worte das letzte Mal hörte.«

»Ihre Familie glaubt das nicht? Dass sie irgendwohin verschwunden ist, um, äh, nachzudenken?«

»Sie fürchten, sie hat sich etwas angetan.« Amanda schnaubte verächtlich. Wir tauschten Blicke und waren vollkommen einer Meinung über die Wahrscheinlichkeit von Debbies Selbstmord. »Etwas so Angemessenes würde sie nie tun«, sagte Amanda, die den Nerv besaß, laut auszusprechen, was ich bloß zu denken wagte.

»Wie nimmt Alcide es denn auf?«, fragte ich besorgt.

»Er kann sich schlecht an der Suche beteiligen«, erklärte sie, »weil er sich ja von ihr losgesagt hat. Er tut, als ob es ihm egal wäre. Soweit ich weiß, ruft der Colonel ihn regelmäßig an und hält ihn auf dem Laufenden. Aber da gibt's bislang ja nichts.« Amanda erhob sich, und ich stand auf, um sie zur Tür zu bringen. »Zur Zeit haben Vermisstenmeldungen Hochsaison«, sagte sie. »Aber mir ist zu Ohren gekommen, dass Ihr Bruder wieder da ist, und wie's aussieht, hat auch Eric seine normale Persönlichkeit zurückerhalten.« Sie warf ihm einen Blick zu, der ihm deutlich zu verstehen gab, wie wenig sie diese normale Persönlichkeit schätzte. »Vielleicht taucht ja auch Debbie einfach wieder auf. Tut mir leid, dass ich Sie stören musste.«

»Das ist schon in Ordnung. Viel Glück«, sagte ich, was unter den gegebenen Umständen natürlich völlig sinnlos war. Die Tür schloss sich hinter ihr, und ich wünschte, ich könnte auch einfach hinausgehen, in mein Auto steigen und zur Arbeit fahren.

Ich zwang mich, mich umzudrehen. Eric war aufgestanden.

»Gehst du?«, fragte ich und konnte nicht verhindern, dass ich überrascht und erleichtert zugleich klang.

»Ja, du musst doch zur Arbeit, hast du gesagt«, erwiderte er freundlich.

»Stimmt.«

»Zieh am besten die Jacke an, die eigentlich zu leicht ist für dieses Wetter«, riet er mir. »Dein Mantel ist ja immer noch in ziemlich miserablem Zustand.«

Ich hatte ihn kalt mit der Waschmaschine gewaschen, aber wohl doch nicht gut genug geprüft, ob auch wirklich alles rausgegangen war. Das hatte Eric also getan, nach meinem Mantel gesucht. Und ihn auf der hinteren Veranda aufgehängt gefunden. Und ihn untersucht.

»Also eigentlich«, sagte Eric, als er zur Vordertür ging, »würde ich ihn wegwerfen. Oder besser verbrennen.«

Und damit ging er und zog die Tür sehr leise hinter sich zu.

Ich war sicher, so sicher, wie ich meinen Namen kannte, dass er mir morgen einen neuen Mantel schicken würde, in einer großen extravaganten Schachtel, mit einer großen Schleife darum. Er würde die richtige Größe haben, er würde von einer Topmarke stammen, und er würde warm sein.

Er war preiselbeerrot, mit ausknöpfbarem Innenfutter, abnehmbarer Kapuze und Schildpattknöpfen.

Mein Dank geht an die Wiccas, die all meine Fragen mit mehr Informationen beantwortet haben, als ich je nutzen konnte: Maria Lima, Sandilee Lloyd, Holly Nelson, Jean Hontz und M. R. »Murv« Sellars. Darüber hinaus schulde ich Experten verschiedenster Wissensgebiete Dank: Kevin Ryer, der mehr über Wildschweine weiß als die meisten Leute über ihre Haustiere; Dr. D. P. Lyle, der mir so liebenswürdig jede medizinische Frage beantwortet hat; und, natürlich, Doris Ann Norris, der Star-Bibliothekarin aller Präsenzbibliotheken.

Wenn mir bei der Nutzung des Wissens, das mir diese freundlichen Menschen vermittelt haben, Fehler unterlaufen sein sollten, werde ich mein Bestes tun, um die Schuld irgendwie ihnen anzulasten.